Diogenes Taschenbuch 21862

Das erste Zigeunerlager
Mr. Pecks Cottage
Mrs. Munseys Hütte
Fox Hollow
Tye Hall
Tye Wood
Pharisees' Lichtung
Tower Wood
Leichenfundort
The Tower
Kelchhaus
Ostflügel
Saddle Hill
Heronhoe Road
White Gate
Lageplan
des Dorfes Sanctuary
in Suffolk und der
benachbarten Güter
The Tower und Tye Hall;
ein Kreuz bezeichnet
die Stelle, an der die Leiche
gefunden wurde
Gasthaus ›Three Drummers‹
Die Kirche St. Mary bei Tower
Hadleigh Road

Margery Allingham

Der Hüter des Kelchs

Roman

Aus dem Englischen von Edith Walter

Diogenes

Titel der Originalausgabe:
›Look to the Lady‹

Umschlagillustration von Hans Traxler

Deutsche Erstausgabe

150/90/43/1
ISBN 3 257 21862 1

Inhalt

I

Belohnung für den ehrlichen Finder

»Bitte nehmen Sie, Sir«, sagte der Polizist und drückte dem zerlumpten jungen Mann einen Shilling in die Hand. »Dann verfügen Sie nämlich über die nötigen ›nachweisbaren finanziellen Mittel‹, und ich brauche Sie nicht festzunehmen. Aber«, fügte er mit einer Spur sympathischer Verlegenheit hinzu, »ich muß Sie trotzdem ersuchen, sich zu entfernen. Der Inspektor wird jeden Augenblick auf seiner Runde hier vorbeikommen.«

Percival St John Wykes Gyrth, einziger Sohn von Oberst Sir Percival Christian St John Gyrth, Baronet, Herr auf The Tower, Gemeinde Sanctuary, Suffolk, errötete vor Scham, schob die Münze in die Hosentasche und lächelte seinen Wohltäter an. »Vielen Dank, Baker«, sagte er. »Das ist sehr freundlich von Ihnen. Ich werde es nicht vergessen.«

»Schon recht, Sir.« Der Polizist wurde noch verlegener. »Sie haben mir am Abend Ihres Hochzeitstages fünf Pfund geschenkt.« Er öffnete den Mund, als wolle er noch etwas sagen, überlegte es sich jedoch anders, und die nächste Bemerkung des jungen Mannes bewies, daß er nicht in der Stimmung für Reminiszenzen war.

»Wo, zum Teufel, darf ich denn sitzen, ohne daß man mich wegjagt?« fragte er.

Der Polizist blickte nervös die South Molton Street hinauf, auf der sich ihnen schon gemächlich die geschniegelte Gestalt des Inspektors näherte. »Ebury Square – gleich bei der Southampton Row«, sagte der Polizist hastig. »Dort sind Sie sicher wie in Abrahams Schoß. Gute Nacht, Sir.«

Der Polizist wandte sich seinem Vorgesetzten zu, der schon fast herangekommen war. Val Gyrth fühlte sich verabschiedet, zog sich den zerbeulten Hut tief in die Stirn, ließ die Schultern nach vorn fallen und trottete in Richtung Oxford Street davon. Seine »nachweisbaren finanziellen Mittel« hüpften in der einzigen nicht zerrissenen Tasche seines Anzugs herum – eines Anzugs, den einst ehrerbietig der Schneider gefertigt hatte, an dessen Laden Val Gyrth eben vorüberging. Er überquerte die Straße zur Oxford Street und bog dann zum Circus ein.

Es war kurz nach Mitternacht und die breite Straße fast menschenleer. Nur noch ein paar ausgelassene Nachtschwärmer, hin und wieder ein Taxi und gelegentlich ein Nachtbus waren unterwegs.

Val Gyrth bevorzugte die häusernahe Seite des Gehsteigs und hielt sich, so gut es ging, im Schatten. Der vertraute sommerliche Geruch der Stadt, warm und leicht an Apotheke erinnernd, stieg ihm in die Nase, und trotz seiner Müdigkeit verriet sein Schritt große Ungeduld. Er ärgerte sich bitterlich über sich selbst. Die Situation war unmöglich, lächerlich und reine Donquichotterie. Der alte Baker hatte ihm einen Shilling gegeben, um ihn davor zu bewahren, auf seiner eigenen Schwelle als Vagabund verhaftet zu werden. Es war unvorstellbar.

Er hatte seit dem vergangenen Abend nichts mehr gegessen, ging jedoch an dem Kaffeestand vor dem französischen Hutgeschäft auf dem Circus gedankenlos vorbei. Seit etwa vier Uhr nachmittags fühlte er den Hunger nicht mehr, und er war für diese Atempause dankbar. Er hatte seither eher das Gefühl zu schweben, und das war viel angenehmer als von seinem leeren Magen gepeinigt zu werden.

An der Stelle, an der sein teurer Schuh das Loch in der Sohle hatte, kam sein bloßer Fuß mit dem heißen Pflaster in Berührung, und er begann zu hinken, als er bei Mudies altem Gebäude abbog. Nach etwa fünf Minuten erreichte er einen kleinen, schäbigen Platz, der von zwei Reihen staubiger Platanen in der Mitte geteilt wurde. Unter den Bäumen standen inmitten der Abfälle und des Unrats eines Sommertages ein paar wackelige Holzbänke, auf denen ein oder zwei unappetitlich aussehende Bündel lagen, aber zwei Plätze waren noch frei, und Val Gyrth wählte den unter der Straßenlaterne, der von den anderen am weitesten entfernt war. Er setzte sich, und zum erstenmal wurde ihm das ganze Ausmaß seiner Müdigkeit bewußt.

Ein Zittern lief durch die staubigen Blätter über ihm, und als er sich umsah, überkam ihn eine seltsame Furcht, die sich nicht durch die plötzlich einsetzende nächtliche Kühle erklären ließ. Ein Auto rumpelte über den Platz, und weit weg, jenseits vom Strand, heulte auf dem Fluß klagend die Sirene eines Schleppers. Keines der auf den anderen Bänken hockenden Bündel rührte sich, doch Val Gyrth, der phantasieloseste einer phantasielosen Rasse, hatte das Gefühl, daß etwas Ungeheures, etwas von großer Bedeutung geschehen würde oder um ihn herum schon geschah; ein Gefühl, das möglicherweise daher kam, daß er halb verhungert war und ein Gewitter in der Luft hing.

Er nahm den Hut ab und fuhr sich mit den Fingern durch das sehr helle Haar, über das er sich ständig ärgerte, weil es so schnell wuchs. Er war ein stämmiger, kräftiger junger Mann Mitte der Zwanzig mit einem vollen, doch keineswegs häßlichen Gesicht und einer aus Gewohnheit verbissen widerspenstigen Miene; ein rein angelsächsischer Typ, der im Augenblick unnatürlich mager war, wodurch seine kräftigen Knochen noch deutlicher hervortraten.

Seufzend stellte er den Jackettkragen auf und wollte eben die Füße aus dem Abfall – Papiertüten, Orangenschalen und Zigarettenschachteln, um nur einiges zu nennen – auf die Bank retten, als er innehielt, sich stocksteif aufrichtete und vor sich auf das Pflaster starrte. Eine Hitzewelle schlug plötzlich über ihm zusammen, ein seltsamer Schock, und sein Herz machte ein paar höchst unangenehme Sprünge.

Zu seinen Füßen entdeckte er, mitten im Unrat, auf einem fleckigen, halb zerrissenen Briefumschlag seinen Namen.

Er hob den Umschlag auf und stellte erstaunt fest, daß seine Hand zitterte. Ganz deutlich stand sein Name da, von einer ihm unbekannten Hand geschrieben: *P. St J. W. Gyrth, Esq.* Er drehte den Umschlag um. Er war aus teurem Papier und leer, von einer offensichtlich ungeduldigen Hand aufgerissen. Val Gyrth betrachtete ihn ein paar Sekunden und hatte dabei das Gefühl zu träumen, etwas Unwirkliches zu erleben. Die Absenderadresse *Kemp's, 32 a Wembley Road, Clerkenwell, EC1* war ihm völlig fremd.

Er starrte die Schrift an, als erwarte er, daß die Worte sich vor seinen Augen veränderten, aber sie blieben stehen, deutlich und unmißverständlich: *P. St J. W. Gyrth, Esq.*

Zunächst kam er nicht auf die Idee, daran zu zweifeln, daß es sich um seinen Namen handelte oder daß der Umschlag ursprünglich für ihn bestimmt gewesen war. Gyrth ist ein ungewöhnlicher Name, und die merkwürdige Sammlung von Initialen, die ihm vorangestellt war, ließ die Vermutung nicht zu, daß es sich in diesem besonderen Fall um jemand anderes handeln könnte.

Nachdenklich studierte er die Handschrift und versuchte sie irgendwo unterzubringen. Sein Hirn hatte den unglaublichen Zufall akzeptiert, der ihn ausgerechnet auf diese Bank auf ausgerechnet diesem Platz geführt hatte und ihn einen Briefumschlag finden ließ, der seinen Namen trug. Vergeblich scharrte er mit den Füßen im Abfall, um vielleicht den Inhalt des Umschlags aufzustöbern, doch das war vergebliche Liebesmüh, und er kam zu der Überzeugung, daß es außer dem Stück Papier in seiner Hand hier nichts gab, das für ihn von Interesse gewesen wäre.

Die Schrift gab ihm Rätsel auf. Sie war sehr eckig, mit kräftigen Unterlängen und gestochen scharfen griechischen Es; eine einprägsame Schrift, die man nicht so leicht vergaß. Er wandte seine Aufmerksamkeit der Marke zu, und seine Verwirrung wandelte sich in blankes Erstaunen. Der Umschlag war am fünfzehnten Juni gestempelt. Heute war der neunzehnte. Dieser Brief war also erst vier Tage alt.

Seit über einer Woche hatte er keine feste Adresse mehr.

Doch er war überzeugt, und die Tatsache war irgendwie unheimlich und beunruhigend, daß jemand ihm geschrieben und jemand anderes den Brief in Empfang genommen und den Umschlag weggeworfen hatte. Und ausgerechnet er hatte ihn jetzt gefunden.

So ziemlich das Bemerkenswerteste an einem Zufall ist, daß man ihn, kaum hat er sich ereignet, sofort erkennt, akzeptiert und es dann dabei beläßt.

Val Gyrth saß auf der staubigen Bank unter der Straßenlaterne und betrachtete den Umschlag noch immer. In der Baumkrone über ihm raschelte es lauter, und ein böiger Wind fegte über den Platz; in ein paar Minuten würde es regnen.

Wieder überkam ihn das merkwürdige Gefühl, Zuschauer bei einem Drama zu sein, das ganz in seiner Nähe ablief. Er hatte dieses Gefühl auch schon vor heute abend gehabt. Ein paarmal in den letzten Tagen hatte es ihn heimgesucht, auf belebten Straßen, inmitten der Menge, am hellichten Mittag, oder nachts in dunklen Seitengassen, wo er versucht hatte zu schlafen, und immer war es sehr unangenehm gewesen. Kriminelle mit einschlägiger Erfahrung begreifen dieses Gefühl als instinktive Erkenntnis, daß sie »beschattet« werden. Aber der junge Val Gyrth war weder Krimineller noch verfügte er über besondere Erfahrungen, von eher unglücklichen Aspekten des Ehestandes abgesehen.

Noch einmal betrachtete er eingehend die Absenderadresse auf dem aufreizenden Briefumschlag: *32 a Wembley Road, Clerkenwell.* Das ist, überlegte er, gar nicht weit von hier, und am liebsten wäre er sofort hingegangen, um festzustellen, ob er nicht der einzige P. St J. W. Gyrth auf der Welt war oder ob sich vielleicht sogar irgend jemand für ihn ausgab.

Er war jedoch von Natur aus konservativ, und wenn er den Umschlag unter gewöhnlichen Umständen gefunden hätte, hätte er vielleicht nur mit den Schultern gezuckt und sich für die Sache nicht weiter interessiert. Aber im Augenblick war er völlig erledigt, ein menschliches Wrack, ein Strohhalm im

Wind. Der winzigste Luftzug genügt, um einen solchen Mann in eine andere Richtung zu treiben. Weder Zeit noch Energie sind für ihn noch von Wert; was er tut, ist egal, alles lohnt sich und lohnt sich auch wieder nicht. Daher brach er, von Neugier angestachelt, zu der angegebenen Adresse auf, während hinter ihm das Gewitter zu toben begann.

Er wußte nicht, was ihn erwartete, doch der Umschlag faszinierte ihn. Er hörte auf zu raten und zu rätseln und beeilte sich, ans Ziel zu kommen.

Clerkenwell in den frühen Morgenstunden ist eine der häßlichsten Gegenden von East Central London, womit viel gesagt ist, und Val hatte es vermutlich nur seiner zerlumpten, schäbigen Erscheinung zu verdanken, daß er den wenigen Leuten, die noch unterwegs waren, nicht auffiel oder verdächtig vorkam.

Nach einiger Zeit begegnete er zwei Polizisten, die er nach dem Weg fragte, wobei er den Shilling ihres Kollegen trotzig in der Tasche umklammerte. Umständlich und in ihrer Allwissenheit herablassend, erklärten sie ihm, wie er gehen mußte, und ein paar Minuten später überquerte er eine schmutzige, schlecht beleuchtete Hauptstraße mit Straßenbahngleisen, an der die billigsten aller Wohnheime und vergammelte kleine Läden lagen, die anscheinend nur Ware aus zweiter Hand im Angebot hatten.

Nummer 32 a erwies sich als eines der wenigen noch geöffneten Etablissements.

Es war ein Restaurant, unappetitlich selbst für diese Gegend, im Souterrain, etwa einen halben Meter tiefer als die Straße gelegen. Sogar Val Gyrth, im Moment nicht eben von übertriebener Vorsicht geleitet, zögerte, bevor er eintrat.

Die zur Hälfte verglaste Tür war mit billigen Reklameplakaten für Schuhkrem und eine bestimmte Sorte Karamellen beklebt, und das Licht aus dem Lokal drang nur mühsam durch das schmutzige, ölverschmierte Papier ins Freie.

Gyrth warf noch einmal einen Blick auf den Umschlag und

kam zu dem Schluß, daß zweifellos dies sein Ziel war. Die Nummer 32 stand auf einem weißen Emailschild über der Tür, und der Name Kemp's war in gut dreißig Zentimeter hohen Buchstaben quer über die Fensterscheibe gepinselt.

Wieder kam ihm das Absurde seines Tuns voll zu Bewußtsein, und er zögerte abermals, doch wieder sagte er sich, er habe nichts zu verlieren und müsse seine Neugier stillen. Er drückte auf die Klinke und stieg in das Lokal hinunter.

Es stank, und die Luft war so voller Dampf, daß Val im ersten Moment nicht sah, wo er war. Er blieb ein paar Sekunden stehen und bemühte sich, sich zu orientieren; schließlich gelang es ihm, einen langen, schmuddeligen Raum auszumachen, der von hohen, völlig verdreckten Bänken flankiert wurde, auf denen jedoch niemand zu sitzen schien.

Am anderen Ende des Mittelgangs zwischen den Tischen war eine Bar, und daneben stand ein Kochherd, dem der Raum hauptsächlich seine schlechte Luft zu verdanken hatte. Den Umschlag in der Jackettasche fest umklammernd, näherte Val Gyrth sich diesem Hochaltar der Gastronomie.

Da niemand zu sehen war, klopfte er zaghaft auf den Bartresen. Schon im nächsten Moment wurde rechts vom Herd eine Tür aufgerissen, und es erschien ein wahrer Berg von einem Mann mit dem größten und traurigsten Gesicht, das Val je gesehen hatte. Der Riese hatte sich ein kleines Tischtuch als Schürze um die Taille gebunden, und seine gewaltigen, muskelbepackten Arme waren bis zu den Ellenbogen nackt. Er hatte einen völlig kahlen Kopf, und sein Nasenbein mußte irgendwann auf nie wieder gutzumachende Weise beschädigt worden sein.

Er musterte den jungen Mann aus traurigen Augen. »Das is' wahrhaftig die richtige Zeit, um an Essen zu denken«, sagte er eher bekümmert als verärgert mit Grabesstimme. »Alles ist aus, außer Wurst und Kartoffelbrei. Den letzten Teller Eintopf eß ich eben selber.«

Val Gyrth fand diese melancholische Freundlichkeit tröstlich. Es war schon länger her, seit ein Wirt ihn so menschlich behandelt hatte. Er nahm den Briefumschlag aus der Tasche, legte ihn auf den Tresen und strich ihn glatt. »Sehen Sie sich das bitte an«, sagte er. »Wissen Sie etwas darüber?«

In dem melancholischen Gesicht zuckte kein Muskel. Der riesenhafte Mensch beäugte den Umschlag eine Zeitlang, als habe er so ein Ding noch nie gesehen und wisse nicht, ob es auch nur eines einzigen Gedankens wert sei. Dann drehte er sich plötzlich um, blickte Val starr in die Augen und traf eine unter den gegebenen Umständen sehr ungewöhnliche Feststellung. »Sie nehmen«, sagte er deutlich und mit unnötigem Nachdruck, »die lange Straße, wie ich sehe.«

Val musterte ihn verwirrt. Er hatte das Gefühl, daß von ihm eine Antwort erwartet wurde, daß die Worte irgendeine Bedeutung hatten, die ihm entgangen war. Er lachte verlegen. »Ich kann Ihnen nicht ganz folgen«, sagte er, »nehme aber an, Sie meinen damit, daß ich ein Vagabund bin, ja? Ich bin hier, um mich wegen des Briefumschlags zu erkundigen. Haben Sie ihn schon einmal gesehen?«

Das Gesicht des großen Mannes nahm einen Ausdruck an, der einem Lächeln so nahe kam, wie seine kummervollen Züge es erlaubten. »Und wenn«, sagte er zurückhaltend. »Was dann?«

»Zufällig ist er an mich adressiert, und ich wüßte gern, wer ihn geöffnet hat«, antwortete Gyrth kurz. »Können Sie mir sagen, von wem er abgeholt wurde?«

»Ist das Ihr Name?« Der große Mann legte den dicken Zeigefinger auf die Schrift. »Aber beweisen können Sie's nich, oder?«

Val wurde rot vor Verlegenheit. »Ich habe niemanden, der mich identifizieren könnte, wenn Sie das meinen, und eine Visitenkarte besitze ich auch nicht. Aber«, fügte er hinzu, »wenn Ihnen das Wort meines Schneiders genügt, sehen Sie sich das Etikett im Futter meiner Jacke an.«

Er knöpfte das fadenscheinige Kleidungsstück auf und

drehte den Rand der inneren Brusttasche um. Zum Vorschein kam ein Schneideretikett, auf dem handschriftlich und mit Tinte sein Name und das Datum der Fertigstellung eingetragen waren. In seinem Eifer merkte er gar nicht, wie absurd die Situation war.

Der Traurige las das Etikett und betrachtete dann kritisch seinen Gast. »Ich nehm an, er is tatsächlich für Sie gemacht?« sagte er.

Val knöpfte die Jacke wieder zu. »Ich bin dünner geworden«, antwortete er.

»In Ordnung. Wollte Sie nich kränken. Ich glaub Ihnen – andere täten's nich. Ich selber bin Lugg. Freut mich, Sie kennenzulern'. Hab übrigens noch 'n zweiten Brief für Sie.«

Er drehte sich schwerfällig um und legte, nachdem er auf der Anrichte hinter sich zwischen Tellern und Tassen gesucht hatte, einen diesmal verschlossenen Briefumschlag, der dem ersten glich wie ein Ei dem anderen, vor Val auf den Tresen.

Val nahm ihn, war jetzt jedoch völlig verwirrt. Als er das Siegel erbrechen wollte, tippte ihm der Wirt, der sich eben so ungezwungen freundlich vorgestellt hatte, leicht auf die Schulter. »Sie sollten sich setzen«, sagte er. »Ich bring Ihnen einen Schluck Kaffee und 'n bißchen was zu beißen. Selber krieg ich um diese Zeit nämlich auch immer Hunger.«

»Ich habe nur einen Shilling –« begann Val verlegen.

Mr. Lugg zog die Brauen in die Höhe. »Einen Shilling!« wiederholte er. »Was glauben Sie denn, wo Sie speisen? Im Cheshire Cheese? Setzen Sie sich nur, mein Jung. Bei mir können Sie für 'n Sixpencestück geradezu fürstlich essen. Dann haben Sie noch immer Ihre ›nachweisbaren finanziellen Mittel‹ und einen Zweier für Notfälle übrig.«

Val rutschte auf eine der schmierigen Bänke und setzte sich an einen Tisch, der mit einer sauberen Zeitungsseite ordentlich gedeckt war. Ungeschickt riß er den dicken Briefumschlag auf. Der Geruch im Lokal hatte seinen Hunger wiedererweckt, und er hatte starke Kopfschmerzen.

Drei Gegenstände fielen aus dem Umschlag auf den Tisch; zwei Pfundnoten und eine geprägte Korrespondenzkarte. Benommen starrte Val die Karte an:

MR. ALBERT CAMPION
ZU HAUSE

und darunter in der ihm jetzt schon vertrauten eckigen Handschrift:

Jeden Abend nach zwölf.
Weiterführende Konversation.
Bier, leichte Weine und kleine rosa Kuchen.
Sie sind herzlich eingeladen. Kommen Sie bitte.

Die Adresse war eingeprägt:

17, BOTTLE STREET, W1
(EINGANG LINKS VOM POLIZEIREVIER)

Auf der Rückseite stand flüchtig hingekritzelt: *Bitte verzeihen Sie die ungehobelte Art, Ihnen vorübergehend dieses Darlehen aufzudrängen. Kommen Sie so bald wie möglich vorbei. Es ist dringend. Seien Sie vorsichtig. A. C.*

Val Gyrth drehte die Karte hin und her und hin und her.

Die ganze Episode wurde phantastisch, bekam etwas leicht Absurdes, glich einer Szene aus *Alice im Spiegelreich*, und er fragte sich, ob er vielleicht in einen Verkehrsunfall verwickelt gewesen war und man ihm ein leichtes Betäubungsmittel verabreicht hatte, das ihm jetzt dieses Abenteuer vorgaukelte.

Er beschäftigte sich noch immer mit der ungewöhnlichen Nachricht, als der düstere, aber ebenfalls leicht phantastische Mr. Lugg mit einer Speisenfolge erschien, die offenbar seiner persönlichen Vorstellung von einem Bankett entsprach. Mit einem wachsenden Gefühl der Dankbarkeit und einem zunehmenden Realitätsbewußtsein aß Val alles bis zum letzten Krümel. Als er fertig war, blickte er zu Mr. Lugg auf, der noch immer neben ihm stand. »Haben Sie schon einmal von einem gewissen Albert Campion gehört?« fragte er.

Luggs Augen musterten ihn todernst. »Kommt mir schon irgendwie bekannt vor«, sagte er. »Weiß im Augenblick allerdings nich, wo ich 'n hintun soll.« Seine eigensinnig verschlossene Miene verriet Val, daß es sinnlos war, ihm weitere Fragen zu stellen. Wieder nahm er die Karte und die beiden Banknoten in die Hand.

»Woher«, fragte er unerwartet, »wissen Sie eigentlich so sicher, daß ich der Mann bin, für den dieser Brief bestimmt war?«

Mr. Lugg blickte über die Schulter auf den zweiten Briefumschlag. »Das is doch Ihr Name, oder nich? Derselbe Name, der auch in Ihr'm Anzuch steht. Haben ihn mir selber gezeicht.«

»Das weiß ich ja«, entgegnete Val geduldig. »Aber woher wissen Sie, daß ich Percival St John Wykes Gyrth bin?«

»Gütiger Gott!« Mr. Lugg war beeindruckt. »Percival und was noch alles? Das allein is Beweis genuch und die Antwort auf Ihre eigne Frage, mein Jung. Es gibt keine zwei Mütter nich, die ihr Balg mit so nem Namen belasten würden. Daran sind Sie zu erkennen wie 'n bunter Hund. Keine Sorge, Percival und so weiter is so gut wie ne Einladungskarte. An Ihrer Stelle würd ich jetz losgehn – es wird langsam spät.«

Val studierte noch einmal die Karte. Die Sache war natürlich total verrückt. Und doch schien es ihm unlogisch, umzukehren, nachdem er einmal so weit gekommen war. Und als wolle er sich selbst daran hindern, seinen Entschluß rückgängig zu machen, bezahlte er das Essen, indem er einen Schein des Geldsegens wechseln ließ, der so unerwartet über ihn gekommen war; er gab Mr. Lugg ein verschwenderisch hohes Trinkgeld, wünschte ihm eine gute Nacht und verließ das Lokal, in dem er der einzige Gast geblieben war.

Erst als er vor der Tür auf dem Gehsteig stand, fiel ihm ein, daß er irgendein Transportmittel brauchen würde. Quer durch die Stadt zum Piccadilly Circus waren es gut drei Meilen. Zwar war er jetzt satt, aber immer noch todmüde. Außerdem war es sehr spät, und es regnete in Strömen.

Während er noch zögernd dastand, hörte er hinter sich das leise Zischen von Autoreifen auf nassem Asphalt. »Taxi, Sir?«

Val wandte sich dankbar um, gab dem Fahrer die Adresse an und kletterte in das warme, nach Leder duftende Gefährt.

Als er sich in die Polsterung zurücksinken ließ, überkam ihn das vertraute Gefühl des Wohlbefindens. Das Taxi fuhr durch die von Nässe glänzenden Straßen, die er vor einer knappen Stunde müde entlanggetrottet war. Ein paar Minuten dachte er über die ungewöhnliche Einladung nach. Die lächerliche Karte sah natürlich ganz nach einem üblen Scherz aus, aber zwei Pfundnoten waren für einen Verhungernden kein Scherz, und da er nichts zu verlieren hatte, konnte er ruhig auf die Sache eingehen und ein bißchen recherchieren. Außerdem war er neugierig.

Er nahm die Karte aus der Tasche, beugte sich vor und las sie im Licht der Taxameterlampe. Er konnte die hingekritzelte Nachricht gerade noch entziffern: *Kommen Sie so bald wie möglich vorbei. Es ist dringend. Seien Sie vorsichtig.*

Die drei letzten Worte fand er besonders verwirrend. Unter den gegebenen Umständen kamen sie ihm so lächerlich vor, daß er fast laut aufgelacht hätte.

Genau in diesem Augenblick bog das Taxi nach rechts in die Gray's Inn Road ab, und er erhaschte einen Blick auf einen stillen, von Bäumen umstandenen Platz in Bloomsbury. Jetzt, wirklich erst jetzt, dämmerte ihm, daß erstens die Chance, um drei Uhr morgens in der Wembley Road in Clerkenwell ein Taxi zu bekommen, eins zu einer Million und es zweitens geradezu absurd war, daß ein gewöhnlicher Taxifahrer in ihm, so wie er im Augenblick aussah, einen potentiellen Fahrgast vermuten könnte. Sein Pulsschlag beschleunigte sich, er beugte sich vor und tastete mit der Hand die Tür ab. Sie hatte keine

Klinke. Und auch das Fenster schien sich nicht öffnen zu lassen.

Ziemlich erschrocken, doch zugleich beschämt, weil er eine Gefahr sah, wo es für ihn keine geben konnte, klopfte er energisch an die Trennscheibe zwischen sich und dem Fahrer.

Der beugte sich im selben Moment tiefer über das Steuer und trat das Gaspedal durch.

2

Kleine rosa Kuchen

Val rutschte ans Fenster und spähte hinaus. Das alte Taxi fuhr, seiner Schätzung nach, etwa fünfunddreißig Meilen die Stunde. Regen peitschte die verlassenen Straßen, und Val stellte fest, daß sie sich immer weiter von seinem eigentlichen Ziel entfernten.

Es sah ganz nach einer Entführung aus, doch die Idee war so lächerlich, daß er sich weigerte, sie ernst zu nehmen. Entweder war der Fahrer betrunken oder taub, deshalb donnerte Val mit der Faust gegen die Scheibe und versuchte durch das Sprachrohr zu brüllen. »Ich will in die Bottle Street – am Piccadilly!«

Kein Zweifel, daß der Fahrer ihn diesmal gehört hatte, denn er schüttelte heftig den Kopf, und das Taxi begann zu rucken und schlingerte gefährlich. Val mußte die Situation hinnehmen, so absurd sie ihm auch schien. Er war ein Gefangener, den man an ein unbekanntes Ziel verschleppte.

Während der vergangenen achtzehn Monate war er in so manche Bredouille geraten, aber nie war so schnelles und geistesgegenwärtiges Handeln vonnöten gewesen wie jetzt. Zu einem anderen Zeitpunkt hätte er vielleicht gezögert, bis es zu spät war, doch heute nacht machten die Nachwirkungen von Hunger und Übermüdung ihn unbesonnen und verwegen, und er war noch in der gleichen Stimmung, die ihn dazu gebracht hatte, einem so phantastischen Irrlicht wie diesem weggeworfenen Briefumschlag mit seinem Namen nachzugehen und später die kaum konventionell zu nennende Einladung des geheimnisvollen Mr. Campion anzunehmen. Darüber hinaus hatte das Essen, das der freundliche Mr. Lugg ihm vorsetzte, seine Lebensgeister wieder geweckt und mit ihnen seine Energie.

In diesem Augenblick war er, mit hochgezogenen Schultern und vorgebeugt im Taxi sitzend, ein gefährlicher Mann. Er ballte die Hände und biß fast krampfhaft die Zähne zusammen.

Kaum hatte die Idee in seinem Kopf Gestalt angenommen, führte er sie durch.

Er bückte sich und zog den schweren Schuh mit der dünnen Sohle aus; den Schnürsenkel brauchte er nicht aufzumachen, der war schon längst verschwunden. Diese bedrohliche Waffe fest in der Hand, kauerte er sich auf den Boden des Taxis und hielt sich an der Blumenkonsole über den Notsitzen fest. Er war noch immer sehr stark und legte jetzt seine ganze Kraft in den Schlag. Den Arm wie einen Maschinenhammer schwingend, zerschmetterte er die Trennscheibe und knallte dem Fahrer den Schuh auf den Hinterkopf. Dann ließ er sich sofort auf die Matte fallen, rollte sich zusammen und legte die Arme schützend über seinen Kopf. Die dicke Mütze bewahrte den Fahrer vor einer wirklich schweren Verletzung, doch er verlor die Gewalt über das Steuer. Das Taxi schleuderte über die nasse, rutschige Straße, fuhr auf den Gehsteig und krachte gegen eine Steinbalustrade.

Der Zusammenstoß war gewaltig, der Wagen prallte wieder zurück, schwankte einen Augenblick und fiel um.

Val wurde gegen das fadenscheinige Verdeck geschleudert, das seinem Gewicht nicht standhielt und zerriß. Warmes Blut tropfte ihm aus einer Schnittwunde auf der Stirn übers Gesicht, und er hatte sich eine Schulter verstaucht, war jedoch, da er auf den Unfall vorbereitet gewesen war, nicht schwer verletzt. Er war noch immer zornig, noch immer gefährlich. Er kroch durch das zerrissene Verdeck aus dem Wrack, drehte sich kurz um und betrachtete die Szene.

Sein Entführer lag sehr still unter der Masse aus geborstenem und verbogenem Metall, doch die Straße war plötzlich lebendig geworden. Fenster wurden aufgerissen, und von allen Seiten näherten sich Stimmen und eilige Schritte.

Val hatte keine Lust zu bleiben und Fragen zu beantworten.

Mit dem Jackenärmel wischte er sich das Blut vom Gesicht und war erleichtert, als er feststellte, daß die Wunde nicht so schlimm war, wie er befürchtet hatte. Er schlüpfte in den Schuh, den er noch umklammert hielt, und verschwand wie ein Schatten in einer Seitenstraße.

Den Rest des Weges legte er zu Fuß zurück.

Er suchte die Adresse in der Bottle Street auch aus Neugier auf, aber vor allem deshalb, weil er nicht wußte, wohin. Er wählte die Abkürzung durch die engen, dunklen Wege im älteren Teil von Holborn und die geheimnisumwitterten Gassen von Soho.

Zum erstenmal seit Tagen lastete nicht mehr der merkwürdige Druck auf ihm, der ihn auf unklare Weise beunruhigt hatte. Die Straße hinter ihm war menschenleer, als er um eine dunkle Ecke in die helle Hauptstraße einbog und endlich in die Bottle Street kam, eine von Piccadilly abzweigende Sackgasse.

Die einsame blaue Lampe vor dem Polizeirevier war nicht besonders einladend, aber die Tür von Nummer siebzehn, gleich daneben, stand halb offen. Val stieß sie noch ein bißchen weiter auf.

Er war fast zu Tode erschöpft und seine Vorsicht so gut wie nicht mehr vorhanden. Deshalb beschwichtigte er sich mit dem Gedanken, daß es kaum noch schlimmer kommen konnte, und zog sich mühsam die hölzernen Stufen hinauf. Nach dem ersten Zwischenstock war die Treppe beleuchtet und mit Teppich belegt. Endlich stand Val vor einer schönen Eichentür mit Faltenfüllung. Ein kleines Messingschild trug die Aufschrift: *Albert Campion. Frachtabteilung*.

Ehe er jedoch den schönen florentinischen Klopfer benutzen konnte, wurde die Tür von innen geöffnet, und Val sah sich einem jungen Mann mit blassem, friedfertigem Gesicht und arglosen Augen hinter einer riesigen Hornbrille gegenüber, der ihm mit gewinnender Freundlichkeit zulächelte. Er war sorgfältig, um nicht zu sagen, penibel gekleidet, doch sein untadeliges Äußeres litt ein wenig darunter, daß er einen an einer Schnur befestigten Kinderluftballon von einem ganz besonders grellen Rosa in der Hand hielt.

Als er seinen Besucher sah, schien ihm bewußt zu werden, wie wenig Abendanzug und Luftballon zusammenpaßten, denn er versuchte ein paarmal erfolglos, ihn hinter seinem Rücken zu verstecken. Er streckte die Hand aus. »Dr. Livingstone, nehme ich an«, sagte er mit gebildet klingender, ein bißchen zu hoher Stimme.

Verblüfft ergriff Val diese Hand. »Ich weiß nicht, wer Sie sind«, erwiderte er, »aber ich bin Val Gyrth und suche einen Mann, der sich Albert Campion nennt.«

»Das geht in Ordnung«, sagte der andere und ließ den Ballon, der an die Decke entschwebte, mit der Miene eines Menschen los, der sich eines lästigen Problems entledigt. »Nur echt mit dem Gütesiegel, wie? Ich bin Campion – das ist meine Tür – das mein Luftballon. Bitte treten Sie ein, trinken wir einen Schluck zusammen. Sie kommen ziemlich spät – ich habe schon befürchtet, ich müßte vergeblich warten«, fuhr er fort und führte seinen Gast durch eine schmale Diele in ein kleines, aber gemütliches Wohnzimmer, das zwar ungewöhnlich, aber sehr originell eingerichtet war. An den Wänden hingen ein paar seltsame Trophäen, und über dem Kaminsims, flankiert von einer Kaltnadelradierung von Rosenberg und etwas, was wie eine Originalseite aus einem *Totentanz* aussah, gab es einen höchst ungewöhnlichen Wandschmuck, bestehend aus einem Schlagring und dem ordentlich gerahmten und mit Autogramm versehenen Porträt aus Scotland Yards Verbrecherkartei; der Mann auf dem Bild war ein bekannter Krimineller. Ein großer Schlüssel von ungewöhnlicher Form vervollständigte die Sammlung.

Val Gyrth ließ sich in den bequemen Ledersessel sinken, den sein Gastgeber ihm hinschob. Dieses eigentümliche Ende seines nächtlichen Abenteuers, das an sich erstaunlich genug gewesen war, war einfach zu viel für ihn, und es fiel ihm schwer, die Benommenheit abzuschütteln, die ihn befallen hatte. Er nahm den Brandy mit Soda, den Albert Campion ihm in die Hand drückte, und begann wortlos Schluck für Schluck zu trinken.

Erst in diesem Moment schien Mr. Campion die Verletzung auf der Stirn seines Gastes wahrzunehmen. »Sie sind also auf dem Weg hierher in Schwierigkeiten geraten?« fragte er aufrichtig besorgt. »Hoffentlich waren die Leute nicht brutal.«

Val stellte sein Glas ab, straffte sich und sah zu seinem Gastgeber auf. »Hören Sie«, sagte er, »ich habe nicht die leiseste Ahnung, wer Sie sind, und was heute nacht passiert ist, kommt mir vor wie ein Märchen. Ich finde mitten auf dem Ebury Square einen offenen, an mich adressierten Briefumschlag. Aus Neugier, einer verrückten Laune heraus, gehe ich in Kemp's Kneipe in Clerkenwell, und dort erwartet mich ein Brief von Ihnen. Inhalt: zwei Pfund und eine merkwürdige Einladungskarte. Ich nehme mir ein Taxi, um zu Ihnen zu fahren, und der Chauffeur versucht mich zu entführen. Wir haben einen Unfall, bei dem ich nicht unerheblich verletzt werde, kann mich aber aus dem Autowrack befreien. Den Fahrer hat es noch schlimmer erwischt als mich. Unter der auf der Einladungskarte angegebenen Adresse finde ich Sie. Sie albern mit einem Luftballon herum und sind offensichtlich absolut *au fait* mit meinen Angelegenheiten. Vielleicht bin ich verrückt – ich weiß es nicht.«

Mr. Campion verzog gekränkt das Gesicht. »Es tut mir leid wegen des Luftballons«, sagte er. »Ich war eben erst von einer Gala im Athenaeum nach Hause gekommen, als Lugg mich anrief und sagte, Sie seien unterwegs zu mir. Er hat heute abend Ausgang, daher mußte ich Ihnen selbst öffnen. Ich verstehe nicht, was Sie daran so aufregt. Die Sache mit dem Taxi klingt schlimm. Ich nehme an, deshalb sind Sie auch so spät gekommen?«

»Das stimmt«, sagte Val, noch immer verärgert. »Aber es kann Sie doch nicht wundern, daß ich eine Erklärung verlange. Sie wissen selbst sehr gut, daß Sie mir eine schulden.«

Mr. Campion machte einen Schritt zur Seite, so daß das Licht der Leselampe, die hinter ihm auf dem Tisch stand, Val direkt ins Gesicht schien. »Sie nehmen die lange Straße, wie ich sehe, Mr. Gyrth«, sagte er leise.

Val sah Campion fragend an. Diesen ganz einfachen Satz hörte er heute abend schon zum zweitenmal, und jedesmal hatten die Worte unterschwellig dieselbe seltsame Frage enthalten.

Verständnislos forschte er in Campions blassem, ein wenig nichtssagendem Gesicht, doch es war völlig ausdruckslos, und seine Augen versteckten sich hinter den dicken Brillengläsern. Er rührte sich nicht, sondern stand, offensichtlich auf Antwort wartend, scheinbar ganz gelassen da, und genau in diesem Moment erhaschte Val einen Blick in ein Wasser, das für ihn zu tief war, um es auszuloten.

3

Das Märchen

Val stand auf. »Der Mann bei Kemp's hat haargenau dasselbe zu mir gesagt«, entgegnete er. »Ich weiß nicht, was es bedeutet – obwohl mir klar ist, daß es etwas bedeuten muß. Was erwarten Sie jetzt von mir?«

Campions Verhalten änderte sich schlagartig. Er wurde liebenswürdig und charmant. »Setzen Sie sich wieder«, sagte er. »Ich muß mich bei Ihnen entschuldigen. Nur – ich bin nicht der einzige, der sich für Sie interessiert – und außerdem muß ich Ihnen mein Interesse auch noch erklären. Aber wenn meine Konkurrenz vor mir Ihrer habhaft geworden wäre ...«

»Nun? Was dann?« sagte Val.

»Tja, dann hätten Sie vielleicht verstanden, was es mit der ›langen Straße‹ auf sich hat. Doch jetzt, da wir miteinander sprechen können, kann ich Ihnen mein Herz ausschütten – aber vielleicht wollen Sie sich vorher einen Tropfen Jodtinktur auf Ihre Wunde tupfen.«

Val zögerte, und Campion nahm seinen Arm. »Ein bißchen warmes Wasser und ein hübscher Verband aus meinem Erste-Hilfe-Koffer, der seit meiner Zeit bei der Bürgerwehr hier herumsteht, und Sie sind so gut wie neu. Niemand kann sich auf eine gute Geschichte konzentrieren, wenn ihm Blut in die Augen tropft. Kommen Sie.«

Nachdem Campion im Bad etwa zehn Minuten Erste Hilfe geleistet hatte, kehrten die beiden ins Wohnzimmer zurück, und Campion schenkte seinem Gast noch einmal ein. »Zu allererst«, sagte er, »sollten Sie meiner Meinung nach diesen Artikel im *Society Illustrated* von vergangener Woche lesen. In gewisser Weise betrifft er auch Sie.«

Er öffnete eine Schublade des Queen-Anne-Schreibsekretärs und entnahm ihr ein Exemplar der bekannten Illustrierten. Er blätterte sie durch und faltete sie bei einem ganzseitigen Foto einer eher töricht aussehenden Frau von über fünfzig, die eine moderne Imitation eines mittelalterlichen Gewandes trug und in der Hand einen Kelch von sehr ungewöhnlichem Aussehen. Dem geschickten Fotografen war es gelungen, die Aufmerksamkeit des Beschauers von den Unzulänglichkeiten der Frau ab- und auf den schönen Gegenstand in ihrer Hand zu lenken: einen massivgoldenen Kelch, ungefähr fünfundvierzig Zentimeter hoch, auf einem juwelenbesetzten Sockel.

Titel und Bildunterschrift lauteten:

Eine verehrungswürdige Priesterin
Lady Pethwick, vor ihrer Verehelichung mit Sir Lionel Pethwick, der vor wenigen Jahren starb, Miss Diana Gyrth, ist die Schwester von Col. Sir Percival Christian Gyrth, Baronet, Herr auf Tower, dem historischen Familiensitz in der Gemeinde Sanctuary in Suffolk, und Hüterin des uralten Kelchs der Gyrth. Unser Foto zeigt Lady Pethwick mit dem unschätzbar kostbaren Zeugen der Vergangenheit, der angeblich aus der Zeit vor der normannischen Eroberung stammt. Sie ist auch die stolze Trägerin des Ehrentitels »Kelchjungfrau«. Für die Gyrth ist der Kelch ein geheiligtes Familienerbe. Er wurde hier zum erstenmal fotografiert. Unsere Leser erinnern sich vielleicht daran, daß die berühmte Geschichte vom »Geheimzimmer« auf Tower spielt.

Val Gyrth griff ziemlich desinteressiert nach der Zeitung, doch sobald er das Foto sah, sprang er auf und blieb hoch aufgerichtet in Mr. Campions kleinem Wohnzimmer stehen. Sein Gesicht war feuerrot angelaufen, und in den leuchtend blauen Augen stand Entsetzen. Als er den Text unter dem Foto zu lesen versuchte, zitterte seine Hand so stark, daß er gezwungen war, die Zeitschrift auf den Tisch zu legen. Sichtlich erschüttert richtete er sich schließlich aus seiner gebeugten Haltung auf und sah Campion an. Er schien trotz seiner zerlumpten Kleider und der ungepflegten Erscheinung eine neue Würde auszustrahlen. »Ich verstehe«, sagte er ernst. »Sie handeln im Auftrag meines Vaters. Ich soll wohl nach Hause zurückkehren.«

Campion betrachtete seinen Gast mit mildem Erstaunen. »Ich freue mich, daß Sie so denken«, sagte er. »Aber ich spreche nicht für Ihren Vater, und ich hatte keine Ahnung, daß Sie für dieses Musterbeispiel schlechten Geschmacks so leidenschaftliche Empfindungen hegen.«

Val schnaubte verächtlich. »Der Kelch? Ein Musterbeispiel schlechten Geschmacks?« wiederholte er. »Natürlich, Sie sind ein Fremder und werden nicht verstehen, wie schwierig es für mich ist zu erklären, was uns« – er zögerte – »dieser Kelch bedeutet.« Bei dem Wort Kelch senkte er unwillkürlich die Stimme.

Mr. Campion hüstelte. »Hören Sie«, sagte er endlich, »wenn Sie Ihre Förmlichkeit ablegen und mir gegenüber ein bißchen auftauen könnten, würden Sie mich, glaube ich, sehr interessant finden. Setzen Sie sich, um Himmels willen, und seien Sie menschlich!«

Val lächelte, ließ sich wieder in den Sessel sinken, und einen ganz kurzen Augenblick sah man seinem Gesicht an, wie jung er noch war. »Tut mir leid«, sagte er, »aber ich weiß nicht, wer Sie sind. Verzeihen Sie«, fügte er verlegen hinzu, »daß ich immer auf derselben Sache herumreite, aber es macht alles so schwierig. Sehen Sie, bei uns zu Hause wird der Kelch nie erwähnt. Er gehört zu jenen ungeheuer wichtigen Dingen, über die man nicht spricht. Das Foto hat mich ganz aus dem Gleichgewicht gebracht. Mein Vater muß verrückt sein oder...« Er richtete sich auf, und in seine Augen trat plötzlich ein ängstlicher Glanz. »Es geht ihm doch gut?«

Campion nickte. »Ausgezeichnet, soviel ich weiß. Das Foto wurde ganz offensichtlich ohne sein Wissen gemacht und an die Presse weitergegeben. Ich vermute, daß es, als er davon erfuhr, deswegen ein paar Schwierigkeiten gegeben hat.«

»Darauf könnte ich wetten«, sagte Val grimmig. »Sie werden es natürlich kaum verstehen, aber das ist ein Sakrileg.« Wieder errötete er, diesmal vor Scham, begriff Campion.

Val kauerte zusammengesunken im Sessel, die Zeitschrift aufgeschlagen auf den Knien. Seufzend ließ Campion sich auf der Tischkante nieder und begann zu sprechen. »Hören Sie, ich gebe Ihnen jetzt eine Lektion in Wirtschaftslehre, und dann erzähle ich Ihnen ein Märchen. Ich bitte Sie nur, mir zuzuhören. Es wird sich, glaube ich, für Sie lohnen.«

Val nickte. »Ich weiß zwar noch immer nicht, wer Sie sind, aber schießen Sie los.«

Campion grinste. »Hören Sie mich an, und wenn Sie wollen, gebe ich Ihnen hinterher meine Geburtsurkunde. Lehnen Sie sich zurück, dann kann ich mit den Details anfangen.«

Gehorsam lehnte Val sich zurück, und Campion beugte sich vor, einen etwas intelligenteren Ausdruck als sonst in seinem freundlichen, nichtssagenden Gesicht.

»Ich weiß nicht, ob Sie zu den Leuten gehören, die Psychologie und Wirtschaftswissenschaften und Gott weiß was studieren«, begann er, »aber wenn Sie das tun, muß Ihnen aufgefallen sein, daß man, wenn man nur reich genug ist, eines Tages an einen Punkt kommt, von dem an nur noch zählt, was man sich im Augenblick gerade wünscht – und nichts sonst. Ich meine, man ist erhaben über solche Kleinigkeiten wie Gesetz und Ordnung und die Frage, wer das nächste Bootsrennen gewinnt.« Er zögerte, doch Val schien ihn zu verstehen. Daher fuhr er fort: »Vor ungefähr einem halben Jahrhundert haben sechs der reichsten Männer der Welt – zwei Briten, ein Amerikaner, zwei Spanier und ein Franzose – diese interessante Entdeckung im Hinblick auf das Sammeln von Kunstgegenständen gemacht. Zum Glück hatten sie alle verschiedene Hobbys, aber allen gemeinsam war der Wahn, sie seien Könige von Gottes Gnaden.«

Campion unterbrach sich abermals. »An dieser Stelle endet die Lektion, und das Märchen beginnt. Es waren einmal sechs Männer, die eines Tages feststellten, daß sie sich für ihre verschiedenen Kunstsammlungen, die sie sehr liebten, fast alles kaufen konnten, was sie sich wünschten. Dann begann einer von ihnen, ein gieriger Kerl, sich jedoch Dinge zu wünschen, die man nicht kaufen konnte, Dinge von solchem Wert, daß berühmte Philanthropen sie an Museen verschenkt hatten. Darunter auch Gegenstände, die für die Nation von großer historischer Bedeutung waren. Können Sie mir folgen?«

Val nickte. »Ich begreife zwar nicht, worauf Sie hinauswollen«, sagte er, »aber ich höre zu.«

»Der erste Mann«, fuhr Campion fort, »den wir Ethel nennen wollen, weil das ganz offensichtlich nicht sein richtiger Name war, sagte zu sich: ›Ethel, du hättest gern das Porträt der Marie Antoinette, das im Louvre hängt, aber es ist nicht zu verkaufen, und wenn du versuchen wolltest, es zu erwerben, würde sehr wahrscheinlich ein Krieg ausbrechen, und du wärst nicht mehr annähernd so reich wie heute. Es gibt daher nur eine einzige Möglichkeit, an dieses schöne Bild zu kommen.‹ Also fragte er seinen Diener George, der ein Genie, aber, wie ich bedauerlicherweise ergänzen muß, auch ein Ganove war: ›Was halten Sie davon, George?‹ Und George sagte, daß man das Bild stehlen konnte, wenn dabei nur genug heraussprang, denn er kannte genau den richtigen Mann, der für seine schlau eingefädelten Diebstähle berühmt war. Und das«, fügte Campion hinzu, während sich seine ein wenig lächerlich klingende Stimme vor Aufregung noch höher schraubte, »das war der Anfang.«

Val richtete sich stocksteif auf. »Sie erwarten doch nicht, daß ich das ernst nehme, oder?« sagte er.

»Hören Sie«, entgegnete Campion scharf, »genau darum bitte ich Sie. Ethel ›erwarb‹ also das Gemälde, und die Polizeikräfte von vier Staaten suchten fieberhaft danach – überall, nur nicht in Mr. Ethels Privatsammlung natürlich, die sein Landhaus schmückte, in das sie sich nicht hineinwagten, weil er ein bedeutender Mann war. Nach einiger Zeit besuchte ihn sein Freund Evelyn, ebenso reich wie er und ein begeisterter Sammler von Keramiken. Natürlich konnte Ethel der Versuchung nicht widerstehen und zeigte ihm das Bild. Evelyn war mehr als tief beeindruckt. ›Wie hast du es bekommen?‹ fragte er. ›Wenn du dein Bild kriegen kannst, warum sollte ich dann nicht die Ming Vase aus dem Britischen Museum erwerben können? Schließlich bin ich so reich wie du.‹

›Nun‹, antwortete Ethel, ›weil du mein Freund bist und mich nicht erpressen wirst, denn dazu bist du zu ehrenhaft, werde ich dich mit meinem Kammerdiener George bekannt machen, der die Sache möglicherweise für dich arrangieren kann.‹ Das tat er, und George ›arrangierte‹ die Sache. Allerdings ging er diesmal zu einem anderen Dieb, einem, der ein As im Stehlen von Vasen war. Evelyn war natürlich hocherfreut und konnte nicht umhin, die Geschichte seinem Freund Cecil zu berichten, der ein kleiner König und ein großer Juwelensammler war. Selbstverständlich wandten sie sich schließlich an George, und alles begann von neuem.

Während der fünfzig Jahre, die seitdem vergangen sind, haben sehr viele reiche Leute George und Georges Nachfolger beschäftigt, mit dem Resultat, daß es heute eine ganze Menge reicher Ethels und Cecils und Evelyns gibt. Man kann sie kaum eine Gesellschaft – aber vielleicht einen Ring nennen; den mächtigsten und reichsten Ring der Welt. Es sind keine Kriminellen im üblichen Sinn. George und seine Freunde müssen es ausbaden, wenn es Schwierigkeiten gibt, und sie stecken auch das ganze Geld ein.

Ganz nebenbei rühren sie nie etwas an, das legal erworben werden kann. Die Ethels und Cecils selbst sind unantastbar, weil sie (a) sehr bedeutende Leute sind, und (b) außer George und seinem Nachfolger kein Mensch weiß, wohin die Schätze verschwinden. Darin liegt die Stärke der Operation. Verstehen Sie jetzt, was ich meine?«

Er verstummte, und die Stille im kleinen Raum wurde erdrükkend. Obwohl leichthin erzählt, klang die Geschichte nicht wie ein Märchen, sondern sehr real. Val starrte Campion an.

»Ist das wahr?« fragte er. »Wenn ja, dann ist es sehr ungewöhnlich. Fast so ungewöhnlich wie alles andere, das ich heute nacht erlebt habe. Doch ich verstehe noch immer nicht, wieso die Angelegenheit auch mich betrifft.«

»Darauf komme ich gleich«, sagte Campion geduldig. »Doch zuerst müssen Sie begreifen, daß mein kleines Märchen, so widersinnig es klingt, die reine Wahrheit ist. War nicht auch die *Mona Lisa* einmal verschwunden und ist nach einiger Zeit unter höchst zwielichtigen Umständen wieder aufgetaucht? Wenn Sie zurückdenken, werden Ihnen noch einige unschätzbare, unverkäufliche *objets d'art* einfallen, die von Zeit zu Zeit auf mysteriöse Weise verschwanden. Lauter Dinge, die nicht den geringsten Marktwert haben, weil sie so berühmt sind.«

»Ich nehme an, einige der ursprünglichen Mitglieder dieses – dieses ›Rings‹ sind inzwischen gestorben«, sagte Val, wider Willen von der Pikanterie der Geschichte beeindruckt.

»Ah«, erwiderte Campion, »auch dazu wollte ich etwas sagen. In den letzten fünfzig Jahren haben die Millionäre sich erheblich vermehrt. Der kleine Kreis reicher Sammler ist gewachsen. Kurz nach dem Krieg gab es ungefähr zwanzig Mitglieder, Männer aller Rassen und Hautfarben, und die Organisation, die für einen kleinen Kreis so erfolgreich gearbeitet hatte, geriet ein bißchen aus den Fugen. Zu diesem Zeitpunkt nahm eines der Mitglieder, ein Organisationsgenie, ein Mann, dessen Name übrigens auf drei Kontinenten berühmt ist, die Dinge in die Hand und legte vier oder fünf Hauptregeln fest, straffte das Unternehmen und stellte es auf eine streng geschäftliche Basis. So daß die Gesellschaft – der Ring, oder wie immer Sie das Ganze nennen wollen, es hat keinen Namen, soviel ich weiß – jetzt auf ihrem Gebiet praktisch allmächtig ist.«

Er unterbrach sich, damit Val das Gesagte verarbeiten konnte, stand auf und ging langsam im Zimmer auf und ab.

»Ich kenne nicht einmal die Namen der Hälfte aller Mitglieder«, fuhr er nach einer Weile fort. »Und die, die ich kenne, kann ich nicht preisgeben. Aber wenn ich Ihnen sage, daß weder Scotland Yard noch das Central Office noch die Sûreté eine Tatsache zugeben werden, mit der sie mehr oder weniger ständig befaßt sind, wird Ihnen wahrscheinlich klar werden, daß Ethel und seine Freunde ziemlich wichtige Leute sind. Käme die Sache ans Licht, gäbe es einen Skandal, der mindestens zwei Throne stürzen und die Regierungen von vier oder fünf Großmächten gefährden würde.«

Val stellte sein Glas auf das kleine Lesetischchen neben seinem Sessel. »Das ist ja eine Wahnsinnsgeschichte«, sagte er. »Doch ich denke, ich glaube Ihnen.«

Der so ungewöhnlich blasse Mr. Campion sah ihn dankbar lächelnd an. »Darüber bin ich sehr froh«, antwortete er. »Das ermöglicht es mir, Ihnen auch noch den Rest zu sagen.«

Val runzelte die Stirn. »Trotzdem – ich verstehe nicht, wie sie es getan haben«, sagte er, Campions Bemerkung ignorierend. »Der George in Ihrer Geschichte: wie hat er es angefangen?«

Campion zuckte mit den Schultern. »Das war leicht genug«, sagte er. »Eine ganz simple Sache. Ich habe Ihnen doch erklärt, daß dieser ›treue Diener seines Herrn‹ ein kluger Mann war. Er hat das Geschäft zu dem gemacht, was es heute ist. Er etablierte sich ganz einfach als Hehler und ließ an den richtigen Stellen durchsickern, daß er für einen bestimmten Gegenstand einen phantastischen Preis zahlen würde. Ich wette, das klingt für Sie nach irgendeiner präraffaelitischen Bruderschaft«, setzte er fröhlich hinzu. »Aber Sie müssen Onkel Albert glauben, wenn er sagt, sie bezahlen und bekommen das Kunstwerk ihrer Wahl.«

Val seufzte. »Es klingt ungeheuerlich. Aber was habe ich damit zu tun? Ich bin kein berühmter Gauner und könnte leider nichts für Sie klauen.«

Campion schüttelte den Kopf. »Sie haben mich völlig mißverstanden. Ich gehöre nicht zur ›Firma‹. Haben Sie denn noch immer keine Ahnung, warum ich Sie zu mir gebeten habe?«

Val sah ihn einen Sekundenbruchteil verständnislos an, dann dämmerte es ihm endlich, und in seine Augen trat ein Ausdruck blanken Entsetzens. »Guter Gott!« stieß er hervor. »Es geht um den Kelch.«

Campion nickte sehr ernst. »Na endlich!« sagte er. »Ja, es geht um den Kelch.«

»Aber das ist unmöglich!« Nachdem er kurz nachgedacht hatte, kam Val zu dem Schluß, daß diese Vermutung absurd war. »Ich lehne es ab, darüber zu sprechen«, erklärte er. »Verdammt noch mal! Sie sind ein Fremder. Sie wissen nicht – können nicht wissen, wie lächerlich eine solche Geschichte ist.«

»Mein lieber Junge«, sagte Campion unendlich geduldig, »solange Sie nicht einsehen, daß eine reale Gefahr besteht, gibt es keinen wirksamen Schutz. Ich habe die beiden letzten Wochen damit verbracht, Sie zu suchen, denn zufällig weiß ich, daß der Kelch der Gyrth, wenn Sie nichts unternehmen, in sechs Monaten, und zwar auf den Tag genau, die private Sammlung eines besonders erlauchten Mohammedaners zieren wird.«

Im ersten Moment war Val sprachlos. Dann lachte er. »Mein lieber Herr, Sie sind verrückt.«

Campion war verletzt. »Wie Sie wollen«, sagte er. »Doch wer würde Ihrer Meinung nach soweit gehen, Sie in einem Taxi entführen zu lassen? Warum, glauben Sie, beobachten jetzt vier Männer meine Haustür? Wenn Sie sich die Mühe machten, hinauszuschauen, würden Sie sie wahrscheinlich sehen.«

Noch glaubte Val nicht so recht daran, war jedoch ziemlich erschrocken. Jetzt wirkte sein Gastgeber nicht mehr zerstreut und zerfahren, sondern lebhaft, wachsam und beinahe intelligent.

Dennoch schüttelte Val den Kopf. »Das können Sie nicht ernst meinen«, sagte er.

Campion nahm die Brille ab und schaute ihm sehr direkt in

die Augen. »Jetzt hören Sie mir einmal zu, Val Gyrth«, sagte er. »Sie müssen mir glauben. Ich bin bei weitem nicht so ahnungslos, wie Sie denken, und weiß sehr gut, welche Bedeutung der Kelch der Gyrth für Ihre Familie hat und, wie Sie selbst am besten wissen, für das ganze Land. Indem ich Sie warne, stelle ich mich gegen eine der mächtigsten Organisationen der Welt. Dadurch, daß ich Ihnen meine Hilfe anbiete, gefährde ich mein Leben.« Er unterbrach sich, sprach jedoch sofort weiter.

»Wollen Sie mir etwas über die Zeremonie erzählen, die mit dem Kelch zusammenhängt? Über den Besuch des königlichen Großkämmerers, der seit der Restauration regelmäßig alle zehn Jahre stattfindet? Oder über die Urkunde, die besagt, daß der gesamte Besitz Ihrer Familie an die Krone fällt, wenn der Kelch verlorengehen sollte? Ich könnte Ihnen noch viel mehr erzählen. Ihrer Familientradition zufolge werden Sie an Ihrem fünfundzwanzigsten Geburtstag großjährig, und dann findet im Ostflügel von Tower eine Zeremonie statt. Das heißt, daß Sie nach Sanctuary zurückkehren müssen.«

Val holte tief Atem. Die letzten Barrieren seines Vorurteils waren gefallen. Campions plötzliche Veränderung vom albernen Nichtsnutz zum leidenschaftlichen Streiter war ungewöhnlich überzeugend.

Campion, der einen Eilmarsch durch sein Wohnzimmer angetreten hatte, drehte sich um. »Wie Sie es auch betrachten mögen, ich fürchte, Sie und Ihre Familie haben eine eher unruhige Zeit vor sich. Deshalb habe ich nach Ihnen geforscht. ›Ethel‹ und seine Freunde haben es auf den Kelch abgesehen. Und wenn wir nichts unternehmen, bekommen sie ihn auch.«

Val schwieg ein paar Minuten und musterte Campion mit kritischen Blicken. Er hatte Farbe bekommen, und die kräftigen Wangenmuskeln unter dem Stoppelbart waren hart und angespannt.

»Dieses Schwein!« sagte er plötzlich. »Wenn ihm das gelingt, ist das natürlich unser Ruin. Da Sie so viel wissen, ist Ihnen bestimmt auch bekannt, daß wir unsere Existenz dem

Kelch zu verdanken haben. Wir sind eine der ältesten Familien Englands. Trotzdem engagieren wir uns kaum in der Politik oder auf anderen Gebieten, sondern widmen uns ausschließlich der Erhaltung des Kelchs.«

Er verstummte wie abgeschnitten, und sein Blick wurde wieder mißtrauisch. »Wieso setzen Sie sich so für unsere Sache ein?« fragte er.

Campion zögerte. »Das ist ein bißchen schwer zu erklären«, sagte er dann. »Ich bin – oder eher war – so etwas wie ein universeller Onkel, Freund eines Polizisten und Faktotum eines Meisterbetrügers. Man könnte es, denke ich, so ausdrücken, daß ich mich für ein geringes Entgelt für andere Leute in Abenteuer stürzte. Wenn nötig, kann ich Ihnen Referenzen von Scotland Yard bringen – inoffizielle natürlich – oder von fast allen Behörden, die Sie mir nennen. Vergangenes Jahr starb jedoch mein geliebter Onkel, seine Eminenz, der Bischof von Devizes – übrigens der einzige in meiner Familie, der mich mochte –, und hinterließ mir die gesamten Ersparnisse seines bischöflichen Lebens. Als Kapitalist mußte ich natürlich meine Vier-Pence-pro-Stunde-Jobs aufgeben und war gezwungen, mich nach standesgemäßeren Fällen umzusehen, denen ich einen kleinen Teil meines Geistes und meiner Schönheit widmen kann. Das ist der eine Grund.

Zweitens habe ich, und ich bitte Sie, mein Vertrauen zu rechtfertigen und zu respektieren, auch ein persönliches Interesse an der Sache. Meine Familie hat mich praktisch verstoßen. Die Mehrzahl meiner Lieben ist ohnehin der Meinung, daß ich vor zehn Jahren in die Kolonien gegangen und dort verschollen bin ...«

»Als Sie vorhin die Brille abnahmen«, unterbrach ihn Val, »erinnerten Sie mich an ...«

Campion wurde rot. »Belassen wir es dabei, in Ordnung?« sagte er.

Val nickte mit großem Verständnis und schenkte sich noch einen Drink ein.

»Ich hoffe, Sie haben nichts dagegen«, sagte er, »aber Sie haben mir einen Schock nach dem anderen versetzt, und zu meinen Füßen hat sich ein Abgrund geöffnet. Sie sind ein bißchen viel auf einmal, wissen Sie, und ich habe daran zu kauen, besonders wenn ich an die Methode denke, mit der Sie mich hergelockt haben. Wie haben Sie das nur gemacht?«

»Mit ein bißchen Zauberei«, antwortete Campion schlicht und wenig überzeugend. »Mit Hilfe von Spiegeln.« Er wurde plötzlich ernst. »Ich habe Sie, wie gesagt, schon seit vierzehn Tagen gesucht, und als ich Sie fand, konnte ich mich Ihnen nicht nähern, weil ›Georges‹ Freunde sich ebenfalls für Sie interessierten, und ich wollte meinen Kopf nicht unbedingt in ein Wespennest stecken. Diese Leute kennen mich nämlich besser als ich sie – leider.«

»Man hat mich beschattet?« fragte Val. »Warum denn, um alles in der Welt?«

»Man wollte Ihrer habhaft werden, genau wie ich«, antwortete Campion. »Hätte einer meiner Freunde Ihnen auf die Schulter geklopft und wäre mit Ihnen in ein Pub gegangen, wäre einer von ›Georges‹ Freunden Ihnen gefolgt. Sie mußten mich aus freien Stücken aufsuchen – wenigstens sollte es den Anschein haben. Das ist die Erklärung dafür, daß meine Leute Unmengen von Briefumschlägen vor Ihrer Nase ausstreuen mußten, bevor Sie den Köder entdeckten. Lugg verbringt seit vierzehn Tagen seine Abende bei Kemp. Er ist übrigens mein Diener.

Sehen Sie«, fuhr er um Entschuldigung bittend fort, »ich mußte Sie zuerst nach Clerkenwell schicken, um ganz sicherzugehen, daß die anderen mir nicht zuvorgekommen waren. Ich schätze, sie wollten abwarten, bis Sie noch ein bißchen mehr heruntergekommen wären, bevor sie mit ihrem Vorschlag an Sie herantraten.« Er unterbrach sich und sah Val an. »Können Sie mir folgen?«

»Ich bemühe mich«, antwortete Val widerspenstig. »Aber es will mir noch immer nicht in den Kopf, warum sie hinter mir her sind. Hier bin ich und besitze keinen Penny. Ich nütze keinem Menschen was. Krieg nicht einmal einen Job.«

»Und hier«, sagte Campion ernst, »kommen wir zu einem sehr persönlichen und schwierigen Punkt. Sie haben sich – mit Ihrem Vater überworfen?«

Val nickte, und die Linien des Eigensinns um seinen Mund verhärteten sich. »Das ist richtig«, sagte er.

Campion bückte sich, um das Feuer zu schüren. »Mein lieber Junge«, sagte er, »wie ich Ihnen schon sagte, ist es die Taktik der Sammler, für jeden Job stets genau den richtigen Mann zu engagieren. Und obwohl es jedem, der Sie kennt, völlig klar sein müßte, daß die Chance, Sie zu kaufen, ungefähr so groß ist wie die, daß ich anfange in Heimarbeit Wundertüten zu füllen, hat sich das der Unbekannte, der mit dieser Aufgabe betraut ist, offensichtlich nicht klargemacht. Es gibt Leute, die glauben, daß ein Verhungernder alles verkauft.«

Val explodierte, er war außer sich vor Wut. Campion wartete, bis der Anfall vorüber war und sagte dann: »Sie haben ja so recht. Aber – hier haben Sie Ihre Erklärung, nicht wahr?«

Val nickte. »Und ›die lange Straße‹?« fragte er.

»Eine Begrüßungsformel zwischen ›Georges‹ Freunden.«

Val seufzte. »Es ist unglaublich«, sagte er. »Ich begebe mich ganz und gar in Ihre Hände, wenn ich darf. Was werden wir tun? Die Polizei verständigen.«

Campion ließ sich neben Val in einen Sessel fallen. »Ich wünschte, das wäre möglich«, sagte er. »Aber Sie müssen doch erkennen, wie schwierig das wäre. Wenn wir die Polizei rufen, solange nichts gestohlen wurde, wird sie kein großes Verständnis für uns aufbringen und sich nicht sehr lange mit uns befassen. Und nach dem Diebstahl geht die Kostbarkeit sofort in den Besitz von Leuten über, die unantastbar sind. Die Polizei hätte keine faire Chance. Ich habe gelegentlich für Scotland Yard gearbeitet. Einer meiner besten Freunde ist ein großer Mann im Yard. Er wird alles tun, um uns zu helfen, aber Sie sehen jetzt, wie kompliziert die Situation ist.«

Val fuhr sich mit der Hand über die verbundene Stirn. »Was passiert als nächstes?« fragte er.

Campion überlegte. »Sie müssen sich mit Ihrem Vater versöhnen«, sagte er leise. »Aber wie ich vermute, ist Ihnen das ohnehin klar.«

Val lächelte schwach. »Es ist schon komisch, daß durch eine einzige Information die Sache, für die man bereit war, Not und Hunger zu leiden, auf einmal so klein und unwichtig scheint«, sagte er. »Im Juli hätte ich nach Sanctuary zurückkehren müssen; am Zweiten werde ich fünfundzwanzig. Aber ich hatte fest vor, wieder wegzugehen. Keine Ahnung, wie wir Vater diese Geschichte beibringen sollen. Trotzdem«, sein Gesicht wurde plötzlich ausdruckslos, »was können wir eigentlich tun – wenn sie stimmt? Wir können gegen einen solchen Ring nicht ewig kämpfen. Es ist unglaublich, aber die anderen sind zu stark, zu mächtig.«

»Das«, sagte Campion, »ist der Punkt, an dem die ganze Frage sich fein säuberlich in ein ›Was-sollte-A-tun-Problem?‹ auflöst. Wir haben nur eine einzige Chance, alter Junge, sonst lohnte es sich gar nicht, für das Projekt zu kämpfen, und wir hätten uns nie kennenlernen sollen. Diese auf Erwerb ausgerichtete Gesellschaft hat nicht sehr viele Regeln, doch sie werden sehr streng eingehalten. Vereinfacht laufen sie darauf hinaus: Alle Aufträge der Mitglieder – natürlich darf es sich dabei ausschließlich um Kunstgegenstände handeln, die man nicht kaufen kann – werden mit der gleichen Präzision ausgeführt, der Job darf immer nur an den Besten auf seinem Gebiet vergeben und unbegrenzte Geldmittel müssen bereitgestellt werden; und damit endet vorläufig die Arbeit von ›Ethel‹ und ›George‹, bis der Schatz in ihren Händen ist.« Er unterbrach sich und sah Val fest und ruhig an. »Sollte jedoch – und das ist unsere einzige Chance – der Fachmann, den sie mit der Aufgabe betraut haben, bei der Erledigung seines Auftrags irgendwie zu Tode kommen ... Das heißt, genauer gesagt, sollte der Besitzer des Kunstwerks den Dieb töten, um es zu schützen, dann müssen sie es ein- für allemal in Ruhe lassen und sich nach etwas anderem umsehen.«

»Und wenn er ertappt und verhaftet wird?« fragte Val unsicher.

Campion zuckte mit den Schultern. »Wenn er sich erwischen läßt, muß er die Konsequenzen tragen. Wer würde ihm schon glauben, wenn er versuchte, die anderen zu verpfeifen? Nein, in einem solchen Fall muß er seine Strafe auf sich nehmen, und die Gesellschaft beauftragt einen anderen. Das ist durchaus verständlich. Kalte Füße kriegen sie nur, wenn ihr persönlicher Angestellter aus dem Verkehr gezogen wird. Natürlich sind die Männer, die sie beschäftigen, auch nicht gerade zimperlich, wenn es darum geht, Blut zu vergießen«, fügte er hastig hinzu. »Das Kleinzeug – Einbrecher, Ganoven und miese kleine Fälscher können ruhig sterben wie die Fliegen. Damit haben ›George‹ und ›Ethel‹ nichts zu tun. Nur wenn ihr eigener Mann eins auf den Schädel kriegt, ist für sie sozusagen auch die Sache gestorben.«

»Und wer ist der Mann, der den Kelch holen soll?« fragte Val abrupt.

Campions helle Augen hinter der dicken Brille nahmen einen bekümmerten Ausdruck an. »Das ist ja das Schwierige an der Sache«, erwiderte er. »Ich weiß es nicht. Sie sehen also selbst, in was für einem Schlamassel wir stecken.«

Val stand auf und sah Campion mit wachsendem Entsetzen an. »Was Sie da sagen, läuft also letzten Endes auf eins hinaus: Wenn wir beschützen und bewahren wollen, was für mich und meine Familie das Kostbarste auf der Welt ist, müssen wir den Mann, der es stehlen soll, finden und ermorden, nicht wahr?«

Campion erwiderte Vals Blick sehr ernst. »Sagen wir, wir müssen uns ›seiner entledigen‹«, entgegnete er leise.

4
Ländliche Freuden

»Das letztemal bin ich mit der Grünen Minna hier durchgekommen«, sagte Mr. Lugg mit Grabesstimme im Fond des Wagens. »Ich weiß es noch so genau, weil sie mir damals drei Monate ›Z‹ aufgebrummt hatten. Der Lackierte war aber der Richter. Zufällich war ich nämlich der falsche Mann, und das Alibi war einiges wert, das kann ich Ihn' flüstern.«

Campion, der am Steuer saß, sagte, ohne sich umzudrehen: »Ich wünschte, du würdest den Mund halten, Lugg. Wir fahren möglicherweise in ein Haus, in dem es richtiges, erstklassig ausgebildetes Personal gibt. Du wirst dich benehmen müssen.«

»Personal?« plusterte Lugg sich auf. »Ich bin der Kammerdiener meines Herrn und dulde keine Unverschämtheiten. Mr. Gyrth weiß über mich Bescheid. Heut morgen hab ich ihm beim Rasieren erzählt, daß ich früher 'n Berufskiller war.«

Val, der neben Campion auf dem Beifahrersitz saß, lachte leise in sich hinein. »Lugg und Branch, der Butler meines alten Herrn, müßten sich sehr gut verstehen«, sagte er. »Branch hatte, glaub ich, eine ziemlich wilde Jugend, obwohl seine Familie natürlich seit vielen Jahren für uns gesorgt hat.«

»Er heißt doch mit 'm Vornamen nich zufällich Roger?« fragte Mr. Lugg mit mildem Interesse. »Kleiner, magerer Kerl mit ner Hakennase – spricht mit 'm gräßlichen Provinzakzent?«

»Das stimmt.« Belustigt und erstaunt drehte Val sich zu Lugg um. »Kennen Sie ihn?«

Lugg schnaubte und nickte. »›Der Prinz von Parkhurst‹ ham wir 'n genannt, wie ich mich erinnere«, sagte er und ließ dann das Thema fallen.

Val wandte sich an Campion. »Sie beide sind ein phantastisches Paar«, sagte er.

»Aber durchaus nicht«, antwortete der auffallend blasse Campion. »Seit wir Französisch gelernt haben, können wir uns ohne Verlegenheit in jeder Gesellschaft bewegen. Man sollte Luggs Leumundszeugnis vorzeigen. Ich weiß, daß er sich selbst eins geschrieben hat.«

Val lachte, und das Gespräch versiegte für ungefähr eine Minute. Rund sechsunddreißig Stunden nachdem Val verletzt und übermüdet in Campions Wohnung getaumelt war, fuhren sie mit großer Geschwindigkeit die Hauptdurchgangsstraße von Colchester entlang. Widerwillig hatte Val seinem Gastgeber erlaubt, ihn neu auszustatten und sich von dem unschätzbaren Lugg in einen zivilisierten Menschen verwandeln zu lassen. Jetzt sah er ganz anders aus als der verwahrloste Vagabund mit wunden Füßen, den Campion aufgenommen hatte. Nach seinem ersten Gespräch mit Campion hatte er sich diesem ungewöhnlichen Mann bedenkenlos in die Hand gegeben.

Ihr Aufbruch aus London war nicht ohne Dramatik gewesen. Mit dem Lastenaufzug war Val aus der Wohnung durch ein exklusives Restaurant in die Regent Street geschmuggelt worden, wo mit laufendem Motor ein Bentley gewartet hatte. Val war hineingesprungen und Campion sofort mit halsbrecherischer Geschwindigkeit losgebraust. Wenn Campion kein sich besonders überzeugend gebarender Irrer war, mußten sie tatsächlich in ernster Gefahr sein.

Campions sanfte Stimme durchbrach seine Gedanken. »Ich möchte ja nicht übertrieben neugierig erscheinen«, sagte er, »aber ich wüßte gern, ob Sie erwarten, daß Ihr Vater es mir schwermachen wird, mich mit ihm anzufreunden? Das ist im Moment eine wichtige Frage für mich.«

Val schüttelte den Kopf. »Ich glaube nicht«, sagte er. »Im Grunde hat mich ja nur mein Dickschädel daran gehindert, zurückzukehren, nachdem ...« Er unterbrach sich, schien den Satz offenbar nicht beenden zu wollen.

Campion öffnete schon den Mund, um eine zweifellos taktvolle Antwort zu formulieren, als der nicht zu bezähmende Lugg ihm zuvorkam. »Wenn's was mit ner Frau zu tun hat, können Sie's ihm ruhig sagen«, erklärte er kummervoll. »Er hat auch schon ne Enttäuschung hinter sich.«

Mit völlig ausdruckslosem Gesicht saß Campion stocksteif da. Sie fuhren eben durch eines der vielen Landstädtchen, die an der Straße lagen, und er lenkte den Wagen vor einem sehr geschickt restaurierten Gasthof aus der Tudorzeit an den Rand des Gehsteigs. »Der innere Campion rebelliert«, sagte er. »Wir müssen essen. Mach, daß du wegkommst, Lugg.«

»Sehr wohl«, sagte Lugg, der genau wußte, wie taktlos seine Bemerkung gewesen war und deshalb eine leicht herausfordernde Haltung annahm. »Während Sie an Ihr'm ›Lunch für Autofahrer‹ lutschen – sieben Shilling und 'n paar Zerquetschte, der Kaffee extra –, eß ich in der Bar einen Happen. Es sind Typen wie Sie, die aus ›The Blue Boar‹ Lokale mit Namen wie ›Ye Olde Stuck Pigge for Dainty Teas‹ machen.«

Er stieg mit Gepolter aus, machte Campion zwar die Tür auf, bemühte sich jedoch nicht, sie ihm auch zu halten. Sein Arbeitgeber sah ihm geringschätzig nach.

»Blödmann«, sagte er. »Das ist der Jammer mit Lugg. Für einen erstklassigen Diener hat er viel zuviel Zivilcourage. Früher war er ein vielversprechender Einbrecher, müssen Sie wissen. Kommen Sie, gehen wir rein und sehen nach, was die gute Brauerei uns zu bieten hat.«

Val folgte der schlanken, wenig eindrucksvollen Gestalt zwei Stufen hinunter in ein Speiserestaurant, das ein wohlmeinendes, wenn auch nicht besonders mit Bildung geschlagenes Management im Stil König Jakobs I. ausgestattet hatte, wobei es leider ins operettenhaft Kitschige abgerutscht war. Der Fußboden war aus kühlen Backsteinen, die mit Schnitzwerk überladenen schweren Balken, die die Decke stutzten, hatte man ebenholzschwarz lackiert, und der offene Kamin am Ende des Raums war ein Gewirr aus verrosteten Spießen und Klammern in einem solchen Übermaß, daß die ursprünglichen Besitzer bei seinem Anblick nur noch gestaunt hätten.

»Ich denke, hier läßt sich's gut sein«, sagte Campion und zeigte auf einen Tisch, der ein bißchen abseits in einem Alkoven stand.

Als Val sich setzte, sah er sich ein bißchen besorgt um. Er hatte keine Lust, alten Bekannten zu begegnen. Auch Campion schaute sich um, wenn auch aus einem ganz anderen Grund. Aber die wenigen Leute, die noch beim Lunch saßen, waren in der Mehrzahl gestandene Bauern, die sich mehr für *The East Anglian* und ihr Essen als für die anderen Gäste interessierten.

»Wenn ich nur wüßte, wer die Schmutzarbeit für sie erledigen soll«, sagte Campion, die Stirn runzelnd.

Val beugte sich halb über den Tisch. »Jeder zwielichtige Typ in der Gegend ist verdächtig«, sagte er leise. »Den Einheimischen bleibt sonst nicht viel mehr als die Wilderei, um ein paar Shilling extra zu verdienen.«

Campion blieb ernst. »Ich weiß«, sagte er, »das macht es nur schlimmer. Ich bin jedoch eitel genug zu hoffen, daß unsere diebischen Freunde mir die Ehre antun werden, einen Fremden mit ihren Hausaufgaben zu betrauen. Ich fürchte, es könnte sogar ein Amateurtalent sein, und die handeln gewöhnlich unlogisch, daher weiß man nie, wo man steht. Eine persönliche Frage, Val«, fuhr er, die Stimme senkend, fort. »Ist Ihre Tante Diana – eh – Caesars Frau, was? Ich meine, Sie glauben nicht, daß sie, anfällig gegen Schmeicheleien, auf List und Tücke hereinfallen könnte?«

Val legte die Stirn in Falten. »Meine Tante Diana«, sagte er leise, »hält sich für eine Art vestalischer Jungfrau und lebt auch danach. Seit dem Tod von Onkel Lionel bewohnt sie das Kelchhaus – das zum Besitz gehört –, und da mein Vater Witwer ist, spielt sie ein bißchen weibliches Familienoberhaupt. Ich glaube, Penny hat es schrecklich schwer mit ihr.«

»Penny?« erkundigte sich Campion.

»Meine Schwester Penelope«, erklärte Val. »Ein wunderbares Mädchen.« Campion nahm es zur Kenntnis.

»Um wieder auf Ihre Tante zu sprechen zu kommen«, sagte Campion, »tut mir leid, wenn ich ständig auf denselben Dingen herumreite, aber ist sie vielleicht ein bißchen – eh – plemplem?«

Val grinste. »Nicht so, daß man es ihr schriftlich geben würde«, antwortete er. »Aber sie ist eine törichte, sehr von sich eingenommene Frau, die sich einbildet, ein Herz zu haben. Und sie hat die Sache mit der ›Kelchjungfrau‹ gewissermaßen wiederaufleben lassen. Bis vor kurzem war dieser Teil der Zeremonie ein bißchen in Vergessenheit geraten. Sie hat in alten Urkunden und in der Familiengeschichte darüber nachgelesen und auf ihren Rechten bestanden. Sie ist eine sehr eigenwillige Person, und Vater läßt sie gewähren, damit er seine Ruhe hat – das glaube ich zumindest.«

Campion sah ihn zweifelnd an. »Um was geht es eigentlich bei diesem Kelchjungfraupalaver? Ich habe noch nie davon gehört.«

Val überlegte. »Oh, das ist eine ganz simple Sache«, sagte er endlich. »Offenbar war es im Mittelalter Brauch und Sitte, daß sich, wenn die Männer in den Kampf zogen, die älteste Tochter der Familie ins Kelchhaus zurückziehen und ihr Leben der Reliquie weihen mußte; heiraten durfte sie übrigens auch nicht. Natürlich wurde dieses Opfer in späterer friedlicherer Zeit überflüssig, und niemand hat sich mehr um den alten Brauch gekümmert, bis Tante Diana ihn, nachdem sie Witwe geworden war, aus der Mottenkiste holte. Seither sitzt sie im Kelchhaus, trägt den Titel und schwelgt in ihrer Rolle. Vater war darüber natürlich verärgert, doch eine solche Frau kann man nicht zurückhalten.«

»N-nein«, sagte Campion. »Hat sie noch andere Eigenheiten?«

»Na ja, bevor ich wegging, hatte sie's mit der Mystik – und vielleicht ist sie noch immer dabei. Trägt seltsame Kleider und wandert nachts herum, kommuniziert mit den Sternen und stört das Wild auf. Ganz harmlos, aber ziemlich idiotisch. Ich denke, sie würde schreien wie am Spieß, wenn ihr jemand eine faule Sache vorschlagen würde; und damit hätte es sich.«

Ein altersschwacher Kellner brachte ihnen das für den späten Lunchgast obligate kalte Roastbeef mit Pickles und schlurfte wieder davon.

Val schien in der Stimmung, Campion noch mehr anzuvertrauen. »Ich erwarte keine Schwierigkeiten mit Vater«, sagte er. »Sie wissen doch, warum ich abgehauen bin, nicht wahr?«

Campion sah noch unsicherer aus als sonst. »Nun ja, nicht direkt«, sagte er. »Sie sind in Cambridge in eine Prügelei geraten, oder?«

»Nein, ich habe in Cambridge geheiratet«, sagte Val bitter. »Die übliche Geschichte, wissen Sie. Sie war schrecklich attraktiv – eins von den Mädchen, die an jeder Uni rumhängen. Ich glaube, davon gibt es eine ganze Menge. Ich rief Dad an und teilte ihm die große Neuigkeit mit. Er wurde fuchsteufelswild und kürzte meinen monatlichen Scheck um die Hälfte, und da« – er zuckte mit den Schultern – »ist sie abgehauen, zurück nach Cambridge.«

Er unterbrach sich kurz und fügte verlegen hinzu: »Sie haben doch nichts dagegen, daß ich Ihnen das erzähle, nicht wahr? Aber da Sie jetzt mit drinstecken, habe ich das Gefühl, Sie sollten alles wissen. Ich fuhr nach Sanctuary zurück, und Hepplewhite, Dads Anwalt, bereitete den für eine legale Trennung nötigen Papierkram vor, als ich einen Brief von ihr bekam. Sie war in London, krank und in einem schlimmen Zustand. Dad war wütend, aber ich fuhr zu ihr und kümmerte mich um sie, verkaufte meine Wohnung und nach und nach meine Sachen, damit wir leben konnten, aber ich blieb bei ihr, bis sie starb. Damals hatte ich einen ganz gemeinen Streit mit Dad und bin deshalb nie wieder nach Hause gegangen. Hepplewhite versuchte mich ein paarmal zu überreden, dem alten Herrn zuliebe, aber ich wollte ihn nicht sehen. Leider eine ziemlich hoffnungslose Geschichte, aber wenigstens wissen Sie jetzt, wie alles gekommen ist. Frauen scheinen immer alles durcheinanderzubringen«, fügte er befangen hinzu.

»Ach, ich weiß nicht«, sagte Campion nachdenklich und schwieg dann.

Sie waren so in ihr Gespräch vertieft gewesen, daß sie die Unruhe nicht bemerkt hatten, die am anderen Ende des Raums entstanden war. Eine Frau war hereingekommen und begrüßte auf dem Weg zu ihrem Tisch ein paar Bekannte. Erst als ihr hohes, durchdringendes Organ das gedämpfte Stimmengewirr im Raum übertönte, wurde Val auf sie aufmerksam.

Sie war ein Typ, wie man ihn unter dem Landadel häufig findet, der anderswo jedoch zum Glück selten vorkommt. Von unnachahmlicher Selbstbeherrschung, wirkte sie leicht maskulin, hatte eckige, flache Schultern und schmale Hüften. Das Haar unter dem Männerhut war kurz geschnitten, und ihr Anzug saß perfekt. Die Bluse, die sie darunter trug, hatte einen ganz eng anliegenden Kragen.

Sie kam mit großer Lautstärke hereingesegelt und setzte sich so, daß sie Val und Campion das Gesicht zuwandte. Es war ein gutaussehendes Gesicht, aber es schön zu nennen, wäre absurd gewesen. Sie war blaß, hatte eine große, kräftige Nase und engstehende, harte graublaue Augen. Sie warf Handschuhe, Schals und Zeitungen auf den Stuhl neben sich und rief laut nach dem Kellner.

Nicht zu verkennen, daß sie eine Persönlichkeit war, und das unklare Unbehagen, das sich stets in Gegenwart einer prominenten Person in einem Raum voller Menschen breitmacht, wurde auch hier deutlich spürbar. Val wandte hastig das Gesicht ab. »Ach, du meine Güte!« stieß er hervor.

Campion zog die Brauen in die Höhe. »Wer ist diese unhöfliche Dame?«

Val senkte die Stimme. »Mrs. Dick Shannon«, sagte er mit zusammengebissenen Zähnen. »Bestimmt haben Sie schon von ihr gehört? Sie hat auf Heronhoe Heath einen Rennstall.

Eines dieser verdammten Weiber mit Persönlichkeit. Außerdem kennt sie mich. Könnten Sie sich ein bißchen vor mich setzen, mein Alter? Sie hat Augen wie ein Falke.«

Campion tat sein Bestes, doch als sie gingen, führte ihr Weg zur Tür sie direkt an Mrs. Dicks Tisch vorbei. Val war zwar schnell, aber doch nicht schnell genug.

»Val Gyrth!« Sie bellte den Namen so laut heraus, daß der junge Mann das Gefühl hatte, die gesamte Bevölkerung des kleinen Städtchens müsse es gehört haben. Dann packte sie seinen Jackenärmel und zog ihn zu sich zurück. Ihr Griff war wie eine Stahlklammer.

»Sie sind also wieder da, wie? Wußte gar nicht, daß Sie sich mit Ihrem Vater versöhnt haben.« Auch diese sehr persönliche Bemerkung wurde herausgebrüllt. »Wann ist denn das passiert?« Sie ignorierte Campion mit der absichtlichen Unhöflichkeit, die typisch für Menschen ihres Schlags ist. Er stand noch ein paar Sekunden sinnlos herum und ging dann hinaus, um die Rechnung zu begleichen.

Ohne Schutz zurückgeblieben, wollte Val sich von seiner Peinigerin unter einem Vorwand verabschieden. Ihm war klar, daß jedes Ohr im Raum gespitzt war, um seine Antwort aufzufangen. Gyrth war in diesem Teil des Landes ein Name, der Wunder wirkte.

Mrs. Dick schien ihr Publikum zu genießen und zugleich zu verachten. »Ich komme eben aus Tower«, sagte sie. »Versuche, Ihren Vater zu überreden, mir zwei Jährlinge zu verkaufen. Was will er mit Rennpferden anfangen? Ich habe ihm gesagt, daß er nicht den Grips hat, sie richtig zu trainieren; und sein Pferdepfleger ist ein Idiot. Hab mich auch mit Ihrer Tante unterhalten«, fuhr sie fort, ohne seine Antwort abzuwarten. »Sie wird von Tag zu Tag mehr gaga.«

Val schluckte und murmelte ein paar unzusammenhängende Abschiedsworte. Mrs. Dick packte seine Hand und schüttelte sie heftig. »Leben Sie wohl, Val. Wir sehen uns bald wieder. Sagen Sie Ihrem Vater, daß ich die beiden Jährlinge bekomme, und wenn ich sie stehlen muß. Er ist nicht fähig, sie zu trainieren.«

Val lächelte höflich und ein bißchen nervös und wandte sich ab.

»Ihre Frau ist gestorben, wie ich gehört habe – tut mir leid«, meldete sich noch einmal die Stimme, die klang wie die Posaunen von Jericho. Val floh.

Auf seiner Stirn stand Schweiß, als er Campion auf der Schwelle des Gasthofs einholte.

»Verschwinden wir von hier«, sagte er. »Ich verabscheue diese Frau.«

»›Ich hab sie im Vorübergehn gesehen . . .‹, aber der Rest des Liedes paßt nicht mehr«, sagte Campion. »Das ist ihr Wagen, nehme ich an.« Er zeigte auf einen prächtigen rotweißen Frazer Nash. »Hallo, hier kommt Lugg und sieht aus wie ein Mann mit einer Mission.«

Lugg, der im selben Moment die Bar verließ, sah nicht so melancholisch aus wie sonst, sondern eher aufgekratzt. »Steigen Sie ein«, sagte er mit belegter Stimme, als er bei ihnen war. »Ich hab Ihnen was zu erzählen. Während Sie den feinen Max gespielt haben, hab ich Augen und Ohren offengehalten.«

Er sprach jedoch erst, als der Bentley aus der Stadt hinausschoß. »Wen, glauben Sie, hab ich in der Bar gesehen?« fragte er, sich vorbeugend und Campion schwer ins Ohr atmend.

»Einen deiner Ganovenfreunde, nehme ich an«, antwortete sein Herr und Meister und wich geschickt einem Lieferwagen aus, der ihn beim Überholen schnitt, weil ein Laster entgegenkam.

»Das will ich meinen!« sagte Lugg. »Es war der kleine Natty Johnson, einer der miesesten, dreckigsten, lausigsten kleinen Wettbetrüger, vor dem ich je den Hut gezogen hab.«

Campion spitzte die Ohren. »Er gehört zur Cleaver-Gang, nicht wahr? War er in Begleitung?«

»Dazu komm ich gleich«, sagte Lugg vorwurfsvoll. »Sie

woll'n die Menschen immer antreiben, nix wie antreiben. Er hat mit so 'm komischen Kerl mit Bart geredet. Ne richtige Künstlertype war das. Ich sag Ihn' was – der Kerl hat mich an diese Bloomsbury-Bande erinnert, die immer zu Ihnen kam, auf'm Boden rumsaß und mich um Heringe und Chianti schickte. Die zwei haben ganz allein am Fenster gesessen und geredet wie 'n Wasserfall. Ich hatt'n bißchen Watte in 'n Ohren, sonst hätt ich alles gehört, was sie sagten.

Aber das is nich das Interessanteste, das kommt noch. Und das geht uns was an. Die Künstlertype und noch 'n paar Kumpel von ihm wohnen zur Zeit auf Tower in Sanctuary. Der Barmann hat's mir gesagt, als ich mich über die zwei lustig machte. Freunde von Lady Pethwick sind das, hat er gesagt, als ob das ne ausreichende Erklärung wär.«

Campions helle Augen begannen hinter der dicken Brille zu funkeln. »Das ist wirklich interessant«, sagte er. »Und dieser Mann ...«

»Tja«, fiel Lugg ihm ins Wort, »der hat sich vertraulich mit Natty Johnson unterhalten. Ich kenn ein paar erstklassige Bullen, die ihn nur deshalb ins Loch stecken täten.«

5

Penny – für deine Gedanken

Das Dorf Sanctuary liegt in jenem Teil von Suffolk, den die Eisenbahn ignoriert hat und die Autofahrer noch nicht entdeckt haben. Mehr noch, durch das seitlich steil ansteigende Tal mit der behäbigen normannischen Kirche auf der einen Anhöhe und Tower, dem Besitz der Gyrth, auf der anderen, führt auch keine direkte Hauptverkehrsstraße nach irgendwohin.

Es kam daher nur selten vor, daß jemand in die von Kirschbäumen gesäumte schmale, von Süden kommende Zufahrtsstraße einbog, wenn er nicht geschäftlich oder beruflich im Dorf zu tun hatte. Das Dorf selbst war einer jener Orte von hinreißender Schönheit, die George Morland, obwohl es so viel Rum auf der Welt gab, immer wieder dazu trieben, seine ländlichen Genrebilder zu malen.

Ein kleiner Flußlauf querte die Straße, die die beiden Hügel voneinander trennte; die Häuser, in ihrer Mehrzahl aus dem Elisabethanischen Zeitalter, breiteten sich zu beiden Seiten aus wie Schafe, die in einer Wiese schliefen. Es stimmte, daß der Schmied in einem vergammelten Dampfkessel, den er von irgendeinem Müllplatz geholt hatte, einen Benzinvorrat aufbewahrte, aber sogar dieser alte Kessel wirkte rustikal. Es war ein Dorf wie aus dem Märchenbuch, von Bauern bewohnt, die, wenn sie nicht die bei Filmproduzenten so beliebten traditionellen gesmokten weißen Kittel trugen, zumindest an jedem Sonntagmorgen, einen unzweifelhaft uralten Zylinder auf dem Kopf, die holprigen Stufen zur Kirche hinaufstiegen.

Der Gasthof ›The Three Drummers‹ stand windschief auf dem nördlichen Hügel, weshalb die linke Seite gut einen halben Meter tiefer in den Hang hineinragte als die rechte. Das Gebäude bestand aus braunem nicht restauriertem Eichenholz, gelbem Mauerwerk, hatte Gitterfenster und ein rotes Schindeldach. Außerdem hatte es drei Türen – den Haupteingang zum Flur auf gleicher Höhe mit der Straße, den Eingang zur Bar auf der linken Seite, der vier Stufen höher lag, und den Eingang zum Bierstübchen auf der rechten Seite, zu dem zwei Stufen hinunterführten.

Gegen fünf Uhr nachmittags, als das ganze Dorf in ein ruhiges gelbes Licht getaucht war, fuhr der Bentley vor dem Haupteingang von ›The Three Drummers‹ vor, und Val Gyrth und Campion stiegen aus. Lugg brachte den Wagen über die Straße in die Schmiede, die jetzt Tankstelle war, und die beiden jungen Männer betraten den kühlen, wohlriechenden Flur des Gasthofs.

Val hatte seinen Kragen aufgestellt. »Ich möchte noch nicht erkannt werden«, sagte er leise, »und ich möchte gern mit Penny sprechen, bevor ich zu meinem alten Herrn gehe. Wenn ich Mrs. Bullock erwische, organisiert sie alles.«

Auf Zehenspitzen schlich er durch den Flur zu der am anderen Ende gelegenen Küche und steckte den Kopf durch den Türspalt. »Bully!« rief er leise.

Man hörte einen gedämpften Schrei, und dann fielen Pfannen klappernd auf den Steinfußboden. Im nächsten Moment erschien die Hausfrau, eine große, blühende Frau in einem lustig gemusterten Baumwollkleid und großer blauer Schürze. Die Ärmel hatte sie bis über die plumpen Ellenbogen aufgerollt, und ihr braunes Haar flog. Sie strahlte, packte Val am Arm und mußte sich offensichtlich sehr beherrschen, um ihn nicht heftig zu umarmen. »Ihr habt euch versöhnt«, sagte sie. »Ich hab gewußt, daß es so kommen würde – dein Geburtstag steht bevor und überhaupt alles.«

Sie hatte eine tiefe Stimme mit großer Resonanz und sprach trotz ihrer Aufregung fast akzentfrei. »Wollen Sie nicht in die Bar mitkommen und sich den Leuten dort zeigen?« fragte sie, überlegte kurz und fügte dann hinzu: »Sir.«

Val schüttelte den Kopf. »Es ist noch nicht alles in Ordnung,

Bully«, erwiderte er. »Hast du für meinen Freund Campion ein Zimmer? Außerdem brauchen wir ein ruhiges Plätzchen, wo wir reden können. Und könnte jemand meiner Schwester Penny eine kurze Nachricht von mir überbringen? Wie stehen die Dinge auf Tower? Geht es allen gut? Weißt du das zufällig?«

Mrs. Bullock, die merkte, wie dringend seine Bitte war, war klug genug, keine Fragen zu stellen. In jüngeren Jahren war sie Köchin auf Tower und die treue Freundin und Vertraute der Kinder gewesen. Wie es ihnen ging, war stets eine ihrer größten Sorgen.

Sie führte die Gäste nach oben in ein herrliches altes Schlafzimmer mit angrenzendem kleinem Wohnraum.

»Schreiben Sie jetzt Ihr Briefchen, Sir, und ich bringe Ihnen sofort etwas herauf«, sagte sie, das Fenster öffnend, um die duftende Abendluft einzulassen. »Sie haben sich nach Ihren Leuten erkundigt, Mr. Val. Ihr Vater ist gesund, sieht aber sorgenvoll und bekümmert aus. Und Penny – sie ist bildhübsch geworden. Oh, ich sehe Ihre Mutter in ihr – die gleichen Augen, der gleiche Gang – überhaupt alles gleich.«

»Und meine Tante?« sagte Val neugierig.

Mrs. Bullock schnaubte geringschätzig. »Von ihr werden Sie bald genug hören. Läßt sich doch tatsächlich mit dem ›Ding‹ fotografieren.« Bei dem Wort Ding senkte sie die Augen, als sei es ihr peinlich, den Kelch zu erwähnen.

»Das habe ich schon gehört«, sagte Val leise. »Aber sonst geht es ihr gut?«

»Immerhin so gut, daß sie sich ein Pack verrückter Taugenichtse ins Haus geholt hat, die in komischen Kostümen rumstolzieren wie Schauspieler und Schauspielerinnen. Ihre Mama würde sich im Grab umdrehen, wenn sie's nicht schon getan hat.«

»Sind es Künstler?« fragte Val.

»Die – und Künstler?« explodierte Mrs. Bullock. »Im Leben nicht. Ich kenne Künstler, sie haben bei mir gewohnt. Lauter stille kleine Kerle, die sehr eigen mit ihrer Nahrung sind. Ich weiß nicht, was Ihre Tante da angeschleppt hat – sollte mich nicht wundern, wenn es lauter Bolschewiken wären, Mr. Val.« Und mit raschelnden Röcken eilte sie hinaus.

Val setzte sich an den rechteckigen Tisch in der Mitte des Wohnzimmers und schrieb: *Liebe Penny, ich bin oben in ›The Drummers‹. Könntest Du mal kurz runterkommen? Herzlichst, Val.*

Er faltete das Papier, schob es in einen Briefumschlag und ging zur Treppe. Mrs. Bullock streckte den zerzausten Kopf durch die Tür neben der untersten Stufe.

»Werfen Sie den Brief runter«, flüsterte sie. »Ich schicke den kleinen George hinüber.«

Val ging zu Campion zurück. »Wie steht es eigentlich mit Lugg?« fragte er. »Er wird doch nicht reden, oder?«

»Nie im Leben!« Campion schien belustigt. »Er sitzt mit aufgestellten Lauschern im Bierstübchen und verleibt sich Bier und heimischen Klatsch ein.«

Val trat ans Fenster und blickte in den Gasthofgarten hinunter, in dem Kletterrosen und blauer Rittersporn sich in ungebärdiger Fülle an einer hohen roten Mauer emporrankten, die bis an den kleinen Flußlauf reichte, der durch das Dorf plätscherte.

»Es kommt mir so unwahrscheinlich vor«, sagte er. »Schon in Ihrer Wohnung klang die Geschichte ganz und gar unglaublich, aber hier unten ist alles genauso wie's immer war – still und friedlich und meilenweit von irgendwo – so daß mir das Ganze noch absurder vorkommt. Bei Zeus, was bin ich froh, daß ich wieder hier bin!«

Campion antwortete nicht, und im nächsten Moment ging die Tür auf, und Mrs. Bullock kam mit einem Tablett herein, auf dem zwei Bierkrüge, Teller mit Brot und Butter und eine große Schüssel mit Wasserkresse standen.

»Es ist selbstgebraut«, sagte sie vertraulich, »und nur für uns bestimmt. Das Zeug, das die Brauerei liefert, ist nicht mehr so wie früher. Man schmeckt die Hand der Regierung raus, sag ich immer. Ich schicke Miss Penny sofort herauf, wenn sie kommt.«

Im Vorbeigehen legte sie Val mit einer unaufdringlich liebkosenden Geste die dicke rote Hand auf die Schulter und verließ das Zimmer wieder.

»Auf den verlorenen Sohn«, sagte Campion und hob den Bierkrug. »Sie haben etwas so unglaublich Altenglisches an sich, Val, daß man ständig das Gefühl hat, im nächsten Moment müßte eine Schar bäuerlicher Mägdelein mit Girlanden und einem hübschen, tragbaren Maibaum hier erscheinen. Noch einen Trunk auf Euer Wohl, Sir Percy!«

Mit einem Ausdruck leichten Mißtrauens in den Augen wandte Val sich plötzlich zu Campion um. »Hören Sie, Sie veranstalten hier doch nicht etwa eine alberne, theatralische Schau, um mich in den Schoß der Familie zurückzubringen? Sie sind nicht zufällig von Hepplewhite engagiert?«

Ein neuerlicher Anlaß für Campion, ein gekränktes Gesicht zu machen. »O nein, ich bin jetzt mein eigener Herr, verkaufe meine Seele nicht mehr um des schnöden Mammons willen – jedenfalls solange das Geld meines Onkels reicht. Ich bin ein vermögender Privatschnüffler. Die sind dünn gesät.«

Val grinste. »Tut mir leid«, sagte er. »Übrigens nehme ich an, Sie wissen, daß der Kelch in der Kapelle des Kelchhauses aufbewahrt wird, und die ist einbruchssicher. Kein gewöhnlicher Dieb käme an das Familienheiligtum heran.«

»Kein gewöhnlicher Dieb hätte die geringste Lust, es zu versuchen«, sagte Campion spitz. »Sie scheinen Ihren kleinen Spaß im Taxi vergessen zu haben. Eins ist Ihnen doch wohl klar: Sie haben den Kerl so zugerichtet, daß er sein Leben lang daran zu knabbern haben wird, und er hat bei der Polizei nicht einmal erwähnt, daß er einen Fahrgast hatte. Warum wohl nicht? Wenn nicht alle zwei Tage auf einen von uns ein Mordanschlag verübt wird, scheint das für Sie der Beweis zu sein, daß ich spinne und mir alles nur ausgedacht habe. Trinken Sie

Ihr Bier aus wie ein braver Junge, dann bringt der alte Onkel Al Ihnen einen netten Ganoven, den Sie zusammenschlagen können. Mich quält nur die Sorge, ob die Gegenseite vielleicht schon tätig geworden ist, während wir hier herumsitzen. Ich wünschte, Ihre Schwester käme endlich. Tower ist doch gar nicht weit weg, oder?«

»Nein, es liegt ein Stück über dem Gasthof, auf dem Hügelkamm«, antwortete Val. »Sie können es nur wegen der Bäume dazwischen nicht sehen. Warten Sie einen Moment – ich glaube, da ist sie schon.«

Auf der Treppe wurden weibliche Stimmen laut. Campion ging zur Schlafzimmertür.

»Ich bleibe außer Sicht, bis das rührende Wiedersehen vorbei ist«, sagte er.

»Seien Sie nicht albern«, antwortete Val unwirsch. Er kam nicht weiter, denn die Tür ging auf und nicht eine, sondern zwei junge Frauen traten ein. Mrs. Bullock hielt sich im Hintergrund.

Campion hätte Vals Schwester überall auf den ersten Blick erkannt. Penelope Gyrth war groß, wie ihr Bruder, hatte die gleichen klaren Züge, die gleichen leuchtend blauen Augen. Das Haar, das sogar noch heller war als das von Val, hatte sie sich in zwei langen, dicken Zopfschnecken über die Ohren gelegt. Sie trug keinen Hut, und ihr weißes Kleid hatte ein scharlachrotes Muster. Sie lachte ihren Bruder an, und da sah man auf einmal, wie unglaublich jung sie noch war. »Hallo, mein Alterchen«, sagte sie, ging auf ihn zu und schob ihren Arm durch den seinen.

Eine noch kühlere Begrüßung hätte man sich nur schwer vorstellen können, trotzdem war nicht zu übersehen, wie sehr sie sich freute. Ihre Augen und ihr strahlendes Lächeln verrieten sie.

Val küßte sie und sah dann fragend ihre Begleiterin an.

»Das ist Beth«, erklärte Penny. »Wir waren gerade unterwegs zum Postamt, als wir den kleinen George mit deinem

Brief trafen. Also hab ich sie gleich mitgebracht. Beth – mein Bruder Val. Val, das ist Beth Cairey. Oh, du hast natürlich noch nichts von den Caireys gehört, oder?«

Beth Cairey war ein ganz anderer Typ als Penny. Zierlich, sehr lebhaft, mit jettschwarzem Haar, das in der Mitte gescheitelt, glatt nach hinten gekämmt und im Nacken zu einem Knoten geschlungen war. Ihre braunen Augen waren rund und voller Lachen, und sie strahlte unwiderstehliche Lebensfreude aus. Sie war ein paar Jahre älter als die sehr junge Penny, die kaum dem Teenageralter entwachsen schien.

Val stellte auch Campion vor, dann folgte eine kurze Verlegenheitspause. Ein rascher, verständnisinniger Blick ging zwischen ihm und dem ältern Mädchen hin und her, ein Aufblitzen wortlosen Erkennens, aber keiner von beiden sagte etwas. Penny fühlte die allgemeine Verlegenheit und rettete die Situation, indem sie mit jugendlichem Überschwang zu schwatzen begann.

»Ich hatte vergessen, daß du Beth nicht kennst«, sagte sie zu Val. »Sie kam kurz, nachdem du fortgingst, hierher. Sie wohnt mit ihren Eltern auf Tye Hall. Es sind Amerikaner, weißt du. Es ist herrlich, wieder Nachbarn zu haben – oder es wäre herrlich, wenn Tante Di sich nicht so abscheulich benommen hätte. Mein Lieber, wenn Beth und ich uns nicht wie vernunftbegabte menschliche Wesen aufgeführt hätten, hätte es eine Fehde gegeben.«

Beth lachte. »Lady Pethwick mag keine Fremden«, sagte sie mit überraschend tiefer Stimme und einem ganz leichten, sehr reizvollen Neuengland-Akzent.

Penny war offensichtlich nicht ganz wohl zumute. Sie versuchte sich so zu verhalten, wie ihr Bruder es ihrer Meinung nach von ihr erwartete, und zwang sich, so zu tun, als sei seine Rückkehr die natürlichste Sache der Welt.

Campion beobachtete sie neugierig, und seine hellen Augen hinter der Riesenbrille blitzten vor Interesse. Trotz ihrer Heiterkeit und dem strahlend schönen Teint merkte man ihr eine gewisse innere Anspannung an, die sich durch hauchfeine Linien um die Augen und nervöse Handbewegungen verriet.

Val verstand die Zurückhaltung seiner Schwester und war ihr dankbar dafür. Er wandte sich Beth zu und lächelte auf sie hinunter. »Tante Di war immer ziemlich schwierig«, sagte er. »Ich hoffe, daß mein Vater den Unfug, den sie anrichtet, wieder in Ordnung bringt.«

Die beiden Mädchen wechselten einen Blick.

»Vater«, sagte Penny, »schmollt aus irgendeinem Grund. Du weißt, was für ein engstirniger alter Schatz er ist. Ich glaube, er nimmt es dem Professor – das ist Beths Vater – übel, daß er den Zigeunern erlaubt hat, in Fox Hollow zu lagern. Es ist ziemlich nah am Wald, weißt du. Es sähe ihm ganz ähnlich, sich insgeheim darüber grün zu ärgern und beleidigt zu sein, ohne jemandem zu erklären, was ihm gegen den Strich geht.«

Beth lachte leise. »An den Zigeunern ist Mutter schuld«, sagte sie. »Sie findet sie so romantisch. Doch heute morgen waren vier von ihren Leghornhühnern verschwunden, daher sollte es mich nicht wundern, wenn dein Vater seine Sorge bald los wäre.«

Val sah die beiden Mädchen abwechselnd an. »Hört mal«, sagte er nach einer Pause, »ist sonst alles in Ordnung?«

Penny wurde vom Haaransatz bis unter die Haarwurzeln feuerrot. Beth schien sich auch ziemlich unbehaglich zu fühlen. Penny zögerte. »Val«, sagte sie schließlich, »du bist ein Teufelskerl. Du hast eine Witterung wie ein alter Jagdhund. Wir können ruhig vor Beth sprechen, weil sie der einzige Mensch ist, mit dem ich reden konnte. Sie weiß alles. Zu Hause geht etwas sehr, sehr Merkwürdiges vor.«

Campion hatte sich in den Hintergrund verzogen, sich so gut wie unsichtbar gemacht. Er saß jetzt am Tisch, und sein blasses Gesicht hatte einen geradezu erschütternd geistlosen Ausdruck. Val war sichtlich erschrocken. Daß seine Befürchtungen sich tatsächlich bestätigten, kam für ihn völlig unerwartet. »Was ist los?« fragte er.

»Na ja, es geht um den Kelch«, antwortete Penny, und auch sie sagte es so, als widerstrebe es ihr, von der Reliquie zu sprechen. »Vielleicht höre ich ja auch das Gras wachsen, und eigentlich weiß ich nicht, warum ich dich sofort nach deiner Ankunft mit dieser Sache überfalle, aber sie beunruhigt mich ganz furchtbar. Du weißt doch, daß die Kelchhaus-Kapelle für uns seit unserer Kinderzeit ein geheiligter Ort war. Damit meine ich, daß man außer an den vorher vereinbarten Besichtigungstagen keine Fremden hineinläßt, nicht wahr? Nun, Tante Diana scheint in letzter Zeit total den Verstand verloren zu haben. Sie war in dieser Hinsicht ja nie diskret und verschwiegen, aber jetzt – nun ...« Sie holte tief Atem und sah den Bruder fast ängstlich an. »Jetzt hat sie sich mit dem Kelch fotografieren lassen. Deswegen bist du vermutlich auch nach Hause gekommen. Vater hat fast der Schlag gerührt, aber darauf hat sie keine Rücksicht genommen.«

Als Val nichts dazu sagte, fuhr sie fort: »Das ist aber nicht das Schlimmste. Als sie das letztemal in London war, hat sie eine ganze Bande höchst widerwärtiger Leute um sich versammelt – irgendeine halb künstlerische neue religiöse Sekte. Sie haben sie zu einer Art Hohepriesterin ernannt, wandeln singend und psalmodierend herum und machen seltsame Übungen in Sandalen und langen weißen Gewändern, die übrigens auch die Männer tragen. Es ist abscheulich. Sie dürfen sich den Kelch ansehen, wann sie wollen, und jetzt zeichnet ein Mann Tante Di mit dem Kelch in der Hand. Es ist ein gräßliches Machwerk.«

Val war sichtlich erschüttert. »Und Vater?« fragte er.

Penny zuckte mit den Schultern. »Aus Vater bekommt man nichts heraus. Seit du gingst, hat er sich ganz in sein Schneckenhaus zurückgezogen und ist schweigsamer denn je. Irgend etwas macht ihm Sorgen. Er ißt meistens allein in seinem Zimmer, das er auch sonst kaum verläßt. Und, Val« – sie senkte die Stimme – »gestern abend hab ich im Ostflügel Licht gesehen.«

Val zog wortlos fragend die Brauen in die Höhe, und Penny nickte. Er griff nach seiner Jacke.

»Hör mal, ich gehe jetzt mit dir nach Hause, wenn du mich hineinschmuggeln kannst, ohne daß wir diesen Leuten begegnen.« Er wandte sich an Campion. »Sie werden sich hier wohlfühlen, nicht wahr?« fragte er. »Morgen früh komme ich herunter und hole Sie ab. Am besten, wir bleiben bei unserem ursprünglichen Plan.«

Campion nickte nachdrücklich. »Ich muß Lugg ein bißchen Anstandsunterricht geben«, sagte er vergnügt.

Er sah, daß Penny einen neugierigen, aber keinesfalls unfreundlichen Blick in seine Richtung warf und winkte den dreien von der obersten Treppenstufe nach.

Allein geblieben, sperrte er sorgfältig die Tür zu, setzte sich an den Tisch, nahm die Brille ab und holte zwei nicht unbedingt alltägliche Gegenstände aus seinem Koffer – einen kleinen, aber bösartig aussehenden Gummiknüppel und einen Colt-Revolver, der ihm schon gute Dienste geleistet hatte. Aus der Gesäßtasche zog er noch eine Waffe, die der anderen aufs Haar glich – der einzige, jedoch sehr wesentliche Unterschied zwischen den beiden war, daß man mit dem zweiten Colt nichts Gefährlicheres als Wasser verspritzen konnte. Ernst und nachdenklich wog er die Waffen in der Hand.

Am Ende legte er das Spielzeug in den Koffer und steckte den Revolver in die Gesäßtasche.

6

Der Sturm bricht los

»He, was machen Sie'n da?« Luggs empörtes Gesicht spähte um die Ecke.

»Das geht dich nichts an«, antwortete Campion, ohne aufzublicken. »Und sei so freundlich, mich ›Sir‹ zu nennen, ja?«

»Aha, da sindse wohl geadelt worden, wie?« stellte Lugg fest, schlüpfte ins Zimmer und schloß die Tür hinter sich. »Bin froh, daß der Kerl wech ist. Ich hab diese vornehmen Typen satt. Als er un' sein Harem die Straße langkamen, dacht ich mir, ich könnte raufkommen und nachschauen, was Sie so treiben – Sir.«

Campion setzte die Brille wieder auf. »Du machst mir Schande, Lugg«, sagte er. »Irgendwie muß ich dir bis morgen beibringen, wie sich ein perfekter Kammerdiener benimmt. Ich weiß nicht, ob dir das klar ist, aber du bist für mich ein gesellschaftliches Handicap.«

»Versteckense sich bloß nicht hinter Ihr'm Oberschulgequassel«, sagte Lugg und plazierte eine schwere Hand auf dem Tisch. »Zeigen Sie uns, was Sie in der Tasche haben.«

Gehorsam griff Campion in die Hüfttasche und holte den Revolver heraus.

»Hab ich's mir doch gedacht!« Lugg sah sich den Revolver sehr genau an und reichte ihn dann mit verächtlicher Miene zurück. »Sie wissen, daß uns da einiges bevorsteht«, sagte er. »Sind so nervös wie ne Katze. Na ja, ich selber hab mich auch ausgerüstet.« Er zog einen Totschläger mit stark abgenutztem Griff aus der Tasche. »Mich erwischen Sie nie mit'm Schießeisen. Hab keine Lust wegen ner goldenen Teetasse zu hängen, und wennse noch so alt is – aber ich gehör ja auch nich zum Adel. Und was denken Sie sich eig'ntlich dabei, so mit dem Kies anzugeben, den Sie von Ihr'm Onkel geerbt ham? Ich weiß, daß Sie damit Ihre Schneiderrechnung bezahlt haben, und die nich mal ganz. Wenn Sie so gefährliche Jobs aus reiner Herzensgüte für nix annehmen, bringen Sie uns noch so weit, daß wir beide ir'ndwohin arbeiten gehen müssen.«

Er schwieg einen Augenblick und beugte sich dann mit einem für ihn ungewöhnlich ernsten Ausdruck in den kleinen schwarzen Augen vor. »Sir«, sagte er mit unheilschwangerer Stimme, »hauen wir ab.«

»Lieber Freund, was ich mir eingebrockt habe, muß ich auch auslöffeln«, sagte Campion leutselig und hochgradig schwachsinnig. »Und du, mein Schöner, wirst mir brav zur Seite stehen. Es ist schwierig, das geb ich gern zu. Gyrth ist ein netter Kerl, aber er hat noch keine Ahnung, womit wir's zu tun haben. Schließlich kann man von ihm nicht erwarten, daß er die Bedeutung der *Société Anonyme* auf Anhieb versteht. Bist du sicher, daß es Natty Johnson war?«

»Für was halten Sie mich eig'ntlich – für'n Privatschnüffler?« fragte Lugg verächtlich. »Klar hab ich'n gesehn. Klein und mies wie die Sünde. Mir gefällt die Sache nich.«

Fast nervös sah er sich um und kam einen Schritt näher. »Da is was Unnatürliches und Unheimliches dabei«, flüsterte er. »Grad hat'n alter Kerl unten in der Bar was ganz Furchtbares erzählt. Wissen Sie, daß sich dort oben ein verfluchtes Ungeheuer mit zwei Köpfen herumtreibt?«

»Wo?« fragte Campion, sichtlich betroffen.

»Na droben, auf Tower, da wo wir hinmüssen. Aber mit Gespenstern will ich nix zu tun ham, das sag ich Ihnen.«

Campion musterte seinen getreuen Diener interessiert. »Die haben dich doch nur aufgezogen, und du bist ihnen prompt drauf reingefallen.«

»Na schön, Schlaukopf«, sagte Lugg beleidigt. »Aber zufällig isses die Wahrheit. Im Ostflügel gibt's ein Geheimzimmer mit'm ganz scheußlichen Familiengeheimnis. Das Zimmer hat'n Fenster, aber keine Tür, und wenn der älteste Sohn fünfundzwanzig ist, geht der Vater mit ihm rein und zeicht ihm das Grauenhafte, und der Junge is nie mehr derselbe, der er vorher war. Wie der Könich, der die Strandschnecken gegessen hat. Deshalb werden die Jungs bei den Gyrth erst mit fünfundzwanzig großjährig, damit sie alt genuch sind, den Schock zu ertragen.« Er machte eine dramatische Pause und fügte dann, um seinen Worten Beweiskraft zu geben, fast beschwörend hinzu: »Der Kerl, der mir das erzählt hat, war'n bißchen blau, und die andern wollten ihn dauernd zum Schweigen bringen. Man hat gemerkt, daß es die Wahrheit war, so viel Angst hatten die. Es muß'n Ungeheuer sein, irgendwas, in das man das Futter reinpumpen muß.«

»Setz dich, Lugg«, fauchte Campion, und Lugg, der so schroffe Töne von seinem Arbeitgeber nicht gewohnt war, gehorchte überrascht.

»Jetzt paß mal genau auf«, sagte Campion grimmig. »Was du da gehört hast, kannst du vergessen. Und da du ohnehin so viel weißt, kannst du genausogut die ganze Wahrheit erfahren. Die Gyrth waren schon eine bedeutende Familie, als die deine sich noch von Ast zu Ast schwang. Und im Ostflügel von Tower gibt es einen Raum, der meines Wissens keinen sichtbaren Eingang hat. Es stimmt, daß der älteste Sohn des Hauses mit fünfundzwanzig Jahren in das Familiengeheimnis eingeweiht wird. Es ist eine halbreligiöse Zeremonie, ein altes Familienritual. Aber merk dir eins: Es hat überhaupt nichts mit uns zu tun. Was die Gyrth auch für ein Geheimnis haben mögen, es geht niemand was an, nur sie selber, und wenn du es irgendwann vor irgendwem erwähnst – und wenn es der niedrigste Dienstbote ist –, dann hast du einen unverzeihlichen Fehler gemacht, und ich will dich nie wieder in meiner Nähe sehen.«

»Recht ham Sie, Chef, und wie!« Lugg war zerknirscht und ein bißchen nervös. »Ich bin aber froh, daß Sie's mir erzählt ham«, fügte er hinzu. »Hat mir nämlich ne Heidenangst eingejagt, die Geschichte. 's gibt hier aber trotzdem ein paar Sachen, die nich ganz geheuer sind. Als ich zum Beispiel aus der Garage komm, steckt ne Frau ihr'n Kopf aus der Tür von diesem kleinen Laden nebenan. Bin ich vielleicht erschrocken, Mann! Die Alte war kahl. Hatte nich nur'n bißchen wenich Haar, nein, ratzekahl war die. Und als ich mich nach ihr erkundigt hab, haben die Leute was von Hexerei und Geisterspuk und Verfluchung geschwatzt wie'n Haufen Heiden. Hier gibt's viel zuviel Hokuspokus für mein' Geschmack. Ich glaub ja nich dran, aber ich mag's auch nich. Sie haben einen Wald, in dem's spukt, und einen Zigeunerstamm, der in irgend'ner Höhle kampiert. Ich will nach Hause.«

Campion sah sein Faktotum mit Eulenblicken an. »Da hast du ja auf deine stille Weise eine Menge Spaß gehabt«, sagte er. »Bist du ganz sicher, daß dein einheimischer Freund nicht ein verkappter Reiseführer von Cook's war, der dir das ländliche England schmackhaft machen wollte? Wie viele Runden hast du ausgeben müssen, daß du so viel zu hören gekriegt hast?«

»Das werden Sie schon sehen, wenn ich meine Spesenrechnung abliefere«, antwortete Lugg, ganz und gar nicht eingeschüchtert. »Was machen wir heut abend? Drehen wir ne kleine Runde, oder bleiben wir hier?«

»Wir lassen uns so wenig wie möglich sehen«, sagte Campion. »Ich habe dir ein Buch besorgt. Es heißt: *Wie benimmt sich der gehobene Diener?*, und es würde dir nicht schaden, wenn du's lesen würdest. Deshalb bleibst du hier oben und machst deine Hausaufgaben.«

»Unverschämtheit!« knurrte Lugg. »Ich geh jetzt und pack Ihr Zeug aus. Aber na ja, auch gut, ruhiger Anfang bedeutet oft ein schnelles Ende. Ich laß auf Ihr'm Grab ein Monument errichten. Ne lebensgroße Figur von Ihnen im Engelsgewand mit gold'ner Brille.«

Er marschierte hinaus. Campion trat ans Fenster und blickte hinunter in den schattigen Garten, der auch noch in der Abenddämmerung seinen Duft verströmte. Es gab nichts, das lieblicher, friedlicher, freundlicher war. Weit draußen, jenseits der Felder hatte eine Nachtigall angefangen zu singen und ahmte die Stimmen aller Vögel nach, die bei Sonnenschein zwitscherten. Aus der Bar unter ihm hörte er, gelegentlich von lauten Lachsalven unterbrochen, Wort- und Satzfetzen im harten Suffolk-Dialekt.

Dennoch fand Campion weder Trost noch Ruhe. Seine matten Augen wirkten hinter der Brille bekümmert, und ein- oder zweimal überlief ihn ein Frösteln. Er fühlte sich bei jedem Schritt behindert. Kräfte waren am Werk, die er nicht aufhalten konnte und die um so furchtbarer schienen, weil er sie nicht kannte, Feinde, die sich nicht zu erkennen gaben.

Die Erinnerung an Val und die beiden Mädchen, die lächelnd in dem hellen, altmodischen Zimmer standen, peinigte ihn. Wie Lugg gesagt hatte, war etwas Unnatürliches an der Sache, etwas, das über normale Gefahr hinausging; und die drei waren so jung gewesen, so reizend und so unwissend. Er ließ die Gedanken zu dem Geheimzimmer schweifen, dachte jedoch sofort gereizt an etwas anderes. Es konnte im vorliegenden Fall keine Bedeutung haben, sonst hätte man es ihm gesagt.

Kurz darauf schloß er das Fenster und ging zum Tisch, wo das beste Abendessen auf ihn wartete, das Mrs. Bullock zaubern konnte. Er aß geistesabwesend, hielt ab und zu inne und lauschte den leisen ländlichen Geräuschen.

Aber der Sturm brach erst sehr früh am nächsten Morgen aus, als er friedlich schlafend auf einem Federbett unter einer alten Häkeldecke lag.

Ein wütendes Klopfen weckte ihn, und er richtete sich genau in dem Moment auf die Ellenbogen auf, als Mrs. Bullock, feuerrot und mit allen Anzeichen des Entsetzens in sein Zimmer stürzte. »Oh, Sir«, stieß sie hervor, »da Sie Mr. Vals Freund sind, sollten Sie vielleicht sofort nach Tower hinauffahren. Es geht um Lady Pethwick, Mr. Vals Tante. Man hat sie heut morgen nach Hause gebracht, Sir – und sie ist tot, mausetot.«

7

Tod im Haus

Obwohl alles dagegensprach, war Tower ein schöner Herrensitz. Hinter großen Baumgruppen versteckt, hauptsächlich Eichen und Zedern, lag er inmitten eines Parks, der sich nach allen Seiten eine halbe Meile weit erstreckte. Das Haus, über Jahrhunderte hinweg immer wieder zerstört und unermüdlich neu aufgebaut, setzte sich aus hervorragenden Beispielen für fast jede Periode englischer Architektur zusammen.

Der Mittelteil war Tudor mit einer georgianischen Fassade; der Westflügel Queen Anne; aber der älteste und bei weitem wichtigste Teil war der Ostflügel, von dem das Haus auch seinen Namen hatte. Er bestand aus einer großen Anhäufung alter angelsächsischer Steine und romanischer Ziegel, zu einem kreisrunden, mit Türmchen besetzten Turm gefügt, der das übrige Gebäude um gut zwanzig Meter überragte. Die ungeheuer dicken Mauern waren hoch oben mit einem steinernen Flechtwerk aus viel späterer Zeit verziert und von kleinen Fenstern durchbrochen. Hinter einem dieser Fenster, so flüsterte man hinter vorgehaltener Hand, befand sich das Zimmer, zu dem es keine Tür gab.

Trotz des merkwürdigen Konglomerats aus verschiedenen Perioden hatte das alte Gemäuer etwas merkwürdig Anziehendes und sogar Majestätisches an sich. Es hatte überdies sogar für einen Landsitz gewaltige Ausmaße. In jedem Zeitalter, in dem umgebaut wurde, hatte man auch angebaut.

Rasenflächen und Gärten wirkten, bedingt durch die horrend gestiegenen Arbeitslöhne und Grundsteuern, ein bißchen ungepflegt, ein bißchen verwildert, doch diese Vernachlässigung hatte dem Besitz nicht geschadet, denn er thronte nun nicht mehr so hochmütig und unnahbar auf dem Hügel und präsentierte sich Campion im Morgendunst freundlich und einladend, auch wenn das ehrwürdige Automobil des Arztes vor dem gedrungenen Tor parkte und die Rouleaus an allen Vorderfenstern geschlossen waren.

Val und Penny standen am Fenster eines großen, schäbigen Zimmers an der Rückseite des Westflügels. Es war ihr Kinderzimmer gewesen, und sie hatten es seither immer als ihr ureigenstes Reich betrachtet. In den großen Einbauschränken hinter der gelb-weißen Täfelung wurden noch immer Spielsachen aufbewahrt, und die schlichten, schweren Möbel waren zwar arg lädiert, aber gemütlich.

Der Blick aus dem Fenster, das vom Laubwerk einer riesigen Eiche fast verdeckt wurde, führte das Auge den steilen grünen Hügel hinab zu einer weißen Straße, die sich vorüberschlängelte und sich zwischen den bis zum Horizont reichenden Feldern verlor.

Es war eine unglaublich liebliche Landschaft, doch die beiden jungen Leute hatten kaum einen Blick für sie. Penny war sehr blaß. Sie schien seit dem vergangenen Abend um Jahre gealtert. Ihr einfaches weißes Kleid betonte noch die Blässe ihres Gesichts, und ihre Augen schienen größer und intensiver in der Farbe geworden. Auch Val sah ziemlich erschüttert aus.

»Hör zu«, sagte er, »ich habe Campion die Nachricht geschickt, daß er heraufkommen soll, wie wir's besprochen hatten. Tante Dianas Herz hat versagt, aber es ist natürlich sehr unangenehm, daß das ausgerechnet jetzt passieren mußte. Ich hab mir schon gestern beim Abendessen gedacht, sie sollte sich nicht so mit Bohnen vollstopfen.« Er straffte leicht die Schultern. »Ich weiß, ich dürfte nicht so über sie reden«, entschuldigte er sich. »Aber es wäre doch albern, so zu tun, als hätten wir sie gern gehabt.«

Er schwieg einen Moment und fuhr dann fort: »In der Gerüchteküche im Dorf wird es natürlich brodeln. So auf Pharisees' Lichtung aufgefunden zu werden! Warum in aller Welt ist sie nachts im Wald herumgestreunt?«

Penny schauderte und vergrub plötzlich das Gesicht in den Händen. »O Val«, sagte sie, »hast du sie gesehen? Ich war heute morgen als erste in der Halle. Will und sein Sohn haben sie auf einem Brettergestell gebracht. Dieser Ausdruck auf ihrem Gesicht – den vergesse ich nie. Sie hat irgend etwas Entsetzliches gesehen, Val. Sie ist vor Schreck gestorben.«

Val legte den Arm um sie und schüttelte sie fast grob. »Denk nicht dran«, sagte er. »Sie hatte ein krankes Herz und ist gestorben, das ist alles. Es hatte nichts zu tun mit – mit der anderen Sache.«

Seine Stimme klang jedoch nicht sehr überzeugt, und Penny war nicht getröstet, weil sie merkte, daß er nicht nur sie, sondern auch sich selbst beschwichtigen wollte.

Ihre Nerven waren so angespannt, daß sie heftig zusammenzuckten, als es klopfte. Im nächsten Moment ging die Tür auf, und Dr. Cobden trat ein, der Mann, der beiden auf die Welt geholfen hatte und der, soweit sie sich erinnern konnten, bei der Entscheidung von Streitfragen immer oberste Instanz gewesen war.

Er war ein großer, gütiger alter Herr mit sehr kurz geschnittenem weißem Haar und riesigen weißen Brauen. Der Anzug aus derbem Tweed, den er trug, war ein wenig zu eng für seine rundliche Gestalt.

Von leichtem Jodgeruch umweht, durchquerte er das Zimmer und streckte Val die Hand entgegen. »Mein Junge, wie freue ich mich, dich zu sehen«, sagte er. »Du hättest für deine Rückkehr keine günstigere Zeit wählen können. Dein Vater und der Besitz hätten dich schon früher dringend gebraucht, aber noch nie so dringend wie jetzt.« Er wandte sich Penny zu und tätschelte ihr liebevoll die Hand. »Nimm dich zusammen, meine Liebe«, sagte er. »Es war ein Schock, ich weiß, aber es gibt nichts, wovor du dich fürchten müßtest. Ich bin froh, daß ich mit euch beiden allein sprechen kann. Euer Vater, der gute Mann, ist bei einer Krise keine große Hilfe.«

Er war kurz angebunden und von einer Direktheit, die sie zu

respektieren gelernt hatten. Val warf ihm unter den Wimpern hervor einen raschen Blick zu.

»Ich nehme an, es wird eine gerichtliche Untersuchung geben, Sir?« sagte er.

Dr. Cobden nahm einen Kneifer aus der Tasche und polierte nachdenklich mit einem überdimensionalen weißen Taschentuch daran herum.

»Aber nein, Val. Ich glaube nicht, daß das nötig ist«, antwortete er. »Ich bin in diesem Kreis Friedensrichter, weißt du das nicht? Wenn ich deine Tante in letzter Zeit nicht so oft behandelt hätte, hätte ich es möglicherweise für meine Pflicht gehalten, ihren Tod zu untersuchen, doch unter den gegebenen Umständen halte ich es wirklich nicht für erforderlich.« Er unterbrach sich und sah die Geschwister ernst an. »Ihr Zustand war nämlich nicht ungefährlich. Ein schwerer Schock hätte die durch Verengung der Herzkranzgefäße bedingten Durchblutungsstörungen immer verschlimmern können, aber die Ärmste war eine so nervöse Person, daß ich keinen Anlaß sah, sie zu beunruhigen, indem ich ihr sagte, wie es um sie stand.«

»Aber, Doktor, etwas oder jemand hat sie erschreckt. Ihr Gesicht...« Penny konnte sich nicht mehr beherrschen. Das fleckige Gesicht des alten Mannes färbte sich dunkelrot.

»Der Tod ist oft häßlich, meine Liebe«, sagte er. »Bedauerlich, daß du deine Tante sehen mußtest. Natürlich«, fuhr er hastig fort, als er den Zweifel in ihren Augen bemerkte, »muß sie einen Schock erlebt haben. Hat wahrscheinlich eine Eule gesehen oder ist auf ein Kaninchen getreten. Ich habe sie vor diesen dummen nächtlichen Wanderungen gewarnt. Deine Tante war eine sehr merkwürdige Frau.«

Er hüstelte. »Manchmal«, fuhr er fort, »fand ich sie allerdings auch sehr töricht. Dieser ganze halbmystische Unsinn war für sie in ihrem Zustand sehr gefährlich. Und jetzt komme ich zu der Angelegenheit, die ich mit euch besprechen möchte. Euren Vater will ich nicht damit behelligen. Ich habe ihm gesagt, er soll jede Anstrengung und jede Aufregung vermeiden. Die Sache hat ihn natürlich sehr mitgenommen. Er ist in seinen Zimmern, und ich will nicht, daß er gestört wird. Val, du mußt dafür sorgen, daß diese sogenannten Freunde deiner Tante noch heute von hier verschwinden. Die ganze Bande.« Er sah Val fragend an. »Ich weiß nicht, wie viele oder wer sie sind. Ein – eh – Künstlervolk, habe ich gehört. Sie gehen deinem Vater auf die Nerven. Was ist deiner Tante nur eingefallen, Dutzende von Fremden hierherzuschleppen?«

Penny sah ihn leicht überrascht an. »Es sind nur sieben, und sie halten sich im Kelchhaus auf«, sagte sie. »Wir bekommen sie kaum zu sehen. Tante Di wollte sie immer um sich haben.«

»Oh, ich verstehe.« Der Doktor wirkte sehr erleichtert, »Nach dem, was dein Vater sagte, mußte ich annehmen, daß hier irgendwo eine ganze Armee von Verrückten haust. Na ja, dann wird es nicht so schwierig sein, sie wegzuschicken. Wahrscheinlich wollen sie ohnehin nicht bleiben.«

Der alte Herr war sichtlich besserer Laune, als sei ihm eine Last von der Seele genommen. »Nur noch eins«, fuhr er fort. Er sprach langsamer als sonst und überlegte sich anscheinend jedes Wort genau. »Ich empfehle euch eine – eh – ganz stille Beerdigung. So wenig Prunk wie nur möglich. Ich glaube nicht, daß ihr viele Trauergäste einladen solltet. Keinen letzten Blick auf die Tote oder ähnlichen Unfug. Tut mir leid, wenn ich so offen spreche«, wandte er sich jetzt direkt an Val, »aber wir müssen an euren Vater denken. Du wirst jetzt bald fünfundzwanzig, mein Junge, und das ist eine sehr anstrengende Zeit für dich und deinen Vater.« Er machte eine kleine Pause, um seinen Worten mehr Nachdruck zu verleihen und fügte dann praktisch hinzu: »Es gibt doch keinen nahen Verwandten, der beleidigt sein könnte, oder?«

Penny überlegte. »Onkel Lionels Brüder dürfte man wohl nicht übergehen«, sagte sie zweifelnd.

»Also ihretwegen braucht ihr euch nicht den Kopf zu zerbrechen. Schreibt ihnen, das genügt.« Der Doktor fegte die

Familie des verstorbenen Sir Lionel Pethwick mit einer Handbewegung beiseite.

Penny legte ihm liebevoll die Hand auf den Arm. »Sie sind ein so netter Mensch«, sagte sie. »Bemühen sich, um unsertwillen alles zu vertuschen.«

»Mein liebes Kind!« protestierte der alte Mann empört. »In meinem ganzen langen Leben habe ich noch keinen solchen Unsinn gehört. Es gibt nichts zu vertuschen. Es war ein ganz natürlicher Tod. Ich nehme nur Rücksicht auf euren Vater, wie ich schon mehrfach betont habe. Ihr jungen Leute hört nur allzugern auf das abergläubische Geschwätz der Dorfleute. Auf einem toten Gesicht gibt es keinen Ausdruck des Grauens. Der Tod selbst ist entsetzlich. Und ein plötzlicher Tod wie dieser immer erschreckend. Ich mische dir ein Beruhigungsmittel, Penny. Einer von euren Dienern soll es abholen. Nimm es dreimal täglich, und geh früh zu Bett.

Da ich durch Sudbury komme, kann ich auch gleich mit Robertson sprechen, Val. Du kannst alles ihm überlassen. Ich an deiner Stelle würde die Beerdigung für Mittwoch ansetzen. Glaubt nicht, daß ich gefühllos bin, aber je schneller man so etwas hinter sich bringt, um so besser. Ihr seid moderne junge Menschen. Ich bin überzeugt, ihr versteht mich. – Und jetzt will ich endlich gehen«, fügte er hinzu und wandte sich energisch zur Tür. »Ihr braucht euch nicht mit mir hinunterzubemühen, ich möchte ohnehin noch kurz mit Branch sprechen. Meiner Meinung nach ist der alte Halunke tüchtiger als ihr alle. Auf Wiedersehen, ich schau morgen wieder herein. Auf Wiedersehen, Penny, meine Liebe.«

Er ging hinaus, zog die Tür fest hinter sich zu, und sie hörten, wie sich seine Schritte auf dem Parkettboden des Flurs immer weiter entfernten. Penny wandte sich mit übergroßen verängstigten Augen ihrem Bruder zu.

»Val, er hat irgendeinen Verdacht«, sagte sie. »Diese Geschichte mit der stillen Beerdigung sieht ihm so gar nicht ähnlich. Weißt du nicht mehr, daß Mutter immer sagte, Beerdigungen seien sein ganzer Stolz, weil er das Gefühl habe, entscheidend daran mitgewirkt zu haben, daß sie überhaupt stattfinden können? Ihm gefällt die Sache nicht. Arme Tante Di, sie war ein Dorn im Fleisch, aber ich hätte nicht einmal im Traum daran gedacht, daß es so schnell und so schrecklich mit ihr zu Ende gehen könnte. Ich gäbe alles drum, wenn ich noch einmal zuhören könnte, wie sie ihre – wie sie es nannte – seelische Reaktion auf einen Sonnenuntergang in Monaco schildert.«

Val war beunruhigt. »Willst du damit sagen, daß du denkst, sie sei gar nicht an ihrem Herzfehler gestorben?« fragte er.

»Ach, Unsinn! Natürlich war es ihr Herz. Ich denke nur, daß der Doktor, wie ich, das Gefühl hat, sie müsse etwas Grauenhaftes gesehen haben. Auf Pharisees' Lichtung gibt es etwas Schreckliches. Irgend etwas geht hier vor, das wir nicht begreifen, das weiß ich seit langem. Ich ...«

Ein leises Klopfen brachte sie zum Schweigen, und als sie sich beide umdrehten, blickten sie in Campions blasses, nichtssagendes Gesicht mit den farblosen Augen hinter der riesigen Hornbrille.

»Auftritt des Verdächtigen«, sagte er und verließ die Türschwelle, auf der er bis jetzt gestanden hatte. »Ach, übrigens bin ich unten einem gereizten alten Herrn begegnet, der mir erklärte, um sechs Uhr fünfzehn gehe ein Güterzug von Hadleigh ab. Hoffentlich war das nicht euer Vater, Kinder.« Nach einer kleinen Pause fügte er verlegen hinzu: »Im Dorf erzählt man sich, daß bei euch etwas Furchtbares passiert ist.«

Val ging ihm ein paar Schritte entgegen. »Hören Sie zu, Campion«, sagte er, »alles ist teuflisch geheimnisvoll und einfach schrecklich. Zwei Männer aus dem Dorf haben Tante Di ins Haus gebracht. Sie haben sie hier ganz in der Nähe auf einer Waldlichtung gefunden – auf Pharisees' Lichtung. Sie war tot, und sie behaupten, daß ihr Gesicht gewissermaßen zu einer Maske des Grauens erstarrt war, aber wir wissen natürlich, daß es so was nicht gibt. Der alte Herr, den Sie unten getroffen haben, war der Doktor. Er stellt den Totenschein aus, doch ich habe das Gefühl, er täte es nicht so bereitwillig, wenn er die Familie nicht so gut kennen würde. Vater hat sich in der Bibliothek eingeschlossen, und der Doktor sagt, wir müssen die Leute rauswerfen, die Tante Di sich ins Haus geholt hat.«

Er unterbrach sich, weil er ein bißchen außer Atem war.

»Eine Maske des Grauens?« sagte Campion. »Da sind wir mit unserem Latein am Ende. Tut mir schrecklich leid, daß das passieren mußte, Gyrth. Wie stehen Sie jetzt mit Ihrem Vater?«

»Oh, zwischen uns ist alles in Ordnung«, sagte Val hastig. »Ich hätte früher nach Hause kommen sollen, aber ich habe egoistisch immer nur an meine Angelegenheiten gedacht. Ich glaube, der alte Knabe hat sich große Sorgen um mich gemacht. Ihnen ist er auf jeden Fall sehr dankbar. Er wollte Sie schon gestern abend holen lassen. Ich mußte eine Andeutung machen, wer Sie sind – hoffentlich nehmen Sie mir das nicht übel, nein? Er scheint die Situation sehr gut zu verstehen. Offen gesagt, war ich überrascht, wie bereitwillig er die ganze Geschichte geglaubt hat.«

Campion antwortete nicht, lächelte Val aber freundlich an, der offensichtlich sehr erleichtert schien.

»Dann geh ich jetzt wohl am besten und komplimentiere diese Bohèmegesellschaft auf höfliche Weise hinaus«, sagte er. »Oder wollen Sie noch mit den Leuten reden?«

Campion schüttelte den Kopf. »Nein«, sagte er, »ich denke, es ist besser, wenn wir uns nicht kennenlernen. Nur noch eins. Branch wird doch ein Auge auf sie haben, während sie packen?«

»Aber ja, das nehme ich an«, antwortete Val fast ungeduldig.

»Gut«, sagte Campion. »Sorgen Sie dafür, daß er's tut. Ach, übrigens, er und Lugg haben unten in der Halle in Wiedersehensfreude geschwelgt, als ich vorhin raufging.« Er wandte sich an Penny. »Wäre es möglich, daß Sie mich, während Ihr Bruder die Gäste ein bißchen zur Eile antreibt, zu der Lichtung bringen, wo man Lady Pethwick gefunden hat?«

Sie warf ihm einen erstaunten Blick zu, doch er sah genauso sanft und dümmlich aus wie immer. »Aber selbstverständlich ist das möglich«, sagte sie.

»Vielleicht könnten wir irgendwie hintenrum gehen, falls es einen solchen Weg gibt«, setzte Campion hinzu. »Ich möchte nicht, daß mein schlechter Geschmack allzu offenkundig wird.«

Val sah seine Schwester an und sagte dann zögernd und verlegen: »Wir kennen den Platz, an dem sie gefunden wurde, nicht genau.«

»Natürlich nicht«, sagte Campion und verließ mit Penny das Zimmer.

Sie stiegen eine elisabethanische Treppe mit flachen Stufen hinunter, gingen einen breiten gefliesten Korridor entlang und traten durch eine Seitentür in einen Blumengarten. Campion blinzelte, weil die Sonne so grell schien, und Penny legte ihm die Hand auf den Arm. »Schauen Sie, von hier können Sie das Kelchhaus sehen«, sagte sie.

Campions Augen folgten der Richtung, die ihre Blicke nahmen, und er entdeckte hinter dem riesigen Ostflügel ein merkwürdiges rechteckiges Gebäude.

Es stand in einem eigenen kleinen Hof, war einstöckig, mit Mauern aus Flintsteinen und Fachwerk aus Eichenholz. Das Erdgeschoß war deutlich als Kapelle zu erkennen, während die Fensterreihe im ersten Stock ganz offensichtlich zu mehreren Wohnräumen gehörte.

Die Sonne spiegelte sich auf Campions Brille, während er nachdenklich das Gebäude betrachtete. »Die Künstlerfreunde Ihrer Tante sind im oberen Stockwerk, nehme ich an?« sagte er.

»O ja«, antwortete Penny hastig. »Die Kapelle ist immer zugesperrt.«

Campion zögerte. »Und die Reliquie ist im Augenblick gut aufgehoben und sicher?«

Penny sah ihn erstaunt an. »Aber natürlich ist sie das«, erwiderte sie. »Ich fürchte, das ganze Gerede, daß Tante Di sich mit dem Kelch fotografieren ließ und einer der Männer sie gerade zeichnete, hat Ihnen einen ganz falschen Eindruck vermittelt. Es waren immer zwei von unseren Dienern zugegen – Branch und noch jemand –, und der Kelch wurde nach jeder Sitzung sofort an seinen Platz zurückgestellt und die Kapelle zugesperrt. Über der Kapelle liegen drei Wohnräume, in alter Zeit die Wohnung der Kelchjungfrau. Tante Di hat den großen Raum als eine Art Studio benutzt, doch die beiden kleineren sind die Schlafzimmer der zwei Angestellten, die den Garten und die Kapelle betreuen. Man erreicht diese Räume über eine Außentreppe.«

»Oh«, sagte Campion.

Sie gingen den breiten Grasweg zu einer kleinen Pforte am Ende des Gartens hinunter. Eine Weile schwiegen sie, doch dann sagte Penny abrupt: »Mr. Campion, ich habe Val gestern abend gezwungen, mir alles zu erzählen – daß der Kelch in Gefahr ist, meine ich. Sie müssen mich helfen lassen. Ich kann Ihnen genauso nützlich sein wie Val. Erstens«, fuhr sie, die Stimme senkend fort, »hängt der Schatten des ›Zimmers‹ nicht über mir. Und außerdem« – sie lächelte – »bin jetzt ich die Kelchjungfrau, nicht wahr? Ich habe ein Recht, bei der Sache mitzumachen, und Sie können auf mich zählen.«

»Ich werde Sie beim Wort nehmen«, antwortete Campion völlig unerwartet. »Und jetzt, glaub ich, sollten wir uns ein bißchen beeilen.«

Sie verließen den Garten durch die Pforte und überquerten eine große Wiese. Die Landschaft ähnelte hier einem Park, mit einem dichten Baumgürtel zu ihrer Linken, und bald darauf passierten sie eine kleine eiserne Tür in der Hecke, die den Wald umgab, und nahmen einen Pfad, der bergab und mitten ins Herz des üppigen Grüns führte.

»Pharisees' Lichtung liegt gleich dahinter«, sagte Penny. »Es ist eigentlich ein Grasstreifen, der die Grenze zwischen unserem und dem Wald von Tye Hall bildet, dem Besitz, der Beth' Vater gehört.«

»Ah«, sagte Campion. »Und wo ist Fox Hollow?«

Sie warf ihm einen raschen Blick zu. »Daran erinnern Sie sich? Die Höhle liegt höher, auf der anderen Seite ihrer Waldungen. Dad war zu Recht verärgert, aber Professor Cairey geht selbst nicht zur Jagd, wie kann man da von ihm erwarten, daß er Verständnis dafür hat. Außerdem wollte er nur gefragt werden. Dad ist manchmal wirklich zu albern.«

»Professor?« sagte Campion nachdenklich. »Was für eine Art Professor?«

»Archäologe«, antwortete Penny prompt. »Aber Sie glauben doch nicht ...«

»Mein liebes Mädchen«, sagte Campion, »ich kann vor lauter Bäumen den Wald nicht sehen. ›Und nachts, wenn Ängste uns verzehren, sehn leicht in einem Busch wir einen Bären.‹ Sehen Sie, wenn jemand Ihre Tante absichtlich zu Tode erschreckt hat«, fügte er plötzlich sehr ernst hinzu, »bin ich nicht nur mit meinem Latein am Ende, dann wäre ich am besten gleich zu Hause geblieben.« Er unterbrach sich und sah sich um. »Ich nehme an, das hier sind fröhliche Jagdgründe für Wilderer?«

Penny schüttelte den Kopf. »Ich glaube nicht, daß es in Sanctuary Mann, Frau oder Kind gibt, die sich Pharisees' Lichtung nach Einbruch der Dunkelheit auf eine Meile nähern würden.« Sie zögerte ein paar Sekunden, als überlege sie, ob sie fortfahren solle oder nicht. »Ich komme mit den Dorfbewohnern sehr gut aus«, sagte sie dann, »und höre natürlich auch eine Menge Dorfklatsch. Sie glauben, daß es in diesem Wald und auf der Lichtung spukt, daß hier etwas umgeht – kein Geist, sondern etwas viel Schlimmeres. Soviel ich weiß, hat noch niemand etwas gesehen, aber Sie wissen ja, wie die Leute vom Land sind.«

»Ich habe gedacht, diese Spezies sei ausgestorben«, sagte er. »Dahin die pausbäckigen Milchmädchen und die zahnlosen

Alten meiner Jugend. Man sieht sie nicht einmal mehr auf Bildern.«

Penny lächelte schwach. »Wir sind hier weit hinter der Zeit zurück«, sagte sie, »und haben sogar eine Dorfhexe – die arme alte Mrs. Munsey. Sie lebt mit ihrem Sohn außerhalb des Dorfes in einem Haus, nicht größer als ein Hühnerstall. Sie sind beide schwachsinnig, wissen Sie, zwei wirklich bedauernswerte Menschen. Doch sie haben eine Welt von Vorurteilen gegen sich und sind beide so übellaunig und boshaft, daß man nichts für sie tun kann. Sammy Munsey ist der Dorftrottel, wie er im Buch steht, aber die alte Frau ist wirklich bösartig. Und deshalb ...« Sie zögerte. »Sie werden mich bestimmt auch für verrückt erklären, weil ich es erwähne, aber Mrs. Munsey hat Tante Di vor einem Monat bei Vollmond verflucht, und gestern war wieder Vollmond.«

Sie wurde rot und warf einen verstohlenen Blick auf ihren Begleiter, dessen freundliches, nichtssagendes Gesicht nur höfliches Interesse verriet. In ihrem schicken Hemdblusenkleid aus weißem Crèpe de Chine sah sie geradezu lächerlich modern aus, und es war wirklich sehr merkwürdig, sie von so archaischen Praktiken wie Hexenkunst sprechen zu hören, als glaube sie so halb und halb daran.

»Jetzt, nachdem ich's ausgesprochen habe, kommt es mir dumm vor«, erklärte sie. »Vielleicht ist es ja auch gar nicht wahr – wieder einmal nur Klatsch.«

Campion sah sie fragend an. »Hat Mrs. Munsey schon früher jemanden so erschreckend erfolgreich verflucht?« fragte er. »Wie ist sie zu ihrem – na ja, sagen wir – Beruf gekommen?«

Penny zuckte mit den Schultern. »Das weiß ich nicht. Ich weiß nur, daß es in der Marienkapelle der Dorfkirche noch eine Liste mit den Namen der Hexen gibt, die 1624 verbrannt wurden – das Dorf wurde von Cromwell verschont, müssen Sie wissen –, und jeder zweite Name auf dieser Liste lautet Munsey. Also – der ›Beruf‹ ist gewissermaßen Familientradition, und hinzu kommt noch, daß das arme Wesen völlig kahl ist. Im

Winter geht es ja noch, da trägt sie ein hutähnliches Gebilde, aber wenn es heiß ist, geht sie ohne Kopfbedeckung. Tante Di hat sich immer bemüht, nett zu ihr zu sein, doch sie war nun einmal herrschsüchtig und hat das alte Weib irgendwie verärgert. Glauben Sie, daß ich verrückt bin?«

»Meine liebe junge Dame, es gibt viele seltsame Berufe. Die Hexenkunst ist nicht der ungewöhnlichste. Ich habe es selbst einmal mit Zauberei versucht. Auf einer Reise nach Oslo wollte ich einen besonders unangenehmen alten Mann in einen Seehund verwandeln. Dann ging der vulgäre Kerl über Bord, aber sie haben nur ein kleines Walroß aus dem Wasser gefischt, und ich war mir nie sicher, ob es mir nun gelungen war oder nicht. Es hatte den gleichen Bart wie der Alte, doch das war die einzige Übereinstimmung zwischen den beiden. Ich habe mich oft gefragt, ob ich Erfolg hatte. Danach übernahm ich eine Vertretung für Radiozubehör.«

Penny musterte ihn erstaunt, doch er schien wirklich ernst zu meinen, was er sagte. Sie waren inzwischen bis in die Mitte des Waldes vorgedrungen. Er war ein Märchenland mit kühlen grünen Arkaden und weichem Moosboden. Zwischen den Baumwurzeln suchte sich ein winziger Bach seinen Weg.

Penny zeigte auf einen sonnenhellen Fleck am anderen Ende des Pfades. »Das ist der Zugang zu Pharisees' Lichtung«, sagte sie. »Pharisee heißt Fee, müssen Sie wissen.«

Campion nickte. »Sehen Sie sich vor, wenn Sie im Wald über Feen sprechen«, sagte er. »Sie neigen dazu, für respektlos zu halten, was man über sie sagt.«

Sie gingen weiter und kamen zum Rand der Lichtung. Sie sah aus wie ein kleines Tal, auf allen Seiten von hohen Bäumen umstanden, und war sogar zu dieser frühen Morgenstunde ein bißchen unheimlich.

Das graugrüne Gras wuchs nur spärlich, und große Steine lagen herum – ein kahler, häßlicher Ort, der nach der Schönheit des Waldes nicht besonders einladend wirkte.

Penny blieb stehen und ein Frösteln überlief sie. »Hier war

es«, sagte sie leise. »Soviel ich von Will Tiffin herausbekommen habe, hat sie ganz dicht an diesem Zauntritt gelegen – mit vor Grauen ganz schrecklich verzerrten Zügen.«

Campion antwortete nicht, prägte sich jedoch genau die Szenerie ein, wobei sein Gesicht noch leerer wirkte als sonst. Penny holte tief Atem.

»Ich muß Ihnen etwas sagen, Mr. Campion. Bisher habe ich geschwiegen, aber ich glaube, wenn ich nicht bald mit jemandem darüber sprechen kann, schnapp ich noch über.«

Das Blut schoß ihr ins Gesicht, und sie stürzte sich förmlich in die Worte hinein.

»Will Tiffin hat es mir heute morgen erzählt, und er mußte mir schwören, mit keiner Menschenseele darüber zu reden. Als er Tante Di fand, lag sie auf dem Rücken, nicht verkrümmt oder verdreht, als sei sie an dieser Stelle gestürzt, sondern stocksteif und gerade, die Hände gefaltet, die Augen geschlossen. Verstehen Sie« – ihre Stimme zitterte und wurde zum Flüstern –, »Will hat gesagt, sie habe dagelegen wie – wie aufgebahrt.«

8

Profis unter sich

»Sie würden mir einen großen Dienst erweisen, wenn Sie davon absähen, mich Nr. 705 zu nennen, Mr. Lugg. Sir Percival hat meinem Vater zuliebe meinen kleinen Fehltritt von damals vergessen. Immerhin liegt er fünfundzwanzig Jahre zurück.«

Mr. Branch, ein kleiner, würdevoller Mann in schwarzem Anzug, hielt inne und sah seinen zwielichtigen alten Freund fast bittend an. »Bringt doch auch nix, immer noch dran zu denken«, fügte er, seine geschraubte Sprechweise aufgebend, in seiner leicht ländlich angehauchten Alltagssprache hinzu.

Lugg, ebenfalls in feinem schwarzem Tuch und prachtvoll anzusehen, schnaubte verächtlich. »Wie Sie woll'n«, sagte er. »Aber ich muß schon sagen, wie Sie das Zeug aus der Tasche geklaut ham – alle Achtung. Sie scheinen da noch ne Menge davon zu verstehen.«

Er zeigte mit einer Kopfbewegung auf einen Stoß Aquarelle und Bleistiftskizzen, die mit der Bildseite nach unten auf einer Spiegelkommode lagen. Die beiden Männer hielten sich in einem der kleineren, im Moment nicht benutzten Schlafzimmer auf der Vorderseite des Haupthauses auf.

Der kleine Branch zappelte nervös herum. »Ich werde erst wieder froh sein, wenn sie nicht mehr im Haus sind«, sagte er. »Kofferpacken gehört nicht zu meinen üblichen Aufgaben. Es darf kein Aufsehen geben, die Haushälterin würde sofort riechen, daß etwas faul ist.«

»Es wird kein Aufsehen nich geben. Wie oft muß ich Ihn' das noch sagen?« Lugg war offensichtlich verärgert. »Mr. Gyrth und mein Boss wolln die volle Verantwortung übernehmen. Das gute Landleben hat Sie schlaff gemacht, mein Sohn, da is kein Mumm mehr in den Knochen.«

Mr. Branch musterte den großen Lugg unter den Wimpern hervor. »Was Ihren Mr. Campion angeht«, sagte er, »wär ich nicht überrascht, wenn sein Name mit einem K anfangen tät, und wenn ich's genau überlege, müßte er mit Vornamen Rudolph heißen.«

Lugg sperrte den Mund auf vor Staunen. »Wie kommen Sie denn da drauf?«

Mr. Branch wiegte wissend den Kopf. »In einem großen Haus entwickelt ein Diener, dem man vertraut, eine Art Instinkt für Dinge wie Familienähnlichkeiten – Familiensitten – kleine Gewohnheiten und so weiter.«

Lugg war gegen seinen Willen beeindruckt. »Himmel, A... und Wolkenbruch!« sagte er. »Und wie sind Sie bei seiner Hoheit dahintergekommen?«

»Vor etwa einer Stunde«, erklärte Mr. Branch pedantisch, »hab ich in Mr. Campions Zimmer nachgeschaut, ob die Mädchen ordentlich aufgeräumt haben. Ganz zufällig hab ich seinen Pyjama gesehen. Hellpurpurne Streifen – Seide – gekauft bei Dodds. Das hat mir nicht allzuviel gesagt. Aber dann hab ich bemerkt, daß die Firma an den Schulterblättern Flanellflikken eingenäht hatte. Das ist natürlich eine alberne Idee und typisch Frau. Na ja, und zufällig kenne ich nur eine einzige Frau, die Dodds dazu bringen könnte, so was zu machen. Außerdem ist so was Gewohnheit – eine lebenslange Gewohnheit. Also fällt eine Ehefrau flach. So was macht nur eine Mutter, die möchte, daß der liebe Sohn ›sein Leben lang was davon hat‹. Da hab ich nachgedacht, und am Ende ist mir auch eingefallen, wo ich das schon gesehn hatte. Dann wußte ich natürlich Bescheid. Der hochadlige Knabe, der ab und zu herkommt, is genau der Typ, der einen kleinen Bruder wie Ihren Boss haben könnte.«

Er verstummte, und Lugg war verärgert und gekränkt.

»Branch«, sagte er, »für wen haltense mich? Für Dr. Watson?«

Es war offensichtlich, daß der Butler ihn nicht verstand, und Lugg mußte lachen. »Sie sind schlau, aber Sie sind ungebildet«, sagte er eitel. »Was fangen Sie mit Ihr'm Wissen an? Für was benutzen Sie's – für Erpressung?«

Branch war schockiert und sagte das auch. Hinterher ließ er sich zu einer Erklärung herab. »Früher, als ihre Ladyschaft noch lebte und wir oft Gäste hatten, war es angezeigt, daß man ein Auge darauf hatte, wer im Haus war. Oh, ich war ihrer Ladyschaft sehr nützlich. Sie hat sich ganz auf mich verlassen. Am ersten Morgen beim Frühstück hob sie, wenn die Gäste reinkamen, ganz leicht die Brauen und schaute zu mir rüber, ob ich irgendwelche Zweifel habe, und wenn die Leute okay waren, habe ich nur genickt.«

»Tatsächlich?« sagte Lugg, von diesen Feinheiten vornehmer Lebensart fasziniert. »Und wenn Sie nicht zufrieden waren?«

»Dann habe ich ihre Ladyschaft ignoriert«, sagte Branch majestätisch.

Lugg pfiff durch die Zähne. »Harte Sitten für'n Kerl mit zerrissenen Unterhosen«, stellte er fest.

»O nein, Sie verstehn nich« entgegnete Branch heftig. »In diesem Haus gibt's eine Unterhose, die vierzehn Jahre alt is. Die Herzogin selber, Gott segne sie, hat sie geflickt. Ich erkenne ihre Arbeit überall, es is ein merkwürdiger Kreuzstich, den sie in den fünfziger Jahren in Frankreich gelernt hat. Sie finden ihn an der gesamten Familienwäsche. Er ist so einmalig wie'n Familienwappen.« Er schüttelte den Kopf. »Nein, mein Wissen ist reiner Instinkt. Ich kann's nicht erklären.«

»Wenn Sie so schlau sind – was is mit der Bande, die gleich verduften wird?« fragte Lugg, der wissen wollte, ob eine so bemerkenswerte Eigenschaft auch praktisch anwendbar war. »Hamse zufällig bei denen ne schicke Flickarbeit entdeckt?«

Branch schnaubte verächtlich. »Nix wie Hochstapler«, sagte er. »Ganz gemeine Hochstapler sind das, sonst nix. Hübsche, neue Sachen, gekauft, um hier Eindruck zu schinden. ›Damüt dü Düner nichts zu tuscheln haben‹«, ahmte er auf grauenvolle Weise das vornehme Getue gewisser Leute nach.

»Nicht jeder, der Hosen aus der Burlington Arcade trägt, hat am Berkeley Square das Licht der Welt erblickt, das kann ich Ihnen flüstern.«

Verstimmt, daß Branch so mit seinen Talenten prahlte, sah Lugg sich zu einer Antwort genötigt. »Na ja, hier hamse jedenfalls Ihre Uhr zurück«, sagte er und überreichte Branch eine große, plumpe goldene Taschenuhr, schnappte sich die Zeichnungen von der Kommode und stolzierte aus dem Zimmer.

Leise tappte er durch den Korridor und klopfte an eine Tür zu seiner Linken. Pennys Stimme forderte ihn auf, hereinzukommen, und er betrat ein kleines Wohnzimmer, das sehr geschmackvoll in den matten Karmesin- und Goldtönen der späteren Georges eingerichtet war.

Campion und die Tochter des Hauses standen am Fenster, hinter den schweren Damastvorhängen versteckt und von draußen nicht zu sehen. Campion, der sich umgedreht hatte, als Lugg die Tür öffnete, hob fragend die Brauen.

»Ich hab das Zeug, Sir«, sagte Lugg heiser. Die verblichene Pracht des Hauses und Penelopes Schönheit veranlaßten ihn zu einem respektvollen Ton. »Ganz genau das, was Sie dachten.«

»Gut«, sagte Campion. »Warten Sie einen Moment, Lugg. Ich beobachte unseren Gastgeber und Ihren Freund Branch, der eben zu ihm rausgekommen ist und gemeinsam mit ihm die Intelligenzija in zwei Automobile verfrachtet.«

»Oha!« Lugg kam auf Zehenspitzen näher und blieb schwer atmend hinter Campion stehen. Sie sahen eine Gruppe seltsam gekleideter Leute, die sich um einen hauseigenen ehrwürdigen Daimler und einen noch älteren Panhard drängten.

Lugg boxte seinen Herrn und Meister leicht in die Rippen. »Das is der Kerl, den ich mit Natty gesehen hab«, sagte er. »Der runtergekommene Typ mit dem rotbraunen Bart. Von ihm stammt dieses Zeug hier.« Lugg tippte auf die Papiere in seiner Hand.

»Kennen Sie zufällig noch jemanden?« fragte Campion.

Lugg überlegte kurz und schüttelte dann bedauernd den Kopf. »Könnt ich nich behaupten. Sehn mir alle echt aus. Haben diesen Blick, der zu sagen scheint: ›Wie Gott uns geschaffen hat, so liebt er uns‹.«

Penny legte Campion die Hand auf den Arm. »Erkennen Sie den Mann mit dem rotbraunen Bart, Albert?« fragte sie.

Campion wandte sich vom Fenster ab und ging zum Tisch, der in der Mitte des Zimmers stand. »Und ob«, sagte er. »Hat früher mal für mich gearbeitet. Deshalb bin ich froh, daß er mich nicht gesehen hat. Bevor er sich einen Bart wachsen ließ und Künstler wurde, kannte man ihn in der Branche unter dem Namen Arthur Earle. Er hat Kopien von Schmuckstücken angefertigt, und er war einer der besten seines Fachs, aber er machte immer nur anrüchige Geschäfte.« Lachend wandte er sich an Penny. »Wenn Lady Ermyntrude ihrem Tanzpartner die juwelenbesetzte Weckuhr des alten Earls schenkt, um sich über Wasser zu halten, wird der alte Earl jeden Morgen von einer sorgfältig gearbeiteten Kopie dieser Uhr aus Arthurs Werkstatt geweckt. Genauso verhält es sich mit dem Rubinhalsband von Lady Maud und der Halskette, die Sir George der kleinen Eva zum einundzwanzigsten Geburtstag schenkte. Es sind lauter Imitationen, die Arthur nach den Originalen angefertigt hat. Im Grunde gehört Arthur zu den Jungs, die die Gesellschaft zu dem gemacht haben, was sie heute ist.« Campion nahm Lugg die Papiere ab. »Ich vermute, das ist ein Teil seiner Kunstwerke. Na, dann wollen wir mal sehen.«

Autoreifen knirschten auf der Zufahrt, und fast unmittelbar darauf kam Val herein. »Sie sind weg«, sagte er. »Hallo, was habt ihr denn da?«

Campion war damit beschäftigt, die Zeichnungen auf dem Tisch auszubreiten. »Ein paar Beispiele moderner Kunst«, sagte er. »Sobald sie entdecken, daß sie das Zeug nicht mehr haben, wird ihnen klar sein, daß wir nicht völlig im dunkeln tappen, aber dagegen können wir nichts machen.«

Bruder und Schwester beugten sich eifrig über den Tisch. Es waren insgesamt ungefähr ein Dutzend Blätter mit Lady Pethwick als Modell. Auf jeder Zeichnung stand jedoch der Kelch im Vordergrund. Und er war auch das einzige, das der Künstler realistisch gezeichnet hatte, während die Lady auf allen Bildern ultramodern dargestellt war – um keinen schlimmeren Ausdruck zu gebrauchen.

Campion lachte leise. »An der Kostbarkeit hat unser Freund aber auch gar nichts ausgelassen«, sagte er. »Ein Wunder, daß Ihre Tante den Braten nicht gerochen hat. Sehen Sie mal, hier haben wir den Kelch von der rechten Seite, hier von der linken, hier von oben – und hier hat Arthur sogar die Maße notiert. Wahrscheinlich wußte er das Gewicht auch ziemlich genau. Das nenne ich gründlich.«

Val sah ihn fragend an. »Ich verstehe nicht – wozu das alles?«

»Mein lieber Alter«, antwortete Campion, »unser Arthur ist trotz seines schlechten Rufs ein gewissenhafter Handwerker. Um Ihre Tante so hintergehen zu können, muß er auch ein guter Schauspieler gewesen sein. Das sind Pläne« – er winkte mit der Hand – »Arbeitsvorlagen. Wenn er das richtige Material hätte, könnte er nach ihnen eine ausgezeichnete Kopie des Kelchs herstellen.«

»Aber«, sagte Val gereizt, »wenn sie eine so gute Kopie herstellen können, die sogar uns zu täuschen vermag, warum geben sie sie dann nicht ihren mohammedanischen Klienten?«

Campion tat, als sei er schockiert. »Mein lieber Junge, haben Sie denn gar keinen Respekt vor den Gefühlen eines Sammlers?« sagte er. »Außerdem fiele kein Experte auf eine Kopie von Arthur herein.«

»Sie wollten den Kelch also austauschen?« fragte Penny mit zornfunkelnden Augen und geröteten Wangen. »Damit sie genug Zeit hätten, ihn außer Landes zu schmuggeln, bevor wir etwas merkten. Schweine! Stinkende Bauernschweine! Warum rufen wir nicht die Polizei an und lassen den Mann verhaften?«

»Das würde ich an Ihrer Stelle nicht tun«, sagte Campion. »Wir haben ihm ohnehin einen ziemlich dicken Strich durch die Rechnung gemacht. Außerdem wüßte ich nicht, was für eine Anklage wir gegen ihn vorbringen könnten. Er könnte entgegnen, daß wir seine Zeichnungen geklaut haben, was sehr peinlich wäre. Luggs Strafregister käme ans Licht, und wir säßen alle in der Tinte. Außerdem ist Arthur nur ein ganz kleiner Fisch – fast ein Niemand, wie Natty Johnson. Das ist es, was mir Sorgen bereitet«, fügte er ungewöhnlich heftig hinzu. »Hier gibt es ganze Elritzenschwärme und keine einzige Forelle darunter. Und nur einer von den Großen könnte uns etwas nützen. Wenn ich nur wüßte, was Ihre Tante gestern nacht gesehen hat!«

Er sammelte die Zeichnungen ein und zerriß sie fein säuberlich kreuz und quer. »Sie dürfen damit ein Freudenfeuerchen anzünden, Lugg«, sagte er und drückte seinem Faktotum die Papierschnitzel in die Hand.

Es wurde allmählich dunkel, und der Dinnergong konnte jeden Augenblick ertönen.

Plötzlich stürzte, ohne anzuklopfen, mit allen Anzeichen höchster Erregung der sonst so gelassene Branch ins Zimmer. »Mr. Val«, stieß er hervor, »kommen Sie bitte mit! Bei der Kapelle treibt sich ein Fremder rum und versucht durch das Fenster hineinzuspähen.«

Mit einem leisen Aufschrei lief Val hinter dem Butler über den Korridor in das unbenutzte Schlafzimmer gegenüber, und ihm folgten wiederum die drei anderen. Vom Fenster dieses Zimmers aus hatte man einen ausgezeichneten Blick auf das Kelchhaus.

»Dort!« sagte Branch. Die Dämmerung war schon hereingebrochen, aber die Gestalt, die auf einem Haufen loser Steine balancierte und durch eines der schmalen Gitterfenster der Kapelle spähte, war noch sehr deutlich zu sehen. Gegen die Sicht aus den tieferen Fenstern des Haupthauses war sie durch eine Eibenhecke abgeschirmt und glaubte sich offenbar vollkommen geschützt. Es war ein Mann. Er hatte eine Taschenlampe in der Hand und versuchte in die dunkle Kapelle hineinzuleuchten.

Während sie ihn noch fasziniert beobachteten, gab das provisorische Podest unter seinem Gewicht nach, und er rutschte und stolperte, von rollenden Steinen begleitet, hinunter. Hastig richtete er sich auf und warf einen einzigen erschrockenen Blick auf das Haupthaus.

Sogar auf diese Entfernung waren seine Züge undeutlich zu erkennen – er war ein gut aussehender, kleiner Mann um die sechzig mit einem sauber gestutzten weißen Spitzbart und einer langen Nase.

Im nächsten Moment war er auf und davon und strich durch den Blumengarten wie ein Schatten.

Penny sperrte den Mund auf und wechselte mit dem Butler einen betroffenen Blick. Als sie endlich sprach, zitterte ihre Stimme wie Espenlaub. »Du meine Güte, Branch«, sagte sie, »das – das sah mir ganz nach Professor Gardner Cairey aus.«

Branch hüstelte. »Verzeihung, Miss«, sagte er, »es hat nicht nur so ausgesehen. Das war er.«

9

Ein lästiges Frauenzimmer

Da Lady Pethwick sich nicht gerade besonderer Beliebtheit erfreut hatte, löste ihr Tod in ihrer engeren Umgebung eher leise Betroffenheit als überwältigenden Schmerz aus. Im Dorf Sanctuary allerdings blühte der ungewöhnlichste Klatsch.

Still und unauffällig wanderte Campion durch den Ort, der Blick hinter der Hornbrille verschwommen und arglos, aber seinen Ohren entging nichts. Er erfuhr innerhalb sehr kurzer Zeit und immer aus gut unterrichteter Quelle, daß Lady Pethwick (a) von den Zigeunern ermordet worden, (b) dem Teufel über den Weg gelaufen war, der sie dann auf Anweisung von Mrs. Munsey tatsächlich geholt hatte, und (c) – das war die Version der prosaischeren Besserwisser – an Alkohol, Drogen oder ganz einfach an ihrer eigenen Bosheit gestorben war.

Nicht einmal die vernünftige Mrs. Bullock glaubte der Diagnose des Arztes.

An der Beerdigung nahm Campion nicht teil. Er verbrachte den Tag und einen Teil der Nacht damit, seine alten Freunde Jacob Benwell und seine Mutter, Mrs. Sarah, *mère* und *compère* des Benwell-Zigeunerstammes zu suchen und zu befragen; der Stamm hatte sich aus begreiflichen Gründen an dem Morgen, an dem Lady Pethwick auf Pharisees' Lichtung aufgefunden worden war, aus Fox Hollow abgesetzt.

Als Campion am frühen Nachmittag des nächsten Tages, nach einem Lunch, zu dem Sir Percival nicht erschienen war, am Fenster des Kinderzimmers stand und den Blumengarten betrachtete, kam Lugg mit einem Ausdruck leichter Empörung auf dem massigen Gesicht herein. »Grad is Besuch gekommen«, sagte er. »Touristen hoch zu Roß. Einen Tach nach'm Begräbnis – kapiert? Find ich nich besonders taktvoll.«

Kaum hatte er seine Erklärung beendet, kam auch Penny mit zornig blitzenden Augen herein. »Haben Sie schon mal eine solche Unverschämtheit erlebt, Albert?« fragte sie. »Mrs. Dick Shannon ist eben mit zwei völlig fremden Leuten angekommen. Angeblich um Beileid zu wünschen und um – weil es sich gerade günstig ergibt, wie sie sagt – ihren beiden gräßlichen Freunden den Kelch zu zeigen. Gewöhnlich ist die Kapelle am Donnerstag für Besucher geöffnet, so bestimmt es auch die königliche Urkunde – aber das geht nun doch wohl ein bißchen zu weit, oder?«

Sie unterbrach sich, um Atem zu holen.

»Mrs. Dick Shannon?« sagte Campion. »O ja, ich erinnere mich. Das Wunderweib mit der Megaphonstimme. Wo ist sie jetzt? Ich nehme an, Ihr Vater hat sie empfangen?«

»Vater kann sie nicht ausstehen«, antwortete Penny. »Sie möchte ihm unbedingt ein paar Pferde abkaufen. Deswegen ist sie nämlich wirklich hier. Kommen Sie doch bitte mit hinunter, um uns zu unterstützen. Vater mag Sie. Wenn Sie die drei loswerden, bietet er Ihnen zum Dank vielleicht meine Hand oder eine Mitgliedschaft in seinem Club an. Auf jeden Fall lohnt es sich für Sie, jetzt mitzukommen.«

Sie verließ das Zimmer, und Campion folgte ihr. Schon im nächsten Moment schlug aus der Halle Mrs. Dicks durchdringendes Organ an sein Ohr. Und als sie auf der Treppe waren, hörten sie sie lauthals verkünden: »Wie ich der Mutter sagte, ist Trunksucht in der Familie besser als erblicher Wahnsinn.«

Penny schnaubte. »Ich wette, sie spricht über einen unserer Verwandten«, flüsterte sie. »Das ist ihre Vorstellung von Konversation.«

Die Beine weit gespreizt, hatte sich Mrs. Dick, von ihren Freunden flankiert – die, um ihnen Gerechtigkeit widerfahren zu lassen, mehr als nur peinlich berührt aussahen, in der Mitte der riesigen Halle aufgepflanzt. Alle drei trugen Reitanzüge, doch Mrs. Dick, ganz in Schwarz, sah besonders elegant aus.

Wieder hatte Campion das Gefühl, daß ihre Ausstrahlung die einer bedeutenden Persönlichkeit war.

Oberst Sir Percival Gyrth und sein Sohn hörten der Dame höflich zu. Sir Percival war ein alter, robuster Mann aus dem Stoff, aus dem echte Offiziere gemacht sind, aber eine geheime Sorge schien sein normalerweise gutmütiges, schlichtes Wesen zu beeinträchtigen. Im Moment war er sehr verärgert, was man ihm deutlich anmerkte. Er hatte die plumpen Hände hinter dem Rücken gefaltet, und seine Augen, leuchtend blau wie die seiner Kinder, blickten sehr unfreundlich. Er war ein gutaussehender Mann mit ergrautem Kraushaar und einem bartlosen Gesicht mit kantigen Zügen. Als Campion eintrat, sah er hoffnungsvoll auf.

»Ah«, sagte er, »darf ich bekannt machen. Mrs. Shannon, das ist ein Freund von Val – Mr. Albert Campion.«

Gleichgültig musterte Mrs. Dick den jungen Mann vor ihr. Hätte sie etwas gesagt, hätte sie ihre Geringschätzigkeit nicht deutlicher ausdrücken können. Endlich nahm sie mit einem leichten, eisigen Nicken von ihm Notiz. Dann wandte sie sich an ihre Begleiter. »Major King und Mr. Horace Putnam«, sagte sie und ließ sie dann sofort wieder links liegen, um zu demonstrieren, wie unwichtig sie waren.

Major King war ein großer, kräftiger Mann, der aber unglücklich aussah, ein bißchen Ähnlichkeit mit einem Pferd hatte und sich offensichtlich sehr unbehaglich fühlte. Horace Putnam hingegen war klein und dünn, hatte flinke, blitzende Augen und ein durchtriebenes, runzliges Gesicht. Auch er war eine solche Umgebung nicht gewohnt, das sah man ihm an, doch er ließ sich davon nicht beirren.

»Nun?« Dieses eine Wort von Mrs. Dick wirkte auf die ganze Gesellschaft wie ein Peitschenhieb. »Wenn Sie uns ins Museum bringen, Penny Gyrth, dann gehen wir. Unsere Pferde könnten anfangen, sich zu langweilen. Sind Sie wegen der beiden Jährlinge noch immer nicht zur Vernunft gekommen, Oberst?«

Es sagte sehr viel über Sir Percivals Erziehung aus, daß er auch jetzt noch liebenswürdig und charmant blieb. »Meine liebe Dame, ich will nicht verkaufen. Und im Moment«, fügte er hinzu, »ist mir überhaupt nicht danach zumute, Geschäfte zu machen.«

»Oh, natürlich! Die arme Diana.« Mrs. Dick war weder beschämt noch aus der Fassung zu bringen. »Ich finde es immer am besten, wenn man die Dinge nimmt, wie sie kommen«, fuhr sie wie ein schlechter Lautsprecher bellend fort. »Rührseligkeit hat noch keinem geholfen. Ich wundere mich nur, daß das nicht schon vor Jahren passiert ist. Cobden ist ein alter Narr. Ich ließe mir nicht einmal meine Frostbeulen von ihm behandeln.«

Inzwischen litt die ganze Familie Gyrth. Nur die allen dreien angeborene Höflichkeit bewahrte Mrs. Dick und ihren Anhang vor einem vorzeitigen und nicht sehr würdevollen Hinauswurf. Campion stand dabei und lächelte töricht, als übe die Dame einen unwiderstehlichen Zauber auf ihn aus.

Mrs. Dick ging zur Tür. »Kommt«, sagte sie, »ich interessiere mich ja weniger für diese Dinge, aber Mr. Putnam hat seine Freude an historischem Kram.«

Penny blieb stehen. »Der Kelch ist mit einem Schleier verhüllt – zehn Tage lang«, sagte sie. »Das ist Brauch, immer wenn jemand ...«

Die Worte »gestorben ist« blieben ungesagt, da Mrs. Dick sie unterbrach

»Dann enthüllen Sie ihn, meine Liebe«, sagte sie. »Und jetzt kommen Sie – Sie alle, wir können die Pferde nicht länger warten lassen. Ihr Besitz ist seit dem Tod Ihrer Frau sehr heruntergekommen, Oberst! Die arme Helen, ihr lag immer viel daran, nach außen hin tadellos dazustehen.«

Wie hypnotisiert von ihrer zwingenden Persönlichkeit trottete die kleine Gesellschaft hinter ihr her. Mindestens drei waren über ihren unverschämten Monolog empört, doch sie war völlig unbekümmert, merkte nicht, wie sie auf andere wirkte. Und genau dieser Eigenschaft hatte sie die einzigartige Stellung zu verdanken, die sie in der Grafschaft zweifellos innehatte. Alle kannten sie, niemand mochte sie, und die meisten Leute fürchteten sich ein bißchen vor ihr. Ihr erstaunlicher Erfolg mit allem, was den Namen Pferd trug, brachte ihr grollende Bewunderung ein. Nie verwies sie jemand in ihre Schranken, denn die Zunge, die das vermocht hätte, war noch nicht geboren. Sie war auf fünfzig Quadratmeilen im Umkreis der Inbegriff von Grobheit und absichtlicher Unhöflichkeit, doch sie kam und ging, wann und wohin es ihr beliebte, denn aufhalten hätte man sie nur können, wenn man sie mit körperlicher Gewalt hinausgeworfen hätte, was an sich schon kein geringer Kraftakt gewesen wäre, doch war diese Methode noch keinem ihrer konservativ denkenden Opfer in den Sinn gekommen.

Draußen auf dem Kiesweg war das Widerstreben der Familie, jetzt das Kelchhaus aufzusuchen, noch immer deutlich spürbar, doch am Ende sagte sich Sir Percival, daß es kein Entrinnen gab und sie die Sache daher so schnell wie möglich hinter sich bringen sollten. Branch wurde um den Schlüssel geschickt. Die kleine Prozession wanderte um den Ostflügel herum und betrat durch eine kleine Seitentür den Blumengarten, wo Mrs. Dick immer noch das große Wort führte. Ihr schriller laufender Kommentar zerrte sogar an den stärksten Nerven. »Was für armselige Rosen Sie haben, Oberst. Aber Rosen sind eben wie Pferde. Wenn man nichts von ihnen versteht, soll man die Hände davon lassen.«

Sie trat beiseite, als Branch kam, um die schwere Eichentür mit den Eisenbeschlägen aufzusperren. Das Schloß war sehr alt und sehr widerstandsfähig, so daß es dem kleinen Butler schwerfiel, den großen Schlüssel hineinzustecken; noch größere Mühe hatte er jedoch damit, ihn umzudrehen.

Bevor Val dem alten Mann helfen konnte, ergriff Mrs. Dick die Initiative. Sie schob Branch beiseite wie eine Spinnwebe, griff nach dem Schlüssel, und gleich darauf schnappte das

Schloß zurück. Major King lachte nervös auf. »Sie haben ein kräftiges Handgelenk«, stellte er fest.

Mrs. Dick warf ihm einen Blick zu, unter dem er zu schrumpfen schien. »In meinem Beruf kann man es sich nicht leisten, schlaff und schwammig zu werden«, sagte sie.

Der unsympathische Mr. Putnam lachte. »Jetzt hat sie's Ihnen aber gegeben, Major«, sagte er. »Ich habe Mrs. Shannon heute morgen mit Bitter Aloes beobachtet. Die Stute macht Sie fertig«, fügte er, sich an die Lady wendend, hinzu. »Sie hat den Teufel im Leib. Ich dachte, die bringt Sie um. Eine schlechte Frau und eine bösartige Stute sind unverbesserlich. Hinauswerfen oder erschießen, etwas anderes bleibt einem nicht übrig.«

Er wandte sich an die übrigen, die unbeeindruckt geblieben waren.

»Bitter Aloes bäumte sich auf und schlug mit den Vorderhufen wie ein Preisboxer«, fuhr er fort, »und Mrs. Shannon klammerte sich ans Halfter und knallte mit der Peitsche wie ein Zirkusdirektor. Aber schließlich kriegte sie den Zossen doch noch kirre. So was hab ich noch nie gesehen.«

Und damit betraten die unwillkommenen Besucher die uralte, geheiligte Kelchhaus-Kapelle.

Es war ein niedriger Raum, dessen leicht gewölbte Decke von ungeheuer dicken Ziegel- und Steinsäulen gestützt wurde, und die einzige Lichtquelle waren sehr schmale Fenster mit rautenförmigen Scheiben, so daß es hier auch am sonnigsten Tag dämmrig war. Der Boden bestand aus flachen Grabplatten, die zum Teil sehr schöne Kupferverzierungen hatten. Von einem kleinen steinernen Altar an der gegenüberliegenden Schmalseite abgesehen, war das Kirchenschiff leer. Auf dem Altartisch lag ein karmesinrotes Tuch, das von zwei schweren Kerzenleuchtern aus Messing festgehalten wurde.

Über der Mitte des Altars schloß ein festes Eisengitter eine in den Stein gehauene Nische ab. Sie wurde sehr wirkungsvoll von einem schrägen Lichtstrahl ausgeleuchtet, der durch eine

Öffnung hoch oben in der Mauer fiel. Eine in einer späteren Periode angebrachte dicke Glasscheibe schützte die Nische noch zusätzlich.

Im Augenblick sah man in der Nische nur einen in bestickten schwarzen Samt gehüllten pyramidenförmigen Gegenstand.

Oberst Gyrth erklärte: »Wenn ein Familienmitglied stirbt, wird der Kelch sofort verhüllt. Und das haben wir, wie es die Tradition erfordert, vor drei Tagen getan. Es ist Brauch, den Kelch mindestens zehn Tage verhüllt zu lassen.« Er zögerte bewußt.

Mrs. Dick gab nicht nach. »Ich nehme an, für das Gitter gibt es einen anderen Schlüssel«, sagte sie. »Was Sie für eine große Sache daraus machen! Haben Sie auf dem Dach eine Alarmanlage installiert?«

Allmählich hatte der Oberst eingesehen, daß es nur eine Möglichkeit gab, diese lästigen Besucher loszuwerden – er mußte ihnen den Kelch zeigen, dann war es überstanden. Er war ein friedliebender Mann, und da ihm klar war, daß Mrs. Dick nicht vor einer Szene zurückschrecken würde, blieb ihm nichts anderes übrig, als auf ihren Wunsch einzugehen. Er nahm den kleineren Schlüssel, den Branch ihm reichte, beugte sich über den Altar und sperrte vorsichtig das Gitter auf, das wie eine Tür aufschwang. Mit Händen, die seine Ehrfurcht verrieten, hob er die schwarze Umhüllung.

Campion, dem die Komik einer Situation nie entging, mußte unwillkürlich an einen Zaubertrick denken. Eine Sekunde später vermischten sich Phantasie und Wirklichkeit geradezu erschreckend.

Der Oberst und Penny schrien leise auf, denn das, was unter dem schwarzen Samttuch zum Vorschein gekommen war, waren nur zwei aus dem Sockel einer Säule gebrochene Ziegelsteine.

Der Kelch war verschwunden.

Mrs. Dick war die einzige, die nicht sofort begriff, daß sich eine Katastrophe ereignet hatte. »Für diese Art Humor habe ich kein Verständnis.« Ihre laute Stimme hallte trompetengleich durch die kühle, dunkle Kapelle. »Ich nenne das einfach schlechten Stil.«

Val starrte Campion und Sir Percival starrte Branch an, und ihre Gesichter verrieten nichts als tiefe Bestürzung und unsagbaren Schreck.

Sir Percival faßte sich als erster und sorgte für den zweiten Schock innerhalb von fünf Minuten. »Aber natürlich«, sagte er, »das hatte ich ja ganz vergessen. Ich bedaure, Sie heute enttäuschen zu müssen, Mr. Putnam. Der Kelch wird zur Zeit gereinigt. Ein andermal.«

Mit erstaunlicher Fassung lächelnd, wandte er sich ab und sagte im Vorbeigehen leise zu Val: »Um Himmels willen, schaff uns die Leute vom Hals, mein Junge, und dann kommt in die Bibliothek – ihr alle.«

10

Zwei zornige Damen

Rastlos ging Sir Percival in der Bibliothek auf dem Kaminvorleger auf und ab, während seine beiden Kinder, Campion und Branch ziemlich hilflos herumstanden.

»Gott sei Dank, diese Frau ist fort!« Sir Percival fuhr sich mit der Hand über die Stirn. »Ich weiß nicht, ob sie mit meiner Erklärung zufrieden war. Ich hoffe es jedenfalls, sonst ist die Geschichte innerhalb von vierundzwanzig Stunden im ganzen Land herum.«

Val sah seinen Vater an. »Dann ist der Kelch also wirklich verschwunden?«

»Aber selbstverständlich.« Die Bestürzung in Sir Percivals Stimme war nicht zu überhören. »Hat sich in Luft aufgelöst. Ich habe ihn am Sonntagabend selbst verhüllt, gleich nachdem du mir gesagt hattest, daß dieser aufdringliche Cairey sich bei der Kapelle herumtrieb. Und da war alles absolut in Ordnung. Die Schlüssel habe ich hinterher in meinem Schreibtisch eingeschlossen. Branch und ich sind, glaube ich, die einzigen, die wissen, wo sie aufbewahrt werden.«

Branchs Gesichtsausdruck war mitleiderregend, doch sein Arbeitgeber tröstete ihn. »Nur keine Sorge, Mann. Ich beschuldige niemanden. Es ist lächerlich. Das Ding kann nicht weg sein.«

Einen Moment lang sagte niemand etwas. Der plötzliche Verlust schien alle gelähmt zu haben.

»Wär's nicht am besten, ich schicke jemanden zur Polizei, Sir?« fragte Branch. »Oder soll ich lieber telefonieren?«

Sir Percival zögerte. »Ich glaube nicht, vielen Dank, Branch«, sagte er. »Auf jeden Fall noch nicht jetzt«, wandte er sich an die anderen. »Einen solchen Verlust publik zu machen, hat sehr ernste Konsequenzen. Wir sind eigentlich nur die Hüter des Kelchs, denn er ist Eigentum der Krone. Die Kapelle bleibt verschlossen wie immer, Branch, und ich wünsche vorläufig nicht, daß das Personal etwas von dem Verlust erfährt.«

»Aber was sollen wir tun?« fragte Val aufgeregt. »Wir können uns doch nicht hinsetzen, Däumchen drehen und darauf warten, daß er wieder zum Vorschein kommt.«

Sein Vater sah ihn neugierig an. »Vielleicht nicht, mein Junge«, sagte er. »Doch es gibt da einen Punkt, der euch allen aufgefallen sein muß. Der Kelch ist groß und schwer, und seit ich ihn eigenhändig eingeschlossen habe, war kein Fremder im Haus. Niemand außer uns kann an den Kelch heran, und wir alle sind ganz besonders daran interessiert, ihn hierzubehalten.«

»Wenn man sich deine Argumentation zu eigen macht«, sagte Val barsch, »muß er also noch hier sein. Aber wo ist er? Kannst du nicht den Chief Constable holen lassen? Ihr wart doch früher befreundet.«

Sein Vater zögerte. »Das könnte ich natürlich«, sagte er. »Aber was könnte er schon tun? Die Fahndung einleiten und das Hauspersonal befragen – wahrscheinlich auch das Haus durchsuchen und für viel Aufsehen sorgen. Nein, wir müssen das Ding selbst finden.«

Das klang so überraschend endgültig, daß die anderen nichts einzuwenden wagten.

»Ich«, sagte er, »rufe nicht die Polizei; noch nicht jedenfalls. Und ich bitte euch mit allem Nachdruck, den Verlust vor keiner Menschenseele zu erwähnen. Ich bin überzeugt«, fügte er hinzu, als alle ihn mit offenem Mund anstarrten, »daß der Kelch noch im Haus ist. Und jetzt möchte ich gern allein sein.«

Sie gingen hinaus, nur Val blieb zurück, und als sich die Tür hinter den anderen geschlossen hatte, ging er zu seinem Vater, der hinter dem Schreibtisch Platz genommen hatte.

»Hör mal, Dad, wenn du den Kelch aus irgendeinem Grund versteckt hast, dann sag es mir, um Himmels willen. Ich bin außer mir und glaube, offen gesagt, daß es mein gutes Recht ist, die Wahrheit zu erfahren.«

»Du meine Güte, Junge, sei kein Narr!« Sir Percivals Stimme war fast nicht wiederzuerkennen, und sein Gesicht war grau und eingefallen. »Eine so ernste und erschreckende Sache ist mir im ganzen Leben nicht widerfahren«, fuhr er so niedergeschlagen fort, daß Val an seiner Aufrichtigkeit nicht mehr zweifeln mochte. »Und am schlimmsten ist, daß wir zufällig zur Zeit in einer Situation sind, die es mir unmöglich macht, die Polizei hinzuzuziehen.«

Er sah Val fest in die Augen. »In einer Woche wirst du großjährig. Hättest du heute Geburtstag, fiele es mir vermutlich leichter, es dir zu erklären.«

Am nächsten Morgen ging Campion schon sehr früh die breite Treppe hinunter, marschierte durch die große Halle und trat ins Freie. Die Sonne schien, doch er hatte keinen Anlaß, besonders fröhlich zu sein. Bisher waren seine Aktivitäten in Sanctuary nicht gerade von Erfolg gekrönt gewesen. Lady Pethwick war acht Stunden nach seinem Eintreffen auf mysteriöse Weise ums Lebens gekommen, und jetzt war der Hauptgrund seines Hierseins praktisch direkt vor seiner Nase verschwunden.

Trotzdem setzte er sich auf eine der dekorativen Steinbänke bei der Veranda und betrachtete strahlend die lächelnde Welt.

Schon bald hörte er das Geräusch, auf das er gewartet hatte. Er stand auf und begann die Zufahrt hinunterzuschlendern. Da er ganz gemächlich mitten auf der Fahrbahn ging, wurde er gleich darauf ein paarmal ungeduldig angehupt. Er drehte sich um und entdeckte, daß Penny in ihrem kleinen roten Sportzweisitzer hinter ihm angehalten hatte, um ihn nicht zu überfahren. Er schielte über den Rand seiner Brille und lächelte sie einfältig an. »Wohin fahren Sie, schöne Maid?« fragte er. »Hätten Sie etwas dagegen, einen armen Wanderburschen mitzunehmen?«

Penny schien sein Vorschlag nicht besonders glücklich zu machen. »Ich bin unterwegs in die Stadt«, sagte sie, »habe einen Termin bei meiner Schneiderin. Aber bis ins Dorf kann ich Sie mitnehmen, wenn Sie wollen.«

»Ich will auch nach London«, sagte Campion und stieg ein. »Es ist doch ziemlich weit von hier, nicht wahr?« fuhr er, offensichtlich völlig vertrottelt, fort. »Ich wußte ja, daß ich's zu Fuß nie schaffen kann.«

Penny sah ihn an, und ihre Wangen röteten sich langsam. »Sie können doch nicht einfach wegfahren und Tower unbewacht zurücklassen«, sagte sie mit einem Unterton von Belustigung in der Stimme.

»Lachen Sie nie einen großen Mann aus«, sagte er. »Denken Sie daran, was mit den kleinen Mädchen passiert ist, die den Propheten Elias mit Steinen beworfen haben. Ich kann mir kaum einen schlimmeren Tod vorstellen, als von einem Bären gefressen zu werden«, fügte er im Plauderton hinzu.

Penny schwieg eine Weile. Campions unerwartetes Auftauchen hatte sie ganz offensichtlich aus der Fassung gebracht. »Hören Sie«, sagte sie endlich, »ich nehme Beth in die Stadt mit, wenn es Sie interessiert. Sie wartet am Ende der Zufahrt auf mich.«

Campion strahlte. »Das macht nichts«, sagte er. »Es wird richtig gemütlich, wenn man zusammenrücken muß. Ich will mich Ihnen nicht aufdrängen, das würde mir nicht einmal im Traum einfallen, aber ich muß unbedingt nach London, und Lugg hat mir erklärt, ich könne den Bentley nicht benutzen.«

Penny sah ihn ungläubig an. »Was ist dieser Lugg eigentlich?« fragte sie.

Campion rückte an seiner Brille. »Das hängt davon ab, wie man es sieht. Auf jeden Fall eine Spezies Mensch, wage ich zu behaupten, o ja, das ist er, ohne Zweifel. Status – null. Vergangenheit – anrüchig. Beruf – mein Kammerdiener.«

Penny lachte. »Ich habe mich schon gefragt, ob er vielleicht Ihr Vormund ist.«

»Aber, aber«, sagte Campion leicht gekränkt. »Ich hoffe, ich kann die Fahrt genießen, ohne mich auf dem ganzen Weg gegen Sie zur Wehr setzen zu müssen. Ah, da ist ja auch unsere kleine Freundin! Soll ich mich nach hinten auf den Notsitz schwingen?«

»Nein!« stieß Penny so heftig hervor, daß er fast einen Luftsprung machte. Sie biß sich, über sich selbst verärgert, auf die Unterlippe und fügte ruhiger hinzu: »Bleiben Sie, wo Sie sind. Beth kann sich schon noch hereinquetschen.«

Sie hielt am Straßenrand, wo Beth Cairey wartete. Sie trug Marineblau und Weiß und sah schick und auf kühle Weise attraktiv aus. Sie schien überrascht, Campion zu sehen, und begrüßte ihn nicht gerade überschwenglich.

»Dieser gräßliche Mensch hat darauf bestanden, daß wir ihn mitnehmen«, sagte Penny. »Hoffentlich wird's hier vorn nicht gar zu eng für dich.«

Campion rückte zur Seite, damit Beth sich zwischen ihn und die Fahrerin setzen konnte.

»Ich konnte mich nicht gut weigern«, entschuldigte sich Penny bei Beth. »Wir werden ihn schon dulden müssen.«

Campion sah weiterhin unsäglich selbstzufrieden aus. »Ich fahre leidenschaftlich gern in einem fremden Auto mit«, sagte er, als er die Tür zuzog. »Man spart zum Beispiel eine Menge Benzin.«

»Albern und ziemlich vulgär«, entgegnete Penny, und Campion verstummte.

Nachdem sie ein paar Meilen gefahren war, ohne daß er etwas gesagt hätte, meldete er sich bescheiden wieder zu Wort. »Ich darf doch meine Brötchen essen und mein Ginger Ale trinken, wenn ich die Flasche nicht auf die Straße werfe, ja?« meinte er. »Ich habe auch ein paar Orangen, von denen Sie was abhaben können.«

Penny war nicht geneigt zu antworten, doch Beth sah ihn mit freundlicheren Augen an. Unerschrocken fuhr Campion fort: »In der großen Stadt habe ich eine Rassel und ein paar komische Pappnasen, die Sie beide aufsetzen könnten«, sagte er. »Und wenn wir noch ein paar Luftballons hätten, könnten wir sie an die Motorhaube binden.«

Penny lachte grollend. »Albert, Sie sind ein Idiot«, sagte sie. »Was wollen Sie überhaupt hier? Wohin wollen Sie in London?«

»Ich will mir ein Band für meinen Strohhut kaufen«, antwortete er prompt. »Das Ding, das ich jetzt habe, hat meine Tante gestrickt. Es ist nicht der letzte Schrei, wie Lugg sagen würde.«

Penny fuhr langsamer. »Langsam werden Sie beleidigend«, sagte sie. »Ich hätte gute Lust, Sie aussteigen und zu Fuß weitergehen zu lassen.«

Campion machte ein ängstliches Gesicht. »Das würden Sie ihr Leben lang bereuen«, sagte er warnend. »Der beste Teil meiner Vorstellung kommt erst. Warten Sie, bis Sie mich rezitieren hören – warten Sie bis nach meinem Holzschuhtanz – warten Sie, bis die Wolken vorüberschweben.«

»Ich an deiner Stelle würde ihn hinauswerfen«, sagte Beth gleichmütig. »Wir sind schon ein schönes Stück gefahren, würde ihm guttun, zu Fuß zurückgehen zu müssen.«

Auf dem Weg zur Colchester Autobahn fuhren sie gerade über eine jener schmalen Landstraßen, die das Land kreuz und quer durchzogen; weit und breit war kein Haus zu sehen, und die Straße war verlassen.

»Werfen Sie mich nicht hinaus«, bat Campion. »Ich habe einmal einen Mann gekannt, der einen so respektablen Menschen wie mich aus dem Wagen geworfen hat, nachdem er ihn ein großes Stück mitgenommen hatte, und nur, weil er ihn von einer Sekunde zur anderen unsympathisch fand. Und als er nach Hause kam, stellte er fest, daß sein Koffer, der auf dem Rücksitz gelegen hatte, nicht mehr da war. Angenommen, das würde Ihnen passieren? Es wäre Ihnen nicht recht, nicht wahr?«

Penny hielt an und stellte den Motor ab. Beide Mädchen

waren feuerrot, doch es war Penny, die versuchte die offensichtlich peinliche Situation zu retten. »Wie dumm von mir«, sagte sie. »Sie werden aussteigen und ankurbeln müssen. Der Selbststarter funktioniert nicht.«

Gehorsam machte Campion sich daran, auszusteigen, kniete sich im letzten Moment jedoch auf den Sitz und packte ein Ende des großen Koffers, der aus dem offenen Notsitz ragte. Seine nächste Bewegung war so schnell, daß keines der beiden Mädchen merkte, was er vorhatte, bis er aus dem Wagen gesprungen war und, den Koffer im Arm, strahlend auf der Straße stand. Tatsächlich wurde Penny erst bewußt, was passiert war, als sie schon den keineswegs kaputten Selbststarter betätigt hatte und der Wagen anfuhr.

Campion stellte den Koffer auf das Bankett und setzte sich darauf. Penny hielt an, beide Mädchen stiegen aus und kamen auf ihn zu. Penny war weiß vor Zorn, und Beth' braune Augen funkelten trotzig und gefährlich.

»Mr. Campion«, sagte Penny, »würden Sie bitte diesen Koffer sofort wieder in den Wagen tun? Selbstverständlich kann ich Sie nicht noch weiter mitnehmen, und sollten Sie wirklich frech genug sein, noch einmal auf Tower zu erscheinen, dann lasse ich Sie hinauswerfen.«

Campion sah niedergeschlagen aus, blieb jedoch unerschütterlich sitzen. »Seien Sie nicht unvernünftig«, bat er. »Sonst muß ich melodramatisch werden, und da komme ich mir immer ziemlich lächerlich vor.«

Die beiden Mädchen starrten ihn fasziniert an, denn mit einer raschen Bewegung hatte er einen Revolver aus der Gesäßtasche geholt und spielte damit herum.

Penny war furchtbar erschrocken. »Was soll denn das?« fauchte sie. »Das dürfen Sie nicht. Jeden Moment kann ein anderes Auto vorbeikommen. Und wie sehen Sie dann aus?«

»Fragt sich eher, wie Sie dann aussehen«, sagte Campion schroff.

Mit seiner freien Hand löste er die Riemenverschlüsse des

Koffers. Beth schrie gepreßt auf. »Bitte – bitte, machen Sie ihn nicht auf«, flehte sie.

Campion schüttelte den Kopf. »Dienst ist Dienst, Miss, tut mir leid«, sagte er. »Hallo! Ist das ein Wagen?«

Die beiden unerfahrenen Mädchen fielen auf den alten Trick herein. Sie drehten sich hastig um, und während dieser kleinen Atempause hob Campion rasch den Kofferdeckel. Zum Vorschein kam ein in eine Reisedecke gewickeltes großes Paket.

Beth wollte sich auf ihn stürzen, aber Penny hielt sie zurück. »Laß gut sein«, sagte sie, »wir haben Pech gehabt.«

Mürrisch, mit roten Wangen und glänzenden Augen standen sie am Straßenrand und sahen ihn starr an, während er die Decke zurückschlug und fünfundvierzig Zentimeter jener schimmernden Pracht zum Vorschein kamen, die man den Kelch der Gyrth nannte.

11

Albert Campion muß etwas hergeben

Sekundenlang stand Campion reglos auf der glitzernden Kiesstraße, hinter sich die grüne Böschung, Schattenspiele der Buchenblätter auf Gesicht und Kleidung. In der Sonne funkelnd, lag der Kelch in seinem Arm.

Penny und Beth sahen ihn noch immer an. Sie waren beide feuerrot, beide wütend und ein bißchen ängstlich. Penny war sich der Ungeheuerlichkeit der Situation völlig bewußt. Doch es war Campion, der als erster etwas sagte.

»Als Amateure«, bemerkte er kritisch, »sind Sie beide nur ein Beweis dafür, wie viele unentdeckte Talente herumlaufen.« Er packte den Kelch ein und legte ihn wieder in den Koffer.

Die ganze Zeit kein Wort von Penny, es war fast unheimlich, und als er sie ansah, hatte er einen schrecklichen Moment lang das Gefühl, sie werde gleich in Tränen ausbrechen.

»Ich weiß«, sagte er und lächelte, »Sie denken, ich habe mich Ihnen auf unverantwortliche Weise aufgedrängt, aber bedenken Sie meine Lage. In dieser Sache spiele ich eine ähnliche Rolle wie der ›Geist der Lampe‹. Egal wo der Kelch ist, man muß damit rechnen, daß auch ich jeden Moment dort auftauche.«

Sekundenlang blieb Pennys Gesicht unbewegt, dann verzog sie zu seiner größten Erleichterung leicht die Mundwinkel zu einem Lächeln. »Woher, in aller Welt, haben Sie's gewußt?«

Campion seufzte tief auf. »Das Eliminierungsverfahren«, antwortete er orakelhaft, als er den Koffer aufnahm und zum Auto zurücktrottete, »kombiniert mit einer kleinen Prise gesunden Menschenverstands, wird uns immer helfen, richtige Schlüsse zu ziehen – und das mit einem Maximum an Genauigkeit und einem Minimum an harter Arbeit. Was übersetzt heißt: Ich habe es erraten.«

Er stellte den Koffer auf den Notsitz und hielt Penny und ihrer Freundin die Tür.

Sie zögerte. »Das ist nicht fair«, sagte sie. »Wie wäre es, wenn Sie es genauer erklärten?«

Campion zuckte mit den Schultern. »Nun ja, es war nicht sonderlich schwer, oder?« sagte er. »Es war von Anfang an klar, daß niemand in die Kapelle eingebrochen hatte. Also mußte sie jemand mit einem Schlüssel geöffnet haben. Also konnten nur Sie es gewesen sein. Die beiden anderen, die als einzige wußten, wo die Schlüssel aufbewahrt wurden – Ihr Vater und Branch –, sind, wenn ich es so ausdrücken darf, im Hinblick auf den Kelch ein bißchen zu konservativ.«

Penny biß sich auf die Lippen und setzte sich ans Steuer. »Außerdem«, sagte sie, »bin ich jetzt die Kelchjungfrau.«

»Stimmt«, sagte Campion. »Daher rührt auch Ihr ganz natürliches Verantwortungsgefühl.« Er zögerte und sah sie mit seinem Eulenblick an. »Ich wette, ich kann Ihnen sagen, was Sie mit dem Kelch tun wollten.«

»Nun?« Sie sah ihn herausfordernd an.

Campion legte die Hand auf den Teil des Koffers, der aus dem Notsitz hervorragte. »Sie wollten den Kelch in ein Schließfach in der Depositenbank auf der Chancery Lane legen«, sagte er.

Penny starrte ihn offenen Mundes an, und Beth quietschte leise auf. Campion fuhr fort: »Sie hatten sich darauf verlassen, daß der Kelch nach dem Tod Ihrer Tante zehn Tage lang verhüllt bleiben mußte, und so lange hatten Sie sein Verschwinden geheimhalten können. Ich bezweifle auch nicht, daß Sie Val und Ihrem Vater alles gestehen wollten, bevor sie sich ernsthafte Sorgen machten. Unglücklicherweise hatte Mrs. Shannon Ihren Plan über den Haufen geworfen, und Sie mußten sofort etwas unternehmen. Deshalb habe ich heute morgen auf Sie gewartet. Können wir jetzt weiterfahren?«

Penny saß da und sah ihn verwirrt an. »Es ist nicht fair von Ihnen, so idiotisch auszusehen«, sagte sie unwillkürlich. »Das ist irreführend. Wahrscheinlich werden Sie nicht einmal besonders stolz darauf sein, wenn Sie erfahren, daß Sie richtig geraten haben?«

Der junge Mann mit dem schlichten Gesicht und dem sanften, unauffälligen Wesen schien sich nicht sonderlich wohl zu fühlen.

»So viel Lob macht mich unglücklich«, sagte er. »Ich muß gestehen, daß ich heute morgen gar nicht so sicher war, ob Sie den Schatz tatsächlich im Koffer haben. Aber weil Sie so heftig protestierten, als ich mich auf den Notsitz setzen wollte, verwandelte sich meine Fata Morgana in Realität.«

Penny holte tief Atem. »Dann kehren wir jetzt wohl am besten um«, sagte sie.

Campion legte die Hand auf das Steuer. »Bitte«, sagte er und sein Gesicht hatte einen Ausdruck, den man mit einigem guten Willen als nachdenklichen Ernst bezeichnen konnte, »hören Sie mir noch ein bißchen länger zu. Sie beide müssen mich als Freund akzeptieren. Wir sitzen alle in der Patsche. Überlegen wir doch einmal die Tatsachen. Da stehen wir mitten auf einer öffentlichen Straße mit einer Antiquität im Wagen, die uns automatisch verdächtig macht. Das ist schon schlecht für den Anfang. Dann – und darauf müssen wir ein viel größeres Augenmerk richten – wenn ich schlau genug war, herauszubekommen, was Sie vorhatten, wie steht es dann mit unseren neugierigen Freunden, die ohnehin auf ein Verbrechen aus sind?«

»Soll das heißen, daß Sie glauben, sie könnten uns unterwegs überfallen?« fragte Penny ängstlich. Diese Möglichkeit hatte sie, das merkte man deutlich, nie in Betracht gezogen. »Trotzdem«, fügte sie hinzu, und Mißtrauen blitzte in ihren blauen Augen auf, »diese Vermutung ist lächerlich. Wie sollte ein Außenstehender ahnen, daß der Kelch sich nicht mehr im Kelchhaus befindet? Nur Vater, Val, Branch, Sie und ich wissen, daß er nicht mehr da ist.«

»Irrtum«, sagte Campion freundlich. »Sie vergessen, daß Sie gestern Besuch hatten, und der unangenehme Mr. Putnam, der

Ihre kleine Freundin Mrs. Shannon für seine Zwecke ausnutzt, kommt mir irgendwie bekannt vor.«

Pennys Augen begannen zu flackern. »Dieser widerliche kleine Kerl? Ist das der – der große Mann, von dem Sie gesprochen haben? Sie wissen schon, als Sie sagten, im Fluß seien lauter Elritzen und kein einziger großer Fisch.«

Campion sah sie ernst an. »Der große Mann ist er leider nicht«, sagte er, »aber gewiß schon in einer höheren Klasse. Ich glaube, sein richtiger Name ist Matthew Sanderson. Deshalb habe ich mich so still im Hintergrund gehalten. Er kennt mich zwar nicht sehr gut und auch nicht unter meinem richtigen Namen, aber ich dachte, es sei besser, nicht aufzufallen. Er sollte nicht anfangen nachzudenken. Er hat jedoch bestimmt gemerkt, daß Ihr Vater schwindelte, als er sagte, der Kelch sei beim Reinigen. Und wenn er der Mann ist, für den ich ihn halte, ist er jetzt keine zwanzig Meilen von hier entfernt.«

Penny sah ihn hilflos an. »Dümmer als ich kann man sich wohl nicht anstellen«, sagte sie. »Wir fahren sofort zurück.«

Campion zögerte. »Warten Sie einen Moment«, sagte er und warf einen Blick auf Beth. »Ich weiß nicht, ob wir Miss Cairey in die Sache hineinziehen sollten ...«

Beth, das ältere der beiden Mädchen, setzte eine zu allem entschlossene Miene auf. »Ich stecke schon mittendrin, und ich bleibe auch dabei, das bin ich Penny schuldig.«

Zu ihrer größten Überraschung nickte er ernst. »Ich habe Val gesagt, daß Sie Courage haben«, sagte er. »Er wartet übrigens bei Coggeshall in einem kleinen Pub mit dem schönen Namen ›The Case is Altered‹ auf uns.«

»Val?« rief Penny erschrocken. »Was weiß er denn davon?«

»Ungefähr genausoviel wie ich«, antwortete Campion. »Als Sie gestern abend am Telefon in der Halle in die Welt posaunten, daß und wann Sie heute nach London fahren wollten, haben er und ich im Rauchzimmer gesessen und uns über Schlachtviehpreise und sonst noch über Tod und Teufel unterhalten. Ich erklärte ihm, was ich dachte und konnte ihn überreden, Sie Ihr gutes Werk fortsetzen und das Ding für uns aus dem Haus schmuggeln zu lassen.«

»Dann halten Sie das Bankschließfach für eine gute Idee?« fragte Beth besorgt. »Ich war's nämlich, die Penny gesagt hat, es sei die einzige Möglichkeit, den Kelch sicher aufzubewahren.«

Campion antwortete nicht sofort. Auch er hatte inzwischen seinen Platz im Wagen wieder eingenommen und betrachtete jetzt nachdenklich das Armaturenbrett, als überlege er, wieviel er preisgeben solle.

»Nun ja, um irgendwo anzufangen – ich bin davon nicht so ganz überzeugt«, meinte er endlich, »obwohl es am Ende vielleicht keine andere Lösung gibt. Inzwischen frage ich mich, ob wir unseren Freund Arthur Earle nicht mit seinen eigenen Waffen schlagen können. In London gibt es eine alte Firma – oder vielmehr das letzte Mitglied einer alten Firma, das uns eine erstklassige Kopie des Kelchs anfertigen könnte, denn viel lieber als mit dem echten Stück würde ich mit dieser Kopie Verstecken spielen. Meiner Meinung nach müssen wir nämlich einen Köder auslegen, um den großen Fisch zu fangen.«

»Nur eins«, sagte Penny, »was ist mit Vater? Weiß er etwas? Ich scheine mich selbst ja ganz schön zum Narren gemacht zu haben.«

Campion sah, wenn möglich, noch geistesabwesender aus als sonst. »Ich habe es vorgezogen«, sagte er, und Penny war überzeugt, daß er log, »Ihren Vater im dunkeln zu lassen. Sie haben ihm – mündlich oder schriftlich – erklärt, warum Sie heute nach London fahren. Und Val hat bestimmt für mich und ihn das gleiche getan. Aber«, fuhr er ernst fort, »das ist im Moment nicht das Wichtigste, woran wir denken müssen. Vor allem sollten wir jetzt dafür sorgen, daß der Kelch sicher nach London kommt.«

Penny lenkte den Wagen auf die schmale weiße Fahrbahn.

»Ich weiß nicht, ob ich mit allem einverstanden bin«, sagte sie warnend, »aber ich würde gern mit Val sprechen. Natürlich haben Sie das mit dem Überfall auf offener Straße nicht ernst gemeint, nicht wahr?«

»Die Zeiten haben sich geändert, seit ich vierspännig nach Richmond fuhr, und Ritterlichkeit auf der Straße gibt es kaum noch, wissen Sie das nicht? Natty Johnson ist ein Strauchdieb und der alte Putnam-Sanderson ein Raubritter. Alles in allem glaube ich, daß wir schon mit einer Überraschung rechnen müssen.«

»Aber warum fahren wir dann weiter?« fragte Beth entrüstet. »Woher wissen Sie, daß wir nicht überfallen werden, bevor wir nach Coggeshall kommen?«

»Deduktion, meine liebe Dame«, erklärte Campion bereitwillig. »Von Sanctuary nach Cogeshall führen zwei Straßen. Sie hätten diese oder jene nehmen können. Ab Coggeshall gibt es nur eine einzige nach Kelvedon und von da an die Hauptstraße. Ich stelle mir vor, daß sie uns auf der Hauptstraße auflauern werden.«

Penny war, wenn auch gegen ihren Willen, beeindruckt. »Tja, gründlich sind Sie, das muß man Ihnen lassen«, sagte sie grollend.

»Und sauber«, sagte Campion. »Werden Sie von heute an Campion-bewußt. Natürlich«, fuhr er fort, »könnten wir versuchen, einen Umweg zu fahren, aber wahrscheinlich werden wir ohnehin beobachtet, und außerdem möchte ich unsere Freunde gern in Aktion erleben. Ich denke, je schneller wir weiterfahren, um so besser.«

Penny nickte. »In Ordnung«, sagte sie, jetzt ganz ohne Groll. »Wir überlassen es Ihnen.«

›The Case is Altered‹ war ein kleines, schlichtes rotes Ziegelgebäude, dem ein rechteckiger gekiester Hof vorgelagert war, der bis an die Straße reichte. Campion stieg aus, hob vorsichtig den Koffer vom Notsitz und ging den beiden Mädchen in die Bar voraus, einen nicht besonders einnehmenden Raum, dessen einziger Schmuck große Öldrucke mit Titeln wie *Der leere Stuhl*, *Nelsons Tod* und *Der Herrscher des Tals* waren.

Die übrige Einrichtung bestand aus ungeheuren Mengen von Blümchenporzellan, Bambusmöbeln und einem Topf mit Papierrosen. Es roch nach Wachstuch und schalem Bier.

Als sie eintraten, stand Val mit leicht belustigter Miene auf dem Kaminvorleger. Penny wurde rot, als sie ihn sah, ging auf ihn zu und hob trotzig den Kopf. »Nun?« sagte sie.

Er gab ihr einen Kuß. »Ehrlich währt am längsten, mein Mädchen«, erwiderte er. »Willst du einen Schluck Ingwerbier?«

Penny packte ihren Bruder am Arm. »Ist dir eigentlich klar, Val, daß wir, meilenweit von zu Hause entfernt, tatsächlich das *Ding* in einem Koffer mit uns herumschleppen? Ich habe das Gefühl, daß für diesen Frevel jeden Augenblick der Blitz auf uns niederfahren kann.«

Er legte ihr den Arm um die Schultern. »Verlaß dich ganz auf Albert«, sagte er. »Er hat dein kleines Spiel durchschaut. Und er scheint sich auch eins ausgedacht zu haben.«

Fragend wandten sie sich Campion zu, doch der grinste nur. »Also schön«, sagte er, »wenn ihr nicht unbedingt Dart spielen oder das heimische Bier probieren oder sonst was unternehmen wollt, sollten wir so schnell wie möglich aufbrechen. Je früher, desto besser. Ich schlage vor, daß wir uns trennen. Penny und ich nehmen den kostbaren Koffer in den Zweisitzer. Val und Miss Cairey fahren dicht hinter uns her, um uns, wenn nötig, zu Hilfe zu eilen. Haben Sie genug Benzin?« wandte er sich an Penny, die ihn erstaunt ansah. »Ich glaube schon«, sagte sie, doch als er zögerte, fügte sie lachend hinzu: »Ich geh schon nachschauen, wenn Sie wollen.«

Campion sah noch einfältiger aus als vorher. »Doppelt gemoppelt hält allemal besser«, sagte er geistesabwesend.

Penny ging hinaus und ließ die Tür offen; doch als sie, nachdem sie den Benzinstand überprüft hatte, wieder ins Haus zurück wollte, kam Campion schon mit dem Koffer heraus.

»Wir fahren los, wenn Sie nichts dagegen haben«, sagte er. »Val bezahlt nur die Rechnung bei der freundlichen Wirtin. Dann kommen uns die beiden sofort nach.«

Penny sah sich um. »Wo ist der andere Wagen?« fragte sie.

Neben dem Eingang stand nur ein Ford-Lieferwagen, ein Privatauto war jedoch nicht zu sehen.

»Hinter dem Haus.« Campion war mit einer Erklärung rasch bei der Hand, wie immer. »Dort ist eine Benzinpumpe.«

Er stellte den Koffer vorsichtig auf den Notsitz und stieg neben Penny ein. »Und jetzt los mit Hurra«, sagte er fröhlich. »Wie wär's, wenn Sie mich ans Steuer ließen. Ich habe von jedem Bürgermeister der Grafschaft eine Fahrerlaubnis.«

Mit leichtem Widerstreben gab Penny ihren Platz auf, aber Campions Fahrkünste versöhnten sie bald mit dem Tausch. Er steuerte den Wagen mit der Überlegenheit des geborenen Autofahrers und schwatzte die ganze Zeit vergnügt über Belanglosigkeiten, so daß sie keine Möglichkeit hatte, an jemand anders oder etwas anderes zu denken.

»Ich liebe Autos«, sagte er begeistert. »Ich hab mal einen Mann gekannt – er war sogar ein Verwandter von mir –, der eins der ersten Automobile besaß, die gebaut wurden. Ich glaube, ursprünglich war's ein Rollschuh, aber er hat dauernd dran rumgebastelt, und es entwickelte sich phantastisch. Etwa anno 1904 war es endgültig fertig. Er hatte alle technischen Spielereien eingebaut, die Sie sich vorstellen können. Am Ende übertrieb er aber. Wenn ich mich recht erinnere, konnte man fast an jedem Schlauch unter der Motorhaube eine Zigarette anzünden. Mein Verwandter kochte Tee auf dem Kühler und installierte zwischen den beiden Hinterrädern einen mechanischen Picknickkorb. Aber eines schönen Tages gab das Wunderwerk der Technik auf dem Trafalgar Square seinen Geist auf, und so wurde die erste Kaffeebude geboren. Wie Phönix aus der Asche, o ja. Aber vielleicht gefällt Ihnen mein Geschwätz nicht?« fragte er und musterte sie besorgt. »Schließlich war ich heute morgen ein bißchen lästig, nicht wahr?«

Penny lächelte gequält. »Ich finde Sie ja gar nicht unsympathisch«, sagte sie. »Nein, reden Sie ruhig weiter. Manche Leute fahren besser, wenn sie sich dabei unterhalten. Finde ich jedenfalls. Sie nicht?«

»So sollte eine junge Dame nicht sprechen«, sagte Campion vorwurfsvoll. »Es sind die Manieren der modernen jungen Mädchen, die ich am meisten beklage. Als ich noch jung war – viele Jahre, bevor ich nach Indien ging, um mich über den Aufstand zu informieren – waren Frauen noch Frauen. O Gott, ja. Wie hold und lieblich erröteten sie doch, wenn ich vorüberging.«

Penny musterte ihn von der Seite. Er war so blaß und sah so einfältig aus wie immer, und es schien ihm todernst zu sein mit dem, was er sagte.

»Versuchen Sie, mich zu unterhalten, oder reden Sie es sich nur von der Seele?« fragte sie.

»Emanzipiert seid ihr«, fuhr er fort und verzichtete auf den anglo-indisch näselnden Dialekt, dessen er sich während des letzten Teils seines Monologs bedient hatte. »Emanzipiert und stolz auf euch selbst. Ihr scheint euch wahrhaftig einzubilden, ihr seid bessere Männer als wir.«

Penny lachte. »Sie sind mir vielleicht ein Schlitzohr«, sagte sie. »Wann geht der Tanz los?«

»Es kann jetzt jeden Moment soweit sein«, antwortete Campion vergnügt und bog mit dem kleinen Wagen in die Hauptstraße ein. Penny schaute sich nervös um.

»Von den anderen ist noch nichts zu sehen«, sagte sie.

Campion schien ein wenig verwirrt. »Da kann man nichts machen«, sagte er.

Es war jetzt kurz nach halb zwölf und die Straße, obwohl es Freitag war, noch nicht so belebt wie es ein paar Stunden später der Fall sein würde. Campion fuhr schnell und überholte alles, was es zu überholen gab. Auf der langen Geraden außerhalb von Witham erging er sich wieder in einem seiner merkwürdigen Monologe.

»Es gibt auch noch die Poesie«, sagte er. »Hier ist der schöne und erhabene Gedanke, der Sie heute durch den Tag begleiten soll:

Ein Ex-Major mit Bombardon
produzierte sich gern am Telefon.
Seine Weisen waren fade und oft primitiv,
breit, unzivilisiert und irgendwie schief,
aber...

Mir gefällt der Wagen nicht, der uns eben überholt hat«, unterbrach er sich plötzlich selbst. »Es ist ein alter Benz, ein Befehlsfahrzeug, nicht wahr? Sitzen Sie still, und egal was Sie tun, werden Sie nicht gewalttätig. Wenn Sie den Kopf verlieren, macht nichts, aber schlagen Sie bloß nicht zu!«

Beim letzten Wort trat er fest auf die Bremse und brachte den Wagen eben noch rechtzeitig zum Stehen, denn das alte deutsche Befehlsfahrzeug, schwer wie ein Laster und schnell wie ein Rennauto, schleuderte plötzlich über die ganze Breite der Straße und blieb schräg vor ihnen stehen, so daß sie praktisch in den Winkel zwischen ihm und der Straßenböschung eingeklemmt waren. Die Sache war so hervorragend organisiert, daß es kein Entkommen gab. Nur Campions brillanter Fahrkunst hatten sie es zu verdanken, daß sie überhaupt noch anhalten konnten.

Was sich unmittelbar danach abspielte, lief mit der Präzision und der Schnelligkeit eines gut geplanten Raubüberfalls ab. Kaum standen die beiden Wagen, sprangen fünf Männer aus dem Benz – nur der Chauffeur blieb an seinem Platz – und umringten den kleinen Sportwagen. Es gab keine äußeren Anzeichen von Gewalttätigkeit, und erst als Penny zu dem Mann aufsah, der sich neben ihr auf das Trittbrett gestellt hatte, wurde ihr klar, daß diese Leute wirklich nichts Gutes im Schilde führten.

Sie warf Campion von der Seite her einen zu Tode erschrokkenen Blick zu und sah, daß ihm der Mann auf seiner Seite scheinbar freundschaftlich eine Hand auf den Nacken gelegt hatte. Das einzige, das zu der Geste nicht recht passen wollte, war der Revolver, den er in dieser Hand hielt.

Ein dritter Mann lehnte, die Hand in der Jackentasche, lässig an der Motorhaube, während ein vierter mit erstaunlicher Ruhe hinter dem Benz stand und den Fahrern der vorüberfahrenden Autos, die möglicherweise einen Unfall vermuteten, durch Handzeichen zu verstehen gab, daß alles in Ordnung war.

Alle vier waren kräftige, geckenhaft gekleidete Exemplare jenes Typs, der den Buchmachern auf Rennplätzen nur allzugut bekannt ist.

Penny öffnete den Mund, weil sie, obwohl völlig verängstigt, laut um Hilfe rufen wollte. Der Mann neben ihr packte ihren Arm. »Halten Sie bloß den Mund, Miss«, sagte er leise. »Kein Geschrei. Und jetzt raus damit – wo ist er?«

Penny sah Albert Campion an. Er saß ganz still; sein Gesicht war völlig ausdruckslos.

»Nein – nein«, sagte er, und seine Stimme klang ein bißchen schrill und höher als sonst. »Ich will nichts hergeben. Ich mag keine Musik. Verschwinden Sie und spielen Sie vor einem anderen Haus.«

Die Hand des Gangsters lag immer noch auf Campions Nacken, als wolle sie ihn streicheln. »Schluß mit dem Theater, Witzbold!« sagte sein Bewacher. »Wo ist er?«

»Sie sollten Glyzerin für Ihre Stimme und Pfefferminz für Ihren Atem nehmen, mein Freund«, fuhr Campion nörgelnd fort. »Schreien Sie mich nicht an. Ich bin nicht schwerhörig.«

Sein Bewacher rief den Mann, der lässig an der Kühlerhaube lehnte. »Im Wagen ist nichts«, sagte er. »Schau mal auf dem Notsitz nach.«

»Nein!« Penny konnte einen kleinen Entsetzensschrei nicht unterdrücken.

Der Mann mit der Waffe, anscheinend der Anführer, grinste. »Besten Dank, Miss«, sagte er spöttisch. »Ein Mädchen und ein Irrer. Das ist fast so, als ob man einem Baby die Flasche klauen will.«

»In dem Koffer ist nur mein Lunch«, sagte Campion, aber Penny entging nicht, wie nervös seine Stimme klang.

»Ach ja, wirklich?« Der dritte Mann hob den Koffer heraus. »Das ist er«, sagte er. »Das Ding wiegt eine Tonne. Was anderes habe ich außerdem nicht gefunden.«

Zu entsetzt, um etwas sagen zu können, blickte Penny auf die Fahrbahn, sah aber nur einen Rolls Royce und einen Lieferwagen, die von den Gangstern weitergewinkt wurden.

»He, die Schlüssellöcher sind ja verstopft«, sagte eine Stimme hinter ihr. »Geben Sie mir Ihr Messer.«

Der Mann mit der Waffe schaute die Straße entlang, besorgt, wie es Penny schien. »Stellt das Ding in den Bus«, sagte er. »Hier ist sowieso nichts mehr zu holen. Los, Jungs, machen wir, daß wir wegkommen.«

Seine vier Gefolgsleute saßen innerhalb von zehn Sekunden mit dem kostbaren Koffer im Benz. Der Fahrer ließ den Motor aufheulen und setzte zurück, und der Mann mit der Waffe sprang auf den fahrenden Wagen auf. Sie hatten einen Moment gewählt, in dem kein anderes Fahrzeug in Sicht war, und der Spuk war nach knapp fünf Minuten vorbei.

Campion löste die Bremse und startete den Motor, doch anstatt umzukehren und die fliehenden Räuber zu verfolgen, was Penny halb gehofft und halb befürchtet hatte, raste er in Richtung London weiter, und die Tachometernadel kroch um die Scheibe wie der Zeiger einer Stoppuhr.

Erst als sie in Witham im Schneckentempo durch die enge Straße fuhren, warf Campion einen Blick zur Seite auf seine Beifahrerin. Bisher hatte er sich ganz auf den Wagen konzentriert. Erschrocken stellte er fest, daß Penny in Tränen aufgelöst war. Zum erstenmal an diesem Tag verlor er die Nerven.

12

Halt das Baby fest

»Aber niemals bat er um Pardon«, sagte Campion, als er den Sportwagen mit elegantem Schwung auf den großen Hof hinter dem Gasthof ›Huguenots' Arms‹ in Witham fuhr und etwa einen Meter vor der Benzinpumpe anhielt.

Penny tupfte sich hastig die Tränen weg. »Was, in aller Welt, soll das schon wieder heißen?«

»Das ist Poesie«, antwortete Campion. »Für mich das Höchste. Labsal für die Seele. Es ist die letzte Zeile des neugeorgianischen Sonetts, das ich gerade zitierte, als der unhöfliche Gentleman mit den habgierigen Instinkten uns am Weiterfahren hinderte. Erinnern Sie sich nicht mehr – das Gedicht über den Bombardon spielenden Ex-Major? Ich sage Ihnen wohl am besten das ganze Ding auf.«

Penny streckte flehend die Hand aus. »O nein«, sagte sie. »Es ist sehr lieb von Ihnen, daß Sie versuchen, mich aufzuheitern, doch Sie als Fremder können sich nicht vorstellen, was dieser Verlust für uns bedeutet. Für uns gibt es auf der Welt nichts Wichtigeres als das, was in dem Koffer war. Ich fürchte, ich bin mit den Nerven völlig am Ende. Wir müssen die Polizei verständigen.«

Campion saß sehr still und musterte sie mit ernstem Eulenblick. »Sie sind der erste Mensch, den ich kenne, der so vernünftig über ein paar Flaschen Bier denkt«, sagte er. »Ich hatte keine Ahnung, daß Sie sich so ereifern können.«

Penny starrte ihn an und ganz allmählich dämmerte ihr die Wahrheit. »Albert«, sagte sie, »Sie ...«

Er legte ihr die Hand auf den Arm. »Verderben Sie uns nicht den Spaß«, sagte er. »Schauen Sie ...«

Noch während er sprach, hörten sie Motorengeräusch, und

dann bog langsam ein Lieferwagen in den Hof ein. Nach einem Blick in die Fahrerkabine seufzte Penny belustigt und erleichtert auf.

Am Steuer des Lieferwagens saß Val, eine Schildmütze tief in die Stirn gezogen, bekleidet mit einem bis zum Hals zugeknöpften gelben Regenmantel. Der Lederriemen, der ihm von der Schulter diagonal über die Brust lief, täuschte perfekt das Vorhandensein einer Geldtasche vor. Ein Bleistift hinter dem Ohr vervollständigte die Verkleidung. Die Metamorphose war perfekt.

Den Vogel aber hatte Beth abgeschossen. Sie hatte sich ihr schickes Barett auf den Hinterkopf geschoben, die Lippen so stark geschminkt, daß sie nicht nur viel zu rot waren, sondern auch pappig aussahen, und mitten auf die Stirn hatte sie sich eine Schmachtlocke geklebt. Die Jacke ihres dreiteiligen Kostüms hatte sie ausgezogen und saß in Rock und Bluse im Auto. Sie lächelte selbstgefällig, und ihre großen dunklen Augen tanzten vor Übermut. In den Armen hielt sie, fest an die Brust gedrückt, ein in weiße Tücher gewickeltes kostbares Bündel, dessen obere Hälfte mit einem Spitzenschleier zugedeckt war.

»Bitte«, sagte Campion. »Unser junger Harry, der mit Frau und Kind während der Geschäftszeit einen Ausflug macht. ›Häusliches Leben gegen Tüchtigkeit‹ oder ›Alles mit eigenen Händen geschaffen‹.«

Penny lachte leise. »Sie sind wunderbar«, sagte sie. »Und das Baby ist natürlich ...«

»Sein Gewicht in Gold wert«, sagte Campion. »Lassen wir's dabei. Da diese Fahrt in eine Kneipentour auszuarten scheint, schlage ich vor, daß wir ins Nebenzimmer gehen, das Val hoffentlich telefonisch bestellt hat, und uns überlegen, wie wir weiter vorgehen sollen.«

Ungefähr zehn Minuten später saßen sie in einem kleinen, muffigen Raum im ersten Stock des alten Gasthofs, und Campion entschuldigte sich bei Penny. »Ich habe mich wie ein richtiger Rüpel benommen«, sagte er mit aufrichtiger Reue im

Blick. »Doch in Coggeshall hatte ich nicht genug Zeit, Ihnen alles genau zu erklären – und möglicherweise wären Sie nicht einverstanden gewesen. Außerdem wollte ich die Freunde von Onkel Klapperschlange unbedingt bei der Arbeit sehen. Ich war überzeugt, daß die Sache nicht wirklich gefährlich werden würde, und das war sie auch nicht. Können Sie mir verzeihen?«

Penny setzte sich in einen wackligen Korbsessel. »Ach, schon gut«, sagte sie. »Und wie geht es jetzt weiter?«

Beth, die vor dem Spiegel stand, und ihr Make-up in Ordnung brachte, drehte sich zu ihrer Freundin um. »Als wir an euch vorüberkamen und der Mann uns weiterwinkte, habe ich gedacht, ich muß sterben«, sagte sie. »Wäre das ein richtiges Baby gewesen, hätte ich es wahrscheinlich zu Tode gedrückt. Sie haben aber keinen Verdacht geschöpft, und als ihr uns später überholt habt, wußten wir, daß alles in Ordnung war.«

Penny fuhr sich mit der Hand über die Stirn. »Von wem stammt dieser Plan? Ich nehme an, ihr habt Wickeltücher und Spitzenschal von zu Hause mitgebracht, habe ich recht, Val?«

Ihr Bruder nickte. »Als du draußen warst, um den Benzinstand zu überprüfen, haben wir den – den Kofferinhalt ausgetauscht und den – den Kelch durch ein paar Flaschen Bier ersetzt. Anschließend habe ich Beth alles erklärt. Sie war großartig.«

Er warf dem zierlichen dunkelhaarigen Mädchen einen bewundernden Blick zu. Beth wechselte das Thema. »Haben Sie erfahren, was Sie über die Gangster wissen wollten, Mr. Campion?« fragte sie. »Ich meine – haben Sie einen oder mehrere erkannt?«

»Ja und nein, wie man in den Kreisen der Rechtsverdreher sagt«, antwortete er. »Der unappetitliche kleine Kerl, der an der Motorhaube lümmelte, war unser Natty Johnson, ein alter Dorn in Luggs Fleisch. Die beiden anderen waren ›Spezialisten‹ – Taschen- oder Einsteigdiebe –, und der Gentleman, der das Wort führte und meinen Nacken mit einer Pistole kitzelte, ist ›Fingers‹ Hawkins, ein alter Kumpel von ›Putnam‹ Sanderson. Alles tüchtige, verläßliche Arbeiter, deren Dienste man sich gegen ein bescheidenes Entgelt sichern kann. Den Fahrer konnte ich nicht sehen, aber wie er den Wagen vor uns querstellte, das war Profiarbeit. Alle Achtung! Im Moment trinken sie wahrscheinlich unser Bier und spielen ›Wer kann am gemeinsten fluchen?‹ Daher brauchten wir jetzt auch keine Vergeltungsmaßnahmen zu fürchten. Sie haben nichts gegen uns persönlich, deshalb werden sie auf Anweisungen warten und erst dann etwas unternehmen. Aber unglücklicherweise sagt uns das nicht viel.«

»Ich schlage vor, daß wir die beiden Mädels jetzt nach Hause schicken«, sagte Val.

»Das hätten Sie aber netter und höflicher ausdrücken können«, meinte Campion vorwurfsvoll. »Ich hatte gehofft, wir könnten die beiden jungen Damen überreden, um halb eins vom Bahnhof Hadley den Zug zu nehmen, während wir uns in Pennys Wagen mit dem Schatz in die Stadt aufmachen.« Er sah die Mädchen mißtrauisch an. »Wahrscheinlich sind Sie jetzt wütend«, setzte er hinzu.

Penny sah enttäuscht aus, aber Beth kicherte. »Ich muß schon sagen, die Jungs haben vielleicht Nerven«, sagte sie. »Doch ich nehme an, wir werden ihnen ihren Willen lassen müssen. Das ist Arbeit für starke Männer.« Sie ahmte Vals ein wenig hemdsärmelige Sprechweise nach, und er lachte.

»Sie hat mich auf der ganzen Fahrt gepiesackt«, sagte er. »Warten Sie nur, bis wir diese Sache hinter uns haben, dann zeige ich Ihnen die leichtere Seite des Landlebens.«

Beth lächelte. »Es hat auch jetzt schon seine Momente gehabt«, sagte sie und legte ihm das eingewickelte Bündel in die Arme.

»Was ist mit dem Lieferwagen?« fragte Penny.

»Das geht in Ordnung«, antwortete Val. »Ich habe mit dem Mann verabredet, daß ich ihn hier stehenlassen kann. Er gehört Mudds' in Ipswich. Und jetzt schlage ich vor, wir brechen auf.«

Er bestand darauf, die Mädchen zum Bahnhof gegenüber zu begleiten, während Campion den Wagen holte und einen anderen Koffer erstand.

»Wann kommt ihr zurück?« fragte Penny.

»Morgen, wenn alles gutgeht«, sagte Campion leichthin. »Verlassen Sie sich inzwischen auf Lugg, mein anderes Ich. Ich glaube nicht, daß es Schwierigkeiten geben wird, aber sollte es zum Schlimmsten kommen, ist er so gut wie eine ganze Polizeieinheit – und ungefähr genauso schön. Nach meinem Tod erbt ihn die Nation. Ach, sagen Sie ihm doch bitte, er soll weder meine Socken noch meinen Pullover in den Schulfarben anziehen. Ich habe überall Spione.«

Sie ging lachend hinaus. Campion sah ihr gedankenvoll nach. »Was für ein reizendes Mädchen«, teilte er der Welt im allgemeinen mit.

Kaum zwanzig Minuten später waren Val und er schon wieder unterwegs. Val schien viel fröhlicher als vorher. »Wissen Sie«, vertraute er Campion nach einer langen Spanne des Schweigens an, »dieses Mädchen – ich meine Beth – ist so ganz anders. Sie hat eine bestimmte Art von Charme. Ich habe Frauen so lange gehaßt«, fuhr er ein wenig gehemmt fort, »und finde es jetzt wunderbar, jemandem zu begegnen, der einem die Vorurteile nimmt. Obwohl Sie so ein komischer Vogel sind, müssen Sie wissen, was ich meine.«

»Sie vergessen, daß ich meiner Kunst vermählt bin«, antwortete Campion hochtrabend. »Seit ich mein Leben der Holzschnitzerei geweiht habe, ist für Frauen kein Platz mehr darin.«

»Ich meine es ernst«, sagte Val leicht verstimmt.

Campions Augen hinter der Riesenbrille blickten plötzlich ein bißchen müde. »Auch ich meine es ernst, mein Alter«, sagte er. »In meinem Hamlet hat Ophelia Macbeth geheiratet. Und jetzt, um Himmels willen, konzentrieren Sie sich auf das, was wir vorhaben.«

Val lehnte sich auf dem Sitz zurück. »Sie fahren phantastisch«, sagte er. »Ich weiß noch nicht, ob ich ihre Stimme oder ihre Augen anziehender finde – was meinen Sie?«

Campion antwortete nicht. Er trat das Gaspedal durch, und der kleine Wagen raste mit Höchstgeschwindigkeit der Stadt entgegen.

»Wir fahren direkt hin, wenn Sie nichts dagegen haben.« Campion hatte fast eine Stunde lang geschwiegen und steuerte den Wagen jetzt geschickt durch Aldgate; ihr Ziel war Poultry, der uralte, ein wenig düstere Teil der Stadt.

Val richtete sich auf.

»Was sollte ich dagegen haben – gute Idee. Obwohl – ich muß Sie das fragen, Campion – ist es auch wirklich sicher?«

Campion zuckte mit den Schultern. »Melchizadek selbst ist es bestimmt«, sagte er. »Seit dem ersten George hat seine Werkstatt nur für die allererste Garnitur gearbeitet. Und er ist verschwiegen wie ein Grab. Außerdem ein alter Freund von mir. Aber kugelfest ist er natürlich nicht. Dennoch möchte ich von ihm erfahren, ob es möglich ist, eine haargenaue Kopie des Kelchs herzustellen, so daß man Original und Fälschung nicht auseinanderhalten kann. Jetzt ganz ehrlich, Val, aus welcher Zeit stammt der Kelch wirklich?«

Der Jüngere zögerte. »Das ist schwer zu sagen«, antwortete er schließlich. »Auf jeden Fall aus der Zeit vor der Eroberung durch die Normannen.«

Campion hielt den Wagen an und musterte seinen Beifahrer mit blankem Erstaunen. »Hören Sie, Sie wollen doch nicht wirklich behaupten, daß das Ding in unserem Koffer tausend Jahre alt ist?«

»Aber mein Lieber, selbstverständlich ist es das.« Val war leicht gekränkt. »Sie kennen die Legenden genausogut wie ich.«

Campion schwieg, und Val fuhr fort: »Wieso tun Sie so erstaunt?«

»Ach, nur so«, erwiderte Campion. »Der Gedanke kam mir plötzlich einfach ungeheuerlich vor, das ist alles. Mir ist jetzt erst klargeworden, was wir da einen ganzen Vormittag über die Landstraßen gekarrt haben. Übrigens – wir sind da.«

Geschickt bog er in eine schmale Sackgasse ein und hielt vor einem altmodischen Laden – oder eigentlich vor einem Haus mit einem Schaufenster, das bis zur Hälfte mit goldener und schwarzer Farbe angestrichen war, so daß es einem der zahlreichen Großhandelsgeschäfte ähnelte, die in dieser Gegend wie Pilze aus dem Boden zu schießen schienen. Die schwere Eingangstür mit den Metallbeschlägen stand offen. Campion stieg aus dem Wagen, hob den neuen Koffer heraus und betrat, von Val gefolgt, das Haus.

Unter dem altmodischen Glockenstrang war eine Messingtafel mit dem eingravierten Namen *I. Melchizadek* angebracht. Val fiel auf, daß es das einzige Firmenschild war. Sie kamen in ein großes Vorzimmer, das durch eine nicht sehr stabile Holzschranke geteilt wurde. Es war sehr still, und außer ein paar kleinen Schaukästen, die hervorragend gearbeitete Repliken obskurer Medaillen und Schmuckstücke enthielten, wie man sie bei offiziellen Anlässen trug, war nichts vorhanden, aus dem man auf die Branche dieser Firma schließen konnte.

Doch sofort als sie eintraten, erhob sich ein schlanker, verbindlich lächelnder junger Mann von einem Rollpult am anderen Ende des Raumes und trat an die Schranke. Campion nahm eine Visitenkarte aus der Tasche und reichte sie dem Angestellten. »Fragen Sie bitte Mr. Melchizadek, ob er ein paar Minuten für mich erübrigen kann.«

Der junge Mann nahm die Karte entgegen und wiederholte den Namen laut. »Mr. Christopher Twelvetrees.«

»Hallo«, sagte Val, »Sie haben eine ...«

Hastig gab Campion ihm durch eine Handbewegung zu verstehen, er solle schweigen. »Alles in Ordnung«, sagte er, dem Angestellten zunickend. »Mr. Melchizadek kennt mich.«

Als der junge Mann verschwunden war, wandte Campion sich mit zerknirschter Miene zu Val um. »Ich hätte Sie auf meine zahlreichen *noms de guerre* vorbereiten sollen«, sagte er.

»Es ist nur so, daß auch meine besten Freunde nicht allzuviel über mich wissen sollen. Denken Sie also bitte daran. Solange wir hier sind, bin ich Christopher Twelvetrees.«

In seiner Verwirrung hatte Val gerade noch Zeit, zustimmend zu nicken, als die Tür aufging, durch die der Angestellte hinausgegangen war, und der bemerkenswerteste alte Mann hereinkam, den er je gesehen hatte.

Israel Melchizadek war eines jener wunderbaren Beispiele guter Abstammung, ein vornehmer, intellektueller Jude. Wenn man ihn ansah, wurde man zwangsläufig daran erinnert, daß die Vorfahren seiner Vorfahren mit Jehovah gesprochen hatten. Er mußte fast siebzig sein, ein großer, schlanker alter Mann mit einem festen und zugleich zarten Gesicht, das aus poliertem Elfenbein gearbeitet schien. Er war glattrasiert und sein weißes Haar kurz geschnitten. Mit ausgestreckten Hän den kam er auf Campion zu. »Mr. Twelvetrees«, sagte er, »ich freue mich, Sie zu sehen.«

Er hatte eine ungewöhnlich schöne Stimme, die das Orientalische seiner Persönlichkeit noch betonte. Campion schüttelte ihm die Hand und stellte Val vor.

Kluge schwarze Augen musterten den jungen Gyrth, und im Handumdrehen hatte sich Israel Melchizadek ein unfehlbares Urteil über ihn gebildet. Obwohl er sich dagegen wehrte, war Val beeindruckt. Der alte Goldschmied warf einen Blick auf den Koffer. »Kommen Sie bitte in mein Büro, Mr Twelvetrees«, sagte er. »Dort sind wir ungestört.«

Er ging durch die zweite Tür voraus, einen kurze Korridor entlang und betrat dann vor Campion und Val einen kleinen, luxuriösen Raum, der ein perfekter Rahmen für seine Persönlichkeit war.

Den Boden bedeckte ein sehr alter Perserteppich, und an den Wänden hingen schöne Bilder; ein David, ein Zoffany und über der Kamineinfassung das Porträt einer zauberhaften Frau von de Laszlo.

Einen großen Teil des Raumes beanspruchte der riesige

Schreibtisch, hinter dem Melchizadek Platz nahm, nachdem er für seine Gäste zwei Stühle zurechtgestellt hatte.

»Nun, Mr. Twelvetrees«, sagte er, »was führt Sie zu mir?« Er zögerte. »Wünschen Sie vielleicht, daß ich für Sie eine Kopie anfertige? Vielleicht die Kopie eines bestimmten sehr berühmten Kelchs?«

Campion hob die Brauen. »Nehmen Sie die lange Straße, Sir?« fragte er liebenswürdig.

Melchizadek schüttelte den Kopf und lächelte flüchtig. »Nein, mein Freund, ich habe zu viele Kunden, um einer anderen Straße zu folgen als meiner eigenen.«

Campion seufzte. »Dem Himmel sei Dank dafür. Aber natürlich haben Sie recht. Wie ich sehe, sind Sie sich auch des Ernstes der Situation bewußt. Was wir hier haben, ist nicht mehr und nicht weniger als der Kelch der Gyrth ...«

Er nahm den Koffer und stellte ihn ehrfürchtig auf den Schreibtisch. Melchizadek stand auf und kam näher. »Ich habe ihn noch nie gesehen«, sagte er, »obwohl ich seine Geschichte selbstverständlich kenne – oder besser gesagt, die Legenden, die sich um ihn ranken. Das wird ein wahrhaft großes Erlebnis für mich, Mr. Gyrth«, fuhr er, sich Val zuwendend, fort. »Während der letzten zweihundert Jahre hatten wir das Privileg, mit vielen Schätzen umzugehen, aber eine solche Kostbarkeit ist selbst für mich etwas Außergewöhnliches.«

»Über tausend Jahre alt«, sagte Campion nachdrücklich und, wie Val fand, ein bißchen albern, als wolle er, daß sich die Zahl dem Goldschmied ganz besonders einprägte. »Über tausend Jahre.«

Sorgfältig schloß er den Koffer auf und nahm, nachdem er die Autodecke zurückgeschlagen hatte, den noch immer mit weißen Tüchern umhüllten Kelch heraus.

Val kam es so vor, als sei Israel Melchizadek über die unkonventionelle Art der Verpackung erstaunt, vielleicht sogar ein bißchen erschrocken. Er sagte jedoch nichts, bis Val das letzte Tuch entfernt und ihm den goldenen Becher in die Hände gelegt hatte.

Es war ein Bild, das Val nie wieder vergessen sollte. Der große, strenge alte Mann, der die herrliche Goldschmiedearbeit mit seinen langen, feinen Künstlerfingern betastete. Er drehte den Kelch nach allen Seiten, betrachtete ihn durch eine kleine, besonders starke Juwelierlupe, sah sich den Boden an, schaute hinein, stellte ihn schließlich auf den Schreibtisch und wandte sich an seine Besucher. Er schien ein bißchen verblüfft, schien sich unbehaglich zu fühlen. »Mr. Twelvetrees«, sagte er bedächtig, »wir sind seit langem befreundet.«

Campion sah ihm in die Augen. »Mr. Gyrth und ich«, sagte er scheinbar zusammenhanglos, »können beschwören, daß dies der Kelch der Gyrth' ist. Was können Sie uns darüber sagen?«

Val fühlte zum erstenmal, daß etwas nicht stimmte, sprang auf und stellte sich zu den beiden anderen.

Melchizadek nahm den Kelch wieder in die Hand. »Das ist ein schönes Stück«, sagte er. »Die Goldschmiedearbeit herrlich und das Design fast eine Replik des Kelchs in der Kirche San Michele in Vecchia. Aber dieser Kelch stammt nicht aus dem Mittelalter. Ich weiß es nicht, doch wenn Sie mir erlauben, in unseren Archiven nachzuschlagen, könnte ich Ihnen sogar das genaue Datum nennen, an dem er angefertigt wurde.«

Val stieß einen unartikulierten Schrei aus, und dann wollte er anfangen gottslästerlich zu fluchen, doch Campion redete ihm gut zu. »Halten Sie nur noch ein bißchen durch, mein Alter«, sagte er. »Die Sache wird von Minute zu Minute komplizierter. Ich schätze, wir stehen vor einer großen Entdeckung.«

Israel Melchizadeks ruhige Stimme brach das Schweigen, das Campions Worten gefolgt war. »Mir wäre lieber, wenn Sie sich nicht allein auf mein Wort verließen, Mr. Twelvetrees«, sagte er. »Ich würde selbst auch gern eine zweite Meinung hören. Ich bin ein alter Mann, und manchmal machen Stilrichtungen und Zeitläufte die merkwürdigsten Bocksprünge. Ich frage mich daher, ob Sie mir gestatten würden, einen Freund von mir zu unserem Gespräch hinzuzuziehen? Ganz zufällig sitzt im Nebenzimmer einer der auf diesem Gebiet berühmtesten Experten der Welt. Er hat mich überraschend besucht und sich freundlicherweise bereit erklärt zu warten, bis ich wieder frei bin. Was meinen Sie dazu?« Er wandte sich von Campion zu Val, der feuerrot und sehr verwirrt war. Melchizadek hüstelte. »Sie können sich auf seine Verschwiegenheit genauso verlassen wie auf meine«, sagte er.

»O ja, gewiß«, sagte Val hastig und Campion nickte. Der Goldschmied eilte hinaus.

Val wandte sich an Campion. »Das ist der reine Wahnsinn«, sagte er heiser. »Es ...«

Campion legte ihm die Hand auf die Schulter. »Warten Sie ab«, sagte er, »lassen Sie die beiden reden. Ich glaube, ich sehe endlich ein bißchen klarer.«

Ihm blieb keine Zeit für weitere vertrauliche Mitteilungen, denn Israel Melchizadek kam zurück und brachte einen zierlichen, lebhaften Mann mit hoher Stirn und Spitzbart mit. Er war den beiden jungen Männern nicht fremd, und Israel Melchizadek hätte ihn gar nicht vorzustellen brauchen.

»Das, meine Herren«, sagte er jedoch in schöner Ahnungslosigkeit, »ist Professor Gardner Cairey, eine große amerikanische Kapazität. Professor Cairey, darf ich Ihnen Mr. Gyrth und Mr. Christopher Twelvetrees vorstellen?«

13
I. Melchizadek fecit

Der Vorstellung folgte eine ziemlich lange Pause. Professor Cairey musterte Campion und Val mit einem leicht unsicheren Ausdruck in den Augen, und Val sah sich ihn zum erstenmal ganz genau an.

Er war ein kleiner, adretter alter Herr mit der gleichen heiteren Ausstrahlung wie seine Tochter. Er hatte ein waches, kluges Gesicht, das jedoch nicht das eines fanatischen Besserwissers war, und seine Freundlichkeit nahm die beiden Jüngeren auf der Stelle für ihn ein.

Er ergriff als erster das Wort. Seine Stimme war ruhig, angenehm und sein Akzent unverkennbar jenseits des Atlantiks beheimatet. Obgleich er Melchizadek zulächelte, sah man ihm an, daß er sich der Peinlichkeit der Situation deutlich bewußt war.

»Da haben wir ja ein gewaltiges Problem«, sagte er. »Das Glück hat mich im Stich gelassen, Mr. Gyrth' Leute und ich sprechen nicht miteinander, und ich schulde ihm außerdem eine Entschuldigung.«

Er lachte, und plötzlich löste sich die Spannung. »Ich habe mir die Freiheit genommen, vor ein paar Tagen unerlaubterweise in Ihren Park einzudringen, Mr. Gyrth. Zwar glaube ich nicht, daß man mich gesehen hat, aber wenn doch, sollte ich Ihnen wohl besser meine Gründe erklären.«

Val ließ sich nicht zurückhalten. »Wir haben Sie tatsächlich gesehen, Professor. Sie haben in die Kapelle hineingeschaut.«

Professor Cairey schnitt eine Grimasse. »Das stimmt«, sagte er. »Mein neues Buch *Die Auswirkung des Commonwealth auf den ostanglischen Kirchenschmuck* ist zur Hälfte fertig, und ich bin nicht zu stolz, Ihnen zu sagen, daß ich hoffte – nun ja, von Ihnen und Ihren Leuten ein bißchen Hilfe zu bekommen. Aber irgendwie bin ich bei Ihrem Pa ins Fettnäpfchen getreten und war von Ihrer Kapelle mindestens genausoweit entfernt, wie wenn ich daheim in Westport, New York, geblieben wäre.« Er zögerte und sah sie dann mit einem strahlenden Lachen im Blick an. »Ich hab's vor mir hergeschoben, solange ich konnte«, fuhr er fort. »Aber vor ein paar Tagen, noch bevor ich von Ihren Schwierigkeiten erfuhr, hatte ich das Gefühl, ich müßte – auch auf die Gefahr hin, vom Gärtnerburschen verjagt zu werden – wenigstens versuchen, einen Blick auf den Kelch zu werfen, um mein Kapitel beenden zu können.«

Val errötete. »Ich war nicht zu Hause, und meine arme Tante hat, wie ich fürchte, alles ziemlich kompliziert. Selbstverständlich werde ich Ihnen mit Vergnügen das Kelchhaus und die Kapelle zeigen. Jederzeit. Übrigens«, fügte er etwas fadenscheinig hinzu, »bin ich heute ein ganzes Stück in Begleitung Ihrer Tochter gefahren.«

Campion, der bisher geschwiegen hatte, warf dem Professor einen lachenden Blick zu. Seine Brillengläser funkelten. »Professor Cairey«, sagte er, »Sie sind doch der Autor des Buches *Der Aberglaube vor Cotton Mather**, nicht wahr?«

Professor Cairey wurde tatsächlich rot. »Das ist richtig, Mr. Twelvetrees«, sagte er, den Namen besonders betonend. »Ich dachte nicht, daß jemand auf dieser Seite des Ozeans von meinem kleinen Büchlein Notiz genommen hat.«

Val hatte das unangenehme Gefühl, daß die beiden auf eine merkwürdig spielerische Weise miteinander umgingen, die er nicht verstand.

Campions Verhalten wurde plötzlich beinahe ehrerbietig. »Ich muß mich bei Ihnen entschuldigen, Sir«, sagte er, »und will Ihnen ganz offen sagen, daß wir Sie für etwas ganz anderes

* Presbyterianischer Geistlicher in Boston, ein tyrannischer Puritaner, berühmt und berüchtigt durch die Rolle, die er 1692 in den Hexenprozessen von Salem, Neuengland, spielte.

hielten. Wir dachten nämlich«, fügte er hinzu, ohne noch ein Blatt vor den Mund zu nehmen, »wir dachten nämlich, Sie hätten es auf den Kelch abgesehen.«

Melchizadek machte ein entsetztes Gesicht und murmelte einen Protest, doch der Professor lächelte beschwichtigend. »Das hatte ich doch auch«, sagte er. »In gewisser Weise.« Er wandte sich erklärend an Val. »Ich kenne die Geschichte Ihrer einmaligen Kostbarkeit natürlich seit langem, Mr. Gyrth. Für mich ist der Kelch eines der sieben Weltwunder. Selbstverständlich wollte ich ihn wenn möglich einmal sehen. Ich hatte gehört, daß man ihn einmal in der Woche besichtigen konnte, und das hätte ich mir zunutze gemacht, nur war er leider hinter einem Gitter verborgen und das Licht in der Kapelle so schlecht, daß man kaum etwas sah. Außerdem gab es ein paar kleine Schwierigkeiten zwischen Ihrer Tante und meiner Frau, und während ich noch hoffte, daß der Sturm im Wasserglas sich legte, hat mir der plötzliche Tod Ihrer armen Tante einen Antrittsbesuch bei Ihnen natürlich unmöglich gemacht.«

Val, dem Charme des Professors anscheinend völlig verfallen, wollte schon mit einer langen gestammelten Entschuldigungsrede für das, wie er instinktiv wußte, zweifellos entsetzlich schlechte Benehmen von Lady Pethwick beginnen, doch Israel Melchizadek kam ihm zuvor.

»Ich denke«, mischte er sich ins Gespräch, »es wäre für uns alle sehr interessant, wenn Sie Professor Cairey jetzt erlaubten, den Kelch zu untersuchen, der auf dem Tisch steht, und uns dann seine Meinung zu sagen.«

»Aber selbstverständlich.« Campion, der den Kelch mit seiner Gestalt verdeckt hatte, trat zur Seite, und der Professor stürzte sich geradezu darauf. Er hob ihn auf, drehte ihn um, prüfte das Metall mit dem Daumen.

»Ich leihe mir Ihre Lupe aus, Melchizadek«, sagte er. »Das ist ein sehr schönes Stück.«

Sie beobachteten ihn fasziniert. Seine kurzen, beweglichen Finger glitten fast liebkosend über die reich verzierte Oberfläche, betrachtete sie eingehend mit der Lupe wie Israel Melchizadek vor ihm. Endlich stellte er den Kelch auf den Tisch zurück.

»Was wollen Sie wissen?« fragte er.

»Was ist es?« sagte Campion schnell, bevor Val antworten konnte.

Der Professor überlegte. »Es ist ein Hostienkelch«, sagte er dann. »Form und Verzierung sind reine Renaissance. Aber entstanden ist der Kelch viel später. Er ist ungefähr hundertfünfzig Jahre alt.«

Val sah Campion wie betäubt an, und Israel Melchizadek nahm den Kelch vom Schreibtisch.

»Das ist auch meine Meinung«, sagte er. »Wenn Sie gestatten, Mr. Gyrth, dann kann ich es Ihnen sogar beweisen. Ich wollte es nicht sagen, solange keine zweite Expertise vorlag. Schließlich hätte ich mich auch irren können.«

Aus einer Schublade holte er ein kleines Messer mit schlanker Klinge, und nachdem er die mit Juwelen besetzten, runden, erhabenen Verzierungen am Sockel eine Weile durch die Lupe betrachtet hatte, begann er mit der Klinge behutsam an einer der Edelsteinfassungen zu schaben. Plötzlich ließ er das Messer fallen, schraubte den Stein aus der Fassung und legte ihn vorsichtig auf den Schreibtisch. Die anderen drängten sich ganz dicht an ihn heran, und er zeigte auf die winzige glatte Fläche, die er freigelegt hatte.

Mit schlichter Schrift ins Metall eingeritzt, kaum noch zu entziffern, stand da:

I. Melchizadek fecit
1772

»Mein Urgroßvater«, sagte der Goldschmied, »der Gründer unserer Firma. Er hat jedes seiner Stücke signiert, obwohl er die Signatur manchmal versteckt anbringen mußte, damit nicht jeder sie sofort sah.«

»Aber«, sagte Val, der sich das Wort jetzt nicht mehr nehmen ließ, »begreifen Sie denn nicht, was das bedeutet? Das ist, was alle Welt während der letzten – nun, jedenfalls zu meines Vaters und meinen Lebzeiten – für den Kelch der Gyrth' gehalten hat – und noch hält.«

Im ersten Moment schien der Professor genauso betroffen wie Val. Dann blitzte es in seinen Augen auf, und er wandte sich zu Campion um. »Mr. Twelvetrees«, sagte er leise, »ich würde mit Ihnen und Mr. Gyrth gern allein sprechen. Könnten wir irgendwohin gehen, wo wir ungestört sind?«

Campion sah ihn hinter seiner dicken Brille hervor verständnisvoll an. »Auf ein solches Gespräch habe ich auch gehofft«, sagte er.

Val, dem es seit seiner Feststellung endgültig die Sprache verschlagen zu haben schien, starrte das von Urgroßvater Melchizadek geschaffene Kunstwerk noch immer an, als habe er es nie vorher gesehen. Professor Cairey erwies sich als Herr der Situation. Er verabschiedete sich von dem alten jüdischen Goldschmied, mit dem er sehr befreundet zu sein schien, der Kelch wurde wieder in den Koffer gepackt, und zehn Minuten später hatten sie sich zu dritt in den kleinen Zweisitzer gequetscht, der durch die City in Richtung West End fuhr.

Erst jetzt kam Val der Gedanke, daß sie Professor Cairey vielleicht – gelinde gesagt – ein bißchen voreilig akzeptiert hatten. Doch er war offenbar so aufrichtig und sein Wesen so freundlich, daß Val selbst ja schon nach ein paar Minuten bereit gewesen war, ihm rückhaltlos zu vertrauen. Campion hatte er jedoch nie für einen besonders vertrauensseligen Menschen gehalten und war daher überrascht, daß auch er dem Professor so fraglos vertraute.

Noch bevor sie Piccadilly erreicht hatten, stellte Campion sich mit scheinbar naivem Charme dem Professor ein zweites Mal vor, und als sie die Treppe zu seiner Wohnung hinaufstiegen, unterhielten die beiden sich schon wie alte Freunde.

Val, der ziemlich erstaunt gewesen war, daß Campion ohne

Umwege auf die Wohnung zusteuerte, sah ihm zu, wie er für den Professor einen Sessel zurechtrückte. »Als ich das letztemal hier war«, sagte er, »haben Sie mir zu verstehen gegeben, daß man mich sofort vom Leben zum Tode befördern werde, wenn ich mich zur Tür hinauswagte. Wieso haben Sie heute so die Ruhe weg?«

»Weil inzwischen schon passiert ist, was die anderen verhindern wollten, und jeder, der sich dafür interessiert, heute weiß, daß wir zusammenarbeiten. Sie jetzt noch zu erschießen, wäre nichts als reine Mordlust. Inzwischen sind alle im Bild. Ihr Vater weiß, daß Gefahr besteht, Scotland Yard weiß es, und im ganzen Land könnte schon jeder Kriminalbeamte an dem Fall arbeiten. Vielleicht beobachten ›Georges‹ Lakaien das Haus, doch ich bezweifle es.«

Professor Cairey, der, lebhaftes Interesse in den braunen Augen und die Hände über dem Magen gefaltet, dem Dialog zugehört hatte, sagte jetzt ruhig: »Ich habe leider noch nicht begriffen, was es für Schwierigkeiten gibt.«

Val zuckte mit den Schultern. »Nach dem, was Mr. Melchizadek und Sie festgestellt haben, werden die Schwierigkeiten zur Farce«, sagte er bitter. »Tatsächlich ist das Ganze ein tragisches Fiasko.«

Der Professor und Campion wechselten einen Blick.

»Daran sollten Sie weder Zeit noch einen Gedanken verschwenden, mein Sohn«, sagte der Professor. »Hör zu«, fügte er sich an Campion wendend hinzu, »ich glaube, du solltest Mr. Gyrth auf der Stelle beichten, dann können wir mit unserer Unterhaltung beginnen.«

Val sah zu Campion hinüber, der ihm nicht so unbefangen vorkam wie sonst.

»Die Situation ist ein bißchen heikel«, entgegnete Campion. »Aber vielleicht hast du recht, und es ist jetzt an der Zeit, einiges zu erklären. Die Wahrheit, Val, sieht so aus, daß mir wegen des Kelchs schon Zweifel kamen, als ich das Zeitungsfoto sah. Daher besuchte ich, noch bevor ich Sie aufspürte, meinen alten

Freund Professor Cairey, den größten lebenden Experten auf diesem Gebiet, der, wie ich erfuhr, zur Zeit ganz in der Nähe Ihres Familiensitzes lebt. Was kein Zufall ist, müssen Sie wissen. Der Professor hat mir gestanden, warum er den benachbarten Besitz gemietet hat. Er konnte mir anhand der Fotografie nichts Genaues sagen, aber ernsthafte Zweifel hatte er ebenfalls.« Der Professor nickte, und Campion fuhr nach einer kurzen Pause fort: »Da es zwischen Ihrer Tante und den Nachbarn kleine Unstimmigkeiten gab, konnte ich den Professor Ihrer Familie nicht sofort ans Herz legen. Ich ging daher zu ihm und bat ihn, sich heute bei Melchizadek mit uns zu treffen. Mir war nämlich klar, daß wir mehr als die Meinung nur eines Experten brauchen würden, um Sie zu überzeugen, daß dieser Kelch nicht das war, was man ihm nachsagte.« Er verstummte und sah Val unsicher an. »Es tut mir furchtbar leid«, entschuldigte er sich. »Aber ich mußte Sie überreden, den Kelch nach London zu bringen, um eine Kopie anfertigen zu lassen, und dann haben die Mädchen ihn entgegenkommenderweise für uns geklaut.«

Val sank in einen Sessel und bedeckte das Gesicht mit den Händen. »Ich begreif's nicht«, sagte er. »Mir kommt es so vor, als sei jetzt alles zu Ende.«

Der Professor beugte sich vor und sah den unglücklichen jungen Mann mit einem gütigen Ausdruck in seinem humorvollen, weisen Gesicht an. »Hören Sie«, sagte er, »ich möchte nicht gegen die alte Familientradition verstoßen, die vorschreibt, daß Sie in einem bestimmten Alter bestimmte Dinge erfahren. Ich weiß auch, wie heikel die Angelegenheit ist, über die zu sprechen ich mir anmaße. Doch wenn Sie gestatten, möchte ich Ihnen gewisse Fakten zur Kenntnis bringen, die mir aufgefallen sind, wie sie jedem auffallen müssen, der die Dinge als Außenseiter sieht und nicht durch die lebenslange Hingabe an eine Idee behindert wird.«

Er blickte auf und sah, daß Val ihm aufmerksam zuhörte.

»Wenn Sie mich fragen«, fuhr der Professor fort, »möchte

ich behaupten, daß das wunderschöne Stück, das seit hundertfünfzig Jahren in Ihrer Kapelle aufbewahrt wird, das ist, was man eine ›grobe Täuschung‹ nennen könnte, die jedoch einem guten Zweck dient. In alter Zeit hat man sehr gradlinig gedacht und ganz einfache Methoden angewandt, um eine solche Kostbarkeit zu schützen. Meiner Meinung nach ist dieser falsche Kelch der letzte von vielen. Der echte wurde der Öffentlichkeit nie gezeigt, blieb immer in einem sicheren Versteck. Die Besucher gaben sich mit der Besichtigung des Schaustücks zufrieden, und sogar die Diebe sind auf die Fälschung hereingefallen.«

Val holte tief Atem. »Ich kann Ihnen folgen«, sagte er, einen Hoffnungsschimmer in den Augen. »Sie sind der Meinung, daß der echte Kelch zu kostbar ist, um ausgestellt zu werden.«

»Und ob er zu kostbar war und ist – besonders wenn Plünderer wie Ihr großer Patriot Cromwell die Gegend unsicher machten.« Der Professor sagte es mit einem leichten Lachen. »Es gibt zwei oder drei gleichartige Fälle. Ich habe einen längeren wissenschaftlichen Aufsatz darüber geschrieben. Wahrscheinlich«, fügte er hinzu, »könnte ich Ihnen über die Geschichte Ihres Kelchs mehr erzählen als sonst jemand, der nicht Ihrer Familie angehört. Zum Beispiel hieß es zur Regierungszeit Richard II. und noch einmal kurz nach der Restauration, der Kelch sei gestohlen worden. Aber das Land der Gyrth fiel nie an die Krone zurück, was bestimmt geschehen wäre, hätte jemand den echten Kelch tatsächlich gestohlen. Königin Anne erließ eine zweite Urkunde und bestätigte sozusagen, daß der echte Kelch sich noch im Besitz Ihrer Familie befand.«

Er unterbrach sich, weil Val so überrascht schien, und Campion grinste.

»Der Professor«, sagte er, »ist ein wahrer Sohn seines Landes – er weiß mehr über das unsere als wir selbst.«

Val lehnte sich entspannt zurück. »Hören Sie«, sagte er,

»warum überlassen wir diesen Kelch, der, wie Sie sagen, eine Fälschung ist, nicht diesen verdammten Dieben – wer immer sie sind – und dann Schwamm drüber?«

Campion schüttelte den Kopf. »Keine gute Idee«, sagte er. »Erstens würden sie genau wie wir erkennen, daß es nicht der echte Kelch ist; und zweitens wüßten sie es spätestens dann, wenn der Diebstahl bekannt, die Krone Ihr Land jedoch nicht konfiszieren würde. Höllisch hartnäckige Kerle sind das, dieser ›Ethel‹ und ›George‹. Nein, unser ursprünglicher Plan ist der einzig mögliche. Wir müssen den großen Fisch aufspüren und an die Angel kriegen.«

»Sehen Sie, Mr. Gyrth«, mischte der Professor sich bedächtig ein, »alles, was ich Ihnen heute gesagt habe, wäre einem intelligenten Dieb völlig klar. Ich vermute, die Leute, mit denen Sie es zu tun haben, sind Männer von Geschmack und außerdem scharfsinnig. Bekämen sie diesen Kelch in die Hand, kämen sie zu demselben Schluß wie ich. Unglücklicherweise haben mehrere alte Autoren ihn beschrieben. Moderne Verbrecher haben viel bessere Möglichkeiten, historische Fakten herauszufinden, als ihre Vorgänger im Mittelalter.«

»Mein lieber Alter«, sagte Campion, »machen Sie doch kein Gesicht wie auf einem Leichenbegängnis. Die anderen wissen noch nichts von einem zweiten Kelch, dessen können Sie sicher sein. Auf der ganzen Welt gibt es zur Zeit höchstens fünf Menschen, denen bekannt ist, daß der zweite Kelch existiert, und um das Geheimnis des echten zu wahren, müssen wir uns an dem falschen festbeißen, wie ein paar Bullterrierwelpen an einem Knochen.«

»Ja, das sehe ich ein«, sagte Val langsam. »Aber wo ist der echte Kelch? Irgendwo vergraben?«

Der Professor räusperte sich. »Als Außenstehender möchte ich mir eigentlich nicht anmaßen, etwas dazu zu sagen, aber ich bezweifle nicht, daß Sie das – wenn ich die mittelalterliche Denkweise in Betracht ziehe – ganz bestimmt an Ihrem fünfundzwanzigsten Geburtstag erfahren werden.«

Val zuckte heftig zusammen. »*Das Zimmer*«, sagte er. »Natürlich!«

Für einen Augenblick versank er in Nachdenklichkeit. Dann änderte sich sein Gesichtsausdruck, und aus seinen Augen sprach etwas wie Furcht.

»Aber das ist nicht alles«, sagte er heiser. Es war offensichtlich, daß ihn das Thema, das so lange tabu gewesen war, beschäftigt und gequält hatte, denn er sprach lebhaft und fast erleichtert, weil es ihm endlich möglich war, den Verdacht zu äußern, der sich in ihm aufgestaut hatte.

»In dem Raum im Ostflügel ist etwas Schreckliches verborgen«, sagte er ernst. »Wissen Sie, Campion, vielleicht bin ich verrückt, doch ich werde das Gefühl nicht los, daß er nicht nur Familienmuseum ist. Seit ich denken kann, hat über meinem Vater ein Schatten gehangen. Ich meine«, fuhr er fort, vergeblich nach Worten suchend, um sich richtig auszudrücken, »ich meine, daß ihn etwas belastet, das fast zu groß für ihn ist. Und mit meinem Großvater war es genauso. Darüber wird natürlich nie gesprochen, und ich habe es auch noch vor keiner Menschenseele erwähnt, aber irgend etwas ist dort, und es ist etwas Erhabenes, Ehrfurchtgebietendes.«

Es folgte ein kurzes Schweigen, dann erhob sich der Professor, um sich zu verabschieden. »Ich denke, es gibt nicht den geringsten Zweifel«, sagte er ruhig, »daß der echte Kelch, der aus englischem Rotgold besteht und wahrscheinlich ein bißchen größer ist als die zur Schale gewölbte Hand eines Mannes, einen furchtbaren, einen alle Diebe und Frevler der Welt abschreckenden Wächter hat.«

14

Siebenundfünfzig Arten

»Alles ist vorherbestimmt, wie die alte Dame auf dem Kirchenkongreß sagte«, stellte Campion fest. »Alles hat einmal ein Ende, und wir kommen offenbar ein bißchen weiter. In ein paar Minuten kriegen wir noch die Meinung eines anderen Experten zu hören. Mein Freund, Inspektor Stanislaus Oates, ist ein prächtiger Bursche. Er wird vergnügt und ganz inoffiziell hier erscheinen und uns sagen, wie hoch die Wetteinsätze sind.«

Er setzte sich Val gegenüber in einen Lehnsessel und zündete sich eine Zigarette an. Val rutschte unruhig hin und her: »Wir haben heute eine richtige Expertenschwemme, wie?« sagte er. »Den Professor finde ich sympathisch. Warum haben Sie ihn so lange wie ein As im Ärmel versteckt, Campion?«

Campion breitete die Hände aus. »Das war eine ganz gemeine List von mir«, antwortete er. »Vielleicht der alberne Wunsch, Sie zu beeindrucken. Außerdem müssen Sie bedenken, daß ich Sie nicht sehr gut kannte. Möglicherweise wären Sie nicht der richtige Umgang für ihn gewesen. Außerdem haben Mrs. Calrey – nebenbei ein reizender alter Schatz – und Ihre Tante ihre Krallen ausgefahren und sich gegenseitig angefaucht wie die Wildkatzen. Nur nicht schnurren, scheint das Motto Ihrer Tante gewesen zu sein.«

Val runzelte die Stirn. »Tante Di war, was Onkel Lionels Bruder Adolphe eine Laune der Natur nannte. Ich weiß noch, daß er einmal zu mir sagte: ›Val, mein Junge, du wirst nie eine Frau finden, die eine vollendete Narrin ist. Männer werden dieser Bezeichnung häufiger gerecht, aber nie eine Frau. Die einzige Ausnahme von dieser Regel ist deine Tante Diana.‹ Er mochte sie nicht. Ich möchte gern wissen, was sie zu Mrs.

Cairey gesagt hat. Etwas Beleidigendes, darauf könnte ich wetten.«

»Irgend etwas darüber, daß ›die Pilgerväter nichts anderes als Angehörige einer protestantischen Freikirche waren‹, glaube ich«, entgegnete Campion, an seiner Brille rückend. »Hallo«, sagte er und legte lauschend den Kopf schief, »Schritte auf der Treppe. ›Und das, Watson, ist, wenn ich nicht irre, unser Klient.‹ Er kommt früh. Normalerweise lassen sie ihn nicht vor halb sieben heraus.«

Er machte sich nicht die Mühe, aufzustehen, sondern rief fröhlich: »Herein mit dir, alter Junge! Drück die Klinke runter, und komm rein!«

Plötzlich war es draußen wieder still. Seine Aufforderung schien ungehört verhallt zu sein. Campion rief noch einmal. »Also komm schon! Du bist hier unter Freunden! Häng die Handschellen draußen an den Haken.«

Auf dem Flur wurden Schritte laut; gleich darauf wurde die Tür des Zimmers ganz vorsichtig geöffnet, und ein kleines weißes Gesicht mit einem schäbigen weichen Filzhut darüber spähte durch den Spalt. Campion sprang auf. »Ernie Walker! Husch, husch, weg mit Ihnen! Verschwinden Sie, Mann! Wir erwarten einen Polizeibeamten.«

Das blasse, häßliche Gesicht verzog sich zu einem höhnischen Grinsen. »Alles in Ordnung«, sagte Ernie Walker beschwichtigend. »Bin gegen Kaution draußen. Meine Papiere sin or'ntlich unterschrieben. Muß Ihn' was verklickern. Da wer'nse staunen, Mann.«

Campion setzte sich wieder. »Dann kommen Sie rein«, sagte er. »Machen Sie die Tür gut hinter sich zu. Stehen Sie stramm, und wischen Sie sich das Eigelb von der Lippe.«

Das anzügliche Grinsen wurde noch breiter. »Ich kann mir'n Schnurrbart wachsen lassen, wenn ich will, oder?« sagte Ernie Walker ohne Bosheit. Er schob sich ins Zimmer, eine lange, schlaffe Gestalt in einem schmuddligen Tweedanzug. Mit langsamen, betont schwankenden Schritten kam er unsicher auf Campion zu. »Ich kann Ihn' was Gutes antun«, sagte er. »Das kann ich wirklich, aber es kostet Sie noch immer'n Fünfer.«

»Das gleiche sagen einem die Ärzte in der Harley Street, nur nicht so offen«, erwiderte Campion vergnügt. »Was haben Sie anzubieten? Pillen? Oder wollen Sie mich in Ihren Club einführen?«

Ernie ließ seinen Daumen vorschnellen und zeigte auf Val. »Was is mit ihm?« fragte er.

»Der ist in Ordnung«, sagte Campion. »Das ist Lord Harry. Ganz unwichtig. Schießen Sie los. Was wissen Sie?«

»Ich hab gesagt 'n Fünfer«, sagte Ernie und nahm den Hut ab. Aus Ehrerbietung vor dem Titel, mit dem Campion mich ausgestattet hat, dachte Val.

»Auf diese Weise verkaufen Sie als Vertreter nicht mal einen Hosenknopf«, sagte Campion vorwurfsvoll. »Also, was gibt's? Jetzt mal raus damit!«

Ernie blinzelte Val zu. »Der weiß immer ne Antwort, wie?« sagte er. »Aber wenn er so schlau wär, wie er denkt, hätte er mich heut morgen sehn müssen.«

Campion blickte auf. »Guter Gott! Sie haben den Benz gefahren! Passen Sie bloß auf, sonst landen Ihre ›or'ntlich unterschriebenen Papiere‹ als Schnitzel im Papierkorb.«

»Ruhig Blut, immer nur ruhig Blut. Ich hab gar nie nix getan. Ein paar Leute zu ner Landpartie kutschiert, sonst nix.« Ernie war ganz gekränkte Unschuld. »Un wennse nix wissen wollen, zwingt Sie keiner. Ich bin wie'n Freund zu Ihn', un Sie wer'n patzig.« Er setzte den Hut wieder auf.

»Lassen Sie Ihren Deckel ruhig unten«, sagte Campion mild. »Ich nehme an, man hat Sie für den Job angeheuert?«

»Stimmt«, sagte Ernie. »Un ich hab gedacht, es is Ihn'n Fünfer wert zu erfahren, wer mich angeheuert hat.«

Campion seufzte. »Wenn Sie nur hergekommen sind, um mir zu sagen, daß Matthew Sanderson mich nicht leiden kann, dann sind Sie ein größerer Narr als ich.«

»Also hör'nse, beschimpfen laß ich mich nich«, sagte Ernie hitzig, bemüht, seine Enttäuschung zu unterdrücken. »Ich bin so schlau wie alle anderen auch.«

Campion hob warnend die Hand. »Pst«, sagte er und zeigte auf Val. »Nehmen Sie Rücksicht auf unseren Aristokraten. Haben Sie sonst nichts zu bieten?«

»Ne, hab ich nich. Klar, daß Matt Sanderson mich geholt hat. Aber er arbeit für'n andern Kerl. Während ich die Karre bißchen aufgemotzt hab, hab ich meine Ohr'n offengehalten und gehört, wie sie über den großen Boss reden. Na ja, hab ich mir gesagt, Wissen schadet nie.«

Campions Augen hinter den großen Brillengläsern begannen zu flackern. »Jetzt werden Sie langsam ein bißchen interessant für mich«, sagte er.

»Fünf Pfund«, sagte Ernie. »Fünf Pfund für den Namen von dem Kerl, für den Sanderson gearbeitet hat.«

Campion griff nach der Brieftasche. »Das kommt nur von dem billigen Romanzeug, das Sie lesen«, brummte er unwillig. »Dieses In-Fünfern-Denken. Ihr Dad wäre mit einem Fünfshillingstück zufrieden gewesen.« Er hielt fünf einzelne Pfundnoten hoch wie Pokerkarten. »Und jetzt raus damit!«

Ernie wurde liebenswürdig. »Sie sind'n Gent«, sagte er. »O ja, das sindse. Einer von den ganz Noblen. Also ich hab gehört, wie Sanderson zu nem Kumpel von ihm – nem Neuling im Geschäft – gesagt hat: ›Dafür wird das Gänseblümchen mich zur Rechenschaft ziehen.‹ Das war, als wir das Bier getrunken haben, das Sie in'n Koffer getan hatten. Daß es was mit Ihn zu tun hatte, hab ich erst gewußt, als ich Sie in dem kleinen roten Wagen sah. Sie haben die ganz schön angeschmiert. Die waren vielleicht wild.«

»Das Gänseblümchen?« wiederholte Campion. »Sind Sie sicher?«

»Das war der Name. Ich 'rinnere mich so gut dran, weil Alf Ridgeway, der Kerl, den sie ›das Gänseblümchen‹ genannt haben, vor zwei Jahren aufgeknüpft wor'n is. In Manchester.«

»Oh«, sagte Campion und reichte Ernie das Geld. »Wie geht das Autogeschäft?«

»Es läppert sich«, antwortete Ernie begeistert. »Hab erst letzte Woche 'n hübschen Umgespritzten in Norwood verkauft. Mein Bruder hat ihn oben in Newcastle geklaut. Hat ihn in die Garage gebracht, und wir haben ihn toll hingekriegt – die Papiere erstklassig gefälscht un alles. Trotzdem war ich der Lackierte. Der kleine Dreckskerl, der ihn gekauft hat – 'n respektabler Hausvater noch dazu – hat mir'n paar Blüten angedreht. Es gibt wirklich keine Ehrlichkeit mehr unter'n Menschen.«

»Pst«, sagte Campion. »Hier kommt Stanislaus.«

Hastig steckte Ernie die Geldscheine ein und wandte sich erwartungsvoll zur Tür. Gleich darauf trat Inspektor Stanislaus Oates ein. Er war ein großer, ein wenig grau wirkender Mann, der dazu neigte, an der Taille – aber nur dort – ein bißchen Fett anzusetzen.

»Hallo«, sagte er, »läßt du immer die Haustür offen?« Dann entdeckte er Ernie und fügte scheinbar zusammenhanglos hinzu: »Ach du liebe Tante!«

»Ich bin schon weg, Sir.« Tatsächlich schob Ernie sich langsam zur Tür. »Bin nur zu Besuch raufgekommen. Sie hoffentlich auch«, setzte er hinzu und blinzelte verschlagen zu Campion hinüber.

Campion kicherte. »Machen Sie die Tür hinter sich zu«, sagte er. »Und denken Sie immer dran, die Wassermarke zu prüfen.«

»Was soll das denn?« fragte Inspektor Oates mißtrauisch. Aber die Tür hatte sich schon hinter dem Autodieb geschlossen, der es plötzlich sehr eilig hatte, und sie waren allein.

Campion stellte Val vor und schenkte dem Kriminalbeamten einen Whisky-Soda ein. Der Mann vom Yard machte es sich in seinem Sessel bequem.

»Was willst du mit dieser kleinen Ratte?« fragte er mit einer lässigen Geste zur Tür, durch die Mr. Ernest Walker verschwunden war. Um Entschuldigung bittend wandte er sich an Val: »Wann immer ich diesen Menschen besuche, finde ich irgendeinen Kerl aus unserer Kartei entweder in der Küche, wo er sich ein Glas genehmigt, oder sonstwo herumlungern. Sogar sein Diener ist ein nicht bekehrter Krimineller.«

»Still«, sagte Campion. »Luggs Name ist geheiligt. Ich bin schrecklich froh, daß du gekommen bist, alter Junge«, fuhr er fort. »Du bist genau der Mann, den ich brauche. Hast du rein zufällig schon mal was von einem reichen und einflußreichen Unterweltler gehört, der ›das Gänseblümchen‹ genannt wird?«

»Wurde am 27. November 1928 in Manchester gehängt«, antwortete der Mann vom Yard prompt. »Widerlicher Fall. Hat sein Opfer zerstückelt und alles mögliche. Ich erinnere mich gut an diese Hinrichtung. Es hat geregnet.«

»Falsch«, sagte Campion. »Du darfst noch einmal raten. Ich meine eine viel bedeutendere Persönlichkeit. Obwohl«, fügte er niedergeschlagen hinzu, »ich hundert zu eins wette, daß es sich um einen Amateur handelt.«

»Ich kenne siebenundfünfzig verschiedene Gänseblümchen«, sagte Oates, »wenn du Spitznamen meinst. Aber es sind lauter kleine Fische – sehr kleine Fische, alle miteinander. Was führst du jetzt im Schild? Oder ist es wieder einmal ein Staatsgeheimnis?«

Er lachte, und Val begann den ruhigen, unscheinbaren Mann mit den grauen Augen sympathisch zu finden.

»Tja, ich nehme zur Abwechslung mal die kurze Straße«, sagte Campion und fügte, als sein Gast ihn leicht verwirrt ansah, hinzu: »Im Gegensatz zur langen, wenn du verstehst, was ich meine.«

Oates blieb ein paar Sekunden ganz still. Dann setzte er seufzend sein Glas ab. »Du tust mir leid«, sagte er. »Wenn du mit dem Feuer spielst, mein Junge, wirst du eines schönen Tages in den Flammen umkommen. Wie sieht die Hilfe aus, die du von mir erwartest?«

»Keine Sorge«, sagte Campion, die letzte Frage ignorierend. »Ich habe die Absicht, mindestens so lange zu leben, bis mein Patensohn einundzwanzig ist. Das sind immerhin noch neunzehn Jahre, nicht wahr? Wie geht es seiner Hochwohlgeboren?«

Zum erstenmal belebte sich das Gesicht des Inspektors. »Prächtig«, sagte er. »Nimmt die Mickymaus, die du ihm geschickt hast, jede Nacht ins Bett. Du verstehst doch«, setzte er hastig hinzu, »daß ich ganz inoffiziell hier bin. Obwohl – warum überläßt du, wenn du noch im Spiel bist, deinen Fall nicht uns und hältst dich ganz heraus?« Er unterbrach sich und fügte kritisch hinzu: »Aber der ganze Kummer mit dir ist, daß du so höllisch ehrgeizig bist. Und damit wirst du dich in Schwierigkeiten bringen.«

Campion stand auf. »Hör zu, Stanislaus«, sagte er, »du weißt so gut wie ich, daß in neunundneunzig Fällen von hundert die Polizei die einzige Institution auf der Welt ist, die einen Mann und sein Hab und Gut schützt. Doch im hundertsten Fall, in dem Publicity tödlich sein kann und der einzige Ausweg auf drastische Vernichtung hinausläuft, muß der einzelne in eigener Verantwortung handeln. Was ich jedoch mit dir besprechen will, ist folgendes: Siehst du den Koffer dort drüben?« Er zeigte auf einen Reisekoffer, der auf einem Beistelltisch stand. »Dieser Koffer«, fuhr er fort, »muß ein paar Tage sicher aufbewahrt werden. Der Inhalt ist von verhältnismäßig geringem Wert, aber die Mitarbeiter unserer Freunde von der langen Straße wollen ihn unbedingt haben. Und sollten sie ihn bekommen, gerät etwas unschätzbar Kostbares, das Eigentum des Staates ist, in Gefahr. Kannst du mir folgen?«

Der Inspektor überlegte. »Offiziell«, meinte er dann, »müßte ich sagen: Mein lieber Sir, deponieren Sie den Koffer in einem Banksafe, einem Tresor, einem Bahnhofsschließfach – oder geben Sie ihn mir, und ich bringe ihn zum Yard.«

»Na schön«, sagte Campion. »Aber was rätst du privat und

persönlich einem alten Freund, der bis zum Hals in der Sache drinsteckt?«

»Einem alten Freund würde ich raten, daß er ihn hierbehalten und damit keinen Schritt vor die Tür gehen soll«, antwortete Oates. »Diese Wohnung ist ungefähr der sicherste Platz in London. Du wohnst über einem bekannten Polizeirevier. Ich würde einen Bobby vor deiner Tür postieren, ein Paar in das Imbißlokal des alten Rodriguez setzen und einen Kriminalbeamten in Zivil auf das Dach stellen. Man kann Polizeischutz mieten, wie du weißt.«

»Fein«, sagte Campion. »Was halten Sie davon, Val? Sie bleiben, von einer kleinen Polizeistreitmacht bewacht, mit dem Koffer hier oben, während ich nach Sanctuary fahre und mich nach Kräften bemühe, eine Spur von Gänseblümchen zu entdecken?«

Val nickte. »Ich tu alles, was Sie für richtig halten«, sagte er. »Schließlich bin ich ganz und gar auf Sie angewiesen. Nur eins noch: Sie haben nur noch vier Tage Zeit. Am nächsten Mittwoch ist schon der Zweite.«

»Stimmt genau«, sagte Campion. »Na, dann also vier Tage. Kannst du die Bewachung organisieren, Stanislaus?«

»Selbstverständlich.« Oates griff zum Telefon, gab eine Reihe sehr präziser Anweisungen und legte nach etwa zehn Minuten wieder auf. »Alles erledigt«, sagte er. »Damit habe ich dir unendlich viele offizielle Formulare erspart. Es wird dich allerdings einiges kosten. Aber ich glaube, Geld spielt keine Rolle, oder? Übrigens«, fügte er hinzu, »existiert da nicht eine Anweisung, dir inoffiziell jede Unterstützung angedeihen zu lassen, die du verlangst?«

Campion warf ihm einen warnenden Blick zu, und er schwächte die Bemerkung sofort wieder ab. »Das habe ich wahrscheinlich geträumt«, sagte er. Er warf einen neugierigen Blick auf Val, doch der hatte von dem Zwischenfall nichts bemerkt.

»Dann geht das in Ordnung«, sagte Campion. »Ich warte,

bis alle auf ihren Posten sind und fahre morgen früh nach Sanctuary. Sie finden hier alles, was Sie brauchen, Val. Ihr Vater wird doch einverstanden sein?«

Val grinste. »Guter Gott, ja«, sagte er. »Er hat Sie vom ersten Augenblick an akzeptiert, was ziemlich merkwürdig ist – aber schließlich ist das Ganze kaum zu verstehen. Ich habe aufgehört, mich zu wundern.«

Inspektor Oates erhob sich und blieb bei Campion stehen. »Sei auf der Hut«, sagte er. »Vier Tage sind nicht viel, um einen unbekannten Schwerverbrecher ausfindig zu machen und ein Kreuz hinter seinen Namen zu setzen. Außerdem«, fügte er ernst hinzu, »würde ich dich nur ungern hängen sehen.«

Campion reichte ihm die Hand. »Eine Sentimentalität, die euch ehrt, gütiger Herr«, entgegnete er, doch die leicht hingesagten Worte hatten einen neuen, ernsten Unterton, und die hellen Augen hinter der Hornbrille blickten hart und entschlossen.

15

Pharisees' Lichtung

Als Campion am nächsten Morgen gegen zehn Uhr über die Zufahrt von Tower brauste, erwartete Penny ihn ein gutes Stück vor der Garage. Sie kam über den von Sonne überfluteten Rasen auf ihn zugelaufen, das blonde Haar zu schweren Zöpfen geflochten, die ihr über die Schultern baumelten und im Rhythmus ihrer Schritte auf und nieder hüpften.

Campion hielt den Wagen an und sie sprang aufs Trittbrett. Er merkte sofort, daß sie sehr aufgeregt war, und ihre ersten Worte klangen auch alles andere als beruhigend. »Ich bin so froh, daß Sie wieder da sind«, sagte sie. »Ihrem Mr. Lugg ist etwas Furchtbares passiert.«

Campion nahm die Brille ab, als könne er sie dann besser sehen. »Das ist doch ein Witz«, sagte er hoffnungsvoll.

»Aber nein, natürlich nicht.« Pennys blaue Augen richteten sich dunkel und vorwurfsvoll auf ihn. »Lugg hatte so was wie einen Anfall und liegt im Bett. Ich habe den Doktor noch nicht verständigt, weil Sie sagten, Sie kämen schon am frühen Morgen zurück.«

Campion sah sie noch immer ungläubig erstaunt an. »Was meinen Sie mit ›so was wie einen Anfall‹? Einen Schlaganfall oder etwas Ähnliches?«

Penny schien unsicher und überlegte offenbar, wieviel sie sagen sollte. Dann holte sie jedoch tief Atem und stürzte sich in die Geschichte.

»Es passierte kurz nach Tagesanbruch«, sagte sie. »Ich erwachte von einem schrecklichen Geheul unter meinem Fenster, schaute hinaus und sah Lugg. Er sprang wie ein Irrer auf dem Rasen herum und brüllte, was das Zeug hielt. Ich wollte eben selbst hinuntergehen, als Branch, dessen Zimmer über dem meinen liegt, hinausrannte und ihn ins Haus holte. Niemand konnte etwas mit ihm anfangen. Er schwatzte sinnloses Zeug, phantasierte, und sein Gesicht war ganz verquollen.« Sie unterbrach sich. »Es scheint absurd, so etwas zu sagen, aber für mich hat es nach einem Anfall von Hysterie ausgesehen.«

Campion setzte die Brille wieder auf. »Was für eine ungewöhnliche Geschichte«, sagte er. »Er hat doch nicht rein zufällig den Schlüssel zum Weinkeller gefunden?«

»O nein, mit Alkohol hatte das nichts zu tun.« Penny sprach mit ungewöhnlichem Ernst. »Begreifen Sie nicht, was passiert ist? Er war nachts auf Pharisees' Lichtung und hat gesehen, was Tante Di kurz vor ihrem Tod sah.«

Campion schien, was sie sagte, nur langsam zu begreifen. Regungslos saß er im Wagen, der mitten auf der Zufahrt stand, und sah starr vor sich hin.

»Ach, du meine Güte!« sagte er endlich. »Das ist, wenn Sie wollen, ein Schritt in die richtige Richtung. Ich wollte das alte Ekel nur beschäftigt wissen. Woher sollte ich ahnen, daß das so ernste Folgen haben könnte?«

Er startete den Wagen und fuhr, mit Penny an seiner Seite, im Schneckentempo weiter.

»Albert«, sagte sie, »haben Sie ihm etwa gesagt, er solle nachts dort hinuntergehen? Wenn Sie's getan haben, sind Sie verantwortlich für das, was geschehen ist. Sie haben mir nicht geglaubt, als ich Ihnen sagte, daß es dort etwas Schreckliches gibt, und scheinen vergessen zu haben, daß es Tante Di umgebracht hat.«

Campion war gekränkt. »Zwischen Ihrer Tante Diana und meinem Freund Magersfontein Lugg besteht ein Unterschied wie Tag und Nacht«, sagte er. »Ich habe ihm nur gesagt, er soll die Geisterstunde nutzen, um herauszufinden, was dort unten los ist. Ich geh sofort zu ihm. Was sagt Branch dazu?«

»Branch ist sehr verschwiegen«, murmelte Penny. »Lassen Sie den Wagen hier stehen, und gehen Sie sofort hinauf.«

Im blassen Gesicht noch immer einen Ausdruck gekränkten

Staunens, stürmte Campion die schmale Hintertreppe hinauf, die zu den Dienerzimmern führte. Branch stand vor Luggs Tür Wache. Der kleine alte Mann sah zutiefst erschüttert aus, und seine Freude, als er Campion sah, war beinahe rührend.

»O Sir, wie bin ich froh, daß Sie gekommen sind«, sagte er. »Ich kann nicht mehr tun, als dafür sorgen, daß er ruhig bleibt. Wenn er noch lauter schreit, läuft uns bis heut abend das ganze Personal weg.«

»Was ist passiert?« fragte Campion mit der Hand auf der Klinke.

»Ich bin sicher, daß er auf Pharisees' Lichtung war, Sir«, antwortete Branch sehr ernst. Campion öffnete die Tür und ging zu Lugg hinein.

Das Zimmer war abgedunkelt, und aus dem Bett am anderen Ende kam leises Wimmern. Campion trat ans Fenster, zog das Rouleau hoch, und Sonnenschein strömte herein. Dann drehte er sich zu dem Wesen um, das zusammengekrümmt im Bett lag und ihn unter der Steppdecke hervor wild anstarrte.

»Was, zum Teufel, ist hier los?« fragte Campion.

Lugg riß sich zusammen. Der Anblick seines Arbeitgebers schien die letzten Funken von Aufsässigkeit angefacht zu haben, die noch in ihm waren. »Ich habe gekündigt«, sagte er.

»Hoffentlich«, entgegnete Campion bitter. »Je früher du von hier verschwindest und aufhörst mir Schande zu machen, um so besser.«

Lugg setzte sich im Bett auf. »Gott, was hab ich für'ne Nacht gehabt. Hab Ihretwechen fast'n Verstand verlorn, un so behandeln Sie mich.«

»Unsinn«, sagte Campion. »Ich verreise und lasse dich in einem respektablen Haus zurück, und du brüllst mitten in der Nacht herum wie ein Irrer und benimmst dich wie ein hysterischer Elefant.«

Das helle Sonnenlicht und die unnachsichtige Haltung seines Arbeitgebers begannen auf den erschütterten Lugg eine beruhigende Wirkung auszuüben.

»Ich sag Ihn was, Kumpel«, erklärte er düster, »hab einfach die Nerven verlorn. Un das täten Sie auch, wenn Sie sehen täten, was ich gesehn hab. Verdammt, war das grauenhaft!«

Campion blieb bei seiner verächtlichen Haltung. »Ich nehme an, ein paar Eulen haben geschrien«, erklärte er. »Und du kommst zurückgerannt und brüllst wie am Spieß.«

»Aber klar doch, 'n paar Eulen warn das, natürlich. Nur konnt ei'm das Blut in'n Adern gefrieren, so ham die geschrien, Ihre Eulen. Un das war ja nich alles. Ich sag Ihn was: Wenn Sie ne Nacht in dem Wald verbringen, muß ich Sie am nächsten Tach in die Klapsmühle schaffen. Das Ding hat Lady Pethwick umgebracht, der Anblick allein hat sie umgebracht. Un sie war kein Weichling nich, das kann ich Ihn flüstern. Das war ne willensstarke Frau. Ne schwache wäre glatt geplatzt.«

Trotz seiner bildhaften Sprache war der Unterton tödlichen Ernstes in Luggs heiserer Stimme nicht zu überhören, und in seinen kleinen schwarzen Augen stand noch jetzt das Entsetzen. Campion war insgeheim sehr erschrocken. Er hatte mit Lugg schon viele furchtbare Erlebnisse durchgestanden und wußte, daß sein Faktotum, wenn es um reale Gefahren ging, eiserne Nerven hatte.

»Worauf willst du hinaus?« fragte er freundlicher als vorher. »Wahrscheinlich hat dich eine kleine weiße Dame verführen wollen, die ihren Kopf unterm Arm trug?«

Lugg sah ängstlich um sich. »Machen Sie sich über das Übernatürliche bloß nich lustich«, sagte er. »Jetzt mögen Sie ja noch lachen. Später tun Sie's bestimmt nich mehr. Was ich in der Nacht in dem Wald gesehn hab, das war'n Ungeheuer. Un zwar genau das, von dem der Kerl im Pub mir erzählt hat. Das Ungeheuer, das sie hier in dem Geheimzimmer versteckt halten.«

»Halt den Mund«, sagte Campion. »Du irrst dich. Ich habe dir gesagt, vergiß es.«

»Na schön, Schlaumeier«, sagte Lugg mürrisch. »Aber was ich gesehn hab, war nich von dieser Welt, so viel kann ich Ihn sagen. Um Himmels willen, steigen Sie runter von Ihr'm hohen Roß und hörnse mir zu, sonst glaub ich wirklich, ich bin total übergeschnappt.«

Eine so flehentliche Bitte von dem unabhängigen, anmaßenden Lugg war zuviel für Campion. Er wurde zusehends nachgiebiger. »Also los«, sagte er. »Was war's, Tier, Pflanze oder Mineral?«

Lugg öffnete den Mund, um etwas zu sagen, schloß ihn jedoch wieder. Die Augen traten ihm aus den Höhlen, als er versuchte sich zu erinnern.

»Verdammt will ich sein, wenn ich das weiß«, sagte er endlich. »Sehnse, ich sitz also dort draußen auf der Lichtung, wie Sie gesacht ham, un rauch meine Pfeife un wünsch mir, es wär nich gar so still, als ich plötzlich so ne Art Lied hör – keine Kirchenmusik, ne, eher so'n Lied, wie'n Tier es singen könnt, wennse verstehn, was ich meine. Bißchen nervös geworn, setz ich mich aufrecht hin. Und dann hab ich's gesehn – stand genau auf dem Fleck, auf den das Mondlicht durch die Bäume fiel.« Er machte eine dramatische Pause. »Ein so scheußlichen Anblick hab ich meiner Lebtag noch nie nich gesehn. 'n großes, dünnes Ding mit ganz kurzen Beinen und Hörnern aufm Kopp. Es kommt auf mich zu, aber ich bin nich geblieben, das kann ich Ihn flüstern. Un ich sach Ihn was: Das hat vielleicht gestunken – ranzig und nach Verwesung. Ein Geruch wie Tod war das. Da hab ich ganz den Kopp verlorn und bin zum Haus zurückgerast, mit vierzich Meilen die Stunde und hab gekeucht und gejapst wie'n junger Hund. Ich glaub, ich hab mich'n bißchen zum Narren gemacht«, fügte er reuig hinzu. »Aber da hätt wohl jeder verdammt Schiß gekriegt, o ja.«

Campion setzte sich auf die Bettkante. Lugg war froh, als er sah, daß seine Wut deutlichem Interesse gewichen war. »Hörner?« sagte Campion. »Was war es für ein Tier?«

»Kein gewöhnliches Tier«, antwortete Lugg mit Entschiedenheit. »Aber ich sach Ihn was«, räumte er ein, »es hat ausgesehn wie ne drei Meter große Ziege, die auf'n Hinterbeinen geht.«

»Ziegen riechen ranzig und tranig«, sagte Campion. »Bist du sicher, daß es keine Ziege war?«

»Sie wolln wohl'n Idioten aus mir machen, wie? Ich sach Ihn, das Ding war fast drei Meter groß und hatte Hände wie'n Mensch – weil ich die nämlich gesehn hab. Haben sich schwarz vom Himmel abgehoben.«

Campion stand auf. »Lugg, du hast gewonnen«, sagte er. »Ich entschuldige mich. Jetzt steh auf. Und denk dran, egal, was du tust, kein Wort davon zu den anderen Hausangestellten. Und falls sie schon wissen sollten, daß du ein Gespenst gesehen hast, dann hat das nichts mit dem Geheimzimmer zu tun, verstanden! Davon kein Wort. Übrigens hab ich in der Stadt einen Freund von dir getroffen – Ernie Walker.«

»Halten Sie sich bloß den vom Leib!« Die letzten Reste von Luggs Hysterie verschwanden. »Hat nich'n bißchen Seele – so'n Kerl ist Ernie. Ein dreckiger kleiner Hai, der seine Ma fürn Päckchen nasser Glimmstengel verraten tät.«

Campion grinste. »Sieht so aus, als könntest du dir nicht einmal erlauben, ein Gespenst zu sehen, ohne daß ich, wenn du nicht bei mir bist, in schlechte Gesellschaft gerate, nicht wahr?« sagte er freundlich. »Jetzt steh auf und erzähl allen, du hättest eine Gallenkolik gehabt.«

»Also nein, das auf gar kein Fall nich«, entgegnete Lugg geschockt. »Herzanfall, wennse nix dagegen ham. Ich bin auch'n Mensch mit Gefühlen, wie Sie.«

Campion verließ das Zimmer, blieb einen Augenblick auf dem Treppenabsatz stehen, und sein Gesicht sah noch einfältiger aus als sonst. Dann suchte er Sir Percival in seinem Allerheiligsten im ersten Stock auf, und als er etwa zwanzig Minuten später wieder herauskam, sah er sehr nachdenklich aus. Er schickte sich an, die Treppe hinunterzusteigen, aber auf der Fensterbank am anderen Ende des Flurs richtete sich eine Gestalt auf, die dort gekauert hatte, und kam auf ihn zu – Penny.

»Nun?« sagte sie. »Ich hoffe, Sie sind, was Lugg angeht, jetzt überzeugt.«

Zu ihrem Erstaunen zog Campion ihren Arm durch den seinen. »Sie, meine geschätzte Dame«, sagte er, »sollen von nun an mein Dr. Watson sein. Sie stellen die naiven Fragen, und ich werde sie mit der geistsprühenden, überlegenen Weisheit beantworten, die mich in allen meinen Clubs so beliebt macht. Früher haben sie gelacht, wenn ich aufstand, um zu sprechen, jetzt knebeln sie mich. Aber stört mich das? O nein, ich spreche meine Meinung offen aus. Ich mag einfache Menschen, gradlinige Menschen, Menschen, die das Kind beim rechten Namen nennen.«

»Hören Sie auf, sich aufzuspielen«, sagte Penny gelassen, als sie den Garten betraten. »Was werden Sie tun?«

Campion blieb stehen und sah sie ernst an. »Hören Sie, Sie sind doch mit Beth noch immer ein Herz und eine Seele, oder?«

»Aber selbstverständlich. Wieso denn nicht? Ich habe erst gestern abend mit ihr telefoniert. Natürlich wollte sie haargenau wissen, warum Val in der Stadt geblieben ist. Die beiden scheinen ganz großartig miteinander auszukommen.«

»Wie uralte Freunde«, entgegnete Mr. Campion, »das ist mir gestern aufgefallen. Sie scheinen zu denken, ich sei blind wie eine Fledermaus. O nein, unter meinem hübschen, neuen Brustleibchen und dem Medaillon, in dem ich meine alte Schulmütze bei mir trage, schlägt noch ein jugendliches Herz. Ich habe Sie nur nach Beth gefragt, weil wir jetzt ihren Vater besuchen werden, der, obwohl mein Freund, eine sehr distinguierte Persönlichkeit ist. Ich hätte Ihnen das schon früher sagen sollen, aber so ist es nun mal.«

»Seien Sie jetzt endlich ein bißchen ernst«, bat Penny. »Sie scheinen zu vergessen, daß ich nicht so viel weiß wie Sie.«

»Wir besuchen jetzt Professor Cairey«, fuhr Campion fort. »Doch wir reisen nicht auf den Flügeln des Bacchus und seiner Kumpane, sondern nehmen brav den Fußweg. Sie sind jetzt bald ein großes Mädchen und könnten uns nützlich sein. Die

Situation ist, grob gesagt, folgende: Ich habe bis zu Vals Geburtstag noch drei Tage. Drei Tage, um herauszufinden, wer an allen Schwierigkeiten schuld ist, und dem Spuk ein Ende zu bereiten. Der einzige Hinweis, den ich habe, ist der Spitzname des Gentleman, der vermutlich hinter allem steckt – das Gänseblümchen.«

Penny sah ihn zweifelnd an. »Daß Sie das schaffen, ist höchst unwahrscheinlich, nicht wahr?«

Campion antwortete nicht, sondern fuhr in seinen Überlegungen fort. »Es ist mir und vermutlich auch Ihnen, mein lieber Watson, völlig klar, daß auf Pharisees' Lichtung etwas Seltsames vorgeht – etwas sehr Seltsames, wenn man Lugg glauben will. Eine Ahnung sagt mir, daß wir mehr über das Gänseblümchen erfahren würden, wenn wir dem Gespenst den Garaus machen könnten.«

»Aber«, wandte Penny ein, »wenn dieses männliche Gänseblümchen für das Gespenst verantwortlich ist und Tante Di mit voller Absicht zu Tode erschreckt wurde – ich meine, warum sollte das Ding auch jetzt noch weiterspuken?«

»Genau, das ist der springende Punkt«, stellte Campion fest. »Natürlich könnte Lugg auch übergeschnappt sein und sich alles nur eingebildet haben.«

Penny warf ihm einen raschen Blick zu. »Das glauben Sie doch selbst nicht«, sagte sie.

»Und Sie glauben, es handelt sich um eine übernatürliche Erscheinung.«

Penny zuckte heftig zusammen und wurde rot.

»Oh«, platzte sie heraus, »wenn Sie die Leute vom Land nur so gut kennen würden wie ich, wenn Sie mit ihnen aufgewachsen wären, ihre Geschichten gehört hätten und wüßten, woran sie glauben, dann würden Sie nicht so – so herablassend über Dinge reden, die nicht – nun ja, denen man mit reiner Vernunft nicht beikommen kann. Ich will natürlich keine endgültigen Behauptungen aufstellen. Ich weiß nichts. Aber seit Tante Dis Tod versammeln sich in der Umgebung immer mehr Zigeuner.

Angeblich campiert schon eine ganze kleine Armee auf der Heide.«

Campion zog die Brauen in die Höhe. »Die gute alte Mrs. Sarah«, sagte er. »Tun Sie für den Benwell-Stamm soviel Sie können, Penny. Es ist das feinste fahrende Volk der Welt.«

Penny war verblüfft. »Sie scheinen wirklich über alles und jeden Bescheid zu wissen«, sagte sie. »Warum wollen wir eigentlich zu Professor Cairey?«

»Weil er, wenn Ihr Gespenst auf Pharisees' Lichtung eine echte heimische Geistererscheinung ist, bestimmt alles darüber weiß, was man überhaupt darüber wissen kann. Außerdem gibt es, wenn man es mit übersinnlichen Erscheinungen zu tun hat, nichts Tröstlicheres als einen wissenschaftlich denkenden Menschen und eine streng wissenschaftliche Erklärung.«

Sie fanden den Professor bei der Arbeit in einem Hauszelt aus grünem Segeltuch im Park seiner schönen Tudorvilla, die mit ihren farblosen Mauern und dem verwitterten Schindeldach inmitten einer Überfülle von Blumen stand. Als er sie sah, erhob er sich und kam ihnen, ein herzliches Willkommenslächeln im Gesicht, mit ausgestreckten Händen entgegen. »Wie schön, Sie zu sehen! Sie bleiben zum Lunch, wie ich hoffe? Mrs. Cairey und Beth sind irgendwo im Haus.«

Penny zögerte verlegen, doch Campion kam gleich auf das zu sprechen, was ihn so brennend interessierte. »Ich stecke schon wieder in Schwierigkeiten, Professor«, sagte er, »und brauche Ihre Hilfe.«

»Aber selbstverständlich helfe ich gerne«, antwortete Professor Cairey geradezu begeistert. »Richter Lobbett, einer meiner besten und ältesten Freunde verdankt diesem jungen Mann sein Leben«, wandte er sich an Penny. »Also, was kann ich für euch beide tun?«

»Haben Sie schon einmal von dem Gespenst gehört, das auf Pharisees' Lichtung umgehen soll?« fragte Penny, die ihre Neugier nicht länger unterdrücken konnte.

Mit einem seltsamen Ausdruck in den runden dunklen Augen sah der Professor zuerst Penny und dann Campion an. »Nun«, sagte er zögernd, »ich weiß ja nicht, was ihr von mir denken werdet, aber ich glaube, ich habe sogar eine Fotografie davon. Kommt, gehen wir in die Bibliothek.«

16

Die Erscheinung

Im Arbeitszimmer des Professors, einem kühlen altmodischen Raum mit weißen Gipswänden und ungebeizten Eichenbalken, bekamen Penny und Campion eine ungewöhnliche Geschichte zu hören.

»Ich möchte nicht, daß ihr mich falsch versteht«, sagte der Professor, vor einer wunderschönen alten, niedrigen Kommode kniend, und schloß die unterste Schublade auf. »Ich muß euch nämlich gestehen, daß ich meine Nase in Dinge gesteckt habe, die mich nichts angehen, und außerdem habe ich mich unbefugt auf einem fremden Grundstück aufgehalten. Bei uns drüben nehmen wir es nicht übel, wenn wir, ohne zu fragen, Nachbars Hintergarten einen Besuch abstatten«, fügte er anzüglich hinzu.

Penny fühlte sich offensichtlich sehr unbehaglich. »Tragen Sie uns das bitte nicht nach«, bat sie. »Das war nur ein unglücklicher Zwischenfall. Tante Dis Verhalten war uns sehr peinlich, und Vater hat sich wegen der Zigeuner sehr albern benommen.«

Die Hand auf dem Griff der Kommodenschublade, blickte Professor Cairey auf. »Sie wollen doch nicht sagen, daß dies der Grund war? Aber dann ist es ein klarer Punkt für ihn. Die verdammten Landstreicher haben mir ein halbes Dutzend Rassehühner gestohlen. Ich habe sie gestern von meinem Land verjagt, als ich sah, daß sie sich hier breitmachen wollten.«

Penny hörte kaum, was er sagte. »Das – das Gespenst?« fragte sie. »Ist es echt?«

Der Professor sah sie seltsam an, antwortete aber nicht direkt. »Das werden Sie selbst sehen«, antwortete er. »Wie ich schon sagte, habe ich widerrechtlich fremdes Land betreten.

Ich hatte diese Geschichte von einem Gespenst schon lange vor dem Tod Ihrer armen Tante gehört und war natürlich brennend interessiert. Sie müssen wissen, daß ich so etwas wie eine Autorität auf dem Gebiet mittelalterlicher Hexenkunst und Zauberei bin – es ist ein Hobby von mir –, und was man sich hier erzählt, klingt so ungewöhnlich, daß ich der Sache nachgehen wollte. Ich habe ein paar Nächte lang im Wald Ihres Vaters gesessen und gewartet, könnte aber nicht behaupten, daß ich etwas zu sehen bekam. Doch ich hatte ein Gewehr mitgenommen, und vielleicht lag es daran.«

Er unterbrach sich und sah Penny forschend an. »Wahrscheinlich kennen Sie die Geschichten besser als ich.«

Sie nickte. »Ich habe Verschiedenes gehört«, gab sie zu. »Aber die Fotografie?«

»Zu ihr komme ich gleich«, sagte der Professor. »Ich weiß nicht, ob Ihnen bekannt ist, daß es eine Möglichkeit gibt, nachts sogenannte Fotofallen aufzustellen, um Tiere zu fotografieren. Es ist eine raffinierte kleine Vorrichtung: das Tier stößt mit den Vorderbeinen an eine über den Pfad gespannte dünne Schnur, der Ruck löst das Blitzlicht aus und öffnet die Linse des Fotoapparats. Ich habe zwei- oder dreimal nachts ein solches Ding aufgebaut, und endlich, vor vierzehn Tagen etwa, hatte ich Erfolg. Ich zeige Ihnen jetzt das Bild.«

Er stand auf und brachte einen großen Umschlag mit. Fasziniert sahen sie zu, wie er ihn aufmachte und eine glänzende Fotografie herauszog.

»Ich habe sie vergrößern lassen«, sagte er. »Sie ist nicht gut, ich warne Sie, sie ist wirklich nicht gut. Aber sie vermittelt wenigstens einen Eindruck.«

Campion und Penny beugten sich eifrig vor. Wie auf allen Blitzlichtfotografien, die nachts im Freien gemacht wurden, war auch hier nur ein bestimmter Teil der Platte richtig belichtet worden, und auf diesem Teil sah man vor allem ein Gewirr aus Laubwerk und Ästen in scharf gegeneinander abgegrenztem Schwarz und Weiß. Doch am Rand des Lichtkreises und zum größten Teil von Schatten verdeckt, war etwas – ganz unverkennbar eine Gestalt, die sich zur Flucht wandte.

Sie war gehörnt und sehr groß. Das allein war deutlich zu sehen. Der Rest verschwand so ziemlich im Unterholz und verschmolz mit den stark vergrößerten Laubschatten. Unter gewöhnlichen Umständen hätte man von dieser Platte wahrscheinlich keinen Abzug gemacht, weil darauf eigentlich nur ein merkwürdiges Durcheinander von Licht und Schatten zu sehen war, und hätte sie als mißlungen weggeworfen. Doch zusammen mit Professor Caireys Geschichte und Luggs schauerlicher Mär bekam sie eine beängstigende Bedeutung. In diesem Licht konnte man jede undeutliche Stelle und jeden Schatten auf der Gestalt, die normalerweise als ganz zufälliges Schattenspiel abgetan worden wären, für die erschreckende Form eines unbekannten Details halten.

Campion sah den Professor an. »Haben Sie eine hübsche, befriedigende Erklärung für all das?« fragte er.

Professor Caireys Antwort klang sehr zurückhaltend. »Es gibt eine mögliche Erklärung«, sagte er, »und wenn es die richtige ist, haben wir es mit einer der interessantesten aus dem Mittelalter in die Neuzeit geretteten Lebensformen zu tun, von der ich je gehört habe. Natürlich lag mir nichts daran, die Angelegenheit an die Öffentlichkeit zu bringen oder noch einmal meinen Fuß widerrechtlich auf fremden Grund und Boden zu setzen. Sie werden zugeben müssen, daß die Situation ein bißchen delikat war.«

»Tja«, sagte Campion, den Rücken streckend, »zuallererst muß ich Ihren Geist fangen. Eine vergnügliche nächtliche Arbeit für unser kleines Albertchen.«

Der Professor wurde rot vor Begeisterung. »Ich bin dabei«, sagte er. »Den ganzen letzten Monat hat es mich gejuckt, genau das zu tun.«

Der Überschwang des alten Mannes hatte etwas Jungenhaftes, dem Penny jedoch kaum etwas abgewinnen konnte. »Hören Sie«, sagte sie energisch, »wenn Sie heute nacht wirklich Pharisees' Lichtung einen Besuch abstatten wollen, weiß ich jemanden, der Ihnen helfen kann. Der junge Peck. Er arbeitet bei Ihnen, Professor, oder? Er und sein Vater kennen unsere Gegend besser als das übrige Sanctuary zusammengenommen.«

Professor Cairey strahlte. »Ich wollte ihn soeben selbst vorschlagen«, sagte er. »Tatsächlich war der alte Peck meine wichtigste Informationsquelle in dieser Sache. Ein feiner alter Bursche«, fügte er, sich Campion zuwendend, hinzu. »Ich habe zwar drei Wochen gebraucht, um herauszufinden, wovon er redet, aber jetzt verstehen wir uns großartig. Er hat am Rand meiner Weidenpflanzung ein Cottage, dort sitzt er den ganzen Tag an der Sonne und ›horcht zu‹, wie er sagt. Sein Sohn stellt ihm immer ein Radio heraus. Wenn Sie bleiben, gehen wir nach dem Lunch hin und sagen dem Jungen Bescheid.«

»Oh, wir können uns Ihnen doch nicht so mir nichts dir nichts aufdrängen«, protestierte Penny. Aber der Gong, der zum Lunch rief, schnitt ihr das Wort ab, und der Professor führte seine Gäste triumphierend ins Speisezimmer.

Mrs. Cairey, eine anmutige, kleine Frau mit grauen Augen und weißem Bubikopf nahm die unerwartete Invasion an ihrem Mittagstisch mit charmantem Gleichmut hin. Worum es auch bei ihrem Streit mit Lady Pethwick gegangen war, sie duldete nicht, daß die Schatten der Erinnerung den jungen Leuten die Mahlzeit vergällten. Campion gehörte seit langem zu ihren Lieblingen, und Penny war die Freundin von Beth. Durch ihre angenehme Art schuf sie eine heitere Atmosphäre, obwohl sich mindestens drei der Anwesenden in Gedanken mit der unheimlichen Gestalt von Pharisees' Lichtung beschäftigten.

»Ich bin richtig froh, daß wir wegen Albert nicht mehr heimlich tun müssen«, sagte sie, als sich alle in dem mit Blumen gefüllten, eleganten Speisezimmer an den schönen georgianischen Tisch setzten. »Beth und ich haben das Versprechen gehalten, das wir dir gegeben haben«, fuhr sie, Campion zulächelnd, fort. »Mit keinem Wort haben wir verraten, daß wir dich kennen. Ich habe gedacht, wir seien hier in einer ruhigen, altmodischen Grafschaft. Nie hätte ich mir träumen lassen, daß es um mich herum so viele geheimnisvolle Dinge gibt.«

Der Professor grinste. »Mutter möchte ihre Geheimnisse auf die Küche beschränkt wissen«, sagte er.

Seine auch jetzt noch schöne Frau errötete. »Werde ich es nie erleben, daß du mit deinen Neckereien aufhörst, Papa?« sagte sie. »Er zieht mich ständig auf«, wandte sie sich an ihre Gäste, »weil ich, als ich zum erstenmal in dieses Haus kam, von dem alten Ziegelherd und den Pumpen und dem Brauhaus aus dem 18. Jahrhundert so begeistert war, daß ich mich sofort entschloß, die Küche nicht zu modernisieren, auf Elektrizität zu verzichten und so hauszuhalten wie in alter Zeit – selbst zu backen und zu brauen und Devonshire-Rahm auf die richtige altmodische Art herzustellen.« Sie unterbrach sich und breitete ausdrucksvoll die Hände aus. »Ich hatte, bevor ich aufgab, nacheinander sechs Küchenmädchen, und kein einziges konnte ich dazu bringen, die notwendigen Hausarbeiten zu verrichten.«

Der Professor lachte leise in sich hinein. »Wir kauften auf dem Postamt eine Brau-Lizenz«, sagte er. »Aber glaubt ihr, auch nur einer unserer Farmarbeiter hätte das selbstgebraute Bier getrunken? Im Leben nicht. Sie wollten lieber ihre vier Pence, um ins Pub zu gehen.«

»Es war der Eisschrank, der die Wende brachte«, sagte Beth.

Die zierliche Mrs. Cairey lachte. »Wie Sie es schaffen, ohne Eis zu existieren, ist mir ein Rätsel«, sagte sie zu Penny. »Ich habe sehr lange durchgehalten, weil ich mich von Papa nicht auslachen lassen wollte. Aber eines Tages fuhren Beth und ich nach Colchester und bekamen genau das, was wir wollten – einen Eisschrank, der mit Paraffin betrieben wird. Das halbe Dorf strömte herauf, um ihn zu besichtigen, und die Geschichten über Krankheiten, die man uns zutrug – Krankheiten, die nur mit einem Eiswürfel geheilt werden konnten – waren Legion.«

Penny lachte. »Diese Leute! Sie sind wirklich zu schrecklich. Lassen Sie sich ja nicht darauf ein, zu oft die gute Fee zu spielen. Wissen Sie, all die kleinen Dörfer hier sind ehemalige Güter, die zu groß und zu kostspielig geworden sind, um noch von den Grundherren bewirtschaftet zu werden. Erbschaftssteuern in einer Höhe von zehn Shilling für ein Pfund haben das Feudalsystem ruiniert. Doch die Leute erwarten noch immer, daß man für sie sorgt. Wenn sie auf Ihrem Land leben, betrachten sie sich als Familienmitglieder.«

»Aber sie wachsen einem irgendwie ans Herz«, sagte Mrs. Cairey.

Als sie nach dem Essen vom Tisch aufstanden und auf den Rasen hinausgingen, hatte Penny das Gefühl, als sei ein friedvolles Zwischenspiel in einer Welt schmerzlichen Aufruhrs zu Ende gegangen.

Unter dem Vorwand, ihm eine herrliche Kletterrose zu zeigen, nahm der Professor Campion beiseite. »Ich bin dafür, die Damen aus der Sache herauszuhalten«, sagte er.

Campion nickte. »Auf jeden Fall«, stimmte er zu. »Ich weiß nur nicht, ob wir mit Penny leichtes Spiel haben werden. Sie ist eine sehr eigenwillige junge Frau, und soviel ich weiß, eine Freundin des wackeren Alten, den wir besuchen wollen. Zwar glaube ich nicht, daß sie Lust hat, sich mit uns auf Gespensterjagd zu begeben, aber ihr Einfluß könnte uns bei den Pecks schon von Nutzen sein.«

Der Professor zögerte. »Wenn es das ist, was ich denke«, sagte er, »ist es kein Anblick für eine Frau. Doch ich bin wie du der Meinung, daß Miss Gyrth für uns zunächst schon nützlich sein könnte. Entschuldige mich einen Moment, ich möchte mit Mutter sprechen.«

Fünf Minuten später hatte der bemerkenswerte alte Herr Furcht und Neugier seiner beiden Frauen zerstreut und ging mit Campion und Penny den schattigen Kiesweg seines Blumengartens entlang zu einer kleinen Pforte, durch die sie auf eine große grüne Wiese mit sumpfigem Boden gelangten, wo eine Gruppe schlanker Weiden ihre grausilbernen Blätter in der Sonne badete.

Alle drei waren ungewöhnlich schweigsam, doch Penny konnte, ehe sie die Lichtung betraten, ihre Ängste nicht länger unterdrücken. »Professor«, sagte sie, »Sie wissen etwas. Sagen Sie mir nur eins: Sie glauben doch nicht, daß diese – diese Erscheinung wirklich etwas Übernatürliches ist?«

Professor Cairey antwortete nicht sofort, sagte dann aber: »Meine liebe junge Dame, wenn es tatsächlich das ist, was ich denke, ist es viel unangenehmer als jedes Gespenst.«

Näher äußerte er sich jedoch nicht, und sie wollte ihn nicht ausfragen, aber seine Worte ließen sie innerlich frösteln und machten ihr bewußt, daß auch heute noch irgendwo unter der farbenfrohen Schönheit einer einsamen englischen Landschaft im Hochsommer ein unterschwelliges Grauen zu lauern scheint, jene mysteriöse Furcht, die die Alten Panik nannten.

Pecks Cottage war eine dieser aus Lattenwerk und Gips errichteten unhygienischen Wohnstätten mit Strohdach, die bei all jenen Bewunderung und Neid erwecken, die nicht darin leben müssen. Das Dachstroh war mit Moos bedeckt, und das ganze Häuschen verschwand fast im hohen Gras und zwischen den wild wuchernden Sträuchern, von denen es umgeben war. Ein mit Unkraut übersäter Ziegelpfad führte zur Haustür, die offenstand und in der ein alter Mann mit einem zerbeulten Filzhut auf dem Kopf auf einem niedrigen Holzstuhl saß, hinter sich ein wahres Scheusal von Lautsprecher, aus dem eben in näselndem Französisch eine Werbung für Grammophonmusik von Radio Paris drang.

Der alte Mann kniff ein Auge zu, als er die drei kommen sah, stand mit offensichtlichem Bedauern auf und schaltete das Radio aus. Mr. Peck senior war durchaus kein häßlicher alter Mann, trotz seiner Haut wie roter Sandstein, einem runzligen Gesicht, einem zahnlosen Mund und einem wolligen weißen Kinnbart. Seine Kleidung war bunt zusammengewürfelt und bestand im wesentlichen aus einer häufig geflickten weißen

Leinenhose und einer rotgrünen Strickweste, die unverkennbar für einen viel größeren und gewichtigeren Mann gearbeitet worden war. Seine Fingerknöchel waren von Rheumatismus geschwollen und seine Handrücken fast so stark behaart wie Bärentatzen.

»Urvater Oppossum«, sagte Campion leise.

»Seien Sie still«, fuhr Penny ihm vorwurfsvoll über den Mund und ging auf ihren Freund zu, um ihn zu begrüßen. Er griff sich mit ernster Miene an den Hut. »Guten Morgen, Miss«, sagte er.

»Guten Morgen«, sagte auch Penny, wenn auch nicht der Tageszeit entsprechend. »Ist Ihr Sohn in der Nähe?«

Mr. Peck warf einen Blick über seine Schulter zurück. »Perce!« brüllte er. »Die Herrschaft is da!«

»Komm sofort«, antwortete eine Stimme aus den Tiefen des Cottages, und im nächsten Moment tauchte aus einer Tür im Hintergrund ein großer, schlaksiger Bauernbursche auf. Er trug Hemd und Weste, hatte jedoch keinen Kragen umgelegt. Lächelnd und durchaus nicht verlegen zeigte er auf die Verandasitze. »Nehmen Sie bitte Platz, wenn's recht is, Sirs«, sagte er. »Ich hole Miss Penny 'n Stuhl.«

Sie setzten sich, und sofort wirkte die kleine Gruppe wie eine Bande von Verschwörern. Der junge Peck stand hinter dem Stuhl seines Vaters, und seine flinken braunen Augen beobachteten die Besucher, während er darauf wartete, daß sie auf den Anlaß ihres Besuches zu sprechen kamen.

Peck senior ließ sich jedoch den Eröffnungszug nicht nehmen. »Meine Finger sin schlimm dran«, sagte er.

»Ich schicke Ihnen etwas von dem Einreibemittel unserer Köchin«, sagte Penny.

Sie bekam nur ein fast uninteressiert klingendes Knurren zur Antwort.

»Beachten Sie ihn nich«, sagte Percy und wurde rot, weil ihm das unfreundliche Benehmen seines Vaters peinlich war. »Er is noch genauso gesund wie früher, nich, Vater?«

»Das bin ich nich«, antwortete der alte Peck unnachgiebig und fügte unzusammenhängend hinzu: »War ne stille Beerdigung, wie ich höre. Ihre Tante war reines Gift für manche von uns. Aber ich will ner Toten nix Schlechtes nich nachsagen.«

Ein heftiger Tritt in die Rückenlehne seines Stuhls warf ihn fast um, und er verstummte, murmelte nur noch mit geschlossenen Lippen vor sich hin. Nachdem man seine beiden Gesprächsthemen schnöde zurückgewiesen hatte, sollten die Leute gefälligst selber reden.

Penny war es, die umgehend auf das zu sprechen kam, was sie zu den Pecks geführt hatte. »Percy«, sagte sie, »ich möchte, daß Sie Mr. Campion und Professor Cairey heute abend begleiten. Sie glauben, daß sich auf Pharisees' Lichtung ein Tier herumtreibt, das gefangen werden müßte. Haben Sie mich verstanden? Sie haben doch keine Angst, oder?«

»Nein, Miss, Angst hab ich keine«, antwortete der junge Mann bereitwillig, doch über sein Gesicht glitt ein Schatten.

»Das is kein Tier nich«, knurrte der Alte. »Das is'n Gespenst, wie ich Master Cairey schon erklärt hab.«

Er sagte es so selbstsicher, daß Campion ihm einen fragenden Blick zuwarf.

»Wir möchten natürlich nicht, daß nun alle möglichen Geschichten darüber verbreitet werden, Peck«, warf der Professor hastig ein. »Haben Sie mich verstanden?«

Percy Peck lachte. »Wir reden niemals nich, Sir«, sagte er. »Haben Sie dran gedacht, ne Falle aufzustellen, oder wollen Sie schießen?«

»Oh, natürlich stellen wir eine Falle auf«, sagte der Professor mit Entschiedenheit.

Penny hob den Kopf. »Percy«, sagte sie, »wissen Sie noch, daß Val und ich als Kinder Ihnen und dem jungen Finch geholfen haben, einen alten Schafbock zu fangen, der unten in Happy Valley ausgebrochen war?«

»Ja, da haben wir'n Fangnetz zu genommen, nich?« Der Gedanke gefiel dem jüngeren Peck offensichtlich. »Ja, so könnten wir's machen. Ich mein, wenn's aus Fleisch un Blut is«, fügte er praktisch hinzu.

»Nix nich werd ihr fangen«, erklärte sein Vater, der sich dankbar aus dem Tabaksbeutel des Professors die Pfeife stopfte. »Das is'n Gespenst. Wenn ihr'n Netz fallen laßt, geht das glatt durch, wie wenn's Wasser wär. Aber wenn ihr wollt, könnt ihr ja Narren aus euch machen, mir isses egal und tut keinem weh.«

»Hören Sie«, mischte sich Campion zum erstenmal in das Gespräch. »Ist dieses Gespenst auf Pharisees' Lichtung eine neue Erscheinung, oder geht es schon länger dort um?«

Der ältere Peck überlegte. »Was Merkwürdiges hat's dort unten schon immer gegeben«, antwortete er. »Nich regelmäßig. Mal ja, mal nein. Ich 'rinnere mich, daß sich das ganze Dorf drüber aufgeregt hat, als ich'n Junge war. Dann hat keiner nich mehr davon gesprochen. Und vor fünf Jahren ungefähr hat einer was gesehen, und seither geht nachts keiner nich mehr da runter. Ich denk, es is'n Gespenst.«

Penny sah den jungen Mann an. »Und was glauben Sie?«

»Keine Ahnung, Miss.« Percy war verwirrt. »Hab bisher noch nie nich richtig drüber nachgedacht. Is mir nie nich in die Quere gekommen. Aber ich war in der Nacht auch nie nich dort. Ein Geheimnis isses, genau das. Trotzdem«, fügte er vergnügt hinzu, »ich fürcht mich nich davor. Ich hab für mein Vater dies Radio zusammengebaut, und wenn ich das kann, werd ich auch mit'm Gespenst fertig. Kommt mir auch wie'n Zauber vor«, erklärte er naiv, und zeigte auf den Apparat hinter dem Stuhl des alten Mannes.

Der Professor stand auf. »Dann erwarten wir Sie gegen halb zwölf mit einem Fangnetz in Tye Hall«, sagte er.

Percy Peck legte die Hand an eine nicht vorhandene Hutkrempe. »Ich werde da sein, Sir.«

»Ich nich«, sagte sein Vater mit größter Gemütsruhe. »Ich werd um diese Zeit einer Kapelle aus Deutschland zuhorchen; die sind dort mit'm Sabbath nich so streng wie wir, diese Heiden. Un wenn ihr schlau seid«, fügte er hinzu, »dann bleibt ihr in euren Betten wie ich. In der Nacht geht mehr vor, als wir denken. Sie bleiben am besten ganz weg, Miss. Das auf Pharisees' Lichtung is kein wild gewordener Schafbock. Und was auch rauskommt«, schloß er tiefernst, »es wird nix Gutes sein.«

»Ich bin pünktlich da«, sagte sein Sohn, der sie ein Stück begleitete. Als sie auf das Feld abbogen, dröhnten aus dem verwilderten Garten die Klänge des Soldatenchors durch die Landschaft.

17

Das Fangnetz

»Wenn diese Eule noch einmal schreit, bekomme ich einen hysterischen Anfall«, sagte Beth.

Sie saßen zu viert, die beiden Mädchen, Professor Cairey und Campion, bei Kerzenlicht in der Bibliothek von Tye Hall und warteten auf Percival Peck. Mrs. Cairey hatte sich zurückgezogen, doch alles Zureden des Professors nützte nichts, die beiden Mädchen wollten ihrem Beispiel nicht folgen.

Zu Beginn des Abends hatte Campion sie mit seinen netten Albernheiten amüsiert, doch jetzt, als es allmählich Zeit wurde, schien das Unheimliche, das sie erwartete, auch ihn ernüchtert zu haben, und der Professor war zum wahren Anführer geworden. Seine jungenhafte Begeisterung vom Vormittag war einer zupackenden Entschlossenheit gewichen, und er bereitete sich mit strenger Sachlichkeit auf das Unternehmen vor.

»Taschenlampen, Reisedecke und eine Taschenflasche«, zählte er auf und legte die Gegenstände auf den Tisch. »Es ist besser, du nimmst kein Gewehr mit, Albert, für den Fall, daß du in Versuchung geraten solltest, übereilt zu schießen. Ich wünschte, ihr Mädchen gingt ins Bett und hieltet euch aus der Sache heraus.«

»Unsinn«, antwortete Betty. »Wir halten hier die Festung für euch. Ob ihr nun einen Geist zu sehen kriegt oder nicht, ihr werdet froh sein, wenn ihr zurückkommt und etwas Warmes für den Magen da ist.«

Campion, der am Fenster gestanden hatte, drehte sich um. »Wir werden ein bißchen Mondlicht haben«, sagte er. »Ich wünschte, mir wäre klar, was du eigentlich erwartest, Professor. Eine winselnde Gestalt mit gefesselten Händen, oder sind Ketten endgültig *passe?*«

Der Professor schüttelte den Kopf. »Ich werde keine Prognosen stellen«, sagte er. »Schließlich könnte ich eine völlig falsche Vorstellung haben. Aber die Mädchen sind hier oben auf alle Fälle sicher. Es wird keine klammernden Hände oder Gespenster geben, die die Kerzen ausblasen. Doch merkwürdig ist es, wie es in diesen alten Häusern nachts knackt und knistert«, fügte er unüberlegt hinzu.

Beth setzte sich auf die Armlehne von Pennys Sessel. »Wir werden uns bis zu eurer Rückkehr bei den Händen halten«, sagte sie. »Ziemlich heiß heute nacht, nicht wahr?«

Kaum hatte sie es ausgesprochen, wurde die drückende Schwüle der Nacht fast unerträglich. Draußen regte sich kein Hauch, und im Garten war es unheimlich still. Als eine Eule schrie, klang es so laut und erschreckend, als sei das Tier irgendwo im Raum.

Von Zeit zu Zeit versanken alle vier in trübsinniges Schweigen, und wenn einer etwas sagte, klangen die Worte abgehackt und nervös.

Plötzlich klopfte es laut ans Fenster, und alle zuckten heftig zusammen. Erst als draußen Percy Pecks heisere Suffolk-Stimme verkündete: »So, ich wär jetzt da, Sir«, wurde ihnen klar, daß der letzte Teilnehmer der Expedition eingetroffen war.

Im nächsten Moment erschienen Percys Kopf und Schultern in der unteren offenen Hälfte des Schiebefensters. Der junge Mann schien auch nicht gerade vor Selbstvertrauen zu strotzen und grinste ziemlich einfältig. Da es für ihn eine Ehre war, mit dem Gutsherrn auf Gespensterjagd zu gehen, hatte er sich besonders sorgfältig frisiert und so viel Pomade in seine braunen Ringellocken geschmiert, daß sein Haar jetzt aussah, als stehe es ihm vor Angst zu Berge. »Ich seh 'n Licht, also komm ich hierher, Sir«, sagte er. »Wollte die Mädels nich erschrecken. Bin ich pünktlich?«

Es war nicht zu übersehen, daß er einen völlig gelassenen, überlegenen Eindruck machen wollte, als handle es sich um ein ganz alltägliches Unternehmen. Hastig sammelte der Professor seine Siebensachen ein. »Wir gehen zur Hintertür hinaus«, sagte er zu Campion. »Warten Sie eine Minute, Peck. Wir sind gleich bei Ihnen.«

»Viel Glück«, sagte Penny.

Campion folgte dem lebhaften und noch jugendlichen Professor durch den gepflasterten Korridor und die bis zur Hälfte verglaste Gartentür auf einen weichen Rasen und um das Haus herum zu dem seitlich gelegenen Fenster, vor dem Percy sie erwartete. Dunkel hob sich seine hagere Gestalt von der Helligkeit ab, und als sie näher kamen, bewegte sich etwas zu seinen Füßen.

»Das is Neb, Sir«, beantwortete er den verblüfften Ausruf des Professors. »Mein alter Hund. Hab gedacht, ich nehm ihn mit, einfach so, zur Gesellschaft. Er wird so stille sein wie 'n Mäuschen, nich, Junge?« Die letzten Worte richtete er an den Hund, bückte sich und tätschelte das Tier, das sie, nachdem ihre Augen sich an die Dunkelheit gewöhnt hatten, nun besser sahen. Neb war groß und schlank, hatte einen riesigen Kopf, Stummelschwanz und Ohren wie ein Kalb. Er trabte wie ein Schatten hinter seinem Herrn her, war hervorragend ausgebildet und gehorchte aufs Wort.

»Haben Sie das Fangnetz?« fragte Campion, als sie das Gras überquerten und den Fußpfad zum Niederwald einschlugen.

»Hier isses, Sir. Es is 'n Teil von nem alten, weil ich hab nämlich gedacht, daß wir mit 'm ganzen nich zurechtkommen, so schwer wie es is.« Er drehte sich um und zeigte auf eine große, schwere Rolle aus Flechtwerk, die er über der Schulter trug. »Ich hab auch ne Sturmlaterne mitgebracht«, fügte er, sich an den Professor wendend, hinzu, »aber ich hab sie beim Haus nich angezündet.«

»Die brauchen Sie nicht mitzuschleppen«, entgegnete der Professor. »Ich habe eine Taschenlampe.«

Percy bestand jedoch darauf, die Laterne mitzunehmen.

»Ich behalt sie doch lieber bei mir, wenn Sie nix dagegen haben, Sir«, sagte er.

Als sie durch die Dunkelheit gingen, schloß lastende Stille sie ein, nur das Rascheln ihrer Schritte im Gras war zu hören.

Dann begann Percy zu erklären, wie er sich ihr Vorgehen gedacht hatte. »Da Sie's mir überlassen, die Falle zu stellen, Sir, dacht ich, daß Sie vielleicht gern wissen möchten, was ich vorhab. Ich werde mir 'n festen Baum mit 'm starken, weit ausladenden Ast suchen und mich mit dem Netz draufsetzen. Wenn das Ding dann unter mir vorbeikommt, werf ich das Netz drüber.«

Die Einfachheit seines Plans schien den Mann mit Stolz und Freude zu erfüllen. Campion und der Professor waren weniger beeindruckt. »Angenommen, es kommt nicht unter Ihrem Baum vorbei?« sagte Campion.

Doch Percy war auf diesen Einwand vorbereitet. »Aber das wird es bestimmt, Sir«, sagte er. Er überlegte kurz und gab nach einer kleinen Pause freiwillig eine Erklärung. »Es jagt Menschen, Sir. Ich hab beim Tee mit'm Alten geredet. Er hat mir das gesagt, und da hab ich gedacht, wenn ich auf'm Baum sitz, Sir, könnten Sie's doch hinlocken. Aber«, fuhr er munter fort, »natürlich nur, wenn's überhaupt da is.«

Campion lachte leise. »Ich verstehe«, sagte er, »wir sind gewissermaßen Jäger und Köder zugleich.«

Percy schüttelte sich vor Lachen, so komisch fand er das. »Stimmt genau, Sir«, flüsterte er. »Aber jetzt müssen wir stille sein. Ich geh zuerst, wenn's Ihnen nix ausmacht.«

Er schlüpfte an ihnen vorbei und bewegte sich so leise wie eine Katze. Ihm folgte ebenso lautlos sein großer Bastardhund. Eine Zeitlang trotteten sie schweigend dahin. Campion hatte die Brille abgenommen, eine Gewohnheit von ihm, wenn eine Situation sich zuspitzte. Die Hitze war jetzt kaum noch zu ertragen. Obwohl die Sterne schienen, war nur der abnehmende Mond zu sehen.

Der Baumgürtel, dem sie sich rasch näherten, war tintenschwarz und merkwürdig abweisend, und von Zeit zu Zeit schrie eine der kleinen belgischen Eulen, die in dieser Gegend fast zur Plage wurden; es klang so schauerlich, daß Campion jedesmal zusammenzuckte. Sie kamen in den Wald des Professors, der, auf der anderen Seite die Lichtung begrenzend, dem größeren zu Tower gehörenden Wald gegenüberlag. Vor einer Woche, am Morgen nach Lady Pethwicks Tod, war Campion mit Penny ganz in der Nähe gewesen.

Percy straffte sich und ging unbeirrt weiter, obwohl die Äste, die über seinem Kopf zusammenstießen, den Pfad in fast absolute Schwärze tauchten. Plötzlich begann Neb, die Nase tief am Boden, hinter seinem Herrn herzuschnüffeln. Kurz darauf blieb er stehen und wimmerte leise, was seinen Herrn veranlaßte, auch sofort haltzumachen.

»Was is'n los, Junge?« flüsterte er. Der Hund bog lautlos vom Pfad ab, verschwand in der Dunkelheit, und als er einen Augenblick später zurückkam, hing ihm etwas aus der Schnauze. Percy ging in die Hocke und zündete ein Streichholz an. Im Schein der winzigen Flamme sah man, daß Nebs Beute ein Kaninchen war. Es hatte eine Drahtschlinge um den Hals und war tot.

Percy nahm dem Hund das Kaninchen ab, und der Professor knipste seine Taschenlampe an.

»Ah«, flüsterte Percy verächtlich und warf das tote Kaninchen ins Gebüsch, »hier gibt's also jemanden, der sich vor keinen Gespenstern nich fürchtet. Das Tier is noch keine halbe Stunde nich tot.«

Er richtete sich auf und drang, den gehorsamen Hund bei Fuß, weiter in die schweigenden Tiefen des Waldes vor. Den Pfad hatten im Winter die Holzfäller benutzt, und er führte direkt durch das Strauchwerk auf die Lichtung.

Pharisees' Lichtung, bei Tag schon unheimlich genug, wirkte bei Nacht geradezu grauenerregend. Der schmale, steinige Streifen zwischen den Wäldern sah im Licht der Sterne geisterhaft aus, und hier, von langen Baumreihen eingeschlossen, hatte man das Gefühl, ersticken zu müssen.

Der Professor zupfte Campion am Ärmel. »Fast zu gut, um wahr zu sein«, flüsterte er.

Campion nickte. »Die Kulissen wären also vorhanden«, flüsterte er zurück. »Hier ist der Ort, und die Stunde ist die rechte. Wann beginnt die Vorstellung?«

Zum Unterschied von Campion war Percy nicht zu Scherzen aufgelegt. Als sie in den Schatten am Rand der Lichtung anhielten, sagte er heiser: »Hier sin wir richtig, mein ich. Sie locken es her, und ich fang's.« Er zeigte auf die Eiche, unter der sie standen. Dann verschmolz seine Gestalt mit der Schwärze, und sie hörten seine weichen Gummisohlen leise über Baumrinde scharren. Er kletterte wie ein Affe, keine geringe Leistung in der Dunkelheit mit dem gut fünfundzwanzig Pfund schweren Fangnetz über der Schulter, und sie hörten ihn leise keuchen, während er sich immer höher zog. Gleich darauf flüsterte er irgendwo über ihnen: »Hier bleib ich jetzt, bis es soweit is.«

»Wo ist der Hund?« fragte der Professor leise.

»Liegt beim Baum. Er wird sich nich rühren.« Percy schien mit seinen Vorbereitungen fertig zu sein.

»Was tu ich jetzt?« murmelte Campion.

Um sie herum flüsterte und wisperte, knackte und raschelte es, und manchmal klang es so, als atme jemand leise in der Dunkelheit. Keiner der drei Männer war gegen das Unheimliche dieses Augenblicks unempfindlich, aber ihre Neugier und ihr Interesse waren größer als das Unbehagen.

»Wenn Sie die linke Seite nehmen«, flüsterte der Professor, »dann nehme ich die rechte. Meine Fotografie stammt von der Stelle, wo der Waldweg von Oberst Gyrth in die Lichtung mündet. Wenn wir drei in gleichen Abständen am Rand des Ovals warten, kann uns die Beute nicht entwischen, vorausgesetzt, sie erscheint überhaupt.«

»Ich wünschte, ich hätte meinen Ebereschenzweig mitgenommen«, sagte Campion mit Gefühl, als er sich in die ihm zugewiesene Richtung entfernte. Er hielt sich am Waldrand und im Schatten der überhängenden Bäume. Abgesehen von dem atemberaubenden Moment, in dem er direkt vor seinen Füßen einen Hasen aufscheuchte, erlebte er nichts Aufregendes, bis er seiner Schätzung nach noch ungefähr dreißig Meter von dem Pfad entfernt war, der in den Tower-Wald führte. Dort setzte er sich in das hohe Gras und wartete.

Da es auf der Lichtung vollkommen still war, vermutete er, daß auch der Professor seinen Platz gefunden hatte. Der Gedanke, daß drei Männer und ein Hund ängstlich nach etwas Unbekanntem Ausschau hielten, das plötzlich zwischen losen Steinen und spärlichen Büscheln derben Grases auftauchen sollte, machte die Szene noch unheimlicher. Er zog die Knie ans Kinn und machte sich auf ein langes Warten gefaßt.

Langsam verstrichen die Minuten. Ein- oder zweimal hörte er im Wald hinter sich ein leises Quaken, und nachdem seine Ohren sich an die Stille gewöhnt hatten, hörte er auch weit weg im Park von Tower das mißtönende Geschrei eines Ziegenmelkers, das so klang wie die Schnarre, mit der sich in früherer Zeit die Polizisten bemerkbar gemacht hatten, wenn sie Streife gingen.

Und dann hörte Campion plötzlich, daß hinter ihm jemand schwerfällig durch den Wald stapfte. Er wandte den Kopf und lauschte aufmerksam. An dem, was sich da bewegte, war ganz bestimmt nichts Übernatürliches. Es waren die Schritte eines Mannes oder eines ungefähr gleich schweren Tieres. Sie waren nicht leicht zu unterscheiden, doch Campions Unsicherheit dauerte kaum eine Minute, denn ein einziges Geräusch – das scharfe metallische Klicken eines Tellereisens – sagte ihm, woran er war.

Das Rascheln wurde leiser, entfernte sich von ihm und hörte gelegentlich auf, wenn der Unsichtbare wieder eine

Falle aufstellte. Offenbar hatte er wenig Respekt vor dem Grauenhaften, das Lady Pethwick getötet und Lugg dazu gebracht hatte, sich aufzuführen wie ein Verrückter.

Wieder war alles still. Die Leuchtzeiger von Campions Armbanduhr standen auf halb eins. Er seufzte und machte es sich wieder bequem. Sein Gesicht hatte auch jetzt den gewohnten Ausdruck liebenswerter Einfalt. Seine Augen waren halb geschlossen. »Ich hoffe nur, daß die Engel mich behüten«, murmelte er vor sich hin und stellte den Jackenkragen auf, um seinen weißen Hemdkragen zu verstecken.

Die stickige Hitze der Nacht wich allmählich der Morgenkühle, als er, schon ziemlich schläfrig geworden, von einem der furchtbarsten Töne aufgeschreckt wurde, die er je gehört hatte. Er war nicht laut, aber so grauenerregend, daß er Campion durch und durch ging wie ein Messerstich.

Ein Ton, den man nur als leises Geheul bezeichnen konnte, näherte sich rasch zwischen den Bäumen, und Campion wurde sehr unangenehm an Luggs Schilderung erinnert: »So eine Art Lied, wie Tiere es singen.« Nicht einmal bei Eingeborenen, mit denen er einige Erfahrung hatte, hatte er je etwas so Schauerliches gehört. Das Gräßlichste aber war, daß die hohen, zitternden Töne rhythmisch waren und einen bestimmten Takt einhielten. Immer näher kam das Geheul, und dann sah er plötzlich die Gestalt. Sie kam nicht, wie sie es erwartet hatten, aus dem Tower-Wald, sondern durch die schmale Öffnung am Nordende der Lichtung, und ihre Silhouette hob sich deutlich vom heller werdenden Himmel ab.

Campion rappelte sich auf, ohne von seinen steifen, schmerzenden Gliedmaßen Notiz zu nehmen. Das Wesen, was es auch war, konnte einem wahrhaftig Entsetzen einflößen. Wie Lugg gesagt hatte, war es ungeheuer groß und unvorstellbar dürr. Auf dem Kopf saßen lange Ziegenhörner, und der Körper war der einer grotesken Mißgeburt.

Noch immer heulend, näherte es sich auf der Lichtung, und Campion begann seine Vorderseite deutlicher zu sehen.

Ihm war plötzlich übel, und seine Kopfhaut kribbelte.

Im selben Augenblick stieg ihm auch starker Verwesungsgeruch in die Nase.

Er sprang mit einem Satz aus seinem Versteck. Das Wesen blieb stehen, drehte sich zu ihm um und richtete ein einziges totes, leeres, widerwärtiges Auge auf ihn.

Campion rührte sich nicht, und die Gestalt kam näher. Irgendwo auf der anderen Seite der Lichtung hatte Percys Hund jämmerlich zu winseln und zu bellen begonnen. Vorsichtig ging Campion weiter, immer dem Hundegebell nach, und erlaubte der Erscheinung, ein kleines bißchen aufzuholen. Jedesmal wenn sie einen Schritt näher kam, machte er zwei zurück und lockte sie unfehlbar zu Percy und seiner Falle. Dann stürmte das Wesen plötzlich auf ihn zu, und er machte kehrt und rannte zu der Öffnung im Dickicht, ein Bild reinsten Entsetzens, das gehörnte Ding dicht hinter sich.

Er kam an dem winselnden Hund vorbei, und einen schwindelerregenden Augenblick glaubte er, die widerwärtige Kreatur habe ihn eingeholt. Über sich hörte er ein Rascheln, dann schien etwas sekundenlang in der Luft zu hängen wie eine Riesenfledermaus. Endlich fiel das schwere Fangnetz über seinen Verfolger, und ein furchtbares, halb menschliches Geheul ließ fast sein Blut gefrieren.

»Rufen Sie den Hund zurück!« rief der Professor, der jetzt auch angelaufen kam. »Um Himmels willen, rufen Sie den Hund zurück!«

18

Überleben

Die rechte Hand des Professors, in der er die Taschenlampe hielt, zitterte heftig.

Der Hund kauerte nach seinem ersten wütenden Angriff neben dem Baumstamm, und Campion ging zu der in dem schweren Netz gefangenen strampelnden und um sich schlagenden Gestalt hinüber.

Der fast blendende Lichtstrahl nach der undurchdringlichen Dunkelheit schien die Verwirrung paradoxerweise noch zu steigern. Das Wesen, was es auch sein mochte, hatte aufgehört zu strampeln und hielt nun ganz still, eine formlose und haarige Masse unter dem engmaschigen, unzerreißbaren Netz.

Doch erst in diesem Moment, als das »Gespenst« ihnen gefangen und hilflos zu Füßen lag, wurde den beiden Männern bewußt, wie gering ihre Hoffnung auf Erfolg gewesen war. Und doch – hier war es, noch immer unbegreiflich, ein grotesker, stinkender Leib und ein abstoßender Kopf.

Percy sprang von seinem Ast zu Boden. Sein Gesicht glänzte von Schweiß und war sehr blaß. »Verdammich!« flüsterte er unaufhörlich vor sich hin. »Verdammich!«

Der Professor beugte sich über das Netz, und als er sprach, verriet seine Stimme mehr Erregung als Entsetzen.

»Ich hab's gewußt«, sagte er. »Ich hatte recht. Das ist eine der bemerkenswertesten Urformen, die uns aus grauer Vorzeit erhalten geblieben ist. Weißt du, was wir hier haben, Albert?«

»Eine Frau«, sagte Campion.

»Eine Hexe«, sagte der Professor. »Paß auf, wir müssen vorsichtig mit ihr umgehen. Ich fürchte, sie ist ohnmächtig geworden.«

Sehr behutsam begann er das Netz zu heben. Percy, der

gegen sein Entsetzen ankämpfte – unter den gegebenen Umständen wahres Heldentum – machte sich daran, mit unkontrollierbar zitternden Händen die Sturmlaterne anzuzünden.

Campion half jetzt dem Professor, das Wesen – es fiel ihm noch schwer, es als Frau oder als Hexe zu bezeichnen – aus dem Maschengewirr zu befreien.

»Himmel Donnerwetter! Hoffentlich hat der Schock sie nicht umgebracht.« Professor Caireys Stimme klang ehrlich besorgt. »Bringen Sie uns die Laterne rüber, Peck, ja? So, das ist ausgezeichnet. Und jetzt halten Sie die Taschenlampe.«

Das Licht fiel nunmehr direkt auf den Schrecken von Pharisees' Lichtung, und sie sahen zum erstenmal ganz deutlich, was sie sich eingefangen hatten.

Es unterschied sich in vielen Dingen von einem konventionellen Gespenst, vor allem aber dadurch, daß es bei Licht besehen noch genauso furchtbar und grauenerregend aussah, wie wenn man ihm unvermutet im Waldesdunkel begegnete.

Die dürre gelbliche Gestalt war die einer Frau, alt und kaum bekleidet, nur mit ein paar ungegerbten Streifen aus Ziegenfell behängt. Der Kopfschmuck bestand aus einem Tierschädel, an dem noch Haare hingen, und ihr Gesicht war hinter einer Pelzmaske mit Augenschlitzen verborgen. Die knochigen Arme hatte sie sich mit Blut beschmiert, und die Wirkung war unvorstellbar.

Der Professor bückte sich, packte den Kopfschmuck vorsichtig bei den Hörnern und nahm ihn ab. Campion mußte sich einen Moment umdrehen, weil ihm übel wurde, wie schon einmal. Als er wieder hinschaute, erwartete ihn ein neuer Schock – über den geschlossenen Augen eine Stirn, die nie aufzuhören schien. Die Frau war völlig kahl.

Gleich darauf gab Percy Peck mit vor Erleichterung rauh klingender Stimme die Antwort auf die Frage, die Campion und der Professor sich in Gedanken stellten.

»Aber das is ja die alte Missus Munsey!« rief er. »Die Alten im Dorf haben immer gesagt, sie is ne Hexe, aber ich hab nie nix drauf gegeben. Verdammich, wer hätte das gedacht? Ich hab das Gerede nie nich geglaubt.«

Der Professor holte seine Reisedecke. »Daß wir wissen, wer sie ist, macht alles viel einfacher«, sagte er. »Wo wohnt sie? Und sie lebt allein, wie ich annehme?«

»Sie lebt mit ihr'm Sohn zusammen, Sir – Sammy«, antwortete Percy, der wieder Mut faßte nach der Entdeckung, daß das »Gespenst« menschlich war. »Er is unehelich. Sind beide nich ganz richtig im Kopf.«

»Können Sie uns zu ihrem Cottage bringen?« fragte Campion. »Ist es weit von hier? Wir werden die Frau tragen müssen.«

»Nein, weit isses gar nich. Steht außerhalb vom Dorf, kein anderes Haus nich in der Nähe.«

Der Professor hatte es inzwischen geschafft, die alte Frau aus ihrer Falle zu befreien, und wickelte sie jetzt in seine Reisedecke.

»Ich habe das Gefühl, daß es für alle Beteiligten besser ist, wenn wir das arme Ding nach Hause bringen, bevor wir mit Wiederbelebungsversuchen anfangen«, sagte er. »Die Entdekkung, daß sie – von ihren Utensilien umgeben und von uns beobachtet – immer noch hier draußen ist, könnte bei ihr zu einem Tobsuchtsanfall führen.«

Percy, der sich kurz vorher entfernt hatte, kam jetzt mit einer leichten hölzernen Hürde, einem Stück vom Grenzzaun zwischen den beiden Gütern, zurück. »Das hab ich vorhin ganz zufällig entdeckt«, sagte er. »Wenn Sie bereit sind, Sirs, isses am besten, wir legen sie hier drauf und nehmen die Abkürzung über die Lichtung. Bis zu ihrem Haus isses höchstens ne halbe Meile.«

Sie hoben die abstoßende Gestalt auf die primitive Bahre und machten sich auf den Weg. Keiner sagte etwas. Dieses ungewöhnliche Ende eines ungewöhnlichen Unternehmens hatte sie vorläufig mundtot gemacht. Percy ging der kleinen Prozession voran. Die Sturmlaterne hüpfte an seiner Seite auf und ab und warf zuckendes, verzerrtes Licht auf den Weg. Sein Hund lief unter der Hürde hinter ihm her, und der Professor und Campion bildeten, über den holprigen Boden stolpernd, die Nachhut.

Eine Zeitlang schien der Professor in Gedanken versunken, aber als sie auf dem nördlichen Pfad die Lichtung verlassen hatten, blickte er auf. »Verstehst du es?« fragte er.

»Nur vage«, antwortete Campion. »Ich würde es nicht glauben, wenn ich's nicht mit eigenen Augen gesehen hätte.«

»Ich habe es schon lange vermutet«, sagte der Professor. »Die Ziegenhörner, und was man sich über die seltsamen Gesänge erzählt, haben mich sofort auf den Gedanken gebracht. Es ist ein interessanter Fall. Während der letzten fünfzig Jahre hat es keinen einzigen gegeben, der ähnlich gewesen wäre. Paradebeispiel für einen toten Winkel. Die moderne Zivilisation überschwemmt das Land – die ganze Welt –, und doch kommst du da und dort an einen Ort, wo sich seit dreihundert Jahren nichts geändert hat. Diese Frau ist natürlich verrückt«, fügte er hastig hinzu, als er merkte, daß Percy Peck die großen roten Ohren spitzte, damit ihm ja kein einziges Wort entging. »Aber ich bezweifle keine Sekunde, daß sie die Nachfahrin einer ganzen Reihe praktizierender Hexen ist. Einige ihrer Riten hat man noch an sie weitergegeben. Ihr Kostüm, zum Beispiel, war authentisch, und ein Gesang, wie sie ihn von sich gegeben hat, wird bei mehreren Experten erwähnt. Sie ist eine Regression. Wahrscheinlich ist ihr nur sehr unklar bewußt, was sie tut, sie handelt rein instinktiv. Es ist höchst interessant – höchst interessant.«

»Ja, aber warum tut sie das?« sagte Campion, der fassungsloser war, als er zugeben wollte. »Hatte sie ein Motiv? Hat jemand sie dazu angestiftet?«

Professor Cairey überlegte. »Wir müssen versuchen, das herauszubekommen«, sagte er. »Meiner Meinung nach hat sie einen zwingenden Grund gehabt, weil sie ihre Streifzüge so häufig unternahm. Aber das erfahren wir schon noch, nur keine Bange. Natürlich«, fuhr er fast hoffnungsvoll fort, »kann das schon jahrelang so gegangen sein. Ihre Mutter hat vielleicht dasselbe getan. Du würdest staunen, wenn du wüßtest, wie viele Hexenkünste während der letzten dreihundert Jahre in diesem und in meinem eigenen Land noch ausgeübt wurden. Schließlich ist es noch gar nicht so lange her, daß die Behörden von den Hexenverbrennungen Abstand nahmen. Ein paar Jahre bevor ich geboren wurde, hat man D. D. Home wegen Zauberei aus Rom verjagt. So mancher Aberglaube, dem wir heute noch frönen, hat seine Wurzeln in der Hexenkunst. In den Lokalzeitungen kann man in den Berichten aus dem Polizeigericht so manche kuriose Geschichte dieser Art lesen.«

»Trotzdem ist das doch ein bißchen ungewöhnlich, nicht wahr?« fragte Campion und zeigte auf die in Professor Caireys Reisedecke gehüllte Gestalt, die sie trugen.

»O sie?« sagte der Professor. »Ja, das sehe ich auch so. Sie ist ein Überbleibsel einer der frühen Formen von Hexerei, aber schließlich sitzt man auf dem Land noch auf dreihundert Jahre alten Stühlen und benützt elisabethanische Hornlöffel, um den Pudding zu mischen. Warum also sollten die Leute nicht auch hin und wieder – sehr selten, das gebe ich zu – die schwarzen Riten aus drei oder vier vergangenen Jahrhunderten zelebrieren? Sobald wir sie nach Hause gebracht haben, werden wir viel mehr erfahren, das bezweifle ich nicht.«

»Ich möchte keinen gefühllosen Eindruck machen«, sagte Campion, den Rücken streckend und mit der anderen Hand zupackend, »aber ich wünschte, die liebe Dame hätte einen Besenstiel dabei gehabt.«

»Sin schon gleich da«, mischte sich Percy ganz selbstverständlich in das Gespräch. »Müssen nur noch über die Anhöhe rüber.«

Nach weiteren fünf mühseligen Minuten hatten sie den höchsten Punkt des Feldes erreicht. Es dämmerte, und im Osten war der Himmel fast weiß. Das Licht der Sturmlampe vergilbte allmählich.

Die Hütte der alten Frau war jetzt schon undeutlich zu sehen. Es war ein baufälliger Schuppen, der früher vermutlich zu einem Cottage gehört hatte, das längst abgerissen worden war. Als sie näherkamen, stellten sie fest, daß die Hütte ein Flickwerk aus einer Sammlung irgendwo aufgelesener Bretterstücke, Lehm und Teerpappe war. Sie stand inmitten eines festgetretenen, kahlen Erdflecks, auf dem eng zusammengedrängt ein paar dürre Hühner gackerten. Ungefähr zwei Meter vor der Tür drehte Percy sich um. »Schätze, wir setzen sie am besten hier ab, Sir«, sagte er, »un dann schau ich nach, ob Sammy zu Haus is. Warten Sie bitte hier.«

Dankbar ließ er sein Ende der provisorischen Trage zu Boden, und sie taten es ihm gleich, streckten die schmerzenden Rücken. Percy ging, die Sturmlaterne in der Hand, seinen Hund neben sich, auf die windschiefe Tür zu. Er klopfte leise, und als er keine Antwort bekam, trat er ein.

Gleich darauf hörte man in der Hütte eine Art Zwitschern, und im nächsten Moment flüchtete eine Gestalt aus der Hütte ins Freie und verschwand hinter der Hütte. Das kam so unerwartet, daß es den Nerven der beiden Männer fast mehr zusetzte als alle anderen Ereignisse der vergangenen Nacht.

»Jesus! Was war das?« sagte der Professor heiser.

»Das war Sammy«, antwortete Percy, der mit schamrotem Gesicht in der Tür erschien. »Hab ihn leider erschreckt. Solln wir sie reintragen? Hier drinnen starrt es grad so vor Schmutz.«

Zu zweit hoben sie die Trage noch einmal auf und trugen sie in die Hütte. Percy hatte die Laterne an einen Deckenhaken gehängt, und ihr schwaches Licht erhellte die verkommenste menschliche Behausung, die Campion je gesehen hatte.

Eine armselige Ansammlung von Möbelstücken war über den Raum mit der niedrigen Decke verteilt. In einer Ecke stand ein Bett, und durch die offene Tür, die in ein anderes Zimmer führte, sah man eine Schlafcouch. In die Außenwand war links von der Tür eine offene Feuerstelle eingebaut, die voller Asche und verkohlten Holzresten war, und der Boden war mit Abfall übersät.

Angewidert sah der Professor sich um. »So etwas dürfte nicht erlaubt sein«, sagte er. »Obwohl es immer schwierig ist, sich irgendwie einzumischen, das weiß ich. Kommen Sie, Campion, legen wir sie auf die Couch.«

Sie hoben die in die Decke gewickelte, zerlumpte Gestalt auf und legten sie auf das ungemachte Bett.

»Wem gehört das Stück Land hier?« fragte der Professor.

»Eintlich keinem, Sir«, gab Percy willig Auskunft. »Is'n Stück Ödland. Sie lebt seit vielen Jahren hier, sie un ihre Mutter vor ihr. Kein Mensch kann was für sie tun, das läßt sie nich zu.«

Der Professor schüttete ein bißchen Cognac in den Verschluß seines Flachmanns und zwängte ihn der alten Frau zwischen die Lippen. Sie rührte sich ein bißchen und brummelte unverständlich vor sich hin.

»Passen Sie auf, Sir. Sie wird Sie bestimmt verfluchen«, sagte Percy warnend.

Der Professor lachte. »Aber ganz bestimmt«, sagte er.

In diesem Moment tauchte ein Schatten in der Tür auf, und dann spähte ein verängstigtes weißes Gesicht mit einem dünnen, zerzausten Ziegenbart am Kinn zu ihnen herein.

»Komm herein«, sagte Campion. »Deine Mutter ist im Wald ohnmächtig geworden.«

Scheu kam Sammy Munsey herein, schob sich an der Wand entlang wie ein fluchtbereites Tier. Endlich blieb er unter der Lampe stehen, eine kleine, ausgemergelte, zerlumpte Gestalt. Er stand da, grinste idiotisch und schwenkte die Arme wie Pumpenschwengel.

Plötzlich schien ihm ein Gedanke zu kommen, und er wimmerte: »Ihr habt sie gesehn – ihr habt sie im Wald gesehn. Faßt mich nich an. Ich laß mich nich fangen. Ich hab nix nich getan.«

Der Ausbruch hatte ihn erschöpft, und Percy, der sich in der Hütte umgesehen hatte, erschien plötzlich mit zwei noch nicht ganz kalten Hasen in der Hand. Sammy entriß sie ihm, versteckte sie hinter dem Rücken wie ein Kind und stand vor Angst und Wut zitternd vor ihnen.

»In der Schlinge gefangen«, sagte Percy entrüstet. »Deshalb arbeiten sie nich«, fügte er, sich an den Professor wendend, hinzu. »Unten im Dorf ham wir uns schon immer gewundert, von was die zwei leben.«

Sammy sah sich nach einer Fluchtmöglichkeit um, aber Percy verstellte ihm den Weg zur Tür. Sammy fluchte eine Weile gottslästerlich vor sich hin und drehte sich dann, als werde er sich seiner Hilflosigkeit bewußt, zu seiner Mutter um. »Mutter, Sie ham uns erwischt!« brüllte er und schüttelte die alte Frau. »Sie ham uns erwischt!«

Sie öffnete die Augen, blasse, wäßrige, blutunterlaufene Augen. »Ich verfluche sie«, sagte sie gehässig. »Sie solln ja nich wagen, mir in die Nähe zu kommen.« Sie hob den Kopf, erblickte den Professor, richtete sich auf und stieß eine solche Flut wüster Beschimpfungen aus, daß er trotz seines Interesses schockiert war. Als er jedoch nicht vor ihr floh, änderte sie ihre Taktik. »Laßt mich in Frieden«, jammerte sie. »Ich hab euch nix getan, und ich tu euch auch nix, wenn ihr geht.«

Sammy unterbrach ihr Gewinsel, und seine Angst war mitleiderregend. »Sie ham uns erwischt«, wiederholte er. »Sie ham uns erwischt.«

Die Worte schienen erst nach einer Weile in das Bewußtsein der Alten vorzudringen. Sie begann zu stöhnen. »Ich kann nix dafür.«

Campion begriff allmählich, daß sie nicht geistig zurückgeblieben war wie ihr Sohn. Die blutunterlaufenen alten Augen verrieten eine Spur von Intelligenz. Sie schien sich über die Situation völlig im klaren zu sein.

»Hast du auf Pharisees' Lichtung das Schreckgespenst gespielt, damit sich niemand mehr hintraut und dein Sohn ungehindert wildern kann?« fragte er.

Sie sah ihn durchtrieben an. »Sie werden ihn nich von mir wegholn, wenn ich's Ihn sage?«

»Ich werde ihn nicht anfassen«, antwortete Campion. »Ich will nur wissen, warum du dich so verkleidet hast.«

Seine arglose Miene schien das Mißtrauen der Alten zu zerstreuen, denn ihre Stimme wurde ruhiger. »Sie ham ganz recht«, sagte sie. »Er hätt nie nix gefangt, wenn dauernd wer dort rumgelaufen wäre. Er kann nich für sich selber sorgn, un er hat keine Angst nich vor mir. Aber die anderen – die hab ich ganz schön erschreckt.« Sie lachte, zog zischend den Atem zwischen den zahnlosen Kiefern ein.

Der Professor beugte sich über sie. »Wer hat dir das beigebracht?« fragte er.

Sie schien in dieser Frage eine Herausforderung zu wittern, denn sie begann zu fauchen. »Das hab ich schon als Kind gelernt. Ich weiß mehr, als Sie ahnen. Wo is mein Gewand?«

Der Professor zuckte zusammen. »Wenn du dein Ziegenfell meinst – das liegt im Wald.«

Die Alte versuchte sich taumelnd zu erheben. »Ich muß es holn«, sagte sie. »Da steckt mehr Macht drin, als Sie sich vorstelln könn.«

»Bald«, versprach Campion. »Bald. Jetzt müssen Sie liegenbleiben, bis Sie kräftiger sind.«

Mrs. Munsey legte sich gehorsam wieder hin, aber ihre Augen schweiften voller Argwohn durch den Raum, und sie bewegte lautlos die Lippen.

Campion beugte sich noch einmal über sie. »Warum hast du Lady Pethwick aufgelauert?« fragte er. »Sie hätte niemanden daran gehindert zu wildern.«

Die alte Frau fuhr bolzengerade in die Höhe. Mit dem kahlen Kopf, die zahnlosen Kiefer fletschend, sah sie zum Fürchten aus. »Das hab ich nich getan«, sagte sie heiser.

»Dann war es vielleicht Sammy?« sagte Campion.

Mrs. Munseys blutunterlaufene Augen sprühten Gift und Galle. Sie stand im Bett auf, blieb, sie alle überragend, hochaufgerichtet stehen und drückte die Decke an ihren ausgezehrten Körper. »Ich verfluche euch«, sagte sie mit leidenschaftlichem Haß in der Stimme, bei dem es einen unwillkürlich kalt überrieselte. »Ich verfluche euch bei einer geraden Linie, einer krummen Linie, einer einfachen und einer unterbrochenen. Bei Flamme, bei Wind, bei Wasser, bei einer Masse, bei Regen und bei Lehm. Bei allem, was fliegt, bei allem was kriecht, bei einer Schlange. Bei Auge und Hand, bei einem Fuß, bei einer Krone, bei einem Schwert und bei einer Geißel verfluche ich euch. *Haade, Mikaded, Rakeben, Rica, Rica lica, Tasarith, Modeca, Rabert, Tuth, Tumch.*«

Nachdem das letzte Wort über ihre Lippen gekommen war, sank sie auf das Bett und blieb schwer atmend liegen.

Der Professor, der dieser Flut archaischer Schmähungen mit wahrer Wonne gelauscht hatte, holte ein kleines Heft aus der Tasche und machte sich Notizen.

Campion, dem der größte Zorn der alten Frau gegolten hatte, ließ sich natürlich nicht einschüchtern. Er wußte jetzt, daß sie kräftig genug war, um ihm Rede und Antwort zu stehen, und fühlte sich wohler.

»Du hast Lady Pethwick zu Tode erschreckt«, sagte er so langsam und deutlich, als spreche er zu einem Kind. »Nachdem du gemerkt hast, was du angerichtet hattest, hast du ihr die Hände gefaltet und die Augen zugemacht. Warum hast du das getan? Wenn es ein Unfall war, mußt du es uns sagen.«

Sammy, der Campions Vorwürfe mit offenem Mund zugehört hatte, versuchte seine Mutter jetzt von dieser, wie er unklar empfand, ernsten Anklage zu entlasten. »Vor der Herrschaft hat sie sich versteckt, bevor Daisy ihr was von Lady Pethwick gesagt hat. Vorher war sie immer nur hinter den Bauersleuten her.«

»Hört nich auf ihn!« kreischte seine Mutter und tanzte vor Wut im Bett herum. »Er weiß gar nix nich! Er lügt!«

Doch Campion hatte genug gehört, sein Interesse war

geweckt. »Wer ist Daisy?« fragte er, bemüht, sich dieses Interesse nicht anmerken zu lassen. »Nun, Sammy?«

»Ihr könnt Daisy nich die Schuld gebn!« schrie Mrs. Munsey. »Sie hat ja nicht gewollt, daß die Lady stirbt. Sie hat gesagt, ich soll sie erschrecken, damit sie vielleicht ein oder zwei Tage im Bett bleiben muß. Sie hat gar nix nich getan.«

»Wer ist Daisy?« wiederholte Campion. Seine hellen Augen blickten hart, und jetzt wirkte sein Gesicht auch nicht mehr gelangweilt und ausdruckslos.

»Ihr könnt Daisy nich die Schuld geben!« schrie Mrs. Munsey noch einmal heftig. »Ich hab die Puppe gemacht, hab sie Lady Pethwick genannt und verbrannt.«

Sie gab diese erstaunliche Erklärung ohne Stolz und ohne Reue ab, und der Professor hielt den Atem an.

»War es eine Ton- oder eine Wachspuppe?« fragte er ganz automatisch.

»Sie war aus Lehm«, antwortete Mrs. Munsey mürrisch.

Campion bekam diesen Teil des Gesprächs nicht mit. Er konzentrierte sich völlig auf Sammy und stellte seine Frage noch einmal.

Der Idiot sah ihn nicht an, ließ den Kopf hängen und murmelte ein paar Worte, die kaum zu verstehen waren.

»Das is Miss Daisy, die sie meint«, sagte er. »Mein Vater hat mal für sie gearbeit, als er noch lebt.«

Percy Peck lieferte die letzte, überaus erstaunliche Information. »Entschuldigen Sie, Sir«, sagte er. »Er meint Mrs. Daisy. Mrs. Daisy Shannon, die den Rennstall hat un Pferde züchtet. Die Leute nennen sie Mrs. Dick.«

»Verdammt!« stieß Campion erstaunt hervor.

19

Peinliche Situation

»Ich muß sagen, das ist eine der bemerkenswertesten Erfahrungen meines Lebens«, sagte der Professor zu Campion, als sie von Mrs. Munseys Hütte über die Felder nach Tye Hall zurückgingen. »Es darf natürlich nicht publik werden, das verstehe ich. Es gäbe unendliche Komplikationen. Doch sollte ich je meine Memoiren schreiben, werde ich Sie als Zeugen zitieren. Ich nehme an, der Peck-Junge wird den Mund halten?«

Campion schien sich mühsam von einer unklaren und albernen Überlegung loszureißen. »Wie?« sagte er, sich die letzten Worte des Professors mit sichtbarer Anstrengung ins Gedächtnis rufend. »Du liebe Güte, ja, der schweigt wie ein Grab. Meiner Ansicht nach glaubt er nicht, daß es passiert ist. Außerdem«, fügte er hinzu, als in der Ferne über den Baumwipfeln der Dachfirst von Tower in sein Blickfeld rückte, »ist man in dieser Gegend daran gewöhnt, Geheimnisse für sich zu behalten. Dem alten Mr. Peck wird er etwas sagen, aber sonst keinem.«

Sie gingen ein paar Schritte schweigend nebeneinander her. Es war jetzt schon heller Morgen, die Luft frisch und kühl, und der schwere Tau verwandelte die Myriaden winziger Spinnweben im Gras in funkelnde Perlenschnüre.

»Ein echter Fall«, wiederholte der Professor. »Haben Sie gehört, was sie über ihr Gewand und die Puppe sagte, die sie gemacht hat? Die Vorstellung, man könne einen Feind verstümmeln oder töten, indem man eine Lehmpuppe macht und ihr das gleiche antut, was man ihm wünscht, ist einer der ältesten Aberglauben der Welt, eine authentische traditionelle Praxis. Und der Fluch, den sie Ihnen zugedacht hatte. Rein traditioneller Zauber. Jedes Symbol, die rechte Linie und die Schlange und so weiter, steht stellvertretend für einen bösen Geist. Das muß ich mir zu Hause sofort aufschreiben.«

Campion zuckte mit den Schultern. »Sie können dem Fluch auch gleich mit ein paar Segenswünschen entgegenwirken, wenn Sie schon dabei sind«, sagte er. »Ich hoffe nur, er erfüllt sich nicht, sonst ergeht es mir ziemlich schlecht, wenn ich mich recht erinnere. Und im Moment wäre mir mit ein paar Engeln an meiner Seite viel mehr gedient.«

Der Professor warf ihm einen wissenden Blick zu. »Nehmen Sie diese erstaunliche Beschuldigung gegen eine Dame namens Shannon etwa ernst?« fragte er.

Campion ließ sich zu keiner Antwort herab. Sein Gesicht war so ausdruckslos wie immer, und er wirkte ein bißchen müde. Der Professor schüttelte den Kopf.

»Eine Frau wie diese Mrs. Munsey kann schlichtweg alles behaupten«, sagte er und fuhr nachdenklich fort: »Man kann sehr gut nachvollziehen, wie es passiert ist. Da waren sie, ohne Freunde und praktisch mittellos, und der Junge nicht intelligent genug, um Fallen stellen zu können, wenn er nicht völlig ungestört war. Da heckt die Mutter, die ja auch geistig verwirrt ist, einen Plan aus, wie sie dem Sohn am besten helfen könnte, und erinnert sich an das, was ihre Mutter sie schon von Kindesbeinen an gelehrt hat – an all die alten Aberglauben und daran, daß die Ziege ganz besondere Kräfte besitzt. Die merkwürdigen, halb vergessenen Zauberformeln kommen wieder, und sie beschließt, sie zu ihrem eigenen Nutzen einzusetzen. Wildhüter hatte sie nicht zu fürchten. Ich hege nicht und jage nicht, beschäftige daher auch keinen Mann, der sich um den Wald kümmert. Zu fürchten hatte sie nur die anderen Wilderer. Alle im Dorf waren gegen Sammy. Das ist weder das erste noch das letzte Dorf, das kein Mitleid mit den geistig Zurückgebliebenen hat.« Er lachte kurz auf. »Es ist eine wirklich primitive Geschichte, wahrscheinlich sehr typisch und einer der ursprünglichen Gründe für die Hexerei – Terrorisierung der Starken durch die Schwachen. Sehr interessant.«

»Was geschieht jetzt mit den beiden?« fragte Campion.

»Darüber habe ich schon nachgedacht«, sagte der Professor. »Der Pfarrer hier ist ein sehr anständiger alter Mann. Er heißt Pembroke. Wir kommen sehr gut miteinander aus. Er ist Wissenschaftler, aber seine Studien haben ihm nicht den Blick für die Realität getrübt. Ich werde mit ihm über Mutter und Sohn reden. Vielleicht kann man etwas für sie tun. Man muß sich um sie kümmern. Du meine Güte! Wenn meine Frau dieses – Wesen gesehen hätte, hätte sie vor Schreck den Verstand verloren. Sogar ich bin erschrocken, obwohl ich schon eine vage Vorstellung von dem hatte, was dann kam.«

»Erschrocken?« sagte Campion. »Mir war schon schwindlig und übel, bevor ich das Ding überhaupt sah. Armer alter Lugg! Noch ein solcher Schock, und er schwört dem Alkohol ab. Ich frage mich, warum Mrs. Munsey sich solche Mühe gemacht hat, Lady Pethwicks Leiche gewissermaßen aufzubahren?«

»Wieder Instinkt«, sagte der Professor. »Diese alte Frau denkt kaum. Bei ihr ist alles Instinkt und Aberglauben. Es heißt, daß die Toten einen in alle Ewigkeit beobachten, wenn man ihnen nicht die Augen schließt.«

Sie waren jetzt bei der Gitterpforte am Ende des Gartens angelangt. »Ich schlage vor, wir behalten den größten Teil dieser Geschichte für uns«, sagte der Professor.

»Selbstverständlich«, erwiderte Campion. »Ich hole nur Penny ab, und wir gehen nach Tower zurück.«

In der Bibliothek brannte Feuer, und im Handumdrehen stand ein Imbiß auf dem Tisch. Beth und Penny waren aufgeregt wie kleine Kinder, doch die dunklen Schatten unter ihren Augen und ihre hohlen Wangen waren der Beweis dafür, daß sie sich während ihrer Nachtwache doch gefürchtet hatten. Beth küßte ihren Vater. »Gott, bin ich froh, daß ihr wieder da seid«, sagte sie. »Als es so spät wurde, hatten Penny und ich schon Angst, das Gespenst hätte kurzen Prozeß mit euch gemacht. Habt ihr etwas entdeckt?«

Der Professor schilderte sehr knapp und oberflächlich, was sie erlebt hatten.

»Das ›Gespenst‹ war nur eine alte Frau, die umherwanderte und versuchte, die Leute zu erschrecken und zu vergraulen, damit ihr Sohn ungestört ein bißchen wildern konnte«, sagte er und nahm den Kaffee, den Beth ihm reichte, mit Dank entgegen. »Nichts, wovor man Angst haben müßte.«

»Mrs. Munsey?« fragte Penny schnell.

Der Professor zog die Brauen in die Höhe. »Wie, in aller Welt, kommen Sie auf die Idee?«

»Weil ihr das ähnlich sähe«, antwortete Penny.

»Also für mich ist das ein bißchen zu banal«, sagte Beth mit einer Spur von Enttäuschung in der Stimme. »Wenn ihr wüßtet, was wir uns alles ausgemalt haben, während wir allein hier saßen, dann würde eure Geschichte wahrscheinlich anders ausfallen.«

Campion stand auf. »Ich denke, wir beide sollten jetzt aufbrechen, Penny«, sagte er. »Zum Lunch zu kommen und bis zum nächsten Morgen zu bleiben, ist nicht gerade schicklich. Lugg wird schockiert sein. In seinem Benimm-Buch steht, zu lang ausgedehnte Besuche sind ganz, ganz schlechtes Benehmen.«

Penny war einverstanden. »Ich komme sofort«, sagte sie, und obwohl der Professor lebhaft protestierte, bestanden sie darauf, nach Tower zurückzukehren.

Der Professor schüttelte Campion in der Halle die Hand. »Du kannst alles mir überlassen«, sagte er leise. »Ich kümmere mich darum.«

Kaum lag der Garten hinter ihnen, wandte sich Penny mißtrauisch an Campion. »Und jetzt«, sagte sie, »heraus mit der Sprache! Was ist wirklich passiert?«

»Unangemessene Neugier von Frauen muß stets im Keim erstickt werden, da sie für guterzogene Menschen eine wahre Plage ist«, antwortete Campion grämlich. »Das steht auch in Luggs Benimm-Buch. Seite vier. Mit Illustration.«

»Was fällt Ihnen ein, mich so zu behandeln?« stieß Penny plötzlich aufsässig hervor. »Als Sie und der Professor hereinkamen, haben Sie beide ausgesehen, als kämen Sie direkt aus der Hölle. Es war Mrs. Munsey, nicht wahr? Und hatte sie selbst es auf die arme Tante Di abgesehen, oder hat sie im Auftrag gehandelt?«

Campion musterte sie nachdenklich. »Es war nicht sehr schön«, sagte er. »Sogar Percy Pecks Hund ist erschrocken. Er hat sich halb zu Tode gefürchtet und geheult wie ein altes Klageweib. Der Professor war natürlich stark und schweigsam, aber Mrs. Munseys Gewandung hat sogar ihn erbleichen lassen. Wir haben sie in ihre Behausung gebracht, wo sie mir eine eher trübe Zukunft vorhersagte. Dann haben wir uns alle die Hände geschüttelt und sind nach Hause gegangen. Das ist die ganze Geschichte, erzählt von einem, der dabeigewesen ist.«

»Na schön«, sagte Penny. »Ich erfahre schon noch die Einzelheiten, darauf können Sie Gift nehmen.«

»Das traue ich Ihnen sofort zu«, sagte er verächtlich. »Beth wird ihrem armen verblendeten Vater die Würmer aus der Nase ziehen, und dann werdet ihr beide euch daran verlustieren, weil ihr zwei ganz häßliche kleine Kröten seid. Respektlos und unweiblich.«

Penny schwieg eine Zeitlang.

»Etwas über das Gänseblümchen erfahren?« fragte sie endlich zaghaft.

Campion warf ihr einen raschen Blick zu. »Ich hatte völlig vergessen, daß ich mit Ihnen darüber gesprochen habe«, sagte er. »Hören Sie zu, Penny, die Sache ist todernst. Schwören Sie mir bei den Gebeinen meiner verstorbenen Tante Joanna, daß Sie keiner Menschenseele etwas über das Gänseblümchen sagen, ganz besonders nicht zu Beth und zu ihrem Vater. Denn zwar hat Mrs. Munsey Ihre Tante zu Tode erschreckt, aber Daisy, das Gänseblümchen, hat ihr den Auftrag dazu gegeben. Ich glaube ja nicht, daß ein Mord beabsichtigt war, aber – ach, ich weiß nicht.«

Sein Gesicht war ungewöhnlich ernst, und Penny, die ihn forschend betrachtete, war überrascht und sogar ein wenig verlegen, weil er sie fast flehend ansah. »Versprechen Sie es mir«, sagte er.

»Na schön«, sagte sie ohne Groll. »Dann haben Sie also etwas entdeckt?«

Campion nickte. »Vielleicht ist es wichtig, vielleicht auch nicht. Offen gesagt, hoffe ich, das letztere.«

Penny antwortete nicht. Sie ging neben ihm her, die Hände auf dem Rücken verschränkt, den blonden Kopf gesenkt.

»Ach, übrigens«, sagte Campion plötzlich, »als ich gestern mit Ihrem Vater sprach und ihm versicherte, Val werde übermorgen an seinem Geburtstag ganz bestimmt zu Hause sein, hat er kein Wort über den Tagesablauf verloren. Was passiert gewöhnlich an diesem Tag?«

Penny überlegte. »Vor Jahren wurde er immer ganz groß gefeiert, glaube ich«, sagte sie zweifelnd. »Zu Lebzeiten meines Großvaters war die Familie noch ziemlich wohlhabend, wissen Sie? Mutter hat uns erzählt, daß es an Vaters fünfundzwanzigstem Geburtstag ein riesiges Fest gab, mit einer Messe, einer Theateraufführung, einer Hausparty und abends mit einem Ball für die Pächter. Vater durfte wegen der Mitternachtszeremonie im *Zimmer* jedoch nicht mitfeiern, denn da wurde er von seinem Vater und dem Geistlichen in das Geheimnis eingeweiht. Über das wir selbstverständlich nicht sprechen«, fügte sie hastig hinzu.

»Ich verstehe«, sagte Campion bedächtig. »Und ich nehme an, daß man heute auf einen Geistlichen verzichtet?«

»Nun, wir haben keinen eigenen Pfarrer mehr, wenn Sie das damit meinen«, sagte sie lachend. »Obwohl der Dorfgeistliche, Mr. Pembroke, bei uns im Ostflügel wohnte, als Vater im Krieg war. Damals waren wir noch Kinder. Ich denke, er wird am Geburtstag mit uns zu Abend essen. Andere Festlichkeiten wird es nicht geben, denn erstens haben wir nicht mehr viel Geld und natürlich auch wegen der armen Tante Di.

Sie denken wahrscheinlich«, fuhr sie fort, »daß Vater sich bei der ganzen schrecklichen Geschichte sehr merkwürdig benommen hat – ich meine, die Art und Weise, wie er sich aus allem heraushielt –, aber das können Sie nicht verstehen, solange Sie sich nicht klarmachen, daß ihn etwas anderes ausschließlich beschäftigt. Ich meine«, fügte sie, die Stimme senkend, hinzu, »ich würde das außer Ihnen keinem Menschen sagen, aber das Geheimnis zehrt an ihm. Sogar als er glauben mußte, daß der Kelch verschwunden war, hat er sich nicht übermäßig aufgeregt. Können Sie mir folgen? Das Geheimnis ist der Grund, warum er so seltsam und zurückhaltend ist und wir ihn so selten sehen.«

Sie unterbrach sich, sah Campion bittend an, und er wandte sich ihr zu.

»Ich bin bei weitem nicht der unsensible Stoffel, der ich zu sein scheine«, sagte er sanft.

Sie nickte verständnisvoll. »Ich glaube, Sie und Vater verstehen sich sehr gut«, sagte sie. »Gewöhnlich verabscheut er Fremde. Wissen Sie, daß Sie so ziemlich der erstaunlichste Mensch sind, der mir je begegnet ist?« Sie sah mit der schwärmerischen Bewunderung zu ihm auf, zu der nur so junge Mädchen fähig sind.

»Spielen Sie hier nicht den Vamp«, sagte Campion nervös. »Meine Schwester – diejenige, die mit dem Squire verheiratet ist – wäre über Ihr Benehmen entsetzt.«

»Schon gut«, sagte Penny vergnügt, »ich habe es nicht auf Sie abgesehen. Aber ich glaube, daß Val und Beth vor dem Altar enden werden. Als ich ihn das letztemal sah, schien Val seine Frauenfeindlichkeit mit Bravour überwunden zu haben.«

»In ein paar Jahren werden Sie eine Gefahr sein«, sagte Campion. »Ich werde bei Ihrer kirchlichen Trauung in der letzten Reihe sitzen und mit den anderen alten Jungfern schrecklich weinen. Ich denke, eine malerische Gestalt dieser Art schmückt eine Hochzeit ungemein. Finden Sie nicht?«

So leicht ließ Penny sich jedoch nicht ablenken. »Sie haben

etwas auf dem Herzen«, sagte sie und hakte sich mit bezaubernder Selbstverständlichkeit und Ungezwungenheit bei ihm unter. »Mit den Worten meiner Lieblingsautorin: ›Ist es eine Frau, mein Junge?‹ Oder sind Sie es nicht gewohnt, spät schlafen zu gehen?«

Zu ihrer Überraschung blieb er plötzlich stehen und sah ihr ins Gesicht. »Mein Kind«, sagte er streng, »mit den Worten des miserabelsten Schauspielers, den ich je auf einer Bühne gesehen habe: ›Der Mann, der die Hand anders als mit Zärtlichkeit gegen eine Frau erhebt, ist es nicht wert, ein Mann genannt zu werden.‹ Was im Klartext bedeutet: ›Schlag der Dame nicht über den Schädel, Papi, sonst holt dich die Polizei.‹ Das ist die verdammt peinlichste Situation, in die ich im Leben geraten bin.«

Penny, der die unterschwellige Bedeutung dieser frivolen Worte nicht bewußt war, lachte. »Ich würde es an Ihrer Stelle tun«, sagte sie. »Egal, wer sie ist. Ich bin auf Ihrer Seite.«

Campion gestattete sich ein zweifelndes Lächeln. »Ob Sie das wirklich wären?« murmelte er vor sich hin.

20

Ferngespräch

»He, wachen Sie auf, Sir! Inspektor Stanislaus Oates selber persönlich möcht mit Ihn reden – am Telefon. Fein, jetzt hat man wenigstens Gelegenheit, Ihrn hübschen Morgenmantel zu sehn zu kriegen. Hab mich schon gewundert, wann Sie mal damit rausrücken.«

Lugg steckte den Kopf durch den Türspalt in das Schlafzimmer seines Herrn und Meisters und sprach mit aufgesetzter Munterkeit. »Er hat schon'n ganzen Tach telefoniert«, fügte er aufsässig hinzu, um seine Angst zu bemänteln. »Zwei Telegramme liegen auch da. Aber ich wollt Sie nich wecken. Er braucht sein Schönheitsschlaf, hab ich gesacht.«

Campion polterte aus dem Bett und sah im Nachmittagslicht merkwürdig gequält aus. »Du meine Güte«, sagte er. »Wie spät ist es denn?«

»Beruhigen Sie sich, beruhigen Sie sich. Halb fünf.« Lugg kam mit einem dezent gemusterten seidenen Morgenmantel herein. »Reißen Sie sich zusamm. Wenn Sie nur halb wach sin, erinnern Sie mich immer an Buster Keaton. Bürsten Sie sich die Haare, bevor Sie runtergehn. Am Telefon is ne Dame, die ich sehr sympathisch finde.«

Campion band sich den Morgenrockgürtel fest um die gertenschlanke Taille und griff nach seiner Brille.

»Was war das mit dem Telefon? Wer hat den ganzen Tag angerufen? Stanislaus? Wenn das stimmt, Lugg, bist du gefeuert.«

»Ich muß Sie am Leben erhalten, Sir. Mein Job hängt davon ab. Die ganze Nacht im Freien un Gespenster gejacht, das hat Ihn nich gut getan. Sie sehen wie ne halb aufgewärmte Leiche aus. Schon recht, schubsen Sie mich nur rum«, fügte Lugg hinzu, als Campion sich an ihm vorbeizwängte und die Treppe hinunter- und weiter in den Flur galoppierte, in dem das Telefon stand.

Ein pausbäckiges Dienstmädchen, ganz offensichtlich Luggs Charme verfallen, umklammerte den Telefonhörer und gab ihn nur sehr widerwillig an Campion ab. Sie trat zurück und wäre in respektvoller Entfernung stehengeblieben – wenn auch nicht außer Hörweite –, hätte Lugg sie nicht majestätisch in die Küche gewinkt.

»Hallo«, sagte eine schwache Stimme an anderen Ende der knackenden und knisternden Leitung, »bist du das, Albert? Endlich! Ich war schon nahe daran, zu dir hinauszukommen. Tut mir schrecklich leid, mein Alter, aber sie haben ihn.«

Campion sagte ein paar Sekunden lang nichts, antwortete aber schließlich auf eine scharfe Frage seines Gesprächspartners: »Was erwartest du von mir? Soll ich dir gratulieren?«

»Immer mit der Ruhe«, sagte die ferne Stimme flehend. »Es war eine unglaublich geschickte Falle. Du wärst auch hineingetappt. Gegen zwei Uhr morgens wurde auf dem Revier in der Bottle Street eine Horde Betrunkener eingeliefert, und mit ihnen kamen ungefähr dreißig von ihren Freunden. Es gab eine phantastische Prügelei, und der Mann, der vor deiner Tür Wache stand, mischte sich ein, dieser Trottel. In dem heillosen Durcheinander muß einer die Gelegenheit wahrgenommen haben, ins Haus und in deine Wohnung zu schlüpfen. Was hast du inzwischen gemacht? Tautropfen poliert?«

Obwohl er völlig unbeschwert schien, war es Campion klar, daß sein alter Freund tief beunruhigt war. »Wir tun alles, was wir können – und noch ein bißchen mehr. Kannst du uns einen Anhaltspunkt geben?«

»Einen Moment!« rief Campion. »Was ist mit Jung-Herkules?«

»Oh, Gyrth. Kein Problem. Sie haben ihm natürlich eins über den Schädel gezogen, aber in dem Moment, in dem unser Mann vom Dach sich durch das Oberlicht fallen ließ, riß er sich zusammen und lief hinter seinem Eigentum her. Also offen gesagt, wir können ihn nicht finden. Auf der Straße prügelten sie sich noch immer, und du weißt ja selbst, was für eine hoffnungslose Gegend das ist. Wir haben uns die einschlägig verdächtigen und vorbestraften Leute ins Revier geholt. Und auch etwa ein Dutzend der in die Prügelei verwickelten Rowdys. Weißt du etwas, das uns weiterhilft?«

Campion überlegte. Er war jetzt völlig wach. »Hast du eine Feder bei der Hand?« fragte er. »Hör zu. Es gibt da zwei Wunderknaben, Darky Farrel und einen kleinen Itzig, den sie Diver nennen. Vielleicht haben sie was damit zu tun, vielleicht auch nicht, aber ihr solltet sie euch vornehmen. Ach, die habt ihr schon? Dann redet Tacheles mit ihnen, es lohnt sich bestimmt. Und natürlich Natty Johnson. Außer ihm fällt mir nur noch einer ein – Fingers Hawkins. Was meinst du?«

»Eine häßliche kleine Liste«, sagte die ferne Stimme mit viel Gefühl. »In Ordnung, wir kümmern uns um die Sache. Bleib du, wo du bist, ja? Ich ruf dich an, wenn sich etwas tut. Uns geht es hier natürlich ziemlich mies. Die Kerle sind alle heiß, gehören alle zur Rennbahn-Gang, wie ich festgestellt habe.«

»Das ist mir auch aufgefallen«, sagte Campion. »Laß dir nicht für mich den Schädel einschlagen. Oh, noch was, Stanislaus, gib dem Bobby, der vor meiner Tür Wache geschoben hat, einen Kuß von mir.«

Er legte auf, drehte sich müde um und sah sich seinem Faktotum gegenüber. Er musterte Lugg, von plötzlichem Zorn erfüllt.

»Jetzt hast du's geschafft«, sagte er. »Wenn dieser Fall den Bach runtergeht, dann haben wir das nur deinem idiotischen Gluckenkomplex zu verdanken. Mich nicht zu wecken! Pah! Geh hin und züchte Pilze.«

Lugg blieb ungerührt. »Da ham Sie sich ja ne saubere Gesellschaft angelacht«, sagte er. »Ich hab'n paar ehemalichte Knastbrüder gekannt, die täten rot werden, wenn man sie mit den Namen, die Sie eben am Telefon erwähnt ham, in einem Atemzuch nennen tät. Die kämpfen mit Rasiermessern und zerbrochenen Flaschen. 's is die Ebene, auf der wir uns in diesem Fall bewegen, die mich stört. Keiner kann mich ein Snob nennen – nein, wirklich nich – aber'n Gent muß doch irgendwo ne Grenze ziehn.«

Diesmal ließ Campion sich jedoch von Luggs Gerede nicht beschwichtigen. »Laß mir ein Bad ein, fahr den Wagen heraus, besorg mir eine Landkarte, und dann geh mir aus den Augen«, sagte er, marschierte die Treppe hinauf und ließ einen sprachlosen und endlich einmal aus seiner mürrischen Aufsässigkeit aufgerüttelten Lugg zurück.

Etwas mehr als eine Stunde später hörte Penny, die in dem geräumigen, ein bißchen verwohnt wirkenden Salon saß, überrascht, daß die Zimmertür ihres Vaters auf der anderen Seite der Halle leise geschlossen wurde. Durch die breiten Gitterfenster des Salons, die auf die Zufahrt hinausgingen, sah sie Campion im Automantel, aber ohne Hut, die Freitreppe hinunterhüpfen. Er stieg in seinen Wagen, der fahrbereit dastand, und raste mit halsbrecherischer Geschwindigkeit die Zufahrt hinunter.

Sie hatte geglaubt, er werde bald erscheinen, um mit ihr den Tee zu nehmen, und wollte eben, ihren Stolz unterdrückend, nach Lugg klingeln, um ihn zu fragen, wohin sein Herr gefahren sei, als Branch mit einem dicken Briefumschlag auf einem Silbertablett hereinkam. »Mr. Campion hat mich gebeten, Ihnen das zu überbringen, Miss«, sagte er und zog sich wieder zurück.

Neugierig riß Penny den festen braungelben Umschlag auf und leerte den Inhalt auf das Sofa. Erstaunt sah sie, daß außer einem gefalteten Blatt Papier ein zweiter Umschlag und ein kleiner Beutel aus billiger roter Seide auf dem ausgeblaßten Brokat landeten. Das Blatt war mit Campions ausladender, unverwechselbarer Handschrift bedeckt.

Liebe Penny, ich bin zu einem freundschaftlichen Besuch unterwegs, um ein bißchen mit meinem neuen Anzug anzugeben. Vielleicht bin ich bei meinen Gastgebern so willkommen, daß sie sich nicht von mir trennen wollen. Rechnen Sie also erst wieder mit mir, wenn Sie mich tatsächlich sehen. Ich lasse Ihnen Lugg als Pfand zurück. Er bekommt drei Mahlzeiten täglich und keinen Alkohol.

Wären Sie wohl so nett, ihm beiliegendes Briefchen zu übergeben, das ich verschlossen habe, um meine schlechten Manieren zu demonstrieren. Aber er wird es Ihnen bestimmt zeigen. Er soll es aber erst bekommen, wenn ich schon längere Zeit unterwegs bin, da er gelernt hat, einen Wagen zu verfolgen. Der ziemlich geschmacklose Beutel, den man, wie Sie sehen, nicht aufmachen kann, enthält, soviel ich weiß, ein Stück vom Bart eines sehr alten Freundes von mir (der auf seine Art ein kleiner Prophet ist). Auch der Beutel ist für Lugg bestimmt.

Denken Sie an Ihr Versprechen, das natürlich nur gilt, solange ich lebe. Haben Sie keinen Bammel, egal was passiert. Falls Sie irgendwelche Zweifel haben sollten, wenden Sie sich an den Professor, der eine wahre Goldmine an Wissen und der beste Kerl der Welt ist.

Wie ist doch das Wetter mild für diese Jahreszeit, nicht wahr?
Mit freundlichen Grüßen Ihr W. Shakespeare (Bill für Sie)

Penny saß da und drehte das Blatt hin und her, bis Branch mit dem Teewagen kam. Doch obwohl sie vor Neugier brannte, ließ sie gut eine halbe Stunde verstreichen, ehe sie nach Lugg schickte. Sir Percival trank nie Tee, und Penny war noch immer allein, als die Tür aufging und in ihrem Rahmen die behäbige Gestalt und das bekümmerte Gesicht von Campions zweitem Ich erschien.

Der große Mensch betrat nur höchst widerwillig den Salon, vor dem er einen Heidenrespekt hatte, und er bewegte sich darin, als lägen Stolpersteine auf dem Fußboden. »Ja, Miss?« sagte er mißtrauisch.

Schweigend reichte Penny ihm das Couvert. Er schnappte geradezu gierig danach, riß es – Campions Erziehungsversuche der letzten Tage völlig vergessend – hastig auf und begann, das Blatt dicht vor seine kleinen, glänzenden Augen haltend, eifrig zu lesen.

»So«, sagte er plötzlich. »Was hab ich Ihn gesacht? Jetzt isses soweit. Ein eigensinnicher Dickschädel isser. Genau das.«

Er warf einen Blick auf Pennys Gesicht, erinnerte sich, wo er war und wollte sich schamrot und ungefähr so unauffällig wie ein Elefant davonstehlen, doch sie hielt ihn zurück.

»Mir hat Mr. Campion auch geschrieben«, sagte sie. »Ich soll Ihnen noch das hier geben.« Sie reichte ihm den roten Seidenbeutel und fügte hinzu: »Er meinte, daß Sie mir Ihren Brief wahrscheinlich zeigen würden.«

Lugg zögerte kurz, schien dann jedoch erleichtert bei dem Gedanken, eine Mitwisserin zu haben.

»Hier haben Sie ihn«, sagte er unfreundlich. »Da könn Sie selber sehen, was das für'n Kerl is.« Er warf ihr den Brief in den Schoß. »Sie wern vielleicht gar nich richtich kapieren, was drinsteht.«

Penny strich das Blatt glatt und las:

Unaussprechlicher Schwachkopf und Kretin. Ich hoffe, Du bist, wenn Du diese Nachricht bekommst, in der gleichen miesen Stimmung wie ich jetzt. Aber mach Dir keine Sorgen, Schlaukopf. Mußte auf den Moran-Trick zurückgreifen. Wenn ich bis morgen früh nicht wieder da bin, schick jemanden mit dem Bart des Propheten zu Mrs. Sarah auf Heronhoe Heath. Krieg Du mir keine hysterischen Anfälle mehr, und sollte es zum Schlimmsten kommen, bitte ich Dich, meine gefälschte Unterschrift nicht unter irgendwelche verdammten Empfehlungsschreiben zu setzen. Man käme Dir doch dahinter. Überlaß den Sesam öffne Dich Sarah und den Puppen. Dein Ekelpaket.

Penny legte den Brief aus der Hand. »Was bedeutet das alles?«

»Fragen Sie mich was Leichteres«, antwortete Lugg wild. »Hat sich hinter meim Rücken davongemacht, hat genau gewußt, daß ich ihn nich wechlassen tät. Er is wirklich das Letzte. Fixer als ich schaun kann, werd ich wohl die Stellenangebote studieren müssen. Nich mal'n Empfehlungsbrief hat er mir dagelassen. Himmel, sitzen wir inner Tinte!«

»Ich wünschte, Sie würden mir erklären, was los ist«, sagte Penny, die allmählich die Geduld verlor. »Was zum Beispiel ist der Moran-Trick?«

»O das«, sagte Lugg. »Damals war's unüberlecht. Heut isses Selbstmord. Wir warn hinter einem gewissen Moran her, der hatte alles mögliche aufm Kerbholz, unter anderm auch'n Mord. Un immer hatte er so ne Horde aus farbigen Ganoven um sich rum. Un was hat seine Hochwohlgeboren getan, weil wir nich an Moran rankonnten? Marschierte schnurstracks un ganz cool in sein Haus un hat'n gezwungen, ihn zu kidnappen, damit er rauskriechte, was die Kerle vorhatten. ›Ihre Neugier is noch mal Ihr Tod, mein Jung‹, hab ich ihm gesacht, als ich ihn rausholte. ›Beim himmlischen Harfenspiel wird Ihn das ne Menge Befriedigung einbringen, daß Sie nen Haufen Beweise gegen den Kerl gesammelt ham, der Sie abgemurkst hat.‹ «

Penny sprang auf. »Dann weiß er also, wer es ist«, sagte sie.

»Klar weiß er's«, antwortete Lugg. »Hat's wahrscheinlich schon in der Wiege gewußt – das wird er wenigstens behaupten. Aber Tatsache is, daß wir nix nich wissen. Wenn ich'n da wieder lebend rauskriege, laß ich'n offiziell für verrückt erklären.«

Penny sah ihn durchdringend an. »Aber warum tut er das, wenn der Kelch bei Val sicher aufgehoben ist?« jammerte sie.

Lugg warf ihr einen wachsamen Blick zu. »Kommt drauf

an, Miss, da sin eine Menge Sachen, die er keinem von uns gesacht hat. Wir könn nix andres tun, als seine Befehle ausführn un das Beste hoffen.«

Penny wandte sich wieder dem Brief zu. »Wer ist Mrs. Sarah?«

»Die Oberin von nem Haufen Zigeuner«, sagte Lugg tieftraurig. »Bei ihm sind's immer entweder ganz Hochgestochene oder die reinsten Niemande, un ich kann beide nich ausstehn. Ich bitte um Verzeihung, Miss.«

Penny blickte rasch auf. »Wir bringen morgen den Beutel gemeinsam hin. Heronhoe Heath ist ungefähr fünf Meilen von hier entfernt. Am entgegengesetzten Ende hat Mrs. Shannon ihren Rennstall. Wir fahren hinüber.«

Lugg zog eine Braue in die Höhe. »Mrs. Shannon? Is das die, die am Tag nachm Tod Ihrer Tante hier rumgeschnüffelt hat?« sagte er. »Mächtige Stimme un ziemlich bissich?«

»Ganz recht«, sagte Penny und mußte wider Willen lachen.

Lugg pfiff durch die Zähne. »Ich hasse Frauen«, sagte er, offenbar ohne jeden Zusammenhang. »Besonders wenn sie sich in Männergeschäfte einmischen.«

21

Der gelbe Zigeunerwagen

Auf Heronhoe Heath, einem breiten Streifen Ödland, auf einer Seite von der Ipswich Road, auf der anderen vom Heronhoe Creek begrenzt, wucherte in Überfülle gelber Besenginster, als Lugg und Penny am Morgen nach Campions Verschwinden im Zweisitzer über den unebenen Boden holperten. Die Sonne schien so strahlend, daß über der Flußseite der Heide ein grauer Hitzeschleier hing, hinter dem man undeutlich die niedrigen roten Gebäude von Mrs. Shannons Rennstall sah. Drei Meilen im Umkreis gab es kein anderes Haus.

Die Zigeuner hatten ebenfalls weit abseits des Dorfes ihr Lager aufgeschlagen. Es breitete sich am Nordrand der Heide neben einem kleinen Teich voll klaren Wassers aus wie ein großes, leuchtend buntes Taschentuch.

Als sie bis auf Rufweite herangekommen waren, wurde der Weg, in den die Räder der Wohnwagen tiefe Furchen gerissen hatten, praktisch unbefahrbar. Penny hielt an. »Das letzte Stück müssen wir gehen«, sagte sie.

Seufzend stieg Lugg aus dem Wagen, und Penny folgte ihm. Sie gaben ein seltsames Paar ab.

Penny hatte ein weißes Seidenkostüm an und keinen Hut auf, während Lugg den konventionellen schwarzen Anzug und die Melone des höheren Dieners trug. Trotzdem sah er nicht so respektabel aus, wie er sollte, da er sich den Hut schief über ein Auge gezogen hatte und außerdem an einem Strohhalm kaute, wodurch er irgendwie herausfordernd verwegen wirkte. Während er vorwärtsstapfte, meckerte er ununterbrochen halblaut vor sich hin. »Das muß sich einer mal anschaun«, sagte er. »Vagabunden. Gesindel. Verdammt, mich tät keiner dabei erwischen, daß ich mein Leben in nem Zelt zubringe.«

Penny hingegen gefiel, was sie sah. Die Wohnwagen in fröhlichen Farben mit den hochgewölbten Planen, die bunten Kleider an den Wäscheleinen und die vielen kleinen Feuer, deren Rauch fast senkrecht in die unbewegte Luft stieg, waren ein wirklich hübscher Anblick. Es gab natürlich auch Schmutz und Häßlichkeit, aber das Gesamtbild war durchaus erfreulich.

Was Penny am meisten beeindruckte, war die große Zahl der Wagen und Wohnwagen. Es waren mindestens vierzig, und ihr fiel auf, daß es hier weder die unzähligen Zelte noch die provisorischen Hütten gab, wie man sie sonst in großen Zigeunerlagern fand. Am auffallendsten war ein riesengroßer knallgelber Wohnwagen des Typs, in dem auch Schausteller und Zirkusleute umherzogen.

Obwohl sie die Zigeuner von Kindesbeinen an kannte, hatte sie sie noch nie besucht. Ihre Lagerplätze waren für sie verbotenes Terrain gewesen, und sie kannte sie nur als braune Menschen mit sanften Stimmen und Verkaufsmethoden, die jene der reisenden Vertreter für Abzahlungsgeschäfte weit in den Schatten stellten.

Ihr war daher doch ein wenig beklommen zumute, als sie hinter Lugg, der wieder seine Leichenbittermiene aufgesetzt hatte, in die Mitte der Gruppe vorstieß. Kinder, die halb nackt bei den Wohnwagen spielten, grinsten sie an und riefen ihr mit schrillen Zwitscherstimmchen Worte in einer Sprache zu, die sie nicht verstand. Lugg stapfte ungerührt weiter.

Ein dunkelhäutiger junger Mann lehnte sich über die Halbtür eines Wohnwagens. Seine wunderschönen Arme und die kräftige Brust hoben sich wie poliertes Kupfer von dem gräßlich rot und weiß gemusterten Hemd ab, das er trug. Er maß Lugg mit einem langen Blick und brach dann in fröhliches Gelächter aus, das die halbe Sippe herbeirief. In allen erdenklichen Öffnungen tauchten braune Gesichter auf, und einen Moment fürchtete Penny, daß man ihnen keinen besonders freundlichen Empfang bereiten werde.

Doch Lugg stand wie ein Fels in der Brandung. »Wir suchen eine gewisse Mrs. Sarah«, verkündete er mit lauter Stimme. »Ich habe eine Nachricht für sie. Persönlich und wichtig.«

Der Name hatte entschieden eine beruhigende Wirkung auf die zusammenströmende Menge, und der junge Mann, der Lugg und Penny als erster gesehen hatte, verließ seinen Wagen und polterte die hölzernen Stufen herunter.

»Kommt mit«, sagte er und führte sie über den buckligen Rasen zu einem wahrhaft großartigen Wohnwagen, der auf einer Seite mit dem Porträt des Königspaares und auf der anderen mit vier Delphinen geschmückt war, die um die berühmten siamesischen Zwillinge herumtanzten. Die Messingbeschläge dieses herrlich barocken Vehikels waren so lange poliert worden, bis sie wie Gold glänzten. Es hatte vorn einen kleinen Balkon. Dahinter, in der Fahrerkabine, saß eine monströs dicke, alte Frau. Um den Kopf hatte sie sich einen grüngelben Baumwollschal gewickelt, und ein riesiger bunt bedruckter Kittel umhüllte ihre üppigen Formen. Sie lächelte, und ihre klugen schwarzen Augen betrachteten die Besucher mit geradezu königlicher Belustigung.

Der junge Mann, der Lugg und Penny hergebracht hatte, sagte etwas in einem merkwürdigen Dialekt zu der Alten, den Penny nicht verstand. Die dicke Frau lächelte noch breiter. »Komm herauf, meine Dame«, sagte sie und zeigte auf die bunten Stufen, die in die Dunkelheit des Wagens führten.

Als sie die Hand ausstreckte, fing sich das Sonnenlicht in den Ringen an ihren Fingern, und ein Feuerwerk echter Steine schien in der Hitze zu explodieren.

Penny stieg die Stufen hinauf und setzte sich der alten Frau gegenüber. Lugg folgte ihr und blieb zögernd auf der obersten Stufe stehen. Die Menge lungerte noch immer neugierig um den Wagen herum. Penny sah in fragende, spöttische braune Gesichter und hörte schrille Stimmen, konnte aber wieder nicht verstehen, was sie sagten.

Die riesenhafte alte Frau, die Mrs. Sarah zu sein schien,

wandte sich den Leuten zu, doch jetzt lächelte sie nicht mehr. Ein paar ätzend scharfe Sätze, deren Sinn Penny nur erraten konnte, und sie liefen davon wie gescholtene Kinder. Mit der Lässigkeit einer Fürstin wandte Mrs. Sarah sich dann an ihre Gäste. »Wer schickt dich, meine Dame?« fragte sie.

Lugg holte den roten Seidenbeutel aus der Tasche und gab ihn Penny, die ihn an Mrs. Sarah weiterreichte. Die plumpen braunen Finger griffen danach, und dann begann Mrs. Sarah mit langen schwärzlichen Fingernägeln an dem Baumwollfaden zu zerren, mit dem der Beutel zugebunden war. Sie brauchte nicht lange, um den Knoten zu lösen, kehrte dann den Beutel um und schüttelte den Inhalt auf ihren Handteller.

Penny betrachtete ihn interessiert. Es war ein altmodischer Haarring aus unzähligen winzigen Zöpfchen, die mit akribischer Genauigkeit miteinander verflochten waren. Mrs. Sarah hielt den Ring in die Höhe und lachte. »Orlando«, erklärte sie entzückt. »Keine Sorge, meine Dame. Sarah weiß Bescheid. Morgen«, sagte sie. »Ja, am Tag danach, hat er gesagt. In Ordnung. Wir werden bereit sein. Auf Wiedersehen, meine Dame.«

Penny, die jetzt gar nichts mehr verstand, sah sie verblüfft an. »Orlando? Wer ist Orlando?«

Lugg gab ihr einen leichten Rippenstoß. »Das ist einer seiner Decknamen«, sagte er mit Grabesstimme. »Kommen Sie, die Verhandlung ist vertagt.«

Er hatte offensichtlich recht. Die alte Frau lächelte und nickte zwar, schien jedoch nicht bereit, das Gespräch fortzusetzen. Penny hatte den Eindruck, Mrs. Sarah habe eine Information erhalten, auf die sie gewartet hatte. Als Penny die Stufen hinunterging, beugte sich die alte Fürstin leutselig vor. »Du hast ein glückliches Gesicht, meine Liebe«, sagte sie, »und du wirst einen netten Mann bekommen. Aber Orlando wird es nicht sein.«

Über diese unerwartete Erklärung verblüfft, lächelte Penny sie an und ging hinter Lugg her, der, so schnell er es mit seiner

Würde vereinbaren konnte, zu dem kleinen Automobil zurückstapfte.

»Bei den Zigeunern nennt seine Hochwohlgeboren sich Orlando«, sagte er. »Komisches altes Frauenzimmer, nich? Haben Sie ihre Klunker gesehn – die Ringe, mein ich. Schleppt fast tausend Pfund an den Fingern mit sich rum, schätz ich. Alle vom Zaster armer Teufel wie Sie un ich. Einmal hat mir eine die Zukunft vorausgesagt. Eine große Reise übers Wasser hat sie mir prophezeit. Kaum'n Monat später hab ich in Parkhurst gesessen.«

Penny hörte ihm nicht zu. »Aber was hatte der Haarring zu bedeuten?« fragte sie. »Was sollen sie für ihn tun?«

Lugg antwortete mit einer übertrieben verzweifelten Geste. »Sie sin alte Freunde von ihm«, sagte er. »Manchmal zieht er mit ihn rum. Mich nimmt er nie nich mit, ich muß zu Hause bleiben und auf seine Dohle aufpassen. So'n Mensch is das, o ja. Damit muß man sich abfinden.«

Sie waren inzwischen bei Pennys Automobil angelangt, und sie setzte sich wortlos ans Steuer. Im selben Augenblick passierte sie ein weiterer Wohnwagen, der zum Lager fuhr. Sie blickte über die Heide, wo in der Ferne die Stallungen gerade noch zu sehen waren. Einen Sekundenbruchteil blitzte es verständnisvoll in ihren Augen auf, doch sie vertraute Lugg nicht an, was sie dachte.

Sie mied auf der Rückfahrt nach Sanctuary die Hauptstraße und wählte den kürzeren Weg über verschlungene Heckenwege und Seitenstraßen

»He! Wo sin wir'n da eintlich?« fragte Lugg, nachdem sie ungefähr siebzehn scharfe Kurven genommen hatten. »In nem verdammten Irrgarten?«

Penny, die seine ungekünstelte Vertraulichkeit inzwischen gewohnt war, lächelte. »Auf der Straße ist es ein weiter Umweg«, sagte sie. »Durch die Felder sind es nur fünf Meilen. Die Straße stammt noch aus der Zeit, in der man die Güter der reichen Grundbesitzer umfahren mußte.«

Als sie an Tye Hall vorbeikamen, standen Beth und der Professor am Tor. Sie winkten, und Penny hielt an. »Hören Sie«, sagte sie zu Lugg, »fahren Sie den Wagen nach Tower. Ich gehe zu Fuß nach Hause.«

Leise vor sich hingrummelnd gehorchte Lugg, und Penny stieg aus und ging zu ihren Freunden.

»Wir warten auf die Post«, erklärte Beth vergnügt. »Wo ist dein komischer kleiner Freund heut morgen?«

»Das weiß nur der liebe Gott«, antwortete Penny verlegen. »Er ist gestern nachmittag weggefahren und hat mir ein Briefchen hinterlassen, in dem er schreibt, daß er jemanden besucht. Ich glaube, er weiß etwas.«

Der Professor, in kühler gelber Shantungseide und einem Panamahut, strich sich über den sauber gestutzten braunen Bart. »Stand sonst nichts in dem Brief?« fragte er. »Ich finde, das klingt sehr merkwürdig.«

»Es sieht ihm gar nicht ähnlich, in einer so schwierigen Situation einfach zu verschwinden«, sagte Beth.

»Ich denke, er führt etwas im Schilde«, sagte Penny, bemüht, jeden falschen Eindruck im Keim zu ersticken. »Er hat Lugg und mich mit einem höchst seltsamen Botendienst betraut. Den wir übrigens eben erledigt haben. Wir mußten einen roten Seidenbeutel zu einer alten Zigeunerin bringen, die aussieht wie die Hotei-Figur, die in Ihrem Salon steht, Professor, nur war die alte Frau von Kopf bis Fuß in bunt gemusterten Kattun gewickelt. Ich glaube, sie ist so was Ähnliches wie eine Zigeunerkönigin. Auf Heronhoe Heath kampiert ein ganzer Stamm.«

Der Professor machte große Augen. »Also, wenn das nicht merkwürdig ist«, sagte er und schien in nachdenkliches Schweigen zu versinken.

»Sie schien auf jeden Fall zu wissen, um was es ging«, fuhr Penny fort, »was ich von mir nicht behaupten kann. Und sie sagte etwas von morgen, als habe er eine Verabredung getroffen oder so. Er ist ein ungewöhnlicher Mensch.«

Schon öffnete Beth den Mund, um ihr beizupflichten, wurde jedoch von einer Erscheinung abgelenkt, die sich über das Gatter beugte, das die hohe Hecke direkt gegenüber der Zufahrt von Tye Hall unterbrach. Sie schrie erschrocken auf, und Penny und der Professor fuhren herum und starrten zu der völlig aufgelösten Gestalt hinüber, die sich Halt suchend an der obersten Gatterstange festklammerte.

»Val!« Beth stürmte über die Straße und die beiden anderen hinter ihr her. Val war totenblaß. Er sah krank aus, und als er einen Schritt auf sie zu machte, schwankte er wie betrunken. Der Professor riegelte das Gatter auf und legte sich Vals Arm um die Schultern. Halb führte er und halb schleppte er ihn über die Straße und über den Gartenpfad zum Haus.

»Schwatzt jetzt nicht auf ihn ein, Mädels«, sagte der Professor energisch und unterband damit eine wahre Fragenflut. »Meiner Meinung nach geht es ihm sehr schlecht. Beth, lauf voraus, und stell Cognac und Eiswasser zurecht. Und Sie, Penny, stützen ihn bitte auf der anderen Seite.«

»Mir geht's ganz gut«, sagte Val schwach. »Ich denke, sie haben mich betäubt. Bin eben erst zu mir gekommen – hab euch reden gehört und mich bemerkbar gemacht. Ich bin wirklich ein Riesenidiot.«

»Sie dürfen jetzt nicht so viel sprechen«, riet ihm der Professor, als er mit den Geschwistern durch eine Seitentür das Haus betrat. »Alles in Ordnung«, sagte er zu dem aufgeregten Dienstmädchen, das ihnen entgegenkam. »Alarmieren Sie Mrs. Cairey nicht. Mr. Gyrth hatte einen leichen Schwindelanfall, das ist alles.«

Das Mädchen zog sich mit einem verblüfften »sehr wohl, Sir« zurück, und der Professor führte seinen Schützling in die Bibliothek, wo Beth schon mit dem Cognac und dem Wasser wartete.

Val ließ sich nicht länger am Sprechen hindern. »Ich hab es ja nicht anders gewollt«, sagte er, als er sich dankbar in einen großen Lehnsessel sinken ließ. »Du liebe Güte, ich habe einen Kopf wie nach fünfzig Champagnerfrühstücken hintereinander.«

»Aber was ist passiert?« sagten Penny und Beth im Duett. »Und«, fügte seine Schwester hinzu, als habe sie der Gedanke ganz plötzlich überfallen, »wo ist der Kelch?«

Vals umwölkte Augen wurden sekundenlang hart, und er versuchte, von der Erinnerung angestachelt, auf die Beine zu kommen. Im nächsten Moment sank er jedoch hilflos wieder zurück.

»Sie haben ihn«, sagte er apathisch. »Wo ist Campion?«

Penny stieß einen unartikulierten Laut aus und fiel blaß und zitternd auf einen Stuhl beim Tisch.

Beth hingegen war viel mehr an Val als an irgendwelchen antiken Kelchen interessiert. Von ihr liebevoll umsorgt, begann er sich schnell zu erholen. Er sah sie dankbar an. »Ich mache Ihnen schrecklich viel Mühe«, sagte er. »Aber ich habe keine Ahnung, wie ich auf dieses Feld geraten bin.«

»Was ist passiert, mein Junge?« fragte der Professor. »Können Sie sich erinnern?«

Val dachte nach. »Ich war in Campions Wohnung und las. Den Koffer mit dem Kelch hatte ich auf dem Schoß. Ziemlich idiotischer Aufbewahrungsort, schätze ich. Es war schon sehr spät, aber ich hatte mich nicht ausgezogen, weil ich nicht ins Bett gehen wollte. Gegen zwei oder drei Uhr morgens hörte ich vor dem Haus einen Heidenlärm. Ich schaute aus dem Fenster und sah, daß vor dem Polizeirevier eine wahre Schlacht tobte. Während ich mich noch fragte, was das sollte, hörte ich jemanden hinter mir in der Wohnung. Er muß einen Universalschlüssel gehabt haben.«

Val unterbrach sich und dachte nach, als müsse er das Durcheinander in seinem Kopf in die richtige Reihenfolge bringen. »Nun ja«, sagte er endlich. »Verfluchte Kopfschmerzen, machen mich ganz blöd ... Noch bevor ich richtig begriff, was los war, bekam ich eins auf den Schädel, doch vorher konnte ich noch einen Blick auf den Kerl werfen, der mich niederschlug. Ich habe ihn erkannt. Während meines Vagabundenlebens«, fügte er verlegen hinzu, »habe ich in allen möglichen Spelunken verkehrt und bin dort natürlich auch so ziemlich allen zwielichtigen Kerlen begegnet. Da gibt es zum Beispiel eine in einer Seitengasse der Berwick Street in Soho, und den Mann, der mich bewußtlos schlug, habe ich dort sehr häufig gesehen. Er hat ein sehr auffallendes Gesicht mit einer merkwürdigen Knollennase.«

Er unterbrach sich abermals, und der Professor nickte verständnisvoll.

»Und Sie haben sofort nach dem Schlag das Bewußtsein verloren?« fragte er.

»Das stimmt«, sagte Val. »Aber ich war höchstens zwei oder drei Minuten bewußtlos. Ich erinnere mich noch, daß mich eine wahnsinnige Wut packte und ich wie wild nach unten stürmte. Das einzige, woran ich denken konnte, war diese dreckige kleine Kneipe bei der Berwick Street. Auf der Straße prügelten sie sich immer noch, aber ich stürmte weiter und glaube sogar, ich habe in meiner Wut einen Bobby zu Boden gestoßen. Ich hätte natürlich ein paar Bobbies mitnehmen sollen, aber so weit habe ich in dem Moment nicht gedacht. Sie hatten ohnehin alle Hände voll zu tun.«

»Und was ist in der Berwick Street passiert?« fragte Beth, die ihrem Helden mit großen, glänzenden Augen zugehört hatte.

»Nun ja, viel mehr ist nicht gewesen«, sagte Val. »Ich stürzte wie ein wild gewordener Bulle in das Lokal und fragte den Wirt nach dem Kerl, den ich suchte. Er führte mich in das Hinterzimmer, wo ich vor Wut kochend wartete. Auf einmal kam so ein großer Lümmel herein, und bevor ich wußte, wie mir geschah, preßte er mir ein mit Äther oder Chloroform getränktes Tuch aufs Gesicht. Mehr weiß ich nicht, bis ich mich auf dem Feld hier wiederfand und mich wie eine nur halb wiederbelebte Leiche fühlte. – Was für einen Tag haben wir eigentlich heute?« fügte er hinzu. »Ich meine ...«

»Morgen ist Ihr fünfundzwanzigster Geburtstag«, sagte der Professor. »Ihrem Aussehen nach zu schließen, haben Sie seit dem frühen Morgen hinter der Hecke gelegen. Was für ein Glück, daß wir trockenes Wetter haben.«

»Wie bin ich nur hierhergekommen?« fragte Val verwirrt. »Ich sage euch, man hat mich gestern nacht in dieser elenden kleinen Spelunke in einer Seitengasse von Berwick Market betäubt. Nein, es kann nicht gestern nacht gewesen sein, sondern in der Nacht vorher. Wahrscheinlich haben sie mir zusätzlich noch etwas injiziert. Von Chloroform wäre ich nicht so lange bewußtlos gewesen. Hier – wo ist Campion? Ich muß ihm Bescheid sagen. Obwohl er inzwischen wohl schon alles von der Polizei erfahren hat.«

»Albert ist verschwunden«, jammerte Penny. »Und wir haben den Kelch verloren. Aber«, sie richtete sich plötzlich stocksteif auf, »da muß es irgendeinen Zusammenhang geben. Gestern hat jemand den ganzen Tag versucht, Albert anzurufen. Mary hat es mir heute morgen erzählt. Deshalb ist er weggefahren. Wahrscheinlich wollte er Vater und mich nicht beunruhigen.«

Sie wurde von Mrs. Cairey unterbrochen, die den Kopf zur Tür hereinsteckte. »Papa, mein Schatz, der Postbote ist hier«, sagte sie. »Er hat eine besondere Sendung für dich, für die du bezahlen mußt. Wollen Sie vielleicht Ihre Briefe auch gleich mitnehmen, Penny? Wenn Sie hinauskommen, gibt er sie Ihnen. Du liebe Güte!« fügte sie hinzu und kam, von ihren mütterlichen Instinkten getrieben, ins Zimmer. »Sie sehen aber krank aus, Mr. Gyrth. Kann ich irgend etwas für Sie tun?«

Penny ging fast automatisch mit dem Professor hinaus. Diese neueste und anscheinend endgültige Entwicklung hatte in ihrem Kopf ein fürchterliches Durcheinander angerichtet. Warum, um Himmels willen, regte sich niemand darüber auf, daß der Kelch verschwunden war?

Der Postbote, ein Einheimischer mit schwitzendem scharlachrotem Gesicht, wartete, an sein Fahrrad gelehnt, vor der

Haustür. »Zwei Briefe für Sie, Miss«, sagte er, nachdem er mit dem Professor fertig war. »Ihr Bruder is nich zufällig auch hier?« Hoffnungsvoll richtete er die blauen Augen auf Penny.

»Aber ja«, antwortete sie erstaunt.

»Also wenn ich kein Glück hab! Da hätt ich nämlich 'n Paket für ihn. Wenn Sie nichts dagegen haben, Miss.« Schon schnürte er den Segeltuchsack auf, den er auf dem Gepäckträger hatte, und drückte ihr im nächsten Moment ein großes, schweres Paket in die Arme. »Sie haben Glück, daß Sie es bekommen haben, Miss«, sagte er. »Meiner Ansicht nach überschreitet es das zulässige Höchstgewicht. Guten Morgen, Miss.«

Er griff kurz an seine lächerliche Mütze und schwang sich auf sein Rad.

Mit dem Paket im Arm ging Penny langsam ins Arbeitszimmer zurück, doch auf einmal löste irgend etwas in Gewicht und Größe ihrer Last ein merkwürdiges Prickeln in ihr aus. »Val«, sagte sie atemlos vor Erregung, »mach es auf. Ich denke – oh, ich weiß nicht... Mach es um Himmels willen nur schnell auf!«

Ihr Ton war so zwingend, daß ihr Bruder sich von ihrer Ungeduld anstecken ließ. »Was, in Gottes Namen –« begann er. »Ach, morgen habe ich ja Geburtstag. Wahrscheinlich ist es irgendein Unsinn von der Verwandtschaft.«

Trotzdem nahm er das Messer, das Beth ihm reichte, trennte die Schnur durch, und zum Vorschein kam eine feste Schachtel, wie man sie zum Verpacken von Flaschen nimmt. Etwas von der Erregung seiner Schwester schien sich auf ihn zu übertragen, denn als er den vernieteten Deckel der Schachtel öffnete, zitterten ihm die Hände.

Er entfernte das Stroh, mit dem die Schachtel ausgepolstert war, und holte dann mit einem Ausruf des Erstaunens sehr vorsichtig den hohen, schlanken Goldkelch heraus, den Melchizadeks Großvater angefertigt hatte.

»Der Kelch!« sagte Penny mit einem Schluchzen in der Stimme. »O Val, es ist ihm nichts passiert.«

Ihre Freude spiegelte sich in den Gesichtern der beiden anderen Frauen, aber der Professor und Val wechselten vielsagende Blicke.

»Wie –« stieß Val hervor. »Das ist unglaublich. Ist ein Brief dabei? Wer hat die Adresse geschrieben?«

Doch so gründlich er auch suchte, dem Paket lag keine Nachricht bei, und die Adresse war in Blockbuchstaben geschrieben. Der Poststempel unleserlich.

Der Professor räusperte sich. »Ich glaube, das kann ich verstehen«, sagte er und tippte leicht auf die Überreste der Verpackung. »Aber wie Sie heute früh in dieses Feld geraten sind, übersteigt meinen Verstand. Wer hat Sie dort ausgesetzt und warum? Es kommt mir so unsinnig vor.«

Penny, die während der letzten Minuten ihren Bruder angestarrt hatte, streckte plötzlich die Hand aus. »Val, dein Knopfloch«, sagte sie.

Instinktiv tastete Val nach dem Kragenrevers und zog erstaunt eine welkende Blütenknospe heraus. »Komisch«, sagte er, »ich kann mich nicht erinnern, sie mir angesteckt zu haben. Sie ist auch noch ziemlich frisch.«

Penny nahm sie ihm aus der Hand. »Siehst du denn nicht, was es ist?« fragte sie mit erhobener Stimme. »In dem Feld, in dem du gelegen hast, gibt es Hunderte. Es ist eine weiße Licht- oder Campionnelke. Ich kenne nur einen Menschen auf der Welt, dem so etwas einfallen würde.«

22

Der Trick mit den drei Karten

Campion hielt an diesem Abend den Wagen auf Heronhoe Heath mitten zwischen den hohen Besenginstersträuchern an und zog die angenehm weiche Luft durch die Nase ein. Er wirkte ein bißchen weniger tranig als sonst und strahlte, obwohl man ihm seine Besorgnis ansah, große Zufriedenheit aus.

Zwar war er den ganzen Tag im Auto unterwegs gewesen, doch seiner hochgewachsenen, schlaksigen Figur merkte man keine Müdigkeit an. Er schloß den Wagen ab, steckte den Schlüssel in die Tasche und blieb, mit der Hand auf der Motorhaube, einen Augenblick stehen. »Des Straßenräubers Abschied von seinem Pferd«, sagte er laut in die leere Luft hinein, drehte sich dann abrupt um und machte sich über das frühlingsfrische Gras auf den Weg.

Hinter ihm blinzelten die Lichter des Zigeunerlagers in der Abenddämmerung, und er zögerte einen Augenblick, da ihre freundliche Anziehungskraft fast unwiderstehlich war. Dann wandte er sich jedoch energisch ab und gab sich damit zufrieden, sie mit einem langgezogenen Pfeifen zu grüßen, das ebensogut von einem der Myriaden Seevögel am Fluß stammen konnte. Er blieb stehen, um zu lauschen, denn die Heide flüsterte, knisterte und raschelte um ihn herum. Sein Schrei fand sofort ein Echo in zwei melodischen Pfiffen, die unendlich tröstlich klangen. Campion schien zufrieden und setzte mit beinahe übermütigen Schritten seinen Weg fort.

Mrs. Dicks Rennstall auf der gegenüberliegenden Seite der Heide war gerade noch auszumachen, ein dunkler viereckiger Fleck im Grau. Campion hatte sich in der Entfernung ein wenig verschätzt, und der Fußmarsch war länger als erwartet. Als er endlich bei den Stallungen ankam, blieb er einen Moment im

Schatten einer hohen Mauer stehen und horchte angestrengt. Es herrschte Totenstille, und er war überzeugt, daß er unbeobachtet geblieben war. Langsam und sehr leise ging er um die Mauern herum und knipste seine Taschenlampe nur hin und wieder an.

Das Gebäude sah ungefähr genauso aus wie erwartet. Eine hohe rote Mauer umgab den ganzen Besitz und bildete einen großen rechteckigen Block; parallel zu ihr verlief an der Westseite eine unbefestigte Privatstraße, die Campion jedoch sorgfältig gemieden hatte, nachdem er von der Hauptstraße abgebogen war.

Die Einfahrt, ein hohes schmiedeeisernes Tor, war abgesperrt. Vorsichtig spähte Campion durch die Gitterstäbe und war erleichtert, weil alles dunkel war. Das Wohnhaus und der Garten nahmen das ganze westliche Drittel des Besitzes ein. Direkt vor ihm lag ein viereckiger Hof mit einem Cottage zu seiner Linken. Den ganzen restlichen Platz beanspruchten die Stallungen für sich. Sie waren einstöckig und bildeten ein Rechteck innerhalb des Rechtecks; ein großes Tor führte in den Hof und eine kleine Tür an der Ostseite, im rechten Winkel zum Fluß, auf die Heide. Die Zufahrt verlief in einer leichten Kurve um den Eingang des Wohnhauses herum und endete vor dem hölzernen Tor zum Stallhof.

Allein in der Dunkelheit, spitzte Campion plötzlich die Ohren. Er glaubte, irgendwo im Haus Stimmengemurmel zu hören. Er versuchte jedoch nicht, einzudringen, bevor er nicht einmal ganz um die Gebäude herumgegangen war, und als er wieder vor dem schmiedeeisernen Tor stand, hatte er eine Menge dazugelernt.

Der Besitz wirkte ziemlich heruntergekommen, viele Ziegelsteine waren durch die salzige Luft verwittert und bröckelten. Campion schob die Brille in die Tasche und begann zu klettern, nachdem er sich die passende Stelle in der Nähe der Küche ausgesucht hatte, wo eine üppig wuchernde Kletter-

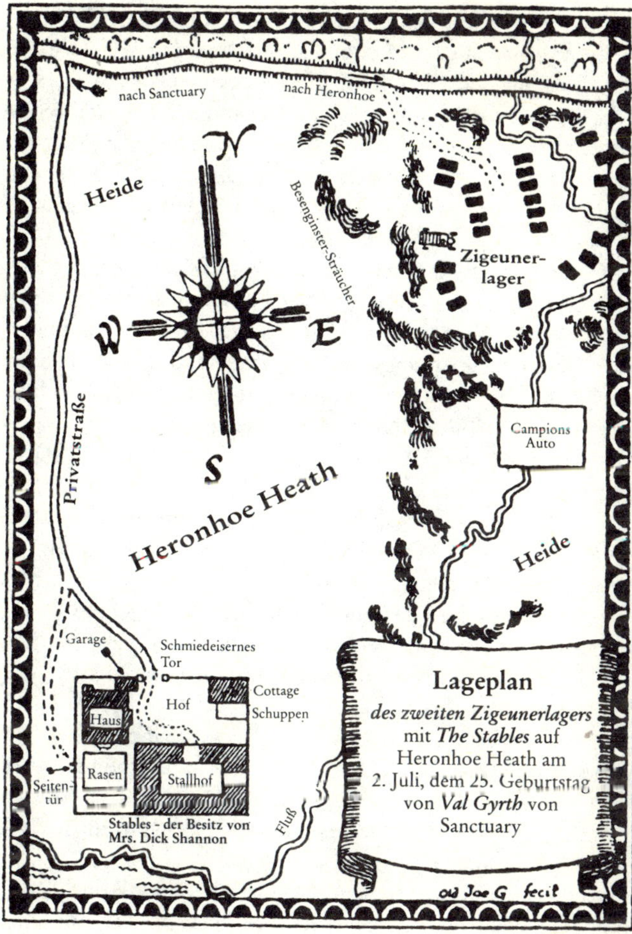
nach Sanctuary
nach Heronhoe
Heide
N
W
E
S
Besenginster-Sträucher
Zigeuner-
lager
Campions
Auto
Privatstraße
Heronhoe Heath
Heide
Garage
Schmiedeisernes
Tor
Cottage
Schuppen
Hof
Haus
Rasen
Stallhof
Seiten-
tür
Stables - der Besitz von
Mrs. Dick Shannon
Fluß
Lageplan
des zweiten Zigeunerlagers
mit The Stables auf
Heronhoe Heath am
2. Juli, dem 25. Geburtstag
von Val Gyrth von
Sanctuary
old Joe G fecit

pflanze über die Mauer hing. Es war kein leichter Aufstieg, denn die Mauer war hoch und ihre Krone mit Glassplittern gespickt, die von den Ranken verdeckt wurden. Campion schaffte es jedoch und ließ sich auf der anderen Seite lautlos zu Boden gleiten. Abermals blieb er stehen und hielt den Atem an, um zu lauschen. Noch immer hörte er kein Geräusch außer den monoton murmelnden Stimmen auf der gegenüberliegenden Seite des Hauses.

Er setzte die Brille wieder auf und begab sich weiter auf »Besichtigungstour«. Es waren weder Hunde noch Stallpersonal zu sehen, und nach einer sorgfältigen Inspektion des Stallhofes war Campion überzeugt, daß die Information, die er heute nachmittag in London bekommen hatte, im wesentlichen korrekt war. Mrs. Dicks Rennstall war alles andere als ein blühendes Unternehmen. Obwohl sie zwanzig Pferdeboxen hatte, war nur eine besetzt.

Das Cottage beim Stalltor war auch leer, und auch hier stieß er auf Anzeichen des Verfalls. Nur Rasen und Hof waren gepflegt, der Garten eine Wildnis.

Sehr vorsichtig ging Campion auf eine zweiflügelige Glastür zu, durch die Licht ins Freie fiel. Bisher war er der Helligkeit sorgfältig ausgewichen, doch jetzt wagte er sich näher. Weiches Gras schluckte das Geräusch seiner Schritte.

Das Licht machte den dünnen Netzvorhang an der Tür durchsichtig. In einem Raum, der früher sehr schön gewesen sein mußte, jetzt aber genauso heruntergekommen war wie der ganze Besitz, saßen fünf Männer und eine Frau um einen Tisch herum und spielten Poker.

Keine besonders liebenswerte Gesellschaft, dachte Campion, von einem Gesicht zum anderen blickend. Da waren der gerissene Matthew Sanderson, der augenblickliche Kartengeber, der »Major« mit dem Pferdegesicht und Fingers Hawkins, der ihn und Penny auf der Straße überfallen hatte und sich unter all den sozial Höherstehenden offenbar nicht recht wohl fühlte, aber trotzdem hemdsärmelig dasaß. Ein grauhaariger Mann mit engstehenden Augen war Campion fremd; den fünften, einen kleinen Japanermischling, kannte er zwar, doch seine Anwesenheit gab Campion Rätsel auf.

Mrs. Dick beherrschte kraft ihrer Persönlichkeit die ganze Runde. Sie war auffallend schick wie immer und ihr weißschwarzes Kleid so extrem modisch, daß es fast theatralisch wirkte. Ihr weißes Gesicht war zu einem leichten Lächeln verzogen. Das Haar, kurzgeschnitten wie das eines Mannes, ließ ihre merkwürdig geformten Ohren frei, an denen die Läppchen fehlten. Um den Hals trug sie eine dicke Kette aus barbarisch karmesinroten Holzperlen, und der weibliche Schmuck nahm sich an ihrer männlich eckigen Erscheinung ziemlich bizarr aus.

»Sie passen, Major?« fragte sie, als der rotgesichtige Mann die Karten hinwarf. »Sie haben nie die Courage, etwas bis zum Ende durchzustehen, Sandy, ich habe Sie beobachtet. Sie sind ein lausiger Spieler.«

Jetzt warf auch Sanderson die Karten auf den Tisch. »Ich frage mich, wieso Sie noch niemand erwürgt hat, Daisy«, sagte er mit mehr Bewunderung als Groll in der Stimme.

»Mein Mann hat es versucht«, antwortete Mrs. Dick unerschrocken.

»Aber Sie sind ihm wahrscheinlich zuvorgekommen«, sagte der Major lachend.

Sie maß ihn mit ihrem eigenartig unverfrorenen Blick. »Er hat immer behauptet, der Whisky sei nicht stark genug. Ich denke oft, daß ihn der Methylalkohol umgebracht hat, mit dem wir den Whisky dann aufgemöbelt haben.«

Sanderson wandte sich ab. »Sie jagen mir richtig Angst ein«, sagte er. »Befürchten Sie nicht, eines Tages einem Erpresser in die Hände zu fallen – ich meine, wie Sie reden?«

Mrs. Dick lachte. »Den Mann möchte ich sehen, der sich traut, mich zu erpressen«, sagte sie. »Eine fünfte Karte, Tony.«

»Keine Erpressung«, sagte Fingers Hawkins, der ihnen gegenübersaß, »aber was uns zusteht, kriegen wir.«

»Ihr kriegt, was euch zusteht und noch mehr«, sagte Mrs. Dick leicht verächtlich. »Ich geh bis ans Limit, Tony. Sie passen? Danke. Mein Spiel.«

Gerade in dem Moment, in dem sie ihre Karten auf den Tisch warf, klopfte Campion an die Scheibe.

Bei dem leisen Geräusch zuckten alle heftig zusammen – alle außer Mrs. Dick, die kaum von den Karten aufblickte. »Machen Sie auf, Fingers«, sagte sie. »Draußen kratzt irgendwas.«

Vorsichtig näherte sich der große Mann der Tür, schob den Riegel zurück, riß die Tür halb auf und sprang zugleich geschickt zur Seite.

Auf der Schwelle stand Albert Campion – blaß und unbeschreiblich töricht lächelnd. »Guten Abend, alle miteinander«, sagte er und betrat das Zimmer. »Hat jemand von Ihnen einen guten Tip für den Ascot Gold Cup?«

Fingers Hawkins ging um ihn herum und verschwand in der Dunkelheit. »Er is allein«, sagte er, als er nach einer Weile zurückkam, die Tür schloß und den Riegel vorschob.

Jetzt wurde die Gesellschaft, die vorübergehend ziemlich unsicher gewirkt hatte, fast übermütig. Sanderson begann zu lachen. »Ganz allein isser«, sagte er. »Ist das nicht treuherzig und vertrauensvoll? Wir haben Daisy vorhin geraten, daß sie Sie für ein paar Tage einladen soll, damit Sie hier in Ruhe abwarten können, bis der Spaß vorbei ist. Und schon sind Sie da.«

»Paßt bloß auf, vielleicht hat er draußen einen Wagen voller Bullen versteckt«, sagte der Halbjapaner nervös.

»Halt den Mund, Moggie!« fauchte Sanderson ihn an. »Wie oft soll ich dir noch sagen, daß die Polizei nicht im Spiel ist. Wofür soll sie dich denn einlochen? Dafür, daß du lebst?«

»Na ja, das wäre für mich schon ein begreifliches Motiv«, mischte Campion sich liebenswürdig ein. »Aber wie's eben jedem so gefällt, nicht wahr, Mrs. Shannon?«

Mrs. Dick ließ sich nicht dazu herab, in seine Richtung zu blicken. »Was wollen Sie hier?« fragte sie, während sie die Karten mischte. »Ich glaube nicht, daß ich Sie kenne.«

»Unsinn«, sagte Campion. »Wir haben uns bei unserem lieben Vikar kennengelernt. Ich habe die Biskuits rumgereicht. Sie haben sich gleich zwei genommen, und dann haben wir herzlich zusammen gelacht.«

Mrs. Dick hob den Kopf und musterte ihn eisig. »Sie scheinen ein noch größerer Narr zu sein, als ich dachte«, sagte sie, und ihre Stimme drang dröhnend über den Tisch hinweg zu ihm. »Was tun Sie hier?«

»Ich will Sie besuchen. Das müßte doch auch für die niedrigste Intelligenzstufe offensichtlich sein.«

»Sandy«, sagte Mrs. Shannon, »werfen Sie diese Kreatur hinaus.«

»Nie im Leben«, antwortete Sanderson mit großem Nachdruck. »Daisy unterschätzt Sie, Campion. Ich jedenfalls werde mich wesentlich sicherer fühlen, wenn Sie in den nächsten Tagen unser Gast sind. Haben Sie eine Waffe?«

»Nein«, antwortete Campion, »ich mag keine Feuerwaffen. Meiner Meinung nach sind Schleudern schon viel zu gefährlich.«

»Keine Mätzchen, bitte. Ich ziele nämlich auf Sie.«

Campion zuckte mit den Schultern und wandte sich an Fingers. »Mach schon«, sagte er und hob die Arme über den Kopf. »Ich sehe einem Profi gern bei der Arbeit zu.«

»Maul halten!« sagte der Taschendieb, ging jedoch auf Campions Aufforderung ein und tastete ihn ab.

Sanderson musterte Campion mit zunehmender Belustigung. »Was ist Ihnen denn da eingefallen?« fragte er. »Sie haben sich im Lauf Ihres Lebens ja schon einiges geleistet, doch diesmal sind Sie einen Schritt zu weit gegangen. Was steckt dahinter?«

»Nehmen Sie sich vor ihm in acht«, sagte der Halbjapaner, den sie Moggie nannten. »Er is schlüpfrig wie 'n Aal. Der hat irgendwas im Ärmel, drauf wett ich mein Kopf. Wahrscheinlich schleicht dieser Riesenbullterrier Lugg ums Haus rum.«

»Schreiben Sie das auf, unterzeichnen Sie es, und schicken

Sie es an unser Hauptbüro, dann bekommen Sie von uns ganz kostenlos einen phantastischen Füllfederhalter«, sagte Campion. »Jede Aussage, und wenn sie noch so bescheiden ist, wird etikettiert und katalogisiert und kann jederzeit eingesehen werden.«

Mrs. Dick ordnete die Spielkarten zu einem sauberen Stapel, drehte sich im Sessel um und sah sich ihren »Gast« noch einmal an. »Warum sind Sie hergekommen, junger Mann?« fragte sie. »Sie langweilen mich allmählich.«

»Nur ein bißchen Geduld«, sagte Campion. »Sie werden die Ausstrahlung meiner Persönlichkeit noch zu spüren bekommen. Ich hoffe, Sie haben nichts dagegen, aber ich habe mich ein bißchen in Ihren Stallungen umgesehen. Eins habe ich allerdings nicht ganz kapiert – so viele Boxen und nur ein einziges Pferd. Na ja, wahrscheinlich hat dieses hübsche Geschöpf jeden Tag ein anderes Heim, wie Alice bei der verrückten Teeparty.«

Mrs. Dick verzog keine Miene, doch sie hörte auf, die Karten sinnlos hin und her zu schieben. »Vielleicht ist es wirklich besser, wenn Sie ein, zwei Tage hierbleiben«, sagte sie. »Sperr ihn in eine Box, Sandy, und dann laß uns um Himmels willen weiterspielen.«

»Wir wollen vorher doch lieber nachsehen, ob er wirklich allein gekommen ist – was ich fast annehme«, erwiderte Sanderson. »Er ist unglaublich eitel.«

»Sollten Sie draußen jemanden finden, hat er nichts mit mir zu tun«, sagte Campion. »Ich stehe mit keiner anderen Firma in Verbindung. Absolut nicht. Wie ich Ihnen schon einmal gesagt habe, sollte das ein reiner Höflichkeitsbesuch sein. Ich bin mit Hilfe eines Geißblattstrauchs über die Mauer geklettert. Hinauf und herunter, ganz allein. Moggie hätte es nicht besser können. Ehrlich gesagt«, er wandte sich dem sehr Ehrenwerten zu, »verstehe ich nicht, was ein Fassadenkletterer bei der Geschichte soll.«

»Das brauchen Sie auch nicht zu verstehen«, warf Sanderson schnell ein. »Zerbrechen Sie sich nicht über uns den Kopf. Passen Sie lieber auf Ihre eigene Haut auf. Fingers, du und der Major, seht euch draußen mal richtig um.«

»Eine blendende Idee«, sagte Campion. »Und pfeift, solange ihr draußen seid, dann wissen wir, wo ihr steckt. Ich kann Ihnen inzwischen vielleicht ein paar Kartentricks zeigen«, fügte er hinzu und betrachtete wehmütig die Karten. »Ich könnte Ihnen aber auch wahrsagen, Mrs. Shannon. Sie haben ein glückliches Gesicht.«

Zum Erstaunen aller warf sie ihm die Karten zu. Campion nahm sie und mischte mit großem Ernst.

»Heben Sie dreimal in meine Richtung ab, und wünschen Sie sich etwas.« Seine hellen Augen blickten sanft und arglos, und sein Gesicht hatte einen kindlichen Ausdruck. Sie hob mit einem halb belustigten, halb spöttischen Lächeln ab.

Campion begann die Karten aufzulegen. »Ich sehe viele Gefolgsleute um Sie herum«, sagte er vergnügt. »Einen dikken«, fügte er hinzu und schaute dem »Major« nach, der eben hinausging.

Sanderson lachte. »Sie haben wirklich die Ruhe weg«, sagte er mit einer Spur von Bewunderung. »Machen Sie weiter.«

»Aha, und da hätten wir auch eine wichtige Vereinbarung«, sagte Campion und plazierte eine Karte nach der anderen auf dem Tisch. »Und große Schwierigkeiten. O Gott, o Gott, o Gott! Lauter schwarze Karten. Das sieht ja so aus, als ob jemand gehängt werden würde.«

»Halten Sie den Mund!« befahl Sanderson und streckte die Hand aus, als wolle er die Karten vom Tisch fegen. »Damit will er doch nur etwas bezwecken – Zeit schinden oder so.«

»Pst!« sagte Campion. »Man wird mich dafür reich belohnen – hoffe ich. Hier liegt auch ein ganzer Haufen Geld – ein Topf voller Geld, könnte man sagen. Lassen Sie sich nicht vom schnöden Mammon blenden, Lady. Hier ist die Glückskarte. Sie liegt in Ihrer Nähe, aber nicht direkt neben

Ihnen. Ein blonder junger Mann ist dazwischen. Ich würde mich vor ihm in acht nehmen, Mrs. Dick.«

Er schwatzte weiter, scheinbar ohne auf seine Umgebung zu achten. »Da sind auch noch eine alte Frau und ihr Sohn, die das Spiel verraten werden, wenn Sie nicht aufpassen – eine beschränkte alte Frau und ihr geistesschwacher Sohn. An den beiden haben Sie viel gutzumachen ...«

Der »Major« und Fingers Hawkins kamen zurück und unterbrachen Campion. »Alle Tore verschlossen«, sagte der Major. »Und auf der Heide weit und breit keine Seele. Er ist allein. Sollen wir ihn jetzt wegbringen?«

»Stören Sie mich nicht«, sagte Campion. »Ich habe das zweite Gesicht, und bevor der Anfall vorüber ist, darf man mich nicht unterbrechen. Jetzt lassen Sie mich mal sehen ...« Er betrachtete die Karten, die er im Halbkreis auf dem Tisch ausgelegt hatte, und zwar so, daß ein Ende auf Mrs. Dick zeigte und auf dem anderen seine Hand lag.

»O ja!« sagte er endlich, als sei ihm ein ganz neuer Gedanke gekommen. »Hier haben wir mehrere Reisen.« Er beugte sich über den Tisch und legte eine einzelne Karte mit einigem Abstand von den anderen vor Mrs. Dick, so daß das Arrangement wie ein Fragezeichen aussah.

»Ich sehe eine weite Reise«, bekräftigte er. »O ja, ganz sicher. *Sie nehmen die lange Straße.*« Im nächsten Moment hatte er, während sie noch auf den Tisch starrte, die Karten zusammengeschoben und stand auf. »Die Séance ist beendet. Noch mehr Material fürs Informationsbüro? Ich kann Ihnen einiges aus Ihrer Vergangenheit erzählen, Sanderson.«

Ein explosives Auflachen des Majors wurde jäh durch einen einzigen bösartigen Blick von Sanderson zum Schweigen gebracht. »Hören Sie auf herumzualbern«, herrschte Sanderson Campion an. »Wohin soll ich ihn bringen, Daisy? Auf den Dachboden?«

»Mir scheint, da is er richtig wild drauf«, sagte Moggie. »Wir sollten ihn am Ohr packen und hinauswerfen.«

Mrs. Dick traf schließlich die Entscheidung. »Steck ihn auf den Dachboden über dem Torhaus«, sagte sie. »Dort kann er ein paar Tage lang im eigenen Saft schmoren.«

Sanderson grinste. »Ich wußte, Sie würden vernünftig sein«, meinte er selbstzufrieden. Er legte Campion die Hand auf die Schulter und stieß ihn zur Tür. Fingers Hawkins packte seinen anderen Arm, und so wurde er mit Schimpf und Schande zu den Stallungen gebracht, die er sich erst vor kurzem angesehen hatte. Doch obwohl er auf dem ganzen Weg unaufhörlich protestierte, sollte vielleicht hier vermerkt werden, daß er alles in allem sehr zufrieden war.

23

Werden Sie sprechen, Madam?

Am zweiten Juli, Val Gyrth' fünfundzwanzigstem Geburtstag, schmachtete Campion um acht Uhr abends in dem Raum über dem Torhaus von Mrs. Shannons Stallhof. Es war ein sehr sicheres Gefängnis. Die Fenster hatten feste Gitter, die zwar eher einen Einbruch als eine Flucht verhindern sollten, doch sie erfüllten ihre Funktion in beiden Richtungen hervorragend. Die beiden Türen, die in Nebenräume führten, waren versperrt. Ein Fluchtversuch wäre aussichtslos gewesen.

Die Luft unter dem niedrigen Dach war stickig, und Campions Bett, das aus einem Strohhaufen und einer Decke bestand, war auch nicht das bequemste. Das entmutigte ihn jedoch keinesfalls. Im Lauf des Tages hatte er häufig Besuch gehabt, vor allem Sanderson, der reichlich nervös schien, hatte immer wieder hereingeschaut. Aber Mrs. Dick, die einzige, die ihn wirklich interessierte, war nicht gekommen.

Das war bisher der einzige Fehlschlag in seinen Plänen, doch hier tappte er völlig im Dunkeln. Denn ihm war klar, daß von Mrs. Dicks Charakter alles abhing.

Während des Tages hatte er festgestellt, daß viel mehr Männer ihrem Kommando unterstanden als bei dem Pokerspiel zugegen gewesen waren, und dankbar gedachte er des gelben Wohnwagens am anderen Ende der Heide.

Er stand auf und schaute aus dem Fenster. Im Westen begannen große dunkelblaue Wolkenfetzen den goldenen Himmel zu verhängen. Ein lautes Klappern im Hof ließ Campion zum anderen Fenster eilen, und er wurde Zeuge einer Szene, die aufs Haar jener glich, die Sanderson im Kelchhaus der kleinen Gruppe so anschaulich geschildert hatte.

Von einem völlig verängstigten Stalljungen und dem ebenso

unglücklichen Major unterstützt, war Mrs. Dick dabei, ihr Rassepferd aus einer Box in die andere umzusiedeln.

Es war ein ungewöhnliches Bild. Die Frau, hochgewachsen, knochig, wirkte in dem Reitanzug mit hochgeschlossenem weißem Hemd und weißer Krawatte männlicher denn je. Sie trug weder Mütze noch Hut auf dem kurzgeschorenen Kopf, und das Abendlicht fiel auf ihr blasses, vor Anstrengung verzerrtes Gesicht. Die Stute, ein wunderschönes Tier mit einem Fell wie schwarzer Satin und einer einzigen weißen Fessel, war nervös und schlecht gelaunt. Sie war so kräftig wie ein Jagdpferd und sehr groß, und wenn sie sich bewegte, sah man unter dem Fell das Spiel ihrer mächtigen Muskeln.

Sie wehrte sich schon gegen die zweite Box, stieg und schlug wild mit den Vorderhufen. Mrs. Dick, die mit einer Hand die Zügel festhielt, holte mit der Peitsche aus. Immer wieder verweigerte das Pferd den Gehorsam, und seine klappernden Hufe schlugen Funken auf dem Pflaster. Aber die Frau war nicht unterzukriegen; ein dutzendmal schien sie sich durch reine Geschicklichkeit und die stählerne Faust zu retten, mit der sie das Tier festhielt.

Campion erinnerte sich jetzt auch an den Namen des Pferdes – *Bitter Aloes*. Im selben Moment endete draußen der Kampf. Die Stute, die Mrs. Dick blindwütig angegriffen hatte, wurde mit einem Faustschlag auf die samtene Nase bestraft, und als sie, über den unerwarteten Gegenangriff erschrocken, hufeklappernd zurückwich, nahm Mrs. Dick die Gelegenheit wahr, sie rücklings in die Box zu drängen. Grimmig und triumphierend tauchte Mrs. Dick einen Moment später wieder auf. Sie sonnte sich in ihrem Sieg und wehrte den tölpelhaften Glückwunsch des Majors mit einem bissigen »Seien Sie kein Narr« ab. Dann lag der Stallhof wieder still und verlassen da.

Campion blieb, auf unklare Weise beunruhigt, noch eine Weile am Fenster stehen. Die Anwesenheit von Muggie, dem kleinen Halbjapaner, bereitete ihm Kopfzerbrechen. Er hätte auch gern gewußt, was der grauhaarige Mann hier wollte. Man sah ihm ganz einfach nicht an, in welcher Sparte er tätig war.

Darüber hinaus hatte Campion jedoch nichts dagegen, einfach abzuwarten. Wenn in Mrs. Dick nur ein Minimum an Weiblichkeit steckte, würde sie, nachdem er sich als Wahrsager betätigt hatte, schon noch kommen. Er war ein bißchen erstaunt, daß sie nicht schon erschienen war. Die einzige Frage, die ihn im Moment brennend beschäftigte, und der einzige Grund für seine augenblickliche Situation war, ob Mrs. Dick allein der *Société Anonyme* unterstand, die Amateurin, die zwar von Matthew Sanderson und Konsorten professionell unterstützt wurde, aber für das Abenteuer des Kelchdiebstahls die alleinige Verantwortung trug; kurz, ob sie jene Agentin war, deren Tod nach den Regeln der Société einzig und allein sicherstellen konnte, daß der Kelch in Zukunft ungefährdet blieb.

Um seinet-, aber natürlich auch um ihretwillen hoffte Campion, daß dem nicht so war. Val und er hatten diesen Aspekt der Angelegenheit in den Hintergrund ihres Bewußtseins verdrängt und sich eigensinnig und ausschließlich darauf konzentriert, den Kelch zu beschützen. Doch irgendwo hatte diese Frage immer gelauert und heischte jetzt, wie es Campion schien, seine volle Aufmerksamkeit.

Wider besseres Wissen schrak er jedoch auch jetzt vor dem Problem zurück und dachte wieder an zu Hause. Er stellte sich vor, wie sie um diese Zeit alle ernst beim Abendessen saßen – Sir Percival am Kopfende des Tisches, mit Val an seiner rechten und Penny an seiner linken Seite. Und neben Penny der alte Pfarrer Pembroke. Es würde, davon war Campion überzeugt, kaum ein Gespräch zustande kommen, obwohl die vier sich so gut und so lange kannten. Unbarmherzig würde der Schatten des »geheimen Zimmers« auf ihnen lasten; des geheimen Zimmers, in dem der echte Kelch der Gyrth aufbewahrt wurde, wo aber auch noch etwas anderes war, das Sir Percival keinen Augenblick seines Lebens vergessen konnte. Campion fragte sich, ob Val genauso reagieren würde wie seinerzeit sein Vater, oder ob es für den älteren Gyrth eine Erleichterung sein könnte, das Geheimnis mit dem Sohn zu teilen?

Motorengeräusch im Hof schreckte Campion aus seinen Gedanken auf, und als er einen Blick hinauswarf, sah er, daß Sanderson einen Wagen aus der Garage fuhr.

Irgend etwas an diesem ganz alltäglichen Vorfall beunruhigte Campion über jedes vernünftige Maß hinaus.

Ein Gewitter zog herauf, und die Hitze, die den ganzen Tag drückend gewesen war, wurde jetzt unerträglich. Sanderson ging ins Haus, und Campion hatte Muße, sich den Wagen genau anzusehen. Auf dem Beifahrersitz lag ein aufgerolltes Seil, in das in regelmäßigen Abständen Knoten geschlungen waren. Er war verblüfft, und sein blasses Gesicht, das hinter den Gitterstäben hervorspähte, hatte einen Ausdruck beinahe kindlichen Unbehagens. Ein bestimmtes und entscheidendes Unternehmen wurde vorbereitet, das fühlte er; irgend etwas würde sich ereignen.

Hinter ihm schloß jemand die Tür auf, und er fuhr herum.

Mrs. Dick betrat energisch den Raum. Sie trug noch den Reitanzug, in dem er sie im Hof gesehen hatte, und sie hielt auch noch die kurze Reitgerte in der Hand. Die Beine leicht gespreizt, blieb sie mit dem Rücken zur Tür stehen und betrachtete ihn herausfordernd.

Zum erstenmal sah er sich der Ausstrahlung ihrer mächtigen Persönlichkeit ganz allein ausgesetzt. Er war während seiner kurzen, ziemlich bunten Laufbahn schon mehreren starken und unangenehmen Persönlichkeiten begegnet, aber noch nie einer solchen Frau, und diese Tatsache war es, die ihm im Moment seine liebenswürdige Unbeschwertheit nahm.

»Sie haben sich heute früh nicht rasiert«, sagte sie plötzlich. »Ich mag Männer mit Bartstoppeln nicht. Ich will Sie auch nicht mehr auf diesem Dachboden haben. Kommen Sie mit.«

Campion machte ein beleidigtes Gesicht, als sie ihn durch eine Reihe ähnlicher Dachböden vor sich hertrieb, bis sie in eine mit Heu gefüllte Kammer kamen, in der es noch heißer und noch stickiger war als in seinem bisherigen Gefängnis, obwohl sie statt eines verglasten Fensters in der Außenmauer eine vergitterte Öffnung hatte.

Mrs. Dick machte die Tür hinter sich zu. »Ich will Sie hier drin haben, weil beide Türen sich noch zusätzlich von außen verriegeln lassen«, sagte sie. »Und nun, junger Mann, warum sind Sie hergekommen?«

Campion überlegte. »Sie haben mich verletzt, als Sie sagten, ich sei unrasiert. Keiner von Ihren Leuten wollte mir ein Rasiermesser anvertrauen. Früher mal habe ich einen Bart getragen. Ich habe ihn ›Unverschämtheit‹ oder ›Überredung‹ genannt. Klingt doch nett, oder?«

Mrs. Dick gestattete sich ein säuerliches Lächeln. »Ich habe schon von Ihnen gehört«, sagte sie. »Unverschämtheit scheint Ihre starke Seite zu sein. Tut mir leid, daß man Sie in diese Sache hineingezogen hat. Sie hätten recht amüsant sein können. Da Sie jedoch«, fuhr sie fort, »ganz offensichtlich nichts vorzubringen haben, was für Sie spricht, ist es für mich ganz klar, was Sie hier tun. Dadurch daß Sie unser Gefangener sind, haben Sie einen ausgezeichneten Vorwand, Ihren Auftraggebern zu erklären, warum Sie keinen Erfolg hatten. Das ist mir klar.«

Campion grinste. »Was für eine gute Idee«, sagte er. »Wie sind Sie nur auf eine so erstaunliche Ausrede gekommen?«

Mrs. Dick blieb unbeeindruckt. »Erstaunlich, das ist sie wirklich. Nur jammerschade, daß Sie keine Gelegenheit haben werden, sie auch zu benutzen. Sandy meint, daß Sie zuviel wissen und wir Sie deshalb nicht laufen lassen können. Ich habe noch nie einen Erpresser bezahlt und werde ganz bestimmt auch jetzt nicht damit anfangen.«

»Es muß an den Leuten liegen, mit denen Sie sich umgeben«, antwortete Campion mit Würde. »Meine Gewerkschaft erlaubt Erpressung nicht. Ich hatte keine Ahnung, daß ich bis in alle Ewigkeit Ihr Gast sein würde«, fügte er vergnügt hinzu.

»Hoffentlich verlangen Sie nicht von mir, eine eiserne Maske anzulegen.

Mrs. Dick zog bedeutungsvoll die Brauen hoch, aber sie sagte nichts, und er fuhr fort: »Ich nehme an, Sie wollen mich hierbehalten, bis Sie mit Ihren Londoner Agenten alles geregelt haben?«

Sie warf ihm einen durchdringenden Blick zu. »Sie wissen sehr gut, daß wir bisher noch keinen Erfolg hatten«, sagte sie. »Es war sehr schlau von Ihnen, ein solches Getue um den falschen Kelch zu machen. Ein bißchen kindisch vielleicht, aber äußerst wirkungsvoll. Ihretwegen haben wir eine Menge Zeit vergeudet.«

Campions helle Augen hinter den Brillengläsern flackerten. Sie hatten ins Schwarze getroffen.

»Sie sind also dahintergekommen, ja?« sagte er. »Das war schnelle Arbeit. Unser kleiner Albert hat es sich zu leicht gemacht, wie ich sehe. Oh, oh, oh! Was wollen Sie als Nächstes tun? Eine kleine Schatzsuche veranstalten und Preise aussetzen? Ich mache mit und sage Ihnen, wo es wärmer wird.«

»Es amüsiert mich nicht, wenn Sie Unsinn reden«, sagte Mrs. Dick. »Tatsächlich«, fügte sie mit vernichtender Aufrichtigkeit hinzu, »habe ich sehr wenig Humor.«

»Nun, das ist originell, und fairer könnte auch ich nicht sein«, entgegnete Campion höflich. »Darf ich Ihnen einen Vorschlag machen? Nehmen Sie doch den Kelch, den Sie schon haben. Er hat, seit es ihn gibt, im Kelchhaus von Tower gestanden. Präsentieren Sie ihn Ihren Auftraggebern. Wenn Sie daran herumnörgeln, können Sie ihnen ehrlich sagen, es sei Ihres Wissens der einzige Gyrth-Kelch, den es gibt. Ich stelle mir vor, daß sie sofort bezahlen werden.«

»Jetzt werden Sie allmählich richtig amüsant«, sagte Mrs. Dick. Sie steckte sich eine Zigarette aus einer gelben Pakkung an, die sie aus der Tasche ihrer Reithose zog. »Sie scheinen nicht besonders gut informiert zu sein. Der falsche

Kelch wurde vorgestern nach Tower zurückgeschickt. Ich weiß genau, wo der echte Kelch ist, und ich werde ihn bekommen.«

»Mit Matt Sanderson, Fingers Hawkins, Natty Johnson, dem Major, dem alten Onkel Tom Moggie und allen anderen werden Sie kaum auf Ihre Kosten kommen«, sagte Campion. »Mutter, lohnt sich das? Vater möchte auch seinen Anteil, wie du weißt.«

Mrs. Dick rauchte nicht weiter, die Zigarette hing schlaff zwischen ihren schmalen Lippen. »Ich leite die Aktion«, sagte sie. »An mich hat man sich gewandt, und ich trage die Verantwortung, streiche aber auch das Honorar ein.«

Campion schwieg kurze Zeit. Dann hüstelte er und musterte sie bekümmert. »Wenn Sie«, sagte er ernst, »für diesen kleinen Haufen tatsächlich verantwortlich sind, wird die Situation äußerst unangenehm und schwierig. Denn dann werden, ganz grob gesagt, entweder ich oder Sie – oder vielleicht auch wir beide – von der Bildfläche verschwinden müssen.«

»Dieser Gedanke ist auch mir schon gekommen«, entgegnete Mrs. Dick geistesabwesend. »Sie kommen hier nicht mehr lebend heraus, mein Freund.«

»Drohungen«, sagte Campion mit wiedergewonnener Unbekümmertheit. »Sollten Sie mich jetzt nicht anzischen? Sie sind gegen mich im Vorteil, denn Sie tragen das richtige Kostüm für die Rolle. Geben Sie mir einen falschen Bart, und ich spiele auch den Bösewicht.«

Das Tageslicht schwand allmählich, und obgleich er ihr helles Gesicht noch sah, fühlte er sich im Nachteil, weil er die feineren Nuancen seines wechselnden Ausdrucks nicht mehr lesen konnte.

»Es interessiert mich«, sagte sie plötzlich, »wer Ihre Auftraggeber sind. Die Gyrth', wie ich vermute. Tut mir leid, daß sie ihr Geld für nichts und wieder nichts aus dem Fenster geworfen haben. Der Himmel weiß, daß sie nicht reich sind.«

»Ich nehme an, Sie brauchen selbst Geld«, sagte Campion.

»Selbstverständlich. Ich habe im Lauf meines Lebens zwei Vermögen durchgebracht«, sagte Mrs. Dick, ohne Prahlerei und ohne Reue. »Deshalb muß ich mir ein drittes beschaffen. Sie denken doch nicht, daß ich mich von einer kleinen Ratte wie Ihnen daran hindern lasse?«

»Sie unterschätzen mich«, sagte Campion höflich, aber energisch. »Heldenmut, Intelligenz und Findigkeit sind meine starken Seiten.«

Zum erstenmal, seit sie miteinander sprachen, erhob er die Stimme. Sofort drang aus der Stallbox unter ihnen lautes Hufgeklapper, und dann donnerten ein paar Hufschläge gegen die hölzernen Trennwände, die so heftig waren, daß das ganze Gebäude zu beben schien.

»Bitter Aloes«, sagte Mrs. Dick bedeutsam. »Sie ist direkt unter uns. Sie befinden sich in guter Gesellschaft. Aber sprechen Sie leise – sie ist bösartig gegen Fremde.«

»Die Dame des Hauses liebt sie auch nicht gerade«, stellte Campion in leiserem Ton fest. »Ich habe Sie beide im Hof beobachtet – verspielt wie junge Kätzchen. Ich dachte, sie würde Ihnen mit den Vorderbeinen den Garaus machen.«

»Sie hat voriges Jahr einen Jungen umgebracht«, antwortete Mrs. Dick völlig ungerührt. »Man hat mich aufgefordert, sie erschießen zu lassen, aber ich hab das gedeichselt. Der dumme Kerl hat sie erschreckt. Ich habe es mit angesehen. Es war kein schöner Tod. Ihre Vorderbeine sind wie Stahlhämmer.«

Campion ließ die Schultern nach vorn fallen. »Sie haben eine Vorliebe für seltsame Schoßtiere«, sagte er. »Fingers Hawkins und Bitter Aloe sind ein feines Pärchen. Doch wie wär's, wenn wir jetzt das Melodram vergäßen und auf den Boden nüchterner Tatsachen zurückkehrten? Vor allem interessiert mich – und das ist reine Neugier –, wieso hoffen Sie, ungestraft davonzukommen?«

»Was sollte dem im Weg stehen?« sagte Mrs. Dick selbstgefällig und selbstsicher. »Sie scheinen zu vergessen, warum man mich mit der Sache beauftragt hat. Meine Stellung ist unangreifbar. Ich kann ungestraft überall hingehen, und ich kann mich mit so vielen Ganoven umgeben, wie ich will, ohne auch nur den geringsten Verdacht zu erregen. Das ist der Vorteil, wenn man einen Ruf und einen Beruf hat wie ich.«

»Ich verstehe«, sagte Campion. »Wegen dieses Rufs und Ihrer verheerenden finanziellen Verhältnisse sind Sie – sagen wir mal – ins große Geschäft eingestiegen? Aber was ich eigentlich gemeint habe, war, wie Sie ohne Nachteile für Sie aus der Sache herauskommen – hier weiterleben wollen, zum Beispiel?«

»Was sollte mich daran hindern? Ein einfacher Verdacht reicht nicht aus, mein Ansehen zu untergraben. Selbst wenn die Polizei mich verhaften würde, was für ein Motiv sollte ich denn haben, einen Goldkelch zu stehlen? Er ist nicht verkäuflich, wie Sie wissen, und ich bin nicht der Typ, der Nippes fürs Wohnzimmer sammelt. Und auf die Idee, mich nach Auftraggebern zu fragen, kommt die Polizei überhaupt nicht. Sobald ich den Kelch habe, kann ich tun und lassen, was ich will. Die Gyrth' werden den Verlust nicht in die Welt hinausposaunen. Wie sollte da die Polizei ins Spiel kommen, und der Grafschaft fühle ich mich eigentlich längst nicht mehr zugehörig. Ich sage Ihnen, ich habe schlimmere Skandale überstanden als diesen – falls es überhaupt einen gibt.«

Campion schwieg, und sie warf ihm einen fragenden Blick zu. »Nun?« sagte sie.

»Ich habe eben darüber nachgedacht, wie gerissen Ihre Auftraggeber sind«, sagte er bedächtig. »Sie haben recht, Sie sind unangreifbar. Es gibt in dieser Sache für Sie nur eine einzige Gefahr.«

»Und die wäre?«

»Die bin *ich*«, sagte er. »Sehen Sie, ich kenne die Spielregeln der Gesellschaft genausogut wie Sie. Ich«, fuhr er leise fort, »vermute, daß Sie daran denken, mich zu töten?«

»Es wäre lächerlich, wenn ich Ihnen gestattete, sich in meine Angelegenheiten einzumischen. Sie hätten für mich sehr nützlich sein können, aber wie die Dinge liegen, sind Sie nur verdammt lästig. Ich denke nicht nur daran, Sie zu töten, ich treffe bereits die Vorbereitungen dafür.«

»Wir sind in Suffolk«, sagte Campion, »aber es kann sich ohne weiteres mit Chicago messen. Ich finde es selbst widerwärtig, ständig irgendwelche Einwände vorzubringen. Doch wäre meine Leiche für Sie nicht ein bißchen mehr als ein rein gesellschaftlich bedingtes Ärgernis? Ich weiß, daß Polizisten freundliche und nachsichtige Menschen sind, aber wenn es um eine Leiche geht, dann hört auch bei ihnen der Spaß auf. Wollen Sie mich im Garten verscharren oder in den Fluß werfen?«

Mrs. Dick antwortete nicht, und er fuhr fort: »Bevor Sie an die – Arbeit gehen, muß ich noch meine Gesangsübungen machen. Hören Sie sich einmal dieses E in Alt an.«

Er warf den Kopf zurück, und der schrille Vogelruf, der am Abend vorher auf der Heide erklungen war, hallte jetzt durch den kleinen Raum. Da das Gitter über Campions Kopf offen war, hörte man seine Stimme auch im Freien. Noch einmal rief er, und das Pferd unter ihm begann wieder donnernd mit den Hufen zu schlagen.

Mrs. Dick fing an zu lachen. »Wenn Sie sich auf dieses Zigeunerpack verlassen«, sagte sie, »sollte ich Ihnen vielleicht sagen, daß ich die ganze Brut heute früh weggejagt habe. Sie sind allein. Allem Anschein nach haben Sie Ihre Karten sehr schlecht ausgespielt. Tatsächlich«, fügte sie plötzlich ernst werdend hinzu, »sind Sie ein solcher Versager, daß Sie für mich allmählich zum Ärgernis werden.«

»Wenn wir schon von Versagern reden«, sagte Campion, dessen Augen hart geworden waren, der aber nicht weniger liebenswert dümmlich wirkte als vorher, »wo ist Ihr Erfolg? Sie sind noch keinen Schritt weitergekommen. Sie haben den Kelch nicht.«

»Ich weiß jetzt aber, wo er ist«, sagte Mrs. Dick. »Es war dumm von mir, nicht früher daran zu denken. Natürlich ist er in dem Geheimzimmer im Ostflügel, um das sie ein solches

Getue machen. Das ist mir sofort klar geworden, als ich feststellte, daß der Kelch aus dem Kelchhaus falsch ist. Ich bekomme den echten heut abend.«

Sie sagte das so überzeugt, als sei jede andere Möglichkeit absurd. Campion schien zu erstarren. »Ich verstehe«, sagte er leise.

Er nahm die Brille ab und steckte sie in die Tasche. Es war jetzt schon sehr dunkel in der Bodenkammer, und obwohl er nicht ganz unvorbereitet war, überraschte ihr plötzlicher Angriff ihn doch. Ihr Arm, durch den weißen Hemdsärmel deutlich sichtbar, fuhr in die Höhe, und im nächsten Moment traf ihre Peitsche ihn voll ins Gesicht, so daß er an die Wand unter der vergitterten Öffnung zurücktaumelte.

Draußen im Freien wurden Stimmen laut, doch er nahm sie nicht richtig wahr, weil er keine Zeit hatte, klar zu denken. Mrs. Dick schlug mit der gleichen kühlen und tödlichen Genauigkeit nach ihm, mit der sie das Pferd zur Räson gebracht hatte, das unter ihnen wild durch die Box donnerte. Er riß die Arme hoch, um sein Gesicht zu schützen, und wich, von seiner Gegnerin unbarmherzig in eine Ecke getrieben, immer weiter zurück.

Sie folgte ihm, mit der Fußspitze auf dem heubedeckten Fußboden herumtastend. Endlich fand sie, was sie suchte, und stieß mit einer heftigen Drehung ihres Stiefelabsatzes den Riegel der Falltür zurück, durch die das Heu in die Pferdebox gegabelt wurde. Campion fiel und wäre zwischen den fliegenden Hufen des rasenden Pferdes zermalmt worden, hätte er nicht instinktiv die Hände ausgestreckt und sich am Rand der Falltür festklammern können.

Einen gräßlichen Moment baumelte er hilflos in der Luft. Mrs. Dick, die sich bückte, um die Falltür zu schließen, trat mit der Stiefelspitze gegen seine Finger, als stoße sie einen Stein vor sich her.

Dann zog sie die Tür an dem schlaff durchhängenden Strick wieder hoch und verriegelte sie.

24

Bitter Aloes

Bitter Aloes war über den Eindringling genauso erschrocken wie Campion über den Sturz. Sie wich zurück, stieg und wieherte laut. Mit den Vorderbeinen schlug sie wild in die Luft. Diese Schrecksekunde des Tieres rettete Campion das Leben.

Etwas über einen Meter unterhalb der Stalldecke hing ein altmodischer Heukorb aus Eisen, gerade niedrig genug, so daß sich die Stute nach Belieben ein Maulvoll Futter herausrupfen konnte, während das übrige Heu trocken blieb und weder auf dem Boden noch in der Krippe verfaulte.

Als Mrs. Dick nach ihm trat und er loslassen mußte, fiel er in die niedrige hölzerne Futterkrippe und drückte sich, als Bitter Aloe über ihm stieg, in einen Winkel, um sich so gut wie möglich vor den wirbelnden Hufen zu schützen, und sein Kopf streifte das Gitter des Heukorbes. Die Stute schlug jetzt, halb wahnsinnig vor Angst, nach hinten aus.

Campion sprang nach dem Korb, zog sich hinein und kauerte sich darin zusammen, Kopf und Schultern unter der wieder verriegelten Falltür eingeklemmt. Keine fünfzehn Zentimeter unter seinen Füßen hatte sich Bitter Aloes aufgepflanzt und schnappte nach ihm. Aber sogar in diesem Moment konnte er nicht anders, als Mrs. Dicks durchtrieben schlaues Arrangement zu bewundern. Ein Fremder, den man zu Tode getrampelt und vermutlich nicht mehr zu identifizieren in der Box eines Rennpferdes entdeckte, würde für die Jury nur einen Schluß zulassen, besonders wenn Mrs. Dick die nötigen Einzelheiten beisteuerte, die bewiesen, daß er mit bösen Absichten in den Stall eingedrungen war. Zwölf brave und getreue Männer aus Suffolk würden diesen Tod einen Fall von poetischer Gerechtigkeit nennen.

Kopf und Schultern schmerzten Campion noch von den Peitschenhieben, und sein ganzer Körper wurde allmählich taub in dieser unnatürlichen Haltung, die er, wie er wußte, nicht lange beibehalten konnte. Trotzdem horchte er angestrengt nach draußen. Bitter Aloes hatte sich ziemlich beruhigt, schnaubte aber immer noch zornig und schlug mit dem Schweif. Im Hof herrschte große Unruhe. Mrs. Dick und ihre Kumpane bereiteten ihren Aufbruch vor. Campion wurde klar, daß sie offenbar sehr genau wußte, wie sie vorgehen würde, und das Herz wurde ihm schwer, wenn er daran dachte, daß Tower völlig ungeschützt war, von Val und einer Handvoll Diener abgesehen, die sich sehr leicht überrumpeln lassen würden. Kein einfacher Raubüberfall, sondern ein Raubüberfall durch eine Gruppe ausgesuchter Männer, von denen jeder auf seinem Gebiet ein Meister war. Da konnte kaum etwas schiefgehen, zumal die Leute wußten, wo ihre Beute zu finden war. Und war der Coup einmal gelungen, würde nicht einmal Scotland Yard noch eine Chance haben, die Räuber zu fassen, da die Kostbarkeit nie wieder auftauchen würde.

Auf sich selbst mindestens genauso wütend wie auf die Frau, erhob sich Campion vorsichtig aus seiner gefährlich schwankenden Zuflucht und versuchte, sich mit Kopf und Schultern dagegenstemmend, die Falltür aus den Angeln zu heben. Es knarrte und ächzte ominös, und entsetzt merkte er, daß nicht die Falltür aufging, sondern der Balken sich lokkerte, an dem der Heukorb hing.

Er gab auf und kauerte sich wieder zusammen, während unter ihm Bitter Aloes, durch die Geräusche erschreckt, von neuem stieg und ausschlug.

In diesem Augenblick hörte er Schritte über sich, jemand schlich verstohlen durch die Bodenkammer. Er vergrub sich noch tiefer im Heu, denn er fürchtete einen Herzschlag lang, Mrs. Dick sei zurückgekehrt, um sich zu überzeugen, daß die Stute ganze Arbeit geleistet hatte. Seine Angst steigerte sich, als der Riegel zurückgeschoben wurde und die Tür sich langsam senkte.

Im nächsten Moment drang der Strahl einer elektrischen Taschenlampe durch die Dunkelheit, und Bitter Aloes begann wieder gegen die Boxenwände zu donnern. Campion, von tausend Krämpfen geplagt, verhielt sich mucksmäuschenstill.

Die Falltür öffnete sich noch ein bißchen weiter, und eine amerikanisch klingende Stimme fragte leise: »Sag mal, Campion, bist du hier irgendwo?«

Campion zuckte so heftig zusammen, daß der Balken über ihm noch stärker ächzte. »Professor Cairey!« flüsterte er.

»Oh, du bist also tatsächlich hier?« Die Taschenlampe schien ihm jetzt voll ins Gesicht. »Ich dachte schon, sie hätte dich erwischt. Warte noch einen Moment, bis ich die Tür ganz hinuntergelassen habe. Dann kannst du dich heraufziehen.«

Die Falltür kam näher, und Campion zog den Kopf ein. Kurz darauf hievte er sich mit Hilfe des Professors in die Bodenkammer hinauf. Cairey zog die Falltür hoch und verriegelte sie.

»Ich habe das Gefühl, es war höchste Zeit, daß ich vorbeigekommen bin«, sagte er. »Was ist mit deinem Gesicht passiert? Hat das Pferd dich so zugerichtet?«

»Nein, seine Besitzerin höchstpersönlich«, antwortete Campion erbittert. »Du hast mir das Leben gerettet, Professor. Wie, in aller Welt, bist du hierhergekommen?«

Cairey stand auf und klopfte sich den Staub von den Knien. Hier in der Kammer war es heller als unten im Stall, und Campion sah die adrette kleine Gestalt, noch immer in einem Anzug aus Shantungseide, und das sich deutlich abzeichnende Dreieck des weißen Vandyke-Bartes.

»Mir ist etwas eingefallen«, sagte der Professor leise. »Ein Punkt, den du vielleicht übersehen hast. Deshalb bin ich einfach herübergeradelt, obwohl die Chance, dich zu finden, äußerst gering war. Als Penny mir erzählte, sie sei bei den Zigeunern gewesen, glaubte ich zu wissen, wo du warst. Ich trieb mich ein bißchen auf der Heide herum und fand deinen Wagen. Da hatte ich Gewißheit. Man hat dir übrigens die Reifen aufgeschlitzt.«

Campion sah ihn noch immer an, als könne er seinen Augen nicht trauen, und der Professor sprach so gelassen weiter, als führe er ein ganz alltägliches Gespräch in seiner Bibliothek.

»Ich habe der Dame heute nachmittag einen Besuch abgestattet«, fuhr er fort. »Habe ihr meine Karte geschickt und ihr ausrichten lassen, ich käme wegen einiger Einjähriger, für die sie sich möglicherweise interessieren könnte. Sie ließ mir sagen, sie habe keine Zeit, und der Mann, mit dem ich gesprochen hatte, brachte mich wieder hinaus. Zum Glück war niemand in der Nähe. Ich vermutete, daß man dich gefangenhielt, und als ich mir so die Stallungen betrachtete, kam mir der Gedanke, was für ein großartiges Gefängnis sie abgäben. Also schlich ich mich in eine nicht abgeschlossene leere Box. Ich bin schon seit ungefähr zwei Stunden hier.« Er unterbrach sich und fügte hinzu: »Meiner Ansicht nach ist es nämlich unbedingt erforderlich, daß du heute abend nach Tower zurückkehrst.«

»Aber wie bist du auf den Dachboden gekommen?« fragte Campion, noch immer verwundert über die erstaunliche Sachlichkeit des Professors.

Cairey lachte leise. »Ich wartete in der Pferdebox, bis ich diese Frau mit einem Pferd herumalbern sah. Du grüne Neune! Ich dachte schon, daß es im nächsten Moment auf mir landen würde. Also kletterte ich schnell die Leiter zum Dachboden herauf, und kaum eine Viertelstunde später habe ich euch hier drin miteinander sprechen gehört. Ich höre nicht mehr ganz so gut wie früher und verstand daher nicht genau, wovon die Rede war. Aber ich hörte dich durch die Falltür stürzen und hörte sie hinausgehen. Dann kriegte ich die Tür nicht gleich auf, und es dauerte auch noch eine Weile, ehe ich herausfand, wo du warst. Den Rest kennst du. Ich spreche ja nicht gern respektlos über Damen, aber diese Frau scheint mir ein wahrer Satansbraten zu sein.«

Campion betastete die Striemen in seinem Gesicht. »Ich bin nicht abgeneigt, dir beizupflichten«, sagte er.

Der Professor berührte seinen Arm. »Du mußt dich beeilen«, sagte er. »Mach dir meinetwegen keine Sorgen. Mir passiert nichts. Aber ich wette, sie werden heute nacht versuchen, sich den echten Kelch zu holen. Deshalb habe ich dich gesucht. Da gibt es nämlich eine Tradition, die du meiner Meinung nach nicht kennst. Du weißt, daß ich mich für solche Dinge interessiere, daher habe ich mir die Sache gemerkt. Der alte Peck hat sie mir vor Monaten erzählt. Ich wollte schon früher mit dir darüber reden, aber es war so viel los, daß es mir immer wieder entfallen ist.«

Er senkte seine Stimme noch mehr. »Das Geheimzimmer im Tower hat, wie du weißt, keine sichtbare Tür, aber ein Fenster. Am fünfundzwanzigsten Geburtstag des Erben brennt von Sonnenuntergang bis zum ersten Hahnenschrei ein Licht in diesem Fenster. Früher«, fuhr er hastig fort, Campions leisen Aufschrei ignorierend, »wurde der Tag immer groß gefeiert, und alle Fenster des Hauses waren hell erleuchtet, aber diesmal gibt es kein Fest, und jeder, der zwischen Abenddämmerung und Morgengrauen einen Blick auf den Ostflügel wirft, wird nicht mehr herumzurätseln brauchen, welches das geheime Zimmer ist. Und das ist noch nicht alles«, fuhr er fort. »Es werden auch bestimmte Vorbereitungen getroffen, um die Tür zugänglich zu machen. Wenn heute ein Überfall auf Tower stattfindet, wird es den Ganoven nicht schwerfallen, Zugang zum geheimen Zimmer und damit zum Kelch zu finden. Es können dreißig Jahre vergehen, bis sich diese Gelegenheit wieder bietet. Ich denke, du solltest unbedingt bei der Hand sein.«

Campion antwortete nicht sofort. »Ich habe vermutet, daß im Fenster ein Licht brennen wird«, sagte er endlich, »aber ich hätte nicht einmal im Traum daran gedacht, daß es so lange sein würde. Von dieser Tradition habe ich nichts gewußt. Du hast recht. Ich habe mich in der Zeit verschätzt.« Er eilte ans Fenster. »Ich nehme an, sie sind schon weg.«

Der Stallhof lag verlassen da, doch Campion erhaschte einen Blick auf den großen Wagen, der noch vor dem Haus stand. »Wir müssen hier raus«, sagte er. »Am besten auf dem Weg, auf dem du hereingekommen bist.«

Sie gingen in die benachbarte Bodenkammer, und der Professor stieg als erster die Leiter in die leere Box hinunter. Gleich darauf stieß er eine halblaute Verwünschung aus.

»Es ist zugeriegelt«, sagte er. »Wir müssen wieder raufklettern und versuchen, anderswo rauszukommen. Wenn wir hier eingeschlossen sind, dann Gnade uns Gott.«

»In dem Raum über dem Torhaus ist ein Fenster«, sagte Campion nachdenklich. »Dort war ich den ganzen Tag eingesperrt. Ich glaube, dort könnte ich raus.«

Zum Glück war die Verbindungstür zwischen den beiden Vorratsspeichern nicht abgeschlossen, und sie umrundeten praktisch den ganzen Hof, bis sie endlich in dem Raum über dem Torhaus ankamen. Hier blieb Campion wie festgewurzelt stehen, und der Professor, der ein bißchen außer Atem war, holte ihn ein. Von irgendwo draußen drang ein ganz ungewöhnlicher Lärm zu ihnen herauf.

»Zum Kuckuck!« stieß der Professor hervor. »Was ist das?«

Campion war schon ans Fenster gelaufen. »Gute alte Sarah«, sagte er tief aufatmend. »Ich dachte mir schon, daß es purer Schwindel war, als Mrs. Dick behauptete, sie hätte die Zigeuner verjagt.« Er packte den Professor am Arm, zog ihn zum Fenster, und gemeinsam beobachteten sie, was sich unten abspielte.

Es war ein ziemlich ungewöhnlicher Anblick, der sich ihnen bot. Die letzten Reste eines düsterroten Sonnenuntergangs schienen noch die Heide in Flammen zu setzen, und Wind kam auf. Ein sehr großes dunkles Objekt, das sich deutlich vom Himmel abhob, näherte sich, immer schneller werdend, den Gebäuden. Sie konnten es aber erst erkennen, als es schon ziemlich dicht herangekommen war. Der klapprige

Ausflugsomnibus, den Penny am Tag vorher im Zigeunerlager gesehen hatte, fuhr, mit viel zu vielen wild gestikulierenden Gestalten besetzt, einen Sturmangriff auf den Rennstall.

Der Bus verschwand aus dem Blickfeld der beiden Beobachter, als er an der äußeren Mauer entlangfuhr, doch gleich darauf hallte ein ohrenbetäubender Krach durch die Gebäude, und das eiserne Tor flog auf. Der Omnibus tauchte wieder auf, riß im Vorbeifahren Mrs. Dicks großem Automobil ein Rad ab und hielt beim Torhaus an, über dem der Professor und Campion sich aufhielten. Der Lärm war teuflisch. Die Stimmen der Zigeuner, die jetzt nicht mehr melodisch, sondern schrill klangen, mischten sich mit dem Kreischen der Bremsen und den wütenden Flüchen der Mitglieder von Mrs. Dicks seltsamem Haushalt, die ausschwärmten, um die Eindringlinge anzugreifen.

Die Hölle brach los. Bitter Aloes trug noch das ihre dazu bei, indem sie mit ihren Hufschlägen allem Anschein nach ihre Box demolierte. Unzählige Gestalten kletterten aus dem Omnibus, verteilten sich im Haus und in den Stallungen.

Mrs. Dicks Anhänger verteidigten sich und ihr Eigentum gegen diesen unerwarteten Angriff mit unbeschreiblicher Brutalität. Mit den Händen die Gitterstäbe umklammernd, stieß der Professor einen langgezogenen Pfiff aus. »Das ist der schmutzigste Kampf, den ich je gesehen habe«, sagte er, ohne jedoch die Augen abwenden zu können.

Campion antwortete nicht sofort. Er kämpfte mit dem anderen Fenster, dessen Gitter er im Lauf des Tages ein wenig gelockert hatte.

»Sie haben mein Signal aufgefangen«, sagte er endlich, während er mit ganzer Kraft an den Stäben zerrte. »Ich habe sie schon vor Wochen darum gebeten, aber nicht einmal im Traum daran gedacht, daß sie so gründlich vorgehen würden. Wenn sie mein Signal hörten, sollten sie angreifen. Gab es kein Signal, sollten sie um zehn kommen. Lugg hat ihnen gestern das Zeichen überbracht, sie haben also schon den ganzen Tag gewartet und waren bereit. Die Kerle hier sind ihre Feinde. Zigeuner und Rennbahnganoven hassen sich gegenseitig.«

»Ich habe keine Schüsse gehört«, sagte der Professor, der die Schlacht mit fast jungenhafter Begeisterung verfolgte.

»Zigeuner benutzen keine Schußwaffen.« Campion mußte fast schreien, da der Lärm durch splitternde Scheiben und berstendes Holz noch zunahm. »Sie haben ein Vorurteil dagegen. Wenn sie mit einer Pistole gefaßt werden, fällt die Strafe härter aus. Ihre eigenen Methoden sind genauso wirkungsvoll und ein bißchen gemeiner. Wer gewinnt?«

»Schwer zu sagen«, meinte der Professor. »Für mich sehen alle gleich aus. Der Überfall auf Tower ist jedenfalls hinfällig, denke ich. Wo steckt übrigens Mrs. Shannon? Ich seh sie nirgends.«

Er unterbrach sich, als ein Pistolenschuß durch die Nacht peitschte.

»Das war Sanderson, darauf gehe ich jede Wette ein«, sagte Campion. »Der Mann wird eines Tages bestimmt gehängt.«

»Wer es auch sein mag«, sagte der Professor, »sie haben ihn.« Er unterbrach sich. »Hörst du einen Wagen?«

»Wer kann bei diesem Krach schon etwas hören?« brummte Campion und löste endlich einen Gitterstab aus dem Mauerwerk. »Das Ganze klingt mir sehr nach den frühchristlichen Vorstellungen von der Hölle.«

»Hör mal, Campion«, sagte der Professor und drehte sich plötzlich für einen Augenblick um, »draußen wird gemordet. Wird es für deine Zigeunerfreunde nicht ein bißchen schwierig sein, sich aus der Sache herauszuwinden?«

»Sie machen die Gegner höchstens kampfunfähig.« Campion schob sich seitlich durch das Fenster, während er sprach. »Du kennst die Zigeuner nicht, Professor. Morgen früh wird keine Spur mehr von ihnen vorhanden sein. Bei Tagesanbruch werden sie sich getrennt und in jeden Winkel des Landes zerstreut haben. Einige von ihnen leben nur, um zu kämpfen. Das ist eine ihrer Galanächte. Hör zu«, sagte er, während er sich darauf vorbereitete, sich durch die schmale Öffnung hinunterzulassen, »du bleibst am besten, wo du bist. Ich riegle unten die Tür auf und laß dich raus. Falls mir etwas zustoßen sollte, brauchst du nur zu sagen, du seist der Freund von Orlando, und jeder Zigeuner wird dir helfen. Vergiß nicht: *Orlando*. Ich hole mir jetzt Mrs. Dick. Und, Professor, ich werde nie vergessen, was du heute für mich getan hast.«

Cairey wandte sich wieder zum Fenster. »Junge«, sagte er, »ich wollte das hier um keinen Preis der Welt versäumen. Es ist eine unglaubliche Erfahrung.«

»Ich springe«, sagte Campion und verschwand.

Er landete in dem offenen Omnibus, der inmitten des Tumults eine Oase der Ruhe war, und suchte nach etwas, das er als Waffe benutzen konnte. Mit dem Fuß stieß er gegen etwas Hartes auf dem Boden des Fahrzeugs und bekam, als er sich danach bückte, eine Flasche in die Hand. Er band sich sein Taschentuch um die Hand und umklammerte den gläsernen Knüppel. Dann stieg er geduckt aus dem Omnibus und öffnete den Riegel der Tür, durch die man zur Speichertreppe gelangte.

»Alles klar, Professor!« rief er leise. Dann wagte er sich wieder hinaus und wollte eben ums Hauseck biegen, als sich mit erhobenem Arm eine Gestalt auf ihn stürzen wollte. Campion streckte die Hand aus, um den Schlag abzuwehren.

»Jacob?« sagte er scharf.

Der andere ließ den Arm sinken. »Orlando?«

»Höchstselbst«, sagte Campion und fügte, den Zigeuner in den schützenden Schatten einer Pferdebox ziehend, hinzu: »Wo ist die Donna?«

»Hat sich ausm Staub gemacht«, antwortete Jacob prompt. »In einem kleinen roten Auto. Der Kerl mit der Pistole wollte mit ihr fahren, aber wir haben ihn erwischt.«

»Hat sich aus dem Staub gemacht?« sagte Campion. »Allein?«

Der Zigeuner zuckte mit den Schultern. »Keine Ahnung. Ich glaub nicht. Das rote Auto hat bei der Seitentür gestanden, als wir kamen. Dürfte so ungefähr vor zehn Minuten weg sein. Hat eine Seilrolle mitgenommen. Ich glaube, ein paar von unseren Leuten wollten hinter ihr her, aber sie ist auf und davon.«

Campions Kopfhaut begann zu prickeln. Mrs. Dick hatte Nerven wie Drahtseile. Sie hatte nichts zu verlieren, und hatte sie erst einmal den echten Kelch, war sie in Sicherheit. Die Kaltblütigkeit, mit der sie sich seiner entledigen wollte, war nur ein weiterer Beweis dafür, daß sie nicht zimperlich war. Es gab nichts, das er ihr nicht zutraute.

Er wandte sich wieder an den Zigeuner. »Ich muß hinter ihr her. Wie – das weiß allein der Himmel. Hör zu, Jacob, da oben ist ein guter Freund von Orlando. Sorg dafür, daß er unbehelligt von hier wegkommt. Und grüß Mrs. Sarah von mir. Wir sehen uns auf dem Jahrmarkt in Hull wieder – vielleicht aber auch schon früher. Sammle jetzt eure Leute ein, und macht, daß ihr wegkommt.«

Jacob nickte und stieg lautlos die Treppe hinauf, um den Professor zu holen.

Gekämpft wurde jetzt hauptsächlich im Haus, wohin die meisten Mitglieder der Gang sich zurückgezogen hatten.

Campion lief über den Hof, auf dem zerbrochene Flaschen und Teile von zerfetzten Kleidungsstücken herumlagen, und überall war Blut. Außerhalb der Mauern war es noch nicht dunkel. Der Wind trieb große Wolken über den bleichen Himmel, und die Sterne schienen sehr nah.

Als er am Cottage der Pferdepfleger vorüberkam, löste sich eine dunkle Gestalt aus den Schatten und stürzte sich auf ihn. Er hatte die Flasche noch in der Hand, holte mit Schwung aus, schlug zu und traf auf etwas Hartes. Der Angreifer ging zu Boden. Es war der Major, der ihn mit offenem Mund anglotzte, doch Campion rannte weiter; er hatte nur einen klaren Gedanken: Mrs. Dick und ihre Seilrolle.

Hoffnungsvoll schaute er in die Garage, die jedoch – von dem bewußtlos daliegenden Matt Sanderson abgesehen – leer war, wie er bestürzt feststellte. Der Delage, der jetzt ein totales

Wrack war, und der rote Frazer Nash, in dem Mrs. Dick nach Tower raste – was Campion nicht bezweifelte –, waren die einzigen Automobile, die in der Garage gestanden hatten. Sein eigener Wagen, den er ein ganzes Stück entfernt auf der Heide geparkt hatte, war mit aufgeschlitzten Reifen ebenfalls unbrauchbar, und um mit dem Reiseomnibus, mit dem die Zigeuner gekommen waren, den Hof verlassen zu können, brauchte man die Hilfe von mindestens einem Dutzend kräftiger Männer. Blieb das Fahrrad des Professors, doch das war, selbst wenn er es fand, kaum schnell genug.

Das Transportproblem schien unlösbar, und Eile tat mehr not als sonst etwas auf der Welt. Er konnte nicht einmal telefonieren, da er aus Erfahrung wußte, daß plündernde Zigeunergruppen immer zuerst die Telefonleitungen durchschnitten. Ihm blieb nur eine Möglichkeit – er mußte zu Mrs. Sarah ins Lager laufen und sich ein Pferd von ihr ausleihen.

Er nahm eine Abkürzung und überquerte die Heide diagonal in nordöstlicher Richtung. Er kam gut vorwärts, hörte jedoch schon nach wenigen Minuten Schritte hinter sich, blieb stehen und drehte sich um.

Ein Mann, der ein Pferd am Zügel führte, kam schnell hinter ihm her. »Orlando?« rief er leise. »So warte doch!«

»Wer ist das? Joey?« Campion hatte die Stimme erkannt. Sie gehörte Mrs. Sarahs Sohn Joey, dem Pferdefachmann des Benwell-Stammes.

»Jacob hat mich hinter dir hergeschickt«, sagte Joey, als er Campion eingeholt hatte. »Der alte Knabe, der bei ihm war, hat gesagt, daß du ganz schnell weg mußt. Ich leih sie dir.« Der Zigeuner zeigte mit einem Nicken auf das Pferd. »Geh vorsichtig mit ihr um. Sie wird ungefähr eine halbe Stunde fügsam sein und dann wahrscheinlich ein bißchen wild werden. Aber ein schönes Tier ist sie, nicht wahr?«

Campion hatte begriffen. Joey, der von Geschäften wesentlich mehr hielt als von kriegerischen Aktivitäten, hatte die Gelegenheit genutzt, Mrs. Dicks Stallungen auszuräumen, was sich sein Stammesgenosse Jacob zunutze gemacht hatte, indem er ihn sofort hinter Campion herschickte.

Als Campion sich dankbar umdrehte, um die Zügel zu nehmen, entdeckte er, der für Augenblicke die gähnende Leere von Mrs. Dicks Boxen vergessen hatte, bei dem Tier eine weiße Fessel und wich instinktiv zurück.

»Guter Gott, du hast vielleicht Nerven«, sagte er grimmig. »Das ist Bitter Aloes. Mrs. Dick hat sie sich gewissermaßen als Scharfrichter gehalten.«

»Sie ist in Ordnung«, behauptete Joey. »Eine halbe Stunde lang wird sie so brav sein wie ein Lamm. Du kannst dich auf mich verlassen. Ich habe ihr etwas gegeben.«

Campion betrachtete den stolzen seidigen Kopf, die jetzt nach vorn gerichteten Ohren und die verhältnismäßig sanften Augen. Sie war ungesattelt. Es war reiner Wahnsinn, einen solchen Ritt zu versuchen.

Der Zigeuner reichte ihm eine Gerte.

»Beeil dich«, flüsterte er. »Wenn du sie nicht mehr brauchst, laß sie laufen. Ich finde sie schon, und dem, was ich dann in der Hand haben werde, wird sie meilenweit nachrennen. Du reitest nach Sanctuary, nicht wahr?«

Campion blickte über die Heide. Bis Sanctuary waren es ungefähr fünf Meilen Luftlinie. Mrs. Dick war vielleicht schon am Ziel. Er sah wieder den Zigeuner an.

»Danke, Joey«, sagte er. »Ja, ich muß nach Sanctuary.«

Geschmeidig schwang er sich auf den glänzenden Rücken der Stute und drückte ihr sanft die Fersen in die Flanken.

25

Das Fenster

Es war eine helle, windige Sommernacht. Indigoblaue Wolkenstreifen wanderten über den blassen, mit Sternen übersäten Himmel, und die Luft war kühl nach der sengenden Hitze des Tages.

Die Heide knisterte und flüsterte in der Dunkelheit, und die Besenginstersträucher raschelten wie unzählige Seidenröcke.

Es war keine Nacht, um im Haus zu bleiben: alles schien sich im Freien abzuspielen, und mit dem Wind kamen Geräusche von weither – das Blöken von Schafen, Stimmen, Hundegebell.

Campion nahm davon kaum etwas wahr, die donnernden Hufe des galoppierenden Pferdes übertönten alles andere. Welchen Pferdezauber Joey über Bitter Aloes auch ausgesprochen haben mochte, er hatte geholfen; zwar war sie noch immer sehr nervös und unberechenbar, aber nicht mehr bösartig und teuflisch wild. Die langen, dünnen Beine an die glatten Flanken gepreßt, hoffte Campion inbrünstig, daß sie wenigstens die ihm versprochene halbe Stunde so bleiben würde.

Nach dem ersten atemberaubenden Galopp über die Heide vergaß er ihre Launen und konzentrierte sich nur auf sein Ziel. Als er die Straße erreichte, schlug eine Kirchenuhr im Dorf Heronhoe elf; eigentlich hatte er die Absicht gehabt, auf der Straße zu bleiben, doch die Zeit war zu kostbar. Er wendete die Stute bei der Hecke, die eine der großen Weiden begrenzte. Bitter Aloes nahm den Sprung wie eine Katze. Als sie sich unter ihm hob und lang machte, kam ihm flüchtig der Gedanke, daß sie diesen gefährlichen Ritt wahrscheinlich genoß. Sie war verrückt genug, sich bei Gefahr am wohlsten zu fühlen.

Er machte sich keine Illusionen über das, was er tat. Ein von einem Zigeuner behandeltes Pferd ungesattelt bei Dunkelheit über ein Stück Land zu reiten, das er nicht kannte, war ebenfalls verrückt. Er konnte nur hoffen und beten, daß sie nicht auf ein unüberwindliches Hindernis oder Stacheldraht stießen. Er war sehr erleichtert, als ihm einfiel, daß in diesem Bezirk zahlreiche Jagden geritten wurden, und trieb Bitter Aloes unbeirrt vorwärts.

Einige Schwierigkeiten gab es natürlich mit ihr. Ein brütendes Rebhuhn, das plötzlich unter ihr aufflog, ließ sie gefährlich steigen, und als einmal vor ihnen ein Schaf auftauchte, bockte sie so heftig, daß sie Campion fast abgeworfen hätte.

Glück und sein unfehlbarer Orientierungssinn brachten sie sicher über die Wiesen an den Rand des Saddlehill, und als sie die steile Steigung hinaufgaloppierten, sah Campion sein Ziel auf einmal vor sich – den verlassenen Ostflügel von Tower, der sich auf der anderen Seite des Tals deutlich vom Himmel abhob.

Hoch oben im ersten Stockwerk war ein Fenster hell erleuchtet – ein kleiner, runder Punkt roten Lichts inmitten der Schwärze.

Obwohl er darauf gefaßt gewesen war, erschreckte es ihn. Er hatte in dieser Höhe kein Fenster mehr vermutet, und dann wurde ihm plötzlich klar, daß dieses Fenster nichts anderes war als das, was er bisher für einen eigenartigen runden Fassadenschmuck über der mittleren Fensterreihe im Turm des Ostflügels gehalten hatte – eine Nische, die vom Boden wie eine tief ins Mauerwerk eingelassene Steinplatte aussah.

Plötzlich erregte etwas im Park von Tower seine Aufmerksamkeit – Autoscheinwerfer, die am Ende der Zufahrt zwischen den Bäumen auftauchten. Panik packte ihn. Er drückte der Stute leicht die Fersen in die Flanken, und sie stürmte so ungestüm vorwärts, daß er im ersten Augenblick fürchtete, er habe die Kontrolle über sie verloren, doch der lange Galopp bergab strengte sie an, und sie beruhigte sich wieder. Er sprang mit ihr über einen Graben und gelangte auf den schmalen gekiesten Heckenweg am Fuß des Hügels, den sie so schnell entlangdonnerten, daß Bitter Aloes Hufe Funken aus den Steinen schlugen. Die kleine weiße Pforte am Ende des Wegs nahm sie fast ohne Schritt- und Tempowechsel, und den steilen Abhang raste sie im selben Tempo hinunter. Die Wirkung von Joeys Zaubermittel ließ nach, und sie warf ab und zu den Kopf ruckartig von einer Seite auf die andere, als irritierten sie die Zügel.

Campion merkte kaum etwas von ihrem Stimmungsumschwung. Er sprang am Ende des Blumengartens ab, und sie schlug nach ihm, als er die Pforte öffnete. Schweiß stand ihm auf der Stirn, während er über den Graspfad zum Haus lief, und der Ausdruck seines blassen Gesichts war jetzt weder naiv noch gelangweilt. Vor – wie er schätzte – etwa fünfzehn Minuten war ein Wagen in die Zufahrt eingebogen und hatte sofort die Scheinwerfer ausgeschaltet. Selbst wenn sie gefahren war wie der Teufel, konnte Mrs. Dick die zwölf Meilen kurvenreicher Landstraße nicht schneller zurückgelegt haben, als er errechnet hatte.

Sie war also jetzt irgendwo im Park, und er war auf alles gefaßt. Mrs. Dick war unglaublich flexibel.

Er blickte über den weitläufigen Rasen zum Ostflügel hinüber. Das einsame Licht, einem roten Auge gleichend, Anlaß für Tausende von Gerüchten und Legenden, die sich um das Geheimnis der Gyrth' rankten, schaute starr auf ihn herab. Hinter diesem Licht stand der Kelch, beschützt von etwas Unbekanntem, dem vielleicht furchtbaren Hüter, den wahrscheinlich nur drei Männer je zu Gesicht bekommen hatten. Er hatte Dutzende von »authentischen Erklärungen« gehört; Männer in berühmten Clubs kolportierten sie hinter vorgehaltener Hand, in Memoiren wurden Schrecknisse vage angedeutet, so furchtbar, daß man sie nicht drucken konnte.

Wie viele ängstliche Blicke mochten sich wohl an diesem Abend nach Tower richten? Mrs. Dicks Bande war zerschlagen, das stand fest. Doch bestimmt fieberten schon andere danach, sich der unschätzbaren Kostbarkeit zu bemächtigen. Mrs. Dick würde selbst wohl kaum in Erscheinung treten, um nicht erkannt zu werden, den Angriff jedoch von außerhalb leiten.

Im Augenblick war alles friedlich. Im ganzen Gebäude waren nur noch zwei Fenster hell, beide im Westflügel – das Fenster des Salons und das der Bibliothek. Die Dienerzimmer waren alle dunkel; zweifellos hatte man das Personal früh zu Bett geschickt. Campion vermutete, daß Penny allein im Salon saß, während Val, sein Vater und der alte Geistliche sich in der Bibliothek zusammengefunden hatten. Und irgendwo im Dunkel lauerte eine Gruppe furcht- und skrupelloser Männer und beobachtete wie er das einzige grelle Licht im Turm des Ostflügels.

Sich vorsichtig im Schatten haltend, schlich Campion lautlos näher.

Die unheimliche Stille um ihn herum erfüllte ihn mit düsteren Ahnungen. Er hätte schwören können, daß sich zwischen den Bäumen und Sträuchern, die die Rasenfläche säumten, nichts bewegte. Wieder blieb er stehen und lauschte. Dann glaubte er irgendwo doch eine Bewegung wahrgenommen zu haben und blickte auf. Schwarz hob sich das alte Haus vom nächtlichen Himmel ab. Das runde Fenster zog seine Augen an wie ein Magnet. Gleich darauf zuckte er zusammen. Über dem Fenster entdeckte er eine Gestalt, die sich, deutlich umrissen, über eine der Dachzinnen zu beugen schien.

Er wartete, wider jedes bessere Wissen hoffend, daß es Val oder sein Vater war, doch während er hinaufsah, glitt etwas Dünnes, Schlangenähnliches zu dem roten Lichtkreis hinunter, und dann erkannte er auch mit einiger Mühe, was es war – ein dünnes, flexibles Seil mit Knoten in regelmäßigen Abständen.

Damit war auch die Frage beantwortet, die ihn, ihm fast unbewußt, ständig beschäftigt hatte. Bevor die Diebe einen offenen Überfall wagten, wollten sie sich überzeugen, ob der Kelch auch wirklich dort war, wo sie ihn vermuteten. Jetzt begriff er auch, welche Aufgabe Sanderson dem Fassadenkletterer Moggie zugedacht hatte. Er hätte den Standort des Kelchs auskundschaften und die Kostbarkeit vielleicht sogar selbst stehlen sollen, wenn er durch das Fenster Zugang gefunden hätte. Campion war über die Einfachheit dieses Plans entsetzt. Der Dieb würde leichtes Spiel haben. Obwohl der Turm ungefähr vierzig Meter hoch war, konnte sich ein mutiger Mann ohne weiteres vom Dach zu dem Fenster abseilen. Gefährlich war es natürlich, aber für einen Mann mit Moggies Erfahrung nicht unmöglich.

Dann erinnerte sich Campion, daß Moggie und Sanderson in Mrs. Dicks Garage lagen. Wer dann war der Kletterer, der das Wagnis an seiner Statt unternahm? Es gab eine Antwort auf diese Frage, doch Campion weigerte sich, sie zu glauben.

Er rannte zum Haus. Sein erster Impuls war, den Oberst zu alarmieren, doch als er zum Ostflügel kam, sah er auf den ersten Blick, wie der Eindringling ins Haus gelangt war. Eines der schmalen Gitterfenster stand offen. Ohne zu zögern, benutzte auch er es als Einstieg und ging auf Zehenspitzen durch den gefliesten Bankettsaal in die Halle, von der aus eine riesige hölzerne Wendeltreppe, eine der Sehenswürdigkeiten der Grafschaft, in die dunklen oberen Stockwerke führte.

Er schlich die Stufen hinauf, die unter seinem Gewicht laut knackten und knarrten. Es war ein langer Weg im Dunkeln, denn die Treppe führte bis auf das Dach, und durch die spiralenförmigen Windungen schien sie viel länger als sie tatsächlich war. Je höher er kam, um so enger wurde sie, und endlich fühlte er kühle Nachtluft auf dem Gesicht, denn die Tür, die ins Freie führte, stand offen.

Campion blieb stehen, um zu lauschen. Im ganzen Haus hörte man kein Geräusch. Alles war still und gespenstisch. Ganz leise stieg er die letzten sechs Stufen hinauf und erreichte endlich durch die Tür in dem Mitteltürmchen das flache Steindach.

Jede Sekunde auf einen Angriff gefaßt, sah er sich um, doch außer ihm schien niemand hier oben zu sein. Mit dem Rücken zur Mauer ging er einmal um das Türmchen herum. Dann überlief ihn ein eisiges Frösteln. Er war ganz allein.

Unmittelbar vor ihm bewegte sich etwas, das einem vorüberhuschenden Schatten glich. Er machte einen Schritt darauf zu und berührte mit dem Oberschenkel etwas, das vom mittleren Fahnenmast straff gespannt zur Dachkante führte. Er betastete es mit der Hand. Es war das Seil mit den Knoten. In diesem Moment begriff er, daß eingetreten war, was er für unmöglich gehalten hatte – der Kelchräuber war allein.

Campion kannte nur einen Menschen, der den Mut hatte, dieses Wagnis auf sich zu nehmen, nur einen einzigen Menschen, der überzeugt war, daß die Beute das Risiko lohnte. Er ging bis an den Dachrand vor und holte seine elektrische Taschenlampe heraus, die er bisher aus Vorsicht nicht benutzt hatte. »Halten Sie ein, und kommen Sie zurück!« sagte er.

Seine Stimme kam ihm selbst theatralisch vor, die Worte gekünstelt und lächerlich. Angespannt horchte er, weil er dachte, er werde die Antwort nicht verstehen, aber sie drang laut und deutlich zu ihm.

»Lieber will ich in der Hölle schmoren«, sagte Mrs. Dick.

Campion beugte sich über die Zinnen, knipste die Taschenlampe an und richtete den Strahl nach unten. Obwohl der Anblick für ihn nicht überraschend kam, wurde ihm übel. Sie klebte an der Mauer wie eine Fliege, und ihre kräftigen Hände hielten wie Stahlklammern das Seil fest, an dem sie sich hinuntergleiten ließ. Das erleuchtete Fenster war höchstens noch einen halben Meter unter ihr, und das lose Ende des Seils tanzte und hüpfte über das Mauerwerk. Bei Tageslicht mußte die Höhe erschreckend sein. Nachts sah man den Boden nicht, und darüber war Campion froh.

An die Zinnen gelehnt, schaute er zu ihr hinunter. Er sah sie ganz deutlich. Sie trug noch den Reitdress, in dem sie am Nachmittag zu ihm auf den Dachboden gekommen war. Während er sie nachdenklich betrachtete, drängte sich ihm ungerufen ein Gedanke auf. Mrs. Dick war die Beauftragte der *Société An-*

onyme; die Verantwortung lag allein auf ihren Schultern. Wenn sie starb, endete automatisch auch die Gefahr für den Kelch.

Das Seil, das allein sie gegen einen Dreißigmetersturz auf die Steinfliesen absicherte, lag in seiner Hand. Wie, wenn der Knoten sich löste, mit dem es am Fahnenmast festgemacht war...

Reglos stand er da, ließ sie nicht aus den Augen. Er konnte eine ganze Reihe moralischer Rechtfertigungen für diese Exekution vorbringen, und die Tatsache, daß es eine Exekution sein würde, schreckte ihn auch nicht ab. In Mrs. Dicks Vergangenheit gab es Dinge, die kein englisches Geschworenengericht trotz der schon sprichwörtlich gewordenen Nachsicht gegen Frauen entschuldigt hätte. Campion umklammerte eine Zinne so fest, daß seine Fingerknöchel weiß hervortraten.

»Kommen Sie zurück«, wiederholte er und richtete die Taschenlampe voll auf ihren geneigten Kopf. »Kommen Sie zurück, bevor Sie einen Blick in das Zimmer werfen, sonst schneide ich das Seil durch, ich schwöre es!«

Sobald er sie ausgesprochen hatte, erschrak er vor seinen eigenen Worten. Hatte Mrs. Dick, die Beauftragte des mächtigsten Syndikats der Welt, ihre Beute erst einmal zu Gesicht bekommen, konnte nichts und niemand sie davon abhalten, sie auch zu holen. Er durfte nicht zulassen, daß sie das Fenster erreichte. »Ich schneide das Seil durch«, wiederholte er.

Sie blickte, ohne mit einer Wimper zu zucken, zu ihm auf, und das grelle Licht der Taschenlampe gab das kleine, verzerrte Lächeln preis, das ihren dünnen, grausamen Mund umspielte. »Das wagen Sie nicht«, sagte sie. »Dazu fehlt Ihnen der Mut. Verschwinden Sie. Mit Ihnen beschäftige ich mich später.«

Herausfordernd rutschte sie ein Stückchen tiefer.

»Kommen Sie zurück!« rief Campion mit drohend klingender Stimme. »Halten Sie sich fest. Ich ziehe Sie jetzt herauf.« Er packte das Seil, stemmte sich dagegen und zog, aber sie war sehr schwer, und er wußte, daß er es trotz der Knoten nicht schaffen würde.

Mrs. Dick, die regungslos am Seil hing, spottete ganz offen über ihn. »Kümmern Sie sich gefälligst um Ihre eigenen Angelegenheiten«, sagte sie. »Und wenn Sie sich schon einmischen müssen, gehen Sie hinunter und holen Sie sich einen Diener zu Hilfe.«

Ihre Stimme entfernte sich, und Campion wußte, daß sie wieder ein Stück tiefer geglitten war. Wieder beugte er sich über die Zinnen. Ihre Füße überspülte schon das rote Licht aus dem Fenster des geheimen Zimmers.

»Kommen Sie zurück!« rief er heiser. »Kommen Sie um Gottes willen zurück!«

»Aber ja doch, gleich«, antwortete sie leise, ließ sich den letzten Viertelmeter hinunter, stellte die Füße auf das Fenstersims, bückte sich und spähte durch das Fenster.

Es folgte eine Pause, die eine Ewigkeit zu dauern schien. Campion beugte sich noch weiter vor, und im Schein der Taschenlampe, der auf die kauernde Gestalt fiel, sah er, daß sie am ganzen Körper zitterte. Das rote Licht lag auf ihrem Gesicht, ihre Schultern zuckten, und sie schien geradezu hypnotisiert von dem, was sie sah. In diesem Augenblick schien die Welt stillzustehen. Es war, als hielten Haus und Park den Atem an.

Dann glaubte Campion von irgendwo unter ihm einen schwachen, kaum erkennbaren Laut zu hören. Es war ein so unbeschreiblicher Laut, daß es ihm unmöglich war, ihn etwas Bestimmtem zuzuordnen. Und er war so leise, daß Campion sich gleich darauf fragte, ob er sich nicht geirrt hatte. Auf Mrs. Dick jedoch hatte er sofort eine unübersehbare Wirkung.

»Nein!« sagte sie sehr deutlich. »Nein!«

Das letzte Wort erstickte in einem tiefen, bebenden Atemzug, ihre Füße verloren den Halt, sie schwang herum und hing jetzt nur noch an beiden über ihrem Kopf ausgestreckten Armen am Seil. Für den Bruchteil einer Sekunde wandte sie Campion das Gesicht zu. Ihre Lippen waren verzerrt, so daß es aussah, als fletsche sie die Zähne, ihre Augen waren vor Angst weit aufgerissen, und aus einem Mundwinkel lief ein dünner

Speichelfaden zum Kinn. Campion beugte sich noch weiter vor.

»Halten Sie durch!« sagte er und merkte nicht, daß er flüsterte. »Halten Sie durch!«

Doch noch während er sprach, lockerte sich ihr Griff um das Seil, und es glitt ihr mit einem bösartigen Zischen und rasender Geschwindigkeit durch die Hände. Sie selbst hingegen verschwand scheinbar unendlich langsam in die Tiefe, immer weiter hinunter in ein Dunkel, das der Strahl der Taschenlampe nicht mehr erreichte.

Dumpf schlug der Körper auf den Steinen auf – dann Stille. Der Hüter des Kelchs hatte seinen Schatz beschützt.

Campion, dem furchtbar übel war und der im kalten Wind unkontrollierbar zitterte, kehrte unsicher schwankend zu dem Türmchen zurück und stieg leise die Treppe hinunter.

26

Campions Auftraggeber

Am 7. Juli erschien in *The Suffolk Courier and Hadleigh Argus* folgender Artikel:

BEDAUERLICHER TODESFALL IN SANCTUARY

Coroner spricht von sträflicher Neugier

Letzten Samstag wurde im ›Three Drummers Inn‹, Sanctuary-by-Tower von Dr. J. Cobden, dem Coroner des Bezirks, im Fall des Unfalltodes von Daisy Adela Shannon (44), Besitzerin des Heronhoe Rennstalls, Heronhoe, eine gerichtliche Untersuchung zur Klärung der Todesursache abgehalten. Mrs. Shannon war in der Nacht des 2. Juli während einer Geburtstagsfeier vom Turm des Ostflügels von Tower, dem Besitz von Oberst Sir Percival Gyrth, Baronet, abgestürzt.

Mr. Alfred Campion, zur Zeit Gast auf Tower, hatte die Tote gefunden. Mr. Campion, der in der Bottle Street 17, London W1, wohnt, hat ausgesagt, er habe, als er gegen elf Uhr fünfundzwanzig über den Rasen schlenderte, plötzlich bemerkt, daß sich hoch oben auf dem Ostflügel etwas bewegte. Er dachte zunächst, es sei jemand, der zum Haus gehörte, und rief etwas hinauf. Da er keine Antwort bekam, wurde er unruhig, und diese Unruhe steigerte sich noch, als er feststellte, daß ein Fenster im Erdgeschoß offenstand. Mr. Campion eilte ins Haus und lief die Treppe hinauf, die auf das Dach führt. Die Jury veranstaltete einen Lokaltermin auf Tower und besichtigte die Treppe, die zu den Sehenswürdigkeiten von Suffolk gehört.

Mr. Campion hat weiter ausgesagt, daß außer ihm niemand auf dem Dach war. Er lief wieder hinunter und fand die Tote auf den Steinfliesen vor dem Turm. Er verständigte umgehend alle Mitglieder der Familie Gyrth.

Erhärtet wird seine Aussage durch zwei weitere Zeugen, Roger Arthur Branch, Sir Percivals Butler, und Pfarrer P. R. Pembroke von der Pfarrei Sanctuary, ebenfalls Geburtstagsgast auf Tower.

Dr. A. H. Moore aus Sanctuary Village sagte, der Tod sei durch eine Schädelfraktur und der damit verbundenen Gehirnquetschung eingetreten. Mrs. Shannon sei sofort tot gewesen.

Identifiziert wurde die Tote von W. W. Croxon, Tierarzt, wohnhaft in The Kennels, Heronhoe.

Polizeiwachtmeister Henry Proudfoot sagte aus, er sei in der fraglichen Nacht um 11 Uhr 45 nach Tower gerufen worden. Er stieg auf das Dach des Turmes und stellte dort ein Seil sicher, dessen Ende um einen Fahnenmast geschlungen und verknotet war (liegt als Beweisstück vor).

David Cossins, Bury Road 32, Hadleigh, Händler, erkannte in dem Seil dasjenige wieder, das Mrs. Shannon am 18. oder 19. Juni bei ihm gekauft hatte. Auf die Frage, ob dieses Seil stark genug sei, einen menschlichen Körper zu tragen, erklärte der Zeuge, das sei es ganz gewiß.

Vom Coroner befragt, ob er sich erklären könne, was die später Verunglückte zu so vorgerückter Stunde auf seinem Besitz getan habe, antwortete Sir Percival, er habe keine Ahnung. Er habe Mrs. Shannon flüchtig gekannt, und sie sei nicht zur Geburtstagsfeier seines Sohnes eingeladen gewesen, der, der besonderen Tradition des Hauses Gyrth zufolge, erst in diesem Jahr großjährig geworden war. Wegen des kürzlich erfolgten Trauerfalls in der Familie habe man natürlich kein großes Fest gegeben.

Wachtmeister Proudfoot sagte weiterhin aus: Als man den Park durchsuchte, entdeckte man hinter einem Strauch versteckt ein zweisitziges rotes Frazer-Nash-Sportcoupé, das später an Hand des Nummernschildes als Eigentum der inzwischen Verstorbenen identifiziert wurde.

Nach seiner Meinung befragt, erklärte Proudfoot, Mrs.

Shannon habe versucht, sich vom Dach des Turms zum Sims des mittleren Fensters im vierten Stock abzuseilen, wo, wie es gerüchteweise im Dorf hieß, die Feier zur Großjährigkeitserklärung des ältesten Sohnes stattfindet. Proudfoot entschuldigte sich bei Richter und Jury, daß er Klatsch und Aberglauben vorbringe, und gab seiner Meinung Ausdruck, daß der gefährliche Seilakt vermutlich Ergebnis einer Wette zwischen Mrs. Shannon und einer dritten Person gewesen sei, die sich jedoch nicht gemeldet habe. Mrs. Shannon sei eine bekannte Sportlerin gewesen und habe sich schon früher auf ähnlich halsbrecherische Unternehmungen eingelassen. Man erinnere sich nur an das Wettrennen zwischen Pferd und Automobil anno 1911, als Mrs. Shannon den bekannten Autorennsportler Captain W. Probert zu einem Querfeldeinrennen über zwanzig Meilen herausforderte.

Der Coroner teilte der Jury mit, er sei geneigt, die sehr intelligent begründete Erklärung von Wachtmeister Proudfoot zur Grundlage seines Urteils zu machen, da sie vermutlich der Wahrheit sehr nahekomme. Bei dem für eine Frau ihres Alters unglaublich leichtsinnigen Wagnis habe Mrs. Shannon zweifellos einen Schwindelanfall erlitten und sei abgestürzt.

Der Coroner fügte hinzu, er hoffe, dieser Fall sei eine Warnung für alle, die an übertriebener Neugier litten oder töricht genug seien, sich auf lebensgefährliche sportliche Wettbewerbe einzulassen. Er sagte weiterhin, er könne auf diesen Punkt nicht nachdrücklich genug hinweisen. Er bedauere, und darin sei er wohl mit allen im Saal Anwesenden einig, daß dieser unglückselige Unfall sich ausgerechnet auf dem Besitz von Oberst Sir Percival Gyrth zugetragen hatte, da die Familie selbst erst vor kurzem einen schmerzlichen Verlust erlitten habe. Er riet der Jury daher, das Urteil auf Grund der vorliegenden Beweise zu fällen. Die Jury erkannte auch auf »Tod durch Unfall«, und der Vorsitzende (Mr. P. Peck) erklärte, man wünsche sich dem vom Coroner ausgesprochenen Ausdruck des Bedauerns für die Familie Gyrth anzuschließen.

Die Beerdigung findet morgen, am Dienstag, in Heronhoe statt. In einer anderen Spalte veröffentlichen wir einen kurzen Nachruf mit einer Liste der von Mrs. Shannon errungenen Preise für besondere sportliche Leistungen. Soweit bekannt, ist Mrs. Shannon ohne Testament gestorben; ihr Besitz, der in einem denkbar schlechten Zustand ist, war in den Händen der Polizei, als unsere Mitarbeiter gestern dort vorsprachen.

»Eine sehr intelligent begründete Erklärung, in der Tat«, sagte Campion, die Zeitung aus der Hand legend. »Der gute alte Proudfoot wird zum Oberwachtmeister befördert worden sein, bevor wir noch ›muh‹ sagen können, das merken Sie sich, Val. Und das ist auch recht so, wie man auf der Seifenkiste in *Speakers' Corner* zu sagen pflegt.«

Er legte sich in seinem Liegestuhl zurück und verschränkte die Arme hinter dem Kopf. An einem strahlend sonnigen Morgen, ein paar Tage nach den Ereignissen, über die der *Argus* so erschöpfend berichtet hatte, saßen sie zu viert unter den Bäumen in der vom Haus am weitesten entfernten Ecke des Rasens. Die Abenteuer der vergangenen Wochen waren nicht spurlos an den jungen Leuten vorübergegangen, doch man merkte ihnen auch an, daß die Spannung, unter der sie gestanden hatten, nicht mehr vorhanden war.

Val wirkte, seit er großjährig war, reifer und verantwortungsbewußter. Er schien, wie Penny sagte, erwachsen geworden zu sein. Sie und Beth waren ganz einfach glücklich; mit den bloßen Armen, die langen, schlanken Beine in die Sonne gestreckt, die durch das Laubwerk sickerte, sahen sie wie zwei Schulmädchen aus.

Campion allein hatte aus der Schlacht noch deutlich sichtbare Blessuren davongetragen. Sein Gesicht war noch immer von Mrs. Dicks Peitschenhieben gezeichnet, doch von dieser leichten Entstellung abgesehen, wirkte er genauso arglos und naiv wie immer.

»Über die Zigeuner haben sie genauso gescheites Zeug zusammengefaselt«, sagte Penny und hob die Zeitung aus dem Gras auf. »Allem Anschein nach ›wurde eine Gruppe verbotenerweise auf Heronhoe Heath zeltender Camper von fahrendem Volk überfallen. Die Zigeuner sind seither verschwunden, und ein paar der verletzten Camper wurden ins Polizeihospital eingeliefert.‹ Das haben wohl Sie so gemanagt, Albert! Oh, wenn ich mir vorstelle, daß jetzt alles wieder gut und in Ordnung ist! Darauf zurückzublicken kommt mir wie ein Alptraum vor, in dem Sie der Held waren.«

»Ein Held, der wie ein Kaninchen gejagt wurde«, sagte Campion seufzend. »Der Held war der Professor. Lugg malt eine illustrierte Dankadresse für ihn, die mit ›Sehr ehrenwerter Sir und Prof.‹ beginnt und in der alle langen und schwierigen Worte vorkommen, die er je im Parlament gehört hat – Verworfenheit, Lasterhaftigkeit, Entwürdigung und beispiellose Bösartigkeit. Es wird ein unglaubliches Dokument. Vielleicht schenkt euch der Professor eine Kopie zur Hochzeit.« Übermütig grinste Campion Val und Beth an, die zwischen den Liegestühlen ganz offen ihre Hände verschränkt hatten. Sie lächelten sich an, und Campion fuhr fort: »Wäre der Professor nicht gewesen, hätte der Zeuge Mr. ›Alfred‹ Campion zweifellos eine andere Rolle gespielt, und ein grausamerer Coroner als der alte Dr. Cobden hätte eine Moralpredigt darüber gehalten, wie gefährlich es ist, fremde Pferde in anderer Leute Ställe zu stellen. Der Professor ist ein zäher Bursche, wie wir in der Legion sagen. Wie geht es heute übrigens den beiden Papas?«

»Ausgezeichnet«, sagte Penny. »Als ich vorhin am Fenster der Bibliothek vorbeiging, hab ich was richtig Süßes gesehen. Wie ihr wißt, haben sie sich zurückgezogen, um tiefe archäologische Geheimnisse zu besprechen. Na ja, als ich vorbeikam, hatten sich beide bequeme Sessel ans offene Fenster gezogen, Zigarrenrauch stieg auf, und Daddy war in *The New Yorker* vertieft – übrigens mit einer höchst anstößigen jungen Frau auf der Titelseite, meine Lieben –, während der Professor sich mit dem *Punch* amüsierte. Wirklich, richtig süß war das.«

»Sie reichen sich gewissermaßen über Weltmeere hinweg die Hand«, sagte Campion. »Gleich werden Silberglöckchen hell erklingen.«

Beth lachte. »Wie sie sich gegenseitig für die Zigeuner und den *faux pas* eurer Tante Di vergeben haben, war ein richtiges Kabinettstückchen«, sagte sie.

»Ich weiß«, sagte Penny. »Mein sehr verehrter Sir ... – Unsinn! *Mein* hochverehrter Sir! – Kommen Sie, wir gehen Rebhühner schießen. – Unfug. Kommen Sie, und schneiden Sie meine Rosen ... Wie kleine Jungen. Was für wunderbare Nachbarn wir doch sind, nicht wahr? Wißt ihr, daß ich zum erstenmal das Gefühl habe, dieser Sommer sei lebenswert? Übrigens, Albert, wann haben Sie eigentlich mit Ihrer fetten Freundin Mrs. Sarah alle Einzelheiten besprochen? Darüber habe ich gestern im Bett nachgedacht.«

»Respektlose Göre«, sagte Campion schockiert. »Dafür würde sie Sie verhexen. Dann wüßten Sie alles. Sie erinnern sich doch noch an den Morgen, an dem ich nach Tower kam und Lugg unter seinen seltsamen Anfällen litt? Nun, am Abend vorher hatte ich die von Ihnen erwähnte Dame aufgesucht. Ich war natürlich schon früher bei ihr gewesen, so ziemlich am Anfang der ganzen Affäre, weil ich das Gefühl hatte, ich würde früher oder später Hilfe brauchen. Deshalb bat ich sie, in der Nähe zu bleiben. Da Mr. Sanderson sich in Heronhoe aufhielt, dachte ich, die Heide wäre ein günstiger Standort. Das erklärte ich Mrs. Sarah, und ihr war sofort klar, wo es rund gehen würde.«

»Dann haben Sie gewußt, daß Mrs. Dick die Schuldige war?« sagte Val. »Von Anfang an?«

»Nun, ja und nein«, antwortete Campion. »Ich dachte, sie könnte mit der Sache etwas zu tun haben, hoffte aber auch, daß noch andere mitmischten. Mrs. Munsey hätte mich fast überzeugt, aber kurz bevor ich Mrs. Dick aufsuchte, erkundigte ich mich da und dort nach ihr, und was ich erfuhr, verwandelte Wahrscheinlichkeit in Gewißheit. Sie steckte bis zum Hals in

Schulden, und der Jockey-Club hatte auch ein paar sehr unerfreuliche Dinge für sie in petto. Ich habe mich bei meinem liebsten Rennbahn-Experten telefonisch nach ihr erkundigt, und die Vermittlung trennte uns, bevor er mir auch nur annähernd alles sagen konnte. Du grüne Neune! Die Frau hatte wirklich Nerven.«

Val sah ihn verwundert an. »Das klingt mir verdächtig nach Bewunderung«, sagte er.

»In gewisser Weise war sie auch bewundernswert.« Nachdenklich strich Campion sich über das Gesicht. »Wenn Sie mich fragen, gab es kaum einen Unterschied zwischen ihr und ihrem Pferd. Sie waren beide keinen Pfifferling wert, bösartig und gemein, richtige Miststücke, aber, verdammt noch mal, sie hatten Persönlichkeit.«

Val schnitt eine Grimasse. »Ich hab sie nie gemocht«, sagte er. »Übrigens habe ich nie verstanden, warum sie Mrs. Munsey auf Tante Di ansetzte. Was hatte das für einen Sinn?«

»Das hat mich zu Beginn ganz schön irritiert«, gab Campion zu, nachdem er einen Moment überlegt hatte. »Aber eure hausgemachte Hexe hat mich selbst auf die Wahrheit gebracht. Sehen Sie, Val, Ihre Tante, so albern sie war, hat den Kelch keine Sekunde lang aus den Augen gelassen, wenn er nicht halb versteckt hinter eisernen Gitterstäben in seiner Nische stand. Wahrscheinlich hat Arthur Earle, ihr Malerfreund, sich in der Zentrale darüber beschwert, daß seine Gastgeberin in dieser Beziehung sehr lästig war, und Mrs. Dick, die Mrs. Munseys Eigenheiten kannte und wußte, daß Ihre Tante nachts im Wald herumwanderte, hatte die Idee, der Lady einen Schock zu versetzen, der sie für ein paar Tage ans Bett fesselte. Wahrscheinlich hätte sie dem enttäuschten Künstler dann gestattet, an dem Bild mit dem Kelch weiterzuarbeiten. Ein Mann wie Arthur wollte den Gegenstand, den er fälschen sollte, natürlich abmessen und wiegen und gründlich untersuchen, was er kaum in Gegenwart Ihrer

Tante tun konnte. Unglücklicherweise war der Schreck für Lady Di zu groß, und der ganze Plan fiel ins Wasser.«

Penny seufzte. »Was für ein Pech für Tante Di«, sagte sie. »Mr. Pembroke kümmert sich um die Munseys. Habt ihr das gewußt? Die Ärmsten müssen in ein Heim, sagt er.«

Val beschäftigte noch immer Mrs. Dicks ursprünglicher Plan.

»Ich nehme an«, sagte er erbittert, »sie wollte mich bestechen, damit ich den Kelch gegen eine Kopie austauschte. Wir schulden Ihnen sehr viel, Campion.«

Campion schien den letzten Satz nicht gehört zu haben.

»Ja, ich glaube, das war ursprünglich ihre Absicht«, stimmte er zu. »Später kamen der ›Major‹ und Sanderson nach Heronhoe, um sich mit allen Gegebenheiten vertraut zu machen. Nachdem sie sich den Kelch aus meiner Wohnung geholt hatten, war meiner Meinung nach der ›Major‹ der Experte, der erkannte, daß es nicht der echte war. Mir war wirklich und wahrhaftig todübel, als Stanislaus mich anrief und mir sagte, sie hätten die Kopie. Das war ein verdammt clever organisierter Überfall. Aber daß sie damit Erfolg hatten, war reines Pech für Stanislaus. Wäre der Bobby vor meiner Tür älter und erfahrener gewesen, wäre es nicht passiert.«

Penny, die sich wie ein Kätzchen in der Sonne rekelte, lächelte Campion zu. »Ich habe darüber nachgedacht, Albert, und bin zu dem Schluß gekommen, daß Sie zuwenig aus sich machen. Bescheidenheit ist zwar eine Zier, aber sie bringt nichts ein, und Trommeln gehört nun einmal zum Handwerk. Wer Ihnen zugehört hat, als Sie Daddy Bericht erstatteten, mußte den Eindruck gewinnen, daß das, was Sie in der Sache getan haben, überhaupt nicht erwähnenswert ist.«

Campion blinzelte ihr hinter seiner Brille zu. »Wie Sir Isaac Newton und seine Angelrute kann ich nicht lügen«, sagte er.

»Dennoch«, widersprach Penny ungerührt, »hätten Sie sich ein bißchen mehr herausstreichen sollen. Zum Beispiel die

Sache mit Vals Entführung. Wenn man Sie um eine Erklärung bittet, sagen Sie einfach, Sie hätten ihn aus einer Garage herausgeholt, zurückgebracht und auf einem Feld ausgesetzt, weil Sie ganz rasch nach London zurück mußten, um mit einem Buchmacher zu sprechen. Sie müssen lernen, Ihre Geschichten besser auszuschmücken. Wenn Sie sich auf nackte Tatsachen beschränken, bringt Sie das nicht weiter.«

»Aber es ist doch die Wahrheit«, widersprach Campion. »Und wirklich nichts Außergewöhnliches. Als Inspektor Oates mir am Telefon berichtete, Val sei hinter dem Gentleman her, der ihm den Koffer gestohlen hatte, war mir klar, daß er mit dem Dieb zurückgekommen wäre, wenn er ihn erwischt hätte; kam er nicht zurück, dann hatten ihn die Freunde des diebischen Herrn aus dem Verkehr gezogen. Daraus schloß ich, daß Val wahrscheinlich der unwillkommene Gast von Mr. Sanderson oder einem seiner Konsorten war. Er war ihnen im Weg. Sie glaubten ja, sie hätten ihre Beute und brauchten sie nur noch an der richtigen Stelle abzuliefern, dann hätten sie nichts mehr zu befürchten. Ich vermutete, sie würden Val irgendwo aussetzen und kein Wort mehr darüber verlieren.«

»Aber sie hätten ihn auch umbringen können«, sagte Beth, die braunen Augen vor Schreck geweitet.

»Kaum«, entgegnete Campion. »Niemand ist mehr bestrebt, einen unerfreulichen Todesfall im Haus zu vermeiden, als ein englischer Verbrecher. Denn sehen Sie, wenn es in England irgendwo eine Leiche gibt, gibt es in neun von zehn Fällen auch eine Hinrichtung. Das ist natürlich überaus hinderlich, wenn man sich unliebsamer Gegner entledigen will. Und was tat unser Held, der all das mit Blitzgeschwindigkeit durchdenken und entscheiden mußte? Er holte sein kleines Automobil heraus und begab sich auf eine Besuchsrunde.« Campion machte eine Pause, fuhr jedoch gleich darauf fort: »Es ist euch vielleicht inzwischen aufgegangen, daß nicht alle meine Freunde so untadelig sind wie sie sollten. Und so fand ich schließlich auch in einem ihrer Hinterhöfe unseren jugendlichen Helden, der glückselig auf einem Haufen alter Autoreifen lag und darauf wartete, irgendwohin gebracht zu werden, wo man ihn ›aufgreifen‹ konnte. Ich nahm dem verantwortlichen Gentleman seinen Gast ab, bewunderte das neue Kleid seiner Frau, küßte das Baby und fuhr nach Hause. Es war so unglaublich einfach gewesen, daß ich auch mit genügend Zeit nicht das Herz gehabt hätte, es euch zu erzählen, deshalb lud ich ihn ab, wo Beth ihn möglicherweise finden würde, und fuhr zu unserer Freundin, die mir anfing, Sorgen zu machen.

Sie waren übrigens in Ernie Walkers Garage, Val. Er ist auf solche Geschichten spezialisiert und war der zweite, bei dem ich mich umsah. Nein, Penny, ich bedaure, es zugeben zu müssen, doch in diesem Fall gebührt mir nicht der Lorbeerkranz. Ich könnte ihn nicht mit Stolz tragen. Den Professor und die Benwells müßt ihr lobpreisen. Die Art und Weise, wie sie mit diesen Kerlen aufräumten und dann verdufteten, erfüllt mich mit Trauer über meine Tolpatschigkeit. – Jacob ist ein großartiger Bursche, aber Joey ist ein Genie. Wie der das Teufelspferd hingekriegt hat, daß man es tatsächlich reiten konnte, das war schon ein Wunder. Sie sehen also, Penny, ich bin kein zweiter Dick Turpin. Machen Sie sich keine Illusionen über mich. Joey mußte schon seit Tagen ein Auge auf Bitter Aloes geworfen haben, und bei erster Gelegenheit drückte er sich vor den Kampfhandlungen und ging mit etwas Selbstgebrautem zu ihr in die Box. Die Ganoven injizieren den Pferden etwas, doch er hat, wie ich glaube, andere Methoden.«

»Ich mache mir keine Illusionen über Sie«, sagte Penny. »Ich finde nur, Sie müßten in einer geschlossenen Anstalt verwahrt werden. Als ich hörte, jemand sei vom Turm gestürzt, habe ich von vornherein angenommen, daß Sie es sind. Ja, eine gute, komfortable Anstalt, in der Lugg Sie an- und ausziehen muß und viele reizende, freundliche Wärter auf Sie aufpassen, die über Ihre Bemerkungen lachen. Erstens weiß ich zufällig, daß Ihre Geschichte, Sie hätten Ihren reichen

Onkel Bischof beerbt, purer Unsinn ist. Lugg hat gesagt, er habe Ihnen hundert Pfund und ein paar gute Bücher hinterlassen.«

Campion machte ein mürrisches Gesicht. »Verflucht sei Lugg!« sagte er. »Er untergräbt meine Bemühungen, als wohlhabender Amateur aufzutreten. Tut mir leid, Val, aber jetzt muß ich's dieser naseweisen kleinen Göre wohl sagen. Ja, Engelsgesicht, dieser arme, vulgäre Mensch ist ein Profi. Ich hatte natürlich einen Auftrag.«

Er lehnte sich zurück, und das Sonnenlicht spiegelte sich funkelnd in seiner Brille. Die drei jungen Leute sahen ihn fassungslos an.

»Sie hatten einen Auftrag?« fragte Val. »Von wem? Es kann nicht unser alter Herr gewesen sein, weil – nun ja, ich bin nur ungern so ungehobelt, aber Sie müssen – eh – schrecklich teuer sein.«

»Unvorstellbar teuer«, sagte Campion selbstgefällig. »Nur die Höchsten im Land können es sich leisten, meine Dienste in Anspruch zu nehmen. Aber ich brauche ein riesiges Einkommen, um meine Armee von Informanten und mein palastähnliches Büro zu unterhalten, ganz zu schweigen von meinem berüchtigten Heloten Lugg.«

»Er lügt«, sagte Penny gähnend. »Aber ich wünschte, Sie hätten einen Auftrag gehabt. Sie haben so viel für uns getan, und meiner Meinung nach sollten Sie auch etwas dafür bekommen. Ich würde Ihnen meine Hand anbieten, wenn ich dächte, ich könnte Sie ständig im Haus ertragen. Oh!« fügte sie plötzlich hinzu. »Seht doch!«

Eine herrliche Limousine, lang und elegant, in vornehmem Grau, das in der Sonne schimmerte, fuhr fast lautlos die Zufahrt entlang und hielt vor der Haustür. Val und Penny tauschten bedeutsame Blicke.

In dem Wagen saß hinter dem Chauffeur eine schlanke, aristokratische Gestalt, aufrecht wie ein Ladestock, unverkennbar ein Mann alter Schule.

»Das ist er«, sagte Penny. »Er ist der Grund, warum du, wenn du bleibst, den Lunch mit Albert und mir im Morgenzimmer nehmen mußt, Beth. Er ist der Grund dafür, daß Branch im Frack rumläuft und wir geflaggt haben. Auftritt des Ehrengastes.«

Beth beugte sich vor. »Das ist *er*?« sagte sie. »Wieso trägt er keinen Zylinder? Seit ich in England bin, habe ich keinen anständigen Zylinder gesehen.«

»Sehr ungehörig«, sagte Campion streng. »Als Repräsentant der Krone hierherzukommen und keinen Zylinder zu tragen – das ist ja absurd. Zum Henker, selbst wenn dir ein Polizist eine Vorladung bringt – die ja eine Art Einladung der Krone ist –, trägt er einen Zylinder.«

»Nein?« sagte Beth.

»Nein«, sagte Campion. »Dennoch, im Prinzip ist es das gleiche. Ich finde, es ist nicht fair, in offizieller Mission herzukommen mit einem gewöhnlichen weichen Filzhut auf dem Kopf wie Hinz und Kunz. Hören Sie, Val, setzen Sie auf jeden Fall zum Lunch Ihren Zylinder auf, nur um es ihm zu zeigen. Wir halten die alte Fahne hoch, verdammt.«

Beth lachte verwirrt. »Warum dürft ihr nicht mit diesem Lord Sowieso lunchen?«

»Weil es sich um eine uralte Zeremonie handelt«, sagte Penny. »Nicht der Lunch – es sei denn, die Köchin hat ihn verpatzt –, sondern die ganze Geschichte. Wir werden in Voile und mit Veilchen bekränzt zum Tee erwartet.«

»Lassen wir den hochwohlgeborenen Gentleman einmal beiseite«, sagte Val, »und kehren wir zu Ihrer letzten erstaunlichen Erklärung zurück, Campion, die da lautete, Sie hätten unsere frischfröhliche Jagd nicht zum Vergnügen mitgemacht, sondern von Berufs wegen. Wenn das tatsächlich zutrifft, darf ich wohl fragen, wer Sie beauftragt hat und woher Sie sich eine Belohnung erhoffen?«

»Oh, ich bekomme meinen Glückspfennig, nur keine Sorge, junger Mann«, antwortete Campion. »Der Mann, der mir den

Auftrag erteilt hat, ist ein richtig feiner Pinkel.« Er unterbrach sich. Über den Rasen kam ernst und ungefähr so anmutig wie ein Elefant Mr. Lugg auf sie zu. Als er nah genug war, sahen sie, daß sein riesiges weißes Gesicht einen fast ehrfurchtsvollen Ausdruck hatte.

»Da«, sagte er heiser, sich an seinen Herrn und Meister wendend, »ham Sie gesehn, wer gekomm ist? Sie solln sofort in der Bibliothek erscheinen. Verflixt«, fügte er hinzu, »un Sie haben nur ne gewöhnliche Flanellhose an. Un Ihre Schuhsohlen sin auch schon ganz dünn.«

Campion erhob sich. »Keine Sorge, Lugg«, sagte er, »ich denke nicht, daß ich ihm meine Schuhsohlen zeigen muß.«

In das allgemeine Staunen hinein sagte Penny: »Sie? Er will Sie sprechen? Wozu denn, um Himmels willen?«

Campion sah sie mit sanftem Vorwurf an. »Ich habe gedacht, Sie hätten es längst begriffen«, sagte er. »Er ist mein Auftraggeber. Wenn alles gutgeht, kann ich Sie alle heut abend zu Fisch und Chips einladen.«

27

Damals gab es noch Riesen

Nachmittags um halb vier, als das grelle Sonnenlicht das Rautenmuster der Fensterscheiben auf den polierten Fußboden der Bibliothek übertrug und so in den strengen Raum etwas von der sommerlichen Trägheit des Parks zauberte, standen fünf Männer um den schweren Tisch herum, auf dem ein vergilbtes historisches Dokument lag.

In dem großen Haus war es angenehm still. Im wilden Wein, der sich neben dem Fenster an der Hausmauer hochrankte, sangen die Vögel, und eine Hummel flog brummend gegen die Scheibe, aber die dicken Mauern schlossen alle Geräusche häuslicher Tätigkeiten aus. In der Luft hing der leicht muffige Geruch alter ledergebundener Bücher, der sich angenehm mit dem Duft der Blumenbeete unter den Fenstern mischte.

Der vornehme Fremde, ein hochgewachsener grauhaariger Mann mit kalten blauen Augen und einer seltsam trockenen, leisen Stimme, hüstelte förmlich.

»Ich brauche das alles wirklich nicht noch einmal durchzulesen, Oberst«, sagte er. »Schließlich haben wir es oft genug gemeinsam getan. Man fühlt sich alt dabei. Jede Lesung bedeutet, daß wieder ein Jahrzehnt verstrichen ist.«

Er seufzte und warf Campion und dem Professor, die nebeneinander standen, ein leichtes, unerwartet schüchternes Lächeln zu. Cairey zeigte sich lebhaft interessiert an allem, was vorging, Campion spielte hingegen mit seiner Krawatte, ein fast idiotisches Lächeln im sanften, liebenswürdigen Gesicht. Val, der neben seinem Vater stand, war todernst und sichtlich nervös. Die Erinnerung an seinen ersten Besuch im geheimen Zimmer am Abend von Mrs. Shannons Tod war noch viel zu frisch und belastend. Sir Percival wiederum wirkte menschlicher und umgänglicher, als Campion oder der Professor ihn je erlebt hatten. Daß er das Geheimnis des Zimmers jetzt mit seinem Sohn teilte, schien ihn von der halben Last befreit zu haben, die für ihn allein viel zu schwer gewesen war.

»Ich denke, diese Klausel reicht aus«, fuhr der Gast fort und legte den Finger auf einen Absatz am Ende des Dokuments. Er räusperte sich abermals und begann heiser und ausdruckslos zu lesen: »*Und besagter Repräsentant hochdero gnädigen Majestät oder hochdero Erben wird sich mit dem Oberhaupt des Hauses und seinem ältesten Sohn – sofern er das entsprechende Alter erreicht hat – in das Gemach begeben, und sie werden ihm zu seiner Zufriedenheit zeigen und beweisen, daß die Kostbarkeit, die sie für die Krone aufbewahren, noch vorhanden und unbeschädigt ist, auf daß Uns kund und zu wissen getan wird, daß sie ihrer heiligen Pflicht nachgekommen sind. Dies soll bei Tageslicht geschehen, damit weder Lampe noch Kerze vonnöten sind, um zu erkennen, daß besagte Kostbarkeit ohne Fehl und Makel ist.*

Weiterhin empfehlen Wir, daß in unruhigen Zeiten oder dann, wenn dem Haus der Gyrth' Gefahr droht, das Oberhaupt der Familie zwei starken, getreuen Männern, nachdem sie ewiges Schweigen gelobt haben, gestattet, ihn und seinen Sohn in das Gemach zu begleiten, damit sie später Zeugnis ablegen können.

Mit eigener Hand geschrieben und gesiegelt an diesem Tag dem ... So, ich glaube, das reicht auf alle Fälle aus, Sir Percival.«

Die leise Stimme verstummte, der Gast rollte das Pergament zusammen und reichte es dem Hausherrn, der es in einen Aktenkoffer einschloß.

Der Gast wandte sich an Campion und den Professor. »Starke und getreue Männer«, sagte er lächelnd. »Obwohl, streng genommen, die ›Zeiten der Gefahr für das Haus der Gyrth‹ vorbei sind, mein lieber Albert. Ich stimme jedoch Sir Percival zu, daß wir unter den gegebenen Umständen den Text des Dokuments großzügig auslegen können. Es scheint uns die einzige Möglichkeit, Ihnen für Ihre große Hilfe in dieser unseligen und aufregenden Angelegenheit zu danken, Professor.«

»Nichts könnte eine größere Ehre für mich sein«, erwiderte Cairey.

Campion machte den Mund auf, als wolle er etwas sagen, überlegte es sich jedoch wieder und schwieg.

Sir Percival nahm einen kleinen eisernen Gegenstand, der Ähnlichkeit mit einem Brecheisen hatte, aus dem Schreibtisch und verließ an der Spitze der kleinen Gruppe das Zimmer. Die vier Männer folgten ihm durch die Halle und den langen steinernen Korridor in den selten benutzten Bankettsaal des Ostflügels. Das Haus war wie ausgestorben. Branch hatte die Hausangestellten in ihre Zimmer auf der Rückseite des Westflügels verbannt, während Penny und Beth sich diskret in den Salon zurückgezogen hatten.

In dem schattig-kühlen Bankettsaal blieb Sir Percival stehen und wandte sich mit einem leicht verlegenen Ausdruck in den tiefblauen Augen um. Der Gast nahm ihm die peinliche Pflicht ab.

»Sir Percival und ich«, begann er nach dem inzwischen allen Anwesenden schon vertrauten Hüsteln, »sind der Meinung, daß wir uns in dieser Sache an die Tradition halten sollten. Der Eingang zu dem – eh – Gemach war immer ein streng gehütetes Geheimnis und soll es auch bleiben. Nur meinen Vorgängern und den Vorfahren von Sir Percival war er bekannt. Ich bin überzeugt, es wird Sie nicht kränken, wenn ich Sie jetzt bitte, mir Ihre Taschentücher zu geben, damit ich Ihnen die Augen verbinden kann – natürlich nur so lange, bis wir das Gemach betreten haben.«

Professor Cairey zog einen großen Seidenschal aus der Tasche, der sich viel besser zur Augenbinde eignete als Campions feinfädiges Baumwolltuch.

Bei jeder anderen Gelegenheit wäre ihnen der feierliche Ernst, mit dem ihnen die Augen verbunden wurden, nur lächerlich vorgekommen, doch nach den Ereignissen der vergangenen Wochen sah jeder die Notwendigkeit einer solchen Vorsichtsmaßnahme ein. Val zitterten die Hände, als er das Tuch auf Campions Hinterkopf verknotete, und etwas von seiner Nervosität übertrug sich auf seinen Freund und Kampfgefährten. Schließlich sollten der Professor und er in ein ungeheuerliches Geheimnis eingeweiht werden. Campion hatte den Ausdruck nicht vergessen, mit dem Mrs. Dick zu ihm aufsah, nachdem sie durch das Fenster gespäht hatte, dessen rotes Licht ihre Füße wie mit Blut überspülte.

Auch Professor Cairey schien ungewöhnlich beunruhigt. Trotz seines ungeheuren geschichtlichen und vorgeschichtlichen Wissens, ahnte er offensichtlich nicht einmal, was ihn erwartete.

Die Stimme des Gastes drang in ihre Dunkelheit. »Val, wenn Sie Campions Arm nehmen würden, kümmere ich mich um den Professor. Sie gehen bitte voran, Sir Percival.«

Val hakte Campion unter und dirigierte ihn vorwärts. Sie waren die letzten der kleinen Prozession.

»Passen Sie auf, hier beginnt die Treppe«, sagte Val mit einer Stimme, die nicht besonders fest klang.

Sie stiegen hinauf, und wieder knarrte und ächzte das Holz unter Campions Füßen. Niemand sagte ein Wort. Die Treppe hatte so viele Windungen, daß Campion fast sofort die Orientierung verlor. Er hatte schon einige seltsame Erlebnisse gehabt, doch diese sonderbare, immer wieder stockende Prozession zerrte mehr an seinen Nerven als alles andere bisher. Neugier ist die menschlichste aller menschlichen Regungen, doch er sah sich plötzlich in einem Zustand, in dem er fast wünschte, das Geheimnis möge für ewige Zeiten Geheimnis bleiben, auf jeden Fall für ihn. Er hörte Professor Cairey, der vor ihm ging, schwer atmen, und ihm war klar, daß es nicht die Anstrengung war, die diese Atemnot auslöste.

Val drückte seinen Arm ein wenig fester. »Warten Sie«, sagte er so leise, daß es kaum zu hören war. Es blieb längere Zeit still, und dann gingen sie, da die Treppe offenbar zu Ende war, auf ebenem Steinfußboden weiter. Und wieder blieben sie stehen. Die Luft war noch frisch, und irgendwo ganz in der Nähe sangen die Vögel.

»Vorsicht, Stufen«, sagte Val, als sich die Prozession von neuem in Bewegung setzte. »Ziehen Sie den Kopf ein, ich muß jetzt hinter Ihnen gehen.«

Die nächste Etappe war eine sehr enge steinerne Wendeltreppe. Hier war die Luft nicht mehr so gut, und es duftete ganz schwach nach Gewürzen. Eisen kratzte auf Stein, und der nächste Schritt führte Campion zurück auf ebenen Boden. Val war dicht hinter ihm, und wieder kratzte Eisen auf Stein, und dann herrschte absolute Stille. Campion fühlte ein Prickeln unter der Kopfhaut. Er merkte, daß er sich mit den anderen in einem sehr kleinen Raum befand; doch außer ihnen – davon war er, den in solchen Dingen ein unfehlbarer Instinkt leitete, fest überzeugt – gab es in diesem Raum noch etwas anderes, etwas unvorstellbar Altes und Grauenerregendes.

»Nemen Sie die Augenbinden ab.«

Campion wußte später nie, ob Sir Percival oder der Gast gesprochen hatte. Die Stimme war nicht zu erkennen gewesen. Als Val den Knoten aufknüpfte, waren seine Finger eiskalt. Gleich darauf fiel Campion das Tuch von den Augen.

Das erste, was ihm, während er noch blinzeln mußte, auffiel, war das seltsame rote Licht, und instinktiv suchte er nach der Quelle. Er fand sie in dem runden Fenster, dem irgendwann eine blutrote Scheibe eingesetzt worden war. Draußen schien die Sonne sehr hell, so daß in dem kleinen Raum Myriaden roter Staubkörnchen in der Luft flimmerten.

Campion wandte sich vom Fenster ab und zuckte vor Schreck heftig zusammen. Vor sich hatte er das Geheimnis der Gyrth'.

Direkt unter dem Fenster, so daß voll das Licht darauf fiel, stand ein kleiner Altar, und vor ihm kniete eine Gestalt in Turnierrüstung.

Während Campion noch mit wild schlagendem Herzen diese Gestalt anstarrte, schien sich alles Licht auf ihr zu sammeln.

Es war ein Riese, und zuerst glaubte Campion, es sei nur eine riesige schwarze Rüstung, für einen Mann von geradezu legendärer Statur geschmiedet, doch als er die Blicke langsam über die großen Armstulpen gleiten ließ, entdeckte er Menschenhände, knorrig, gelb und formlos wie knotige Weidenwurzeln. Zwischen ihnen auf dem Altartisch stand der Kelch der Gyrth'«, dessen Herkunft und Geschichte eine Fülle alter Legenden verschleierte.

Es war eine kleine, flache Schale aus rotem Gold, in vorrömischer Zeit aus den englischen Bergflüssen gewaschen. Eine kleine, flache Schale, deren gehämmerten Seiten der Griffel eines längst dahingegangenen Goldschmieds für alle Ewigkeit seinen Stempel aufgeprägt hatte. Im Herzen der Schale schimmerten ungeschliffene Rubine wie Blut. Bewacht wurde der Kelch vom allerersten Herrn auf Gyrth, dem Sanctuary seinen Namen zu verdanken hatte.

Langsam hob Campion die Augen zum Gesicht der furchterregenden Gestalt auf, stellte jedoch erleichtert fest, daß das Visier geschlossen war. Den Kopf hatte der erste Gyrth zurückgeworfen, und das stumme Eisengesicht war zu dem runden Fenster erhoben, durch das Mrs. Dick hereingeschaut hatte.

Tiefe Stille herrschte in der kleinen Zelle mit den uralten Fresken und dem staubigen Fußboden aus bunten Fliesen. Die Tür, durch die sie eingetreten waren, war in den Steinmetzarbeiten verborgen. An der Wand über der knienden Gestalt hing das große Schwert und bildete mit der riesigen Scheide ein Kreuz.

Der Professor betrachtete den Kelch mit Tränen in den Augen, die er nicht zu verbergen suchte, denn sie waren ein spontaner Tribut, den er der unvergleichlichen Schönheit zollte.

Campion hingegen ließ die Gestalt nicht aus den Augen, denn er war von dem unheimlichen Gefühl besessen, daß die mumifizierten Hände im nächsten Moment das Schwert von der Wand reißen und es drohend über den respektlosen Eindringlingen schwingen werde, die es gewagt hatten, die erhabene Ruhe zu stören. Er war erleichtert, als er Sir Percival leise sagen hörte: »Sind Sie bereit, Gentlemen ...«

Niemand sonst sprach ein Wort. Val verband Campion wieder die Augen, wieder knirschte Metall, und die kleine Gruppe machte sich auf den Rückweg. Professor Cairey stolperte ein- oder zweimal auf der Treppe, und Campion merkte, daß er selbst auch ziemlich weiche Knie hatte. Nicht, daß der Anblick besonders schreckerregend gewesen war, obwohl die Hände einem keine angenehmen Gefühle einflößten; und der Gedanke an den einsamen Wächter, der in alle Ewigkeit den kostbaren Kelch hüten mußte, den er erstritten hatte, löste ebenfalls keinen Widerwillen in ihm aus. Doch dieser zeitlose Riese hatte etwas mehr als Sterbliches, etwas Unheimliches ausgestrahlt, das Campion mit fast abergläubischer Ehrfurcht erfüllte, und er war froh, daß Penny nichts wußte, daß sie in diesem Haus leben und lachen konnte, ohne zu ahnen, daß seine Mauern ein so seltsames Stück Geschichte bargen.

Sie schwiegen auch noch, als sie wieder im hellen Tageslicht des großen Bankettsaals standen. Sir Percy sah auf seine Uhr. »Wir treffen uns in fünfzehn Minuten mit den Damen auf dem Rasen zum Tee«, sagte er. »Mrs. Cairey hat mir versprochen zu kommen, Professor.«

Cairey klopfte sich geistesabwesend den Staub von den Händen. Auch ihre Kleider waren staubig und voller Spinnweben. Campion nahm den Professor in sein Zimmer mit, damit er sich säubern konnte, und überließ den Gast der Obhut des Hausherrn.

Noch immer war kein Wort gesprochen worden, sie alle hatten das Gefühl, es sei nicht möglich, das Erlebte irgendwie zu kommentieren.

In Campions hübschem georgianischen Zimmer löste sich die Spannung. »Du grüne Neune!« sagte der Professor und ließ sich in einen kleinen Stuhl am Fenster fallen. »Du grüne Neune!«

Campion blickte auf den Rasen hinunter. Der weißgedeckte Tisch stand unter den Bäumen. Branch war schon mit einem Teewagen unterwegs zu ihm, auf dem das beste Silber blinkte und Porzellan schimmerte, das schon in den Mädchenjahren von Pennys Großmutter alt gewesen war. Mrs. Cairey, Beth und Penny, die in ihren bodenlangen geblümten Chiffonkleidern kühl und reizend aussahen, bewunderten die Blumenbeete. Es war ein anmutiges Bild, ganz 20. Jahrhundert, friedlich und tröstlich und unendlich weit weg von der Welt, die sie eben verlassen hatten.

Lugg, der ohne anzuklopfen mit einem Tablett hereingetrampelt kam, auf dem Gläser, ein Siphon und eine Karaffe standen, riß Campion aus seinen Gedanken. »Branch hat mich mit dem Zeuch raufgeschickt«, sagte er. »Ich an Ihrer Stelle tät 'n Schluck trinken. Der tut Ihn zu jeder Tageszeit gut.«

Sogar der Professor, der sich den Prinzipien seiner Frau zuliebe strikt auf einen Whisky mit Soda pro Tag beschränkte, nahm den Drink dankbar an. Lugg drückte sich im Zimmer herum und hatte offensichtlich etwas auf dem Herzen, das er loswerden wollte.

»Die machen unten vielleicht 'n Zirkus mit seiner Hochwohlgeboren«, sagte er endlich. »Ich hab dem Mädel, auf das ich 'n Auge geworfen hab, den ganzen Nachmittag beim Silberputzen geholfen. Der olle Branch hat mich kein Moment aus 'n Augen gelassen. Hat die Löffel ungefähr 'n dutzendmal gezählt. Da konnt ich einfach nich anders und hab dies hier gemopst.« Stolz legte er eine wunderschön ziselierte Zuckerzange auf den Toilettentisch.

Campion betrachtete ihn voller Abscheu. »Leg deinen abscheulichen Knochen nicht mir vor die Füße«, sagte er. »Was soll ich denn damit?«

»Es für mich zurückbringen«, sagte Lugg schamlos. »Wenn man Sie dabei ertappt, wird's nich ganz so übel aussehn. Ich muß an mein Strafregister denken. Von ihnen existiert noch nix Geschriebenes.«

»Verschwinde!« sagte Campion. »Ich werde dich an einen Hersteller für Schmusetiere für Kinder verkaufen. Ach, du kannst nach dem Tee anfangen meine Sachen zu packen. Wir fahren morgen früh in die Stadt zurück.«

»Dann bist du also hier fertig?« sagte der Professor.

Campion nickte. »Ja, es ist vorbei. Sie werden sich an ihre Vorschriften halten. Mrs. Dick, die den Auftrag hatte, den Kelch zu beschaffen, ist tot. Damit ist alles zu Ende. Ich habe mich mit dem alten Ladestock unten unterhalten. Er ist überzeugt, daß wir nichts mehr von ihnen hören werden. Der Maharadscha hat seine Chance gehabt. Sie sind mehr Kunstkenner als Verbrecher. Die Geschichte hier war ein solcher Mißerfolg für sie, daß sie sich meiner Ansicht nach wieder mehr den Museen auf dem Kontinent widmen werden.«

»Ich verstehe«, sagte der Professor und verstummte für eine Weile. »Ich frage mich –« begann er dann von neuem und zögerte.

Campion schien den unausgesprochenen Gedanken zu verstehen und wandte sich an Lugg. »Geh du zu deiner Audrey zurück«, sagte er. »Und wenn du noch einmal etwas klaust, erzähle ich ihr von dem Bild von Greta Garbo, das du unter deinem Kopfkissen hast.«

Als die Tür hinter dem untröstlichen Lugg zufiel, dem noch viele Fragen auf der Zunge brannten, sagte der Professor noch immer nichts, und Campion fuhr fort: »Ich konnte nicht begreifen, warum mein kostbarer Auftraggeber dort unten mir nicht von Anfang an gesagt hat, daß es einen zweiten Kelch gibt. Jetzt verstehe ich es. Er ist ein Mann mit sehr konservativen Ansichten, und nach diesem furcht- und ehrfurchteinflößenden Eid, auf ewig Schweigen zu bewahren, glaubte er, er habe keine andere Möglichkeit, als es mich selbst herausfinden zu lassen. Das hat die Dinge zwar am Anfang kompliziert, doch ich bin mir nicht so sicher, ob es sie uns auf die Dauer nicht sogar erleichtert hat.«

Der Professor nickte zerstreut. Er war in Gedanken noch bei dem Erlebnis dieses Nachmittags. »Wie wunder- wunderschön«, sagte er. »Es klingt vielleicht unmenschlich, aber während ich den Kelch betrachtete, mußte ich daran denken, daß er in den letzten fünfzehnhundert Jahren wahrscheinlich Gott weiß wie vielen Dieben und Neidern das Leben gekostet hat. Und weißt du was, Campion: Ich finde, er ist es wert.«

Campion antwortete nicht. Ihn beschäftigte ein Gedanke, der an ihm nagte, seit er mit den anderen in der kleinen Zelle vor dem Kelch und seinem Hüter gestanden hatte. Was hatte Mrs. Dick gesehen, als sie durch das Fenster schaute? Was war anders gewesen als heute? Sie war kein schreckhafter Mensch gewesen und hatte auch nicht viel Phantasie gehabt... Plötzlich sagte er laut, fast ohne es zu merken: »Was hat sie eigentlich gesehen, als sie durch dieses Fenster schaute? Warum hat sie zweimal ›nein‹ gesagt? Zu wem hat sie es gesagt? Warum hat sie das Seil losgelassen?«

Er verstummte. Draußen auf dem Rasen kamen die lebhaften Stimmen der Frauen näher. Campion war noch immer verwirrt. »Ich verstehe es nicht«, sagte er.

Der Professor sah zu ihm auf. »Oh, das?« sagte er. »Das ist doch klar. Das Licht fiel direkt auf die Gestalt. Der Kopf war zum Fenster erhoben, wenn du dich erinnerst.«

»Ja, aber –« sagte Campion und schwieg wieder.

»O ja«, sagte der Professor nachdenklich, »ich glaube, es ist wirklich völlig klar. Am Abend von Vals Geburtstag, als sie durch das Fenster schaute, war das Visier offen. Sie hat sein Gesicht gesehen. Ich fürchte, das muß ein ziemlich gräßlicher Anblick sein.«

»Aber sie hat gesprochen«, sagte Campion. »Sie hat gesprochen, als gebe sie jemandem eine Antwort. Und ich habe etwas gehört, das kann ich beschwören.«

Der Professor beugte sich vor und sagte ungewöhnlich eindringlich: »Mein sehr lieber Junge, du solltest eines beherzigen – es tut nicht gut, sich allzu intensiv mit diesen Dingen zu beschäftigen.«

Und als wolle er die Worte des Professors bekräftigen, ertönte unten in der Halle der Gong, der zum Tee rief.

Margery Allingham im Diogenes Verlag

»Margery Allingham sticht ins Auge wie strahlend helles Licht. Alles, was sie schreibt, ist von vollendeter Form.« *Agatha Christie*

Die Handschuhe des Franzosen
Kriminalgeschichten. Aus dem Englischen von Peter Naujack. Zeichnungen von Georges Eckert. detebe 20929

Trau keiner Lady
Roman. Deutsch von Gerd van Bebber
detebe 21567

Gefährliches Landleben
Roman. Deutsch von Brigitte Mentz
detebe 21568

Süße Gefahr
Roman. Deutsch von Peter Fischer
detebe 21569

Judaslohn
Roman. Deutsch von Edith Walter
detebe 21570

Wenn Geister sterben
Roman. Deutsch von Brigitte Mentz
detebe 21616

Überstunden für den Totengräber
Roman. Deutsch von Theda Krohm-Linke
detebe 21630

Tänzer in Trauer
Roman. Deutsch von Irene Holicki
detebe 21691

Polizei am Grab
Roman. Deutsch von F.A. Hofschuster
detebe 21744

Blumen für den Richter
Roman. Deutsch von Marie Rieger
detebe 21821

Der Hüter des Kelchs
Roman. Deutsch von Edith Walter
detebe 21862

Douglas Clark im Diogenes Verlag

Die längste Freude

Roman. Aus dem Englischen von
Monika Elwenspoek
detebe 21578

Haß ist die längste Freude – und äußert sich in einer besonders schrecklichen Weise, als fast gleichzeitig an verschiedenen Orten in England eine seltene Lebensmittelvergiftung gemeldet wird. Jedesmal führt die Spur zu vergifteten Fleischkonserven, die alle aus den Filialen einer großen Supermarktkette stammen.
Nachrichten über die Vergiftungen werden geheim gehalten, um eine landesweite Panik zu vermeiden. Chief Superintendent Masters und sein Kollege Chief Inspector Green von Scotland Yard werden beauftragt, eine Katastrophe zu verhindern und den Täter schnell zu finden.

Nobody's perfect

Roman. Aus dem Englischen von
Monika Elwenspoek
detebe 21823

Pharma-Tycoon Huth wird in seinem eigenen Büro vergiftet. Masters und Green, ein Paar ungewöhnlich gutgläubiger Scotland-Yard-Detektive, verhören eine gut durchmischte Kollektion von 800 Verdächtigen. Masters ist auf der Suche nach jenem Schwachpunkt in Huths scheinbar fehlerlosem Charakter, der nicht nur ein Motiv liefern würde, sondern auch einen Hinweis darauf, wie der Mörder ihm das Gift tatsächlich verabreichen konnte...

»Ein sehr interessantes Detektiv-Debüt, vor allem durch die präzisen Kenntnisse des Backgrounds.«
The Sunday Times, London

Fast immer bewegen sich die Kriminalgeschichten Clarks (geb. 1919) im pharmazeutischen oder medizinischen Milieu: die fundierten Sachkenntnisse, die sie auszeichnen, gewann der Autor durch seine langjährige Tätigkeit als leitender Angestellter eines internationalen Pharma-Konzerns.
Verschiedene polizeiliche und Sicherheitsaufgaben, welche er während der Nachkriegszeit übernahm, vermittelten ihm auch in diesen Bereichen Erfahrungen aus erster Hand.

Francis Clifford
Alles hat zwei Seiten
Roman. Aus dem Englischen von
Nils-Henning von Hugo
detebe 21762

Nachdem er in Biafra einen Arm verloren hat, kehrt Pater Richard Lawrence nach England zurück. Dort eröffnet ihm sein Bruder, daß er ein russischer Spion ist und einen Mann getötet hat. Religiöser und politischer Idealismus treffen aufeinander, jeder ohne Verständnis für die andere Seite.

»Ein ausgewogener, glänzend angelegter Spannungsroman, so klug und herausfordernd wie atemberaubend.« *Times Literary Supplement, London*

»Mit seinem neuen, nur den besten Werken Graham Greenes vergleichbaren Roman ist es Francis Clifford gelungen, die Kunst, Erregung zu wecken, mit tiefem Verständnis des menschlichen Herzens in seiner Hoffnung und seiner Qual zu verbinden.«
San Francisco Chronicle

Robert van Gulik im Diogenes Verlag

Kriminalfälle des Richters Di,
alten chinesischen Originalquellen entnommen
Mit Illustrationen des Autors im
chinesischen Holzschnittstil

Mord im Labyrinth
Roman. Aus dem Englischen von Roland Schacht. detebe 21381

Tod im Roten Pavillon
Roman. Deutsch von Gretel und Kurt Kuhn
detebe 21383

Wunder in Pu-yang?
Roman. Deutsch von Roland Schacht
detebe 21382

Halskette und Kalebasse
Roman. Deutsch von Klaus Schomburg
detebe 21519

Geisterspuk in Peng-lai
Roman. Deutsch von Irma Silzer. detebe 21622

Mord in Kanton
Roman. Deutsch von Klaus Schomburg
detebe 21623

Der Affe und der Tiger
Roman. Deutsch von Klaus Schomburg
detebe 21624

Poeten und Mörder
Roman. Deutsch von Ulrike Wasel und Klaus Timmermann. detebe 21666

Die Perle des Kaisers
Roman. Deutsch von Hans Stumpfeldt
detebe 21766

Mord nach Muster
Roman. Deutsch von Otto P. Wilck
detebe 21767

Das Phantom im Tempel
Roman. Deutsch von Klaus Schomburg
detebe 21768

Nächtlicher Spuk im Mönchskloster
Roman. Deutsch von Gretel und Karl Kuhn
detebe 21866

Der Wandschirm aus rotem Lack
Roman. Deutsch von Gretel und Karl Kuhn
detebe 21867

»Umberto Eco stieg ins Mittelalter mit seinem Klosterkrimi *Der Name der Rose*, Richter Di lebt in der Tang-Epoche Chinas (618–906), und dieser Magistratsbeamte im alten Reich der Mitte ist ein wahrer Sherlock Holmes!
Hast du, Leser, erst einmal am Köder des ersten Falles geschnuppert, dann hängst du auch schon rettungslos an den Haken, denn nach dem ersten Fall kommt ein zweiter und danach noch ein dritter, und du schluckst und schluckst (mit den lesenden Augen), bis du alle Fälle verschlungen hast. Daraufhin eilst du fliegenden Fußes in die Buchhandlung, dir den nächsten Richter-Di-Roman zu besorgen, mit den nächsten Fällen. Warst du so

gierig, gleich alle drei bisher erschienenen Bände hintereinander weg zu schmökern, dann wird es dir leid tun, daß noch nicht mehr deutsche Ausgaben vorliegen, weil du, auf dem Wege, ein Chinaexperte zu werden, aufgehalten wirst.*
Der niederländische Diplomat und Chinakenner Robert Hans van Gulik hatte 1949 einige Fälle des Richters Di übersetzt. Danach begann er, zum Teil gestützt auf andere klassische Kriminalberichte aus der chinesischen Literatur, eigene Geschichten um diesen legendären Beamten zu schreiben. Historie, Kultur und Lebensart der Zeit sind authentisch, Gulik beschreibt genau, aber immer fesselnd erzählend, das Leben in der chinesischen Provinzstadt Pu-yang, in der fern der Metropole von Barbaren und örtlichen Tyrannen bedrohten Grenzstadt Lan-fang und sogar in einer Art chinesischem Las Vegas, mit Glücksspielhöllen und ordentlich kontrolliertem Gunstgewerbe (da gab es vier Klassen), auf der ›Paradiesinsel‹. Der Richter ermittelt in allen Fällen selber mit seinen verwegenen Gehilfen Hung, Ma, Tschiao und Tao, er urteilt ab und muß auch schlimmstenfalls bei den allerärgsten Hinrichtungen dabei sein, das verlangt das Gesetz.
Übrigens hat Gulik die Geschichten in die Ming-Ära verlegt (1368–1644), aber das macht gar nichts – die Literatenprüfungen, die in China die Beamtenlaufbahn eröffneten, waren von Beginn des 7. Jahrhunderts an bis 1905 immer genau gleich, klassische literarische Bildung mußte beherrscht werden. Das alles und noch viel mehr kriegt man hintenherum mit, wenn man bei Richter Dis Kriminalfällen zum Chinaexperten wird... Bestes Lesefutter!« *Til Radevagen / zitty, Berlin*

* dem ist nicht mehr so!